O TOM AUSENTE DE AZUL

Jennie Erdal

O TOM AUSENTE DE AZUL
Uma aventura filosófica

Tradução
Pierre Menard

Rio de Janeiro | 2015

Copyright © 2012 Jennie Erdal

Primeira edição na Grã-Bretanha em 2012 by Little, Brown

Título original: The Missing Shade of Blue

Capa: Raul Fernandes

Imagem de capa: © Rebecca Parker/Trevillion Images

Editoração: FA Studio

Texto revisado segundo o novo
Acordo Ortográfico da Língua Portuguesa

2015
Impresso no Brasil
Printed in Brazil

CIP-Brasil. Catalogação na publicação
Sindicato Nacional dos Editores de Livros – RJ

E57t	Erdal, Jennie
	O tom ausente de azul: uma aventura filosófica / Jennie Erdal; tradução Pierre Menard. — 1. ed. — Rio de Janeiro: Bertrand Brasil, 2015.
	378 p.; 23 cm.
	Tradução de: The missing shade of blue
	ISBN 978-85-286-1486-2
	1. Ficção escocesa. I. Menard, Pierre. II. Título.
14-13887	CDD: 828.99113
	CDU: 821.111(411)-3

Todos os direitos reservados pela:
EDITORA BERTRAND BRASIL LTDA.
Rua Argentina, 171 – 2º andar – São Cristóvão
20921-380 – Rio de Janeiro – RJ
Tel.: (0xx21) 2585-2070 – Fax: (0xx21) 2585-2087

Não é permitida a reprodução total ou parcial desta obra, por
quaisquer meios, sem a prévia autorização por escrito da Editora.

Atendimento e venda direta ao leitor:
mdireto@record.com.br ou (0xx21) 2585-2002

Em memória de Wilkie Crawford, 2006-2007
E para seus pais

Suponhamos, então, que uma pessoa usufruiu sua visão durante trinta anos e se familiarizou perfeitamente com cores de todos os tipos, com exceção, digamos, de uma particular tonalidade de azul, com a qual nunca teve a ventura de deparar. Suponhamos que todas as diferentes tonalidades dessa cor, com exceção daquela única, sejam dispostas diante dessa pessoa, descendo gradualmente da mais escura para a mais clara; é claro que ela perceberá um espaço vazio onde falta aquele tom, e perceberá que naquele lugar há, entre as cores contíguas, uma distância maior que em qualquer outro lugar. Pergunto agora se lhe seria possível suprir essa falta a partir de sua própria imaginação e trazer à sua mente a ideia daquela tonalidade particular, embora esta jamais lhe tenha sido transmitida pelos sentidos.

David Hume, *Investigações sobre o entendimento humano e sobre os princípios da moral**

E o abismo? O abismo?
O abismo é fácil mesmo:
Fica bem onde estás —
Um degrau só a mais.
Theodore Roethke, "O abismo"**

---

* *Investigações sobre o entendimento humano e sobre os princípios da moral*, David Hume; tradução de José Oscar de Almeida Marques. São Paulo: Unesp, 2004. (N. T.)

** *And the abyss? The abyss? / The abyss you can't miss: / It's right where you are —/ A step down the stair.* (N. T.)

1

No início, não havia nada que indicasse que eu me envolveria em suas vidas como fiz, de modo tão profundo e irreversível. Até então, faltava-me aptidão para a amizade. Mais tarde, pensava às vezes no que havia nos Sanderson que teria feito a diferença, o que me puxou e ali me prendeu, mesmo nos momentos difíceis.

A amizade em si não foi algo que eu tenha buscado. O motivo para ter ido a Edimburgo foi o trabalho. E o motivo por trás disso — por trás de tudo, de certa forma — foi meu pai. Eu sabia que, enquanto meu pai vivesse, eu me sentiria intimamente ligado a ele.

De um jeito ou de outro, a maior parte da minha vida se passou em meio a livros, lendo as histórias de outras pessoas, vivendo de forma indireta por intermédio de personagens que não existem. A ficção transmite uma sensação de segurança — a gente sabe onde está com ela. Num filme em preto e branco, por exemplo, é possível confiar nos contornos das coisas: há o toque estridente de um telefone, ou uma batida à porta, e a gente pode relaxar satisfeito no assento, sabendo que a história começou. É assim com os filmes. Com os livros também. Cada começo, um artifício. Mas isso que chamamos de vida real é, na verdade, um *continuum*, complicado e sem edições. E, com a própria história, é difícil saber por onde começar ou mesmo o que contar.

Quando Sanderson mencionou pela primeira vez o caso da esposa, seguíamos de carro pela região de Scottish Borders a caminho de mais um dia de pesca. Era manhã de sábado, o primeiro de outubro, e a viagem até o rio já era bastante familiar. As samambaias nas colinas tinham ficado marrons, e me lembro de pensar, enquanto passávamos em alta velocidade, que as frutinhas vermelhas nas cercas vivas pareciam respingos de sangue. Eu estava em Edimburgo havia pouco mais de um mês, mas tinha a impressão de que Sanderson já era um velho amigo. Sempre que pensava nisso, parecia um pequeno milagre. Sanderson tinha os olhos fixos na estrada à frente. Ele pouco falava quando estava pescando, mas boa parte do que pensava sobre o mundo ou decidia revelar sobre si, despejava ao volante de seu velho Renault.

Para começar, entendi errado o que ele quis dizer com "caso". Não porque sou francês ou porque a expressão que usou fosse nova para mim, mas porque achei que o contexto fosse médico, e não extraconjugal. Sanderson dera a entender uma ou duas vezes que o estado mental de sua esposa não era completamente são. E, ainda no dia anterior, eu também havia levantado minhas próprias suspeitas. Então, quando ele disse ter descoberto o "caso", me fez pensar que sua esposa havia procurado ajuda profissional para seus problemas. Com Sanderson, era incomum entender errado alguma coisa. Em geral, ele era bastante preciso e raramente deixava dúvidas quanto ao sentido do que dizia, em parte porque usava o corpo inteiro para se comunicar. No entanto, quando disse: "Descobri o caso da minha mulher, Eddie", ele estava rígido no banco, e suas pobres mãos desfiguradas agarravam firmemente o volante. Além disso, não havia indicação alguma — como poderia ter havido, se ele tivesse começado com um "suspeito" ou mesmo um "creio" — da importância da frase ou, a bem da verdade, da dor e da perda de identidade que viriam em seguida.

— O caso da sua mulher? — repeti. — Você quer dizer caso clínico?

— Não, Eddie, não — disse Sanderson, fazendo um som estranho, algo entre um riso contido e um engasgo. — Outro homem, é isso.

Em seguida, fez-se silêncio por cerca de um minuto, o qual não tentei preencher, sentindo que ele diria mais quando estivesse pronto.

Quando revejo o passado, isso parece marcar o começo, embora com o tempo eu tenha compreendido que provavelmente houve outros começos antes desse.

2

Cheguei a Edimburgo no último dia de agosto. Todo mundo já ouviu relatos desfavoráveis sobre o verão na Escócia, mas era fácil duvidar deles naquele dia. O calor que eu deixara para trás em Paris era do tipo que sufocava e fazia a gente se sentir apenas meio vivo, mas, naquela segunda-feira de agosto, a cidade que seria meu lar temporário se expandia de forma gloriosa sob um vasto céu azul. Quando desci do ônibus que sai do aeroporto no Centro da cidade, havia uma brisa fresca que alisava a pele e me enchia com uma sensação de possibilidade. Era um desses raros momentos em que o mundo físico exterior parecia em perfeita harmonia com o eu interior. Edimburgo era claramente uma cidade *en fête*: as ruas estavam cheias de malabaristas e homens com pernas de pau, e todas as superfícies pareciam exibir um cartaz, cada um prometendo uma atração cultural diferente: tambores japoneses, ópera-cômica, balé russo, Shakespeare condensado (o que quer que fosse isso). Eu já me sentia bem só de estar lá.

Eu passaria seis meses na Escócia, trabalhando com manuscritos do século XVIII guardados na Biblioteca Nacional do país. Uma editora em Paris me contratara pouco tempo antes para fazer uma edição francesa dos ensaios de David Hume. A ideia de ir a Edimburgo para trabalhar com a obra de Hume vinha se formando em minha cabeça havia anos, e, quando finalmente aconteceu, eu estava me sentindo um pouco tonto de ansiedade. Eu poderia consultar os manuscritos originais na biblioteca onde o próprio David Hume havia sido curador e, fantasiando, gostava de pensar que seu espírito inspiraria o projeto. A decisão de ir para Edimburgo também continha um elemento de peregrinação pessoal. Além de ser a cidade em que Hume havia vivido e morrido, era o lugar onde meu pai havia estudado.

Os meses anteriores tinham sido gastos com a resolução de coisas práticas: certificar-me de que a Biblioteca Nacional em Edimburgo deixaria os manuscritos de Hume disponíveis para mim, candidatar-me a bolsas de várias fundações culturais em busca de financiamento extra, escrever para a Universidade de Edimburgo para solicitar um cargo sem honorários no departamento de filosofia; assim, eu teria acesso a bibliotecas e instalações do corpo docente. Tudo se encaixara de forma rápida e suave. A única coisa que faltava era colocar meu apartamento em Paris para alugar e arranjar acomodação em Edimburgo. Nisso, mais uma vez, a universidade ajudou, pondo-me em contato com um acadêmico chamado Martin Blandford, com o qual tive a sorte de fazer uma simples troca. Ele queria passar sua licença sabática na Sorbonne, escrevendo um livro sobre Jean-Paul Sartre. A simplicidade desse acordo — Sartre em troca de Hume — era perfeita, e não havia dúvida em minha cabeça de quem havia levado a melhor.

A residência de Martin Blandford em Edimburgo, como vim a saber, ficava perto da Calton Hill, numa charmosa fileira de casas em forma de ferradura, a leste do Centro da cidade. O taxista dissera: "Ah, é uma das antigas cocheiras", e no meu léxico mental imaginei antigas coxias — com certeza a coisa exata para uma aventura literária. Mais tarde, quando conheci a cidade, descobri muitas cocheiras antigas, construídas no início do século XIX para servir como anexo para os casarões próximos. Seus térreos haviam sido usados para acomodar cavalos, e os cavalariços e cocheiros dormiam no andar de cima. Pelo que eu sabia, não havia equivalente a essas antigas cocheiras em Paris, pelo menos nenhuma que eu tivesse visto. O que me fez divagar sobre onde todos os cavalos franceses e seus cocheiros passavam as noites.

Minha antiga cocheira — minha *coxia* — adequava-se perfeitamente a mim, mais do que qualquer coisa que eu poderia ter imaginado no meio de uma cidade. Pequena como uma casa de boneca, ficava numa fileira de cerca de uma dúzia de outras iguais em formato de ferradura, num pátio de paralelepípedos com um jardim elevado em forma de pera, cheio de árvores e arbustos ao centro. Um pequeno esconderijo reservado, como uma vila em miniatura, que dava a impressão de não ter conexão óbvia com o restante da cidade; a rua parecia ter sido desenhada por uma criança — pitoresca e assimétrica, com a perspectiva toda torta. A casinha em si estava coberta de hera, e, à direita da porta, havia uma garagem anexa (o antigo estábulo), pintada de azul. Dentro, existia um hall de entrada com uma mesa estreita, com o restante do térreo dedicado a uma cozinha e uma sala de jantar interligadas. Saindo da cozinha, havia uma pequena área de serviço com uma máquina de lavar e secar e, de modo bizarro, uma bicicleta pendurada num gancho no teto. Outra porta, que presumivelmente levava à garagem, estava fortemente trancada. No andar de cima, havia uma sala de estar, uma cama de casal e um pequeno escritório com uma mesa e duas estantes vazias

— ideais para o meu objetivo. No canto da sala de estar, um pano de batique colorido estava disposto sobre algo grande e quadrado. Eu quase esperava descobrir um pássaro dormindo numa gaiola, mas não: era um aparelho de TV, escondido. O quarto era parcamente mobiliado, e as paredes, fora uma pintura solitária, estavam nuas. Parecia ter sido preparado para alguém que estivesse ali de passagem, para morar por seis meses. Blandford tinha sido muito atencioso. Tudo cheirava a frescor e limpeza, e havia até flores colhidas num vaso alto na mesa do hall. As cores tinham certa suavidade, tons que as pessoas às vezes chamam de femininos. Quase certamente gay, concluí, embora fosse bem possível que Blandford estivesse fazendo a mesma suposição a meu respeito, baseada em meu apartamento cuidadosamente preparado em Paris. Na verdade, eu nada sabia sobre a vida de Blandford, mas tudo apontava para a moradia solitária e o gosto pela ordem: nenhuma desorganização doméstica, nenhum brinquedo de criança, nenhum indício da bagunça da vida corriqueira, nenhum ornamento ou *objeto* medonho, só uma ou duas tigelas cerâmicas de bom gosto aqui e ali, e uma única fotografia em preto e branco de um casal, presumivelmente do casamento de seus pais. Fora a fotografia e alguns livros de referência numa prateleira, os cômodos eram bastante impessoais. Eu gostava daquilo. A pessoalidade podia desviar muito a atenção e chegar a ser perturbadora. Minha preferência era por algo como um quarto de hotel, um lugar para onde seria fácil se mudar e do qual fosse igualmente fácil desaparecer no meio da noite sem deixar marcas. Olhei em volta para meu novo ambiente e mal podia acreditar na minha sorte. Aquele era um lugar que oferecia a possibilidade de satisfação.

Na mesa ao lado das flores, Blandford deixara um bilhete.

Caro Edgar,

Bem-vindo a Edimburgo. Espero que encontre tudo em ordem por aqui. Há um molho de chaves reserva no nº 16, caso você fique trancado do lado de fora, e um bloco de "Notas explicativas sobre a casa" na gaveta da mesa do hall. Você pode usar minha bicicleta — ela está pendurada na área de serviço. A garagem contém meus itens pessoais e, portanto, está trancada.
A sra. Bannerman (a faxineira) vem toda terça-feira às 8h30 e fica por duas horas. Você não precisa estar aqui (ela tem a chave), mas deve deixar 15 libras em dinheiro na mesa do corredor toda semana.

Meus melhores votos de meses produtivos.
Atenciosamente,
Martin Blandford

P.S.: Deixei um convite que pode lhe interessar. Por favor, sinta-se à vontade para ir em meu lugar.

O convite — por sinal, para mais tarde no mesmo dia — era para uma palestra com o título "A humanidade de Hume" seguida por uma recepção. Eu planejara desfazer as malas e me instalar em meus novos aposentos, mas isso parecia interessante demais para perder. Desfaria as malas depois. Agora percebo, em retrospectiva, que talvez essa tenha sido a primeira de uma série de decisões que não combinavam com meu temperamento. Edimburgo já estava tendo um efeito libertador.

A palestra ocorreria na David Hume Tower — era evidente que havia toda uma indústria em torno de Hume nessas paragens.

O cartão impresso tinha as letras SUPA na parte de cima e, embaixo, entre parênteses, o nome da associação de filosofia das universidades escocesas: *Scottish Universities Philosophical Association*. Estranhamente, havia outro cartão ao lado desse com uma sigla em negrito — uma notificação da SEPA (Scottish Environmental Protection Agency), a agência de proteção ambiental escocesa, avisando que um exame da água fornecida seria realizado durante a semana seguinte. SUPA e SEPA, eu disse em voz alta, experimentando as estranhas novas palavras.

3

Eu imaginara que um edifício que levava o nome de David Hume Tower fosse um prédio elegante do século XVIII, com teto adornado e uma entrada grandiosa, algo como o Château de Bagatelle em Paris. Mas não: era um imenso bloco de concreto, cuja feiura me deixou boquiaberto. É claro que há lugares como esse em qualquer metrópole, mesmo em cidades de grande beleza, como Munique, mas geralmente eles estão ocultos nos subúrbios, alojando os menos favorecidos bem acima do nível do solo e protegendo a consciência cívica dos cidadãos. Em contraste, a David Hume Tower parecia uma nódoa terrível no coração de Edimburgo, e sem nenhuma vergonha disso.

O auditório estava lotado. O burburinho de repente deu lugar a um silêncio de expectativa quando duas pessoas surgiram no palco e assumiram suas posições lado a lado em cadeiras que pareciam tronos. Uma era o palestrante convidado, um homem chamado Whitebrook, professor de filosofia da Universidade de Cambridge. A outra, vestida com uma beca colorida, era um espécime de aparência imponente que se levantou e começou a listar, num tom monocórdio, os feitos do orador visitante: carreira de longa distinção, reputação internacional, lista impressionante de publicações, e assim por diante. Depois de uma educada salva de palmas, o professor Whitebrook se levantou e foi até o atril, levando alguns momentos para colocar cuidadosamente seus óculos, que estavam presos a um cordão em volta do pescoço. Ele causava uma bela impressão: alto, aparência jovial apesar de uma grossa camada de cabelos brancos, o rosto geométrico, cheio de linhas e ângulos regulares, e, sob sua beca volumosa, um colete marfim e uma gravata-borboleta amarela.

Ele começou sua palestra contextualizando Hume na Escócia do século XVIII, uma época de fé calvinista e outros tipos de religião revelada, que se baseiam na ideia de que Deus se revelou a nós, explicou, passando em seguida a detalhar a força dos ataques contra o filósofo naquele tempo. Esses ataques, disse o professor, vinham principalmente de teólogos importantes, embora, mais tarde, quando Hume começou a questionar também as bases da religião natural, colegas filósofos tenham se juntado à batalha. De acordo com Whitebrook, Hume não havia iniciado sua investigação com o intuito de se tornar incrédulo. Ao contrário, ele seguira os argumentos da religião e os considerara deficientes. Era um homem interessado principalmente em explicar nosso lugar no mundo de maneira que levássemos vidas melhores; e ele logo descobriu que a arte de viver bem não combinava com o apego a ilusões. Na visão de Hume, o mundo era perturbado de modo inquietante pelo que ele chamava de *superstição* e *entusiasmos*, e tratou de tentar descartá-los com a elegância e o humor que lhe eram característicos. Os argumentos religiosos, aos quais se dera tanta importância ao longo dos séculos, foram desmantelados um a um, para a fúria de seus adeptos. "E a fúria aumentou", disse Whitebrook, "pelo fato de que Hume parecia estar rindo deles, ainda que de seu jeito afável. Não parecia ter lhes ocorrido que o motivo pelo qual ele ria dos argumentos era porque eles fossem intrinsicamente risíveis".

Whitebrook falava com um ar de autoridade inata, seu tom belamente modulado, sua pronúncia perfeitamente cronometrada. Sua voz era grave e espessa, com uma camada sobre ela, como um perfeito *crème brûlée*. Tendo como base seus movimentos corporais, imaginei que podia visualizar toda a extensão da pontuação de seu texto: uma ligeira elevação de sobrancelhas para uma vírgula; uma ainda mais alta para um ponto e vírgula; e um abaixar de cabeça para algo mais substancial, como um ponto-final ou dois-pontos. De vez em quando, ele dirigia o olhar furtivamente para a lateral do palco, como se esperasse que alguém aparecesse das alas, e, quando levantava os braços para pontificar algo, as dobras de sua beca se elevavam, dando-lhe a aparência de uma ave de rapina prestes a mergulhar em sua próxima refeição. Eu o visualizava como um falcão-peregrino por causa de seu peito branco (colete) e bico amarelo (gravata-borboleta), junto com a massa de plumagem negra (beca acadêmica).

É inevitável ter pensamentos desse tipo em palestras. Depois que se permite para eles um espaço, ainda que minúsculo, na cabeça, eles podem rapidamente sair do controle. A gente começa — como comecei — a ver todos em volta como um tipo diferente de pássaro e, antes que se perceba, vários minutos de tolice fantasiosa se passaram, durante os quais não se absorveu uma palavra da palestra. Assim que voltei a me concentrar em Whitebrook, as recompensas foram enormes. Ele falava com tanto bom senso e clareza que era quase como se tivesse sido contagiado com algumas das qualidades do próprio David Hume. Os perigos envolvidos em criticar a religião no século XVIII eram muito grandes, dizia ele à plateia, tanto

O TOM AUSENTE DE AZUL

que Hume foi forçado a usar artifícios retóricos sofisticados para esconder seu ceticismo mais extremo. Exemplos textuais disso foram projetados em slides acima de nossas cabeças, cada um deles cuidadosamente decodificado pelo professor, que pausava esporadicamente para saudar a coragem e a astúcia de Hume. Esse grande homem, disse ele, havia atribuído a origem da crença religiosa a "esperanças e medos incessantes que estimulam a mente humana". Whitebrook pausou por um momento e, depois de remover os óculos e fixar o olhar no fundo do corredor, finalizou com um lembrete sombrio de que, embora a morte de Deus tenha sido decretada muitas vezes nos duzentos e cinquenta anos seguintes, essas esperanças e medos ainda estavam vivos e eram mais perniciosos do que nunca.

A recepção ocorreu numa sala pequena e sem nenhuma luz natural, na saída do auditório. Dentro dela, havia trinta ou quarenta pessoas, a maioria parecendo ser de acadêmicos. Peguei uma taça de vinho tinto (gelado e um pouco ácido demais) e fiquei nos fundos, perto da entrada, já prevendo a necessidade de escapar. Grandes aglomerados de pessoas me deixam inquieto, a menos que eles estejam nas ruas de Paris, no metrô ou no mercado, onde raramente há obrigação de interagir. (Atribuo isso a ser filho único — uma explicação conveniente para quase tudo de problemático na vida adulta.) As pessoas na sala se dividiam entre ouvintes e palestrantes — a razão era provavelmente de cinco para um. Era notável que os palestrantes pareciam se divertir mais do que os ouvintes. Eu identificava apenas uma palavra ou outra, geralmente quando ela era posta em itálico, como em escárnio ou descrença, talvez, mas era impossível encontrar sentido na conexão das passagens. Burburinho em alto volume em inglês soa muito diferente do que soaria em francês.

Em francês, ainda dá para notar que é uma língua, que as pessoas estão se comunicando em frases com significado e usando todos os tons de voz. Mas ali, no andar térreo, o som homogeneizado reverberando no teto baixo parecia mais animal do que humano, como gado sendo empurrado para dentro de um caminhão que o levaria ao abate.

Depois de um breve intervalo, alguém cujo nome não consegui entender bateu no meu braço e me conduziu até um pequeno círculo de seis pessoas, todos homens, professores de filosofia na universidade. Como aluno, eu havia encontrado apenas um filósofo de cada vez, e nunca socialmente. Será que havia um substantivo coletivo para filósofos? Fiz uma nota mental para pesquisar. Durante meu duradouro caso de amor com os idiomas, certa vez tomara o caminho fascinante dos coletivos — um *conclave de cardeais*, uma *turba de crianças*, e assim por diante. Com base no grupo à minha frente, decidi que teria que ser uma *fatuidade de filósofos*. Eles competiam abertamente uns com os outros — dados a falar, detestavam ouvir. Outra característica marcante era uma ansiedade curiosa, a partir do momento em que fui apresentado, de demonstrar uma familiaridade com o francês. Não demorou, e o ar estava cheio de *rigueurs* e *billets-doux* e até *bien-pensants*. Isso certamente não podia ser normal. Era difícil imaginar que eles falassem normalmente daquele jeito entre si. Um homem com um olhar altivo ficava dizendo *au contraire* a cada poucos segundos, deixando essas duas palavras na conversa, ostensivamente em resposta a qualquer coisa que tivesse sido dita, mas de forma vazia. Outro — novamente acho que com boa intenção — se ofereceu para me pôr em contato com alguns franceses que ele conhecia. Agradeci-lhe efusivamente, desesperado para não me comprometer com coisa alguma. Todo cuidado é pouco em situações assim. E mais outro, um homem de rosto redondo e nariz bulboso, levantou sua taça para o grupo reunido e exclamou: "*Après moi le déluge!*" Que diabos havia de errado com todo mundo? O diagnóstico mais caridoso seria nervosismo ou talvez uma gentileza confusa, mas logo que se tornou razoável fazer isso, dei um sorriso de tenho-que-ir-embora e me encaminhei à saída.

Que foi onde encontrei Sanderson, também prestes a sair. Era um homem de cerca de sessenta anos, achava eu, levemente desgrenhado, com uma cabeça grande e um rosto sólido que parecia ter sido moldado pelo martelo de um ferreiro. Seu cabelo, escasso e ligeiramente despenteado, parecia o de W. B. Yeats no final da vida, e, abaixo de seus olhos, havia bolsões cor de ferrugem que lembravam um sabujo. Ele estendeu a mão — a pele estava rachada e descamava — e se apresentou. O aperto de mão era úmido — não suado, mas curiosamente oleoso. *Harry Sanderson*, disse ele, o que me causou desalento, pois "Harry" era um dos nomes mais difíceis para um francês pronunciar, mesmo um francês que se sente à vontade em inglês. Tudo nele é difícil — o agá aspirado, o "erre" vibrante no céu da boca, a brevidade e a simplicidade enganosa. Harry é o tipo de nome que se contorce numa boca francesa e pode terminar soando como uma escarrada.

— Edgar Logan — disse eu, sacudindo sua mão e pensando que meu nome era muito mais benevolente com ele.

— Ah, o homem que está exportando Hume para o outro lado do Canal.

Poderia ter sido um comentário agressivo, mas o modo como ele disse foi cordial e franco. Mesmo assim, é sempre desconcertante saber de sua existência na mente de estranhos, especialmente quando se está acostumado ao anonimato. Notando minha surpresa, ele explicou que ensinava filosofia na universidade e vira minha candidatura ao cargo honorário no departamento.

— Todo mundo chama você de Edgar? — perguntou. Sua voz era escocesa, nítida com um toque de aspereza. Lembrava a do meu pai.

— Sim, exceto meu pai. Ele sempre me chamava de Eddie.

— Bem — disse ele, tirando um cachimbo do bolso e batendo-o no sapato —, se não se importar, vou chamá-lo de Eddie também.

—Tudo bem — disse eu, percebendo a chance de fazer um trato. —Você me chama de Eddie. Vou chamá-lo de Sanderson. Não tenho certeza se consigo dizer Harry.

E assim começou uma conversa que continuaria por vários meses e mudaria ambos.

4

Enquanto atravessávamos a George Square, Sanderson parou, virou-se e fez um sinal com a cabeça para o prédio de onde acabáramos de sair: — O que achou do nosso monumento ao maior filósofo da Escócia? — Ele estava preparando o cachimbo, pressionando o tabaco para baixo com o polegar.

— Bem, foi um pouco chocante. — Sorri, não desejando ofender alguém que acabara de conhecer.

— Não precisa medir as palavras — disse ele. — É um dos melhores exemplos da megalomania arquitetônica à nossa volta. Vandalismo cultural, no estilo dos anos 1960. Somos os campeões mundiais nisso.

Ele buscou refúgio do vento para acender o cachimbo, um processo demorado que envolvia vários fósforos e palavrões, durante o qual ele perguntava, entre os dentes que prendiam o cachimbo, o que eu havia achado da palestra e se eu havia gostado da recepção. Era tão incomum para mim que perguntassem minha opinião sobre qualquer coisa que, sempre que isso acontecia, minha língua se enrolava. Mas eu me sentia estranhamente à vontade com Sanderson, talvez porque ele não tivesse feito parte do grupo estranho de acadêmicos. Disse-lhe o quanto havia gostado da palestra, como esperava ansiosamente pelas próximas, como desejava ter assistido a palestras como aquela durante a minha época de estudante. Quanto à recepção — bem, eu não era muito bom em reuniões sociais, principalmente em uma sala cheia de filósofos.

— Ah, filósofos — disse Sanderson, olhando a meia distância. — Bem, são todos uns bestas.

— Bestas?

— Bestas, sabe, só se importam com o próprio rabo. Com o próprio traseiro.

— Ah, percebo — disse eu, sem perceber nadinha, exceto um leve brilho no olhar dele.

— É de tanto contemplarem os próprios umbigos.

Esperei que desse mais explicações, mas ele não fez isso. Continuamos andando em silêncio por um tempo. Então, como se uma nova ideia tivesse acabado de lhe ocorrer, disse:

— Um grupinho infeliz. É isso que eles são!

— Talvez seja o estudo da filosofia que os torne infelizes, não acha? — Surpreendi a mim mesmo com essa pergunta.

— Bem, esse *é* um ponto interessante — disse Sanderson. Suas pupilas eram de um preto brilhante e nadavam sobre as piscinas de ferrugem. — Quase digno de uma investigação filosófica própria, na verdade. A filosofia atrai pessoas infelizes, ou há algo na natureza do envolvimento filosófico que leva à infelicidade?

Era uma questão que ele jamais havia considerado, comentou, apesar do fato de ter acabado de escrever um livro inteiro sobre felicidade.

— E, acredite em mim, não há nada que arrefeça tanto o ânimo quanto escrever sobre felicidade.

Deve ser uma daquelas perguntas do ovo e da galinha, disse ele, em que a questão era descobrir o que veio primeiro. Como, digamos, ponderar a prevalência do desvio sexual entre os religiosos.

O TOM AUSENTE DE AZUL

Os seminários realmente *produziam* desvios sexuais ou apenas forneciam um ambiente protegido para aqueles cuja natureza de desvio já estava bem-formada? Seu modo de ser era brincalhão e autodepreciativo, mas um tanto vigoroso. Eu me perguntava o que isso indicava. Apostava que ele era um homem inquieto consigo mesmo.

Perguntei-lhe a respeito de seu livro sobre felicidade e quando ele seria publicado, mas tudo que ele quis dizer foi: — Em breve.

— Você acabou o livro?

— Sim, acabei, e ele acabou comigo. — Ele riu de um jeito penitente e disse que achava que a felicidade, como era comumente concebida, tinha pouquíssimo a ver com filosofia. Era tudo psicologia. — E é um fato psicológico, embora seja uma espécie de enigma, que você possa se sentir oprimido ao pensar demais sobre felicidade e sobre como atingi-la.

Às oito horas da noite a claridade ainda era excelente. O sol havia acabado de baixar, mas deixara um brilho cor de champanhe. Andamos juntos pela Cidade Velha sobre a ponte de George IV e pela rua Mound. Quando encontramos alguém de sessenta e poucos anos pela primeira vez, é difícil não pensar na hinterlândia, no número colossal de eventos e experiências que colaboraram para formar a pessoa que vemos ao nosso lado, no fato de que não desempenhamos nenhum papel nisso e de que não temos nenhuma compreensão do processo. Esse era o pensamento principal na minha cabeça quando, durante nossa conversa inicial, fizemos o que as pessoas fazem quando se conhecem: tiram os assuntos usuais do caminho — questões sem importância, as coisas que desconhecidos dizem uns para os outros.

Depois disso, ele conversou um pouco sobre seus colegas, dos quais dava a impressão de preferir manter certa distância. Sanderson se cansara bastante da filosofia, disse, e um dos efeitos disso tinha sido criar um abismo entre ele e seus pares. Resumindo, eles não o estimulavam mais. Sanderson falava de sentimentos gerais — decepções, frustrações e ressentimentos vagos — e, curiosamente, faltava a suas frases certo peso. Suas críticas, porém, embora não fossem cruéis ou explícitas, acumulavam condenatórias; sua forma de falar, uma mistura estranha de atropelos e hesitações. Lembrava um motorista trêmulo, inseguro quanto às marchas, modificando uma ação decisiva com um advérbio suavizador ou uma ligeira vacilação, como se questionasse o próprio julgamento ao mesmo tempo que o enfatizava. Seu discurso sugeria um homem deprimido e sem nenhuma perspectiva de salvação. Os assuntos que escolhia pareciam confirmar isso. Ele estava em desarmonia com o mundo moderno, dissera. Este mundo cheio de catástrofes e calamidades. Nada de novo nisso, é claro, mas ter tudo transformado em eventos de mídia, convertido em entretenimento e consumido avidamente como refeições prontas — bem, isso era mais do que ele podia suportar. "Os programas de TV cheios de entrevistas, emoção despejada em todo lugar que se olha. Fazem com que eu me sinta uma relíquia de uma época mais racional." De vez em quando, ele dava uma risada autodepreciativa, como se tivesse sido pego de surpresa pelo próprio ridículo.

No final da rua Mound, paramos por uns instantes antes de nos separarmos. Sanderson disse que morava "lá", apontando vagamente na direção noroeste. Já eu rumava para o leste, para Calton Hill. Apertamos as mãos de novo, e estávamos trocando as gentilezas usuais quando Sanderson, ainda agarrando minha mão, de repente disse:

— Sabe, se não estiver fazendo nada, podia vir fazer uma boquinha. Conhecer minha mulher. Ela ia gostar. Não temos recebido muitas visitas.

5

O apartamento ficava no último piso de uma casa de quatro andares. A construção, de arquitetura georgiana e com terraço, estava situada numa rua tranquila na Cidade Nova. A entrada era imponente, com grades de ferro, quatro degraus de subida e uma imensa porta de madeira com uma aldrava de bronze. Não era assim tão imponente no interior, mas a escada tinha curvas elegantes, e os pisos de pedra dos degraus estavam gastos no meio por dois séculos de trânsito humano. Sanderson foi à frente, subindo de modo pesado e cansado. Atrás dele, notei seus sapatos sujos e riscados, gastos na sola. Um homem com sapatos sujos, acreditava meu pai, era um homem que perdeu o respeito por si mesmo.

Dentro do apartamento, havia um aroma forte e alegre, pão fresco e aspargos talvez, além de algo que eu não conseguia identificar com precisão — possivelmente, menta. Com certeza não havia traço dos cheiros de cozinha que dão má reputação à Escócia — legumes muito cozidos, tudo frito com muito óleo.

A esposa de Sanderson — uma mulher mais jovem do que eu imaginara — apareceu no corredor. Seu rosto era franco e alerta, os olhos um pouco separados. Devia haver uma diferença de vinte anos ou mais entre eles. Ela demonstrava uma elegância natural, não relacionada a roupas ou cosméticos. Quando me viu, inclinou a cabeça para o lado, ligeiramente confusa e com um meio sorriso, deixando para que eu adivinhasse tudo a seu respeito. Suas calças brancas ondulavam enquanto ela andava, dando-lhe um aspecto etéreo, belo e desconcertante. Sanderson fez as apresentações.

— Cary — repeti, pensando imediatamente em Cary Grant em *Intriga internacional*. Devo ter assistido ao filme dez vezes ou mais.

— Na verdade, é C-A-R-R-I-E — disse ela, soletrando de um jeito que sugeria que estava acostumada a que perguntassem. — Rima com Harry.

A voz dela era suave e cadenciada.

— É um bonito nome — disse eu.

Sanderson lhe contou que havia me convidado para o jantar — tudo bem? Sim, é claro que sim, respondeu ela. A comida estava no forno e ficaria pronta a qualquer momento. E Alice havia telefonado perguntando se podia passar para deixar uma coisa; ela também ficaria para o jantar. Sanderson não parecia surpreso ao ouvir isso, apesar de haver me dito apenas alguns minutos atrás que eles não recebiam muitas pessoas.

Estávamos na sala principal agora (eles chamavam de sala de visitas) que percorria a largura inteira do prédio e recebia luz dos dois lados por meio de grandes janelas de sacada com venezianas de madeira recolhidas para o lado.

— Num dia claro — disse Sanderson —, dá para olhar para o norte por sobre os telhados e para além da água até Fife e, no outro lado, pelas janelas dos fundos, dá para ver o pico Arthur's Seat, em toda a sua glória. — Explicou que eles haviam escolhido o apartamento principalmente por causa da luz.

—A luz do norte é importante para o artista — disse ele, fazendo um sinal com a cabeça para Carrie enquanto abria uma garrafa de vinho. — O estúdio da minha esposa fica do outro lado do corredor.

Enquanto bebíamos, conversamos principalmente sobre o trabalho de Carrie. A sala de estar era tomada de pinturas grandes, todas penduradas no trilho abaixo de uma cornija rebuscada, algumas delas em molduras de bordas douradas, outras em telas sem moldura estendidas sobre madeira. Havia vários retratos em tamanho natural, a maioria de nus femininos em várias posturas. Na época, eu não sabia quase nada sobre pinturas, mas essas exerceram uma estranha atração em mim. Achei-as vívidas de um modo incomum — era possível sentir o sangue por baixo da pele, o batimento cardíaco por trás da caixa torácica. O adjetivo que me veio à mente foi *fiel*, normalmente uma palavra que é melhor evitar e que, com certeza, nunca tinha pensado em usar no contexto da arte. Quase todos os centímetros quadrados da superfície eram preenchidos com carne abundante e nua, nem um pouco estilizada, porém crua, imperfeita e natural. Com outro artista o efeito poderia ser rústico, mas essas telas pareciam audaciosas e alegres. Eu via cada uma de uma vez, desejando ser capaz de dizer algo inteligente ou bem-informado, algo sofisticado que sugeriria estar à vontade com fotos de mulheres nuas. Em vez disso, eu disse: "Elas são *muito boas*", com a intenção de transmitir admiração, mas, aos meus próprios ouvidos, soou acanhado e condescendente.

No canto perto da porta, havia uma tela que se destacava das demais — o retrato de um homem, só a cabeça, não o corpo. Os traços me pareceram a princípio exagerados: os olhos, o nariz e os lábios, se considerados individualmente, eram exemplares fantásticos, mas, juntos, pareciam um engano, um rosto montado às pressas. E, no entanto, era um rosto *interessante*, os traços diferentes não se mesclavam com exatidão, mas o efeito geral era cativante. Ele me prendeu lá com uma espécie de fascínio. De um modo curioso, eu tinha uma leve impressão de *déjà-vu*: quanto mais eu estudava o rosto, mais ele me parecia familiar. De repente, Carrie estava ao meu lado.

— Não consigo deixar de pensar que já vi este rosto antes — comentei.

—Você viu — disse ela, com um sorriso. — É Harry. Mas, veja bem, ele era mais jovem nessa época.

— É claro! — Um lento e implacável rubor.

— Eu pintava muitos quadros dele nos nossos primeiros anos juntos, mas ele não me deixa mais fazer isso.

Ela descreveu como havia sido prazeroso fazer o retrato de Harry por causa do que chamava de "fortes lineamentos". Disse que era *uma espécie de rosto cubista*. — Como um daqueles autorretratos de Picasso, sabe? — Sanderson sentou-se numa poltrona no outro lado do cômodo e tossiu alto de um jeito artificial, fingindo estar ofendido. Carrie riu.

— Não, não — protestou ela. — Um rosto cubista é *bom*. — E, nesse momento, tive certeza de que podia ouvir o amor na risada de Carrie. — Melhor que dadaísta, por exemplo. Um rosto dadaísta seria completamente aleatório; ele precisaria abandonar qualquer forma estética reconhecível.

— Bem, obrigado — disse Sanderson, enchendo a própria taça outra vez. — É bom quando a gente fica sabendo que contribuiu um pouquinho para a arte moderna.

À primeira vista — nos aspectos relacionados com a aparência e o charme exteriores —, eles me pareceram um casal improvável.

O TOM AUSENTE DE AZUL

Mas essa breve conversa entre eles dava a impressão de abrir uma pequena janela de onde se podia ver seu casamento, e aquelas primeiras impressões eram de movimentos de ataque e esquiva bem-humorados, o tipo de implicância que eu imaginava que só poderia vir de uma base sólida como uma rocha. Eu gostava do que via, embora, como sempre no meu caso, não fosse algo com que me identificasse, nem algo que jamais pudesse se refletir em mim. Pelo que vi numa curta visita, as formas e os contornos de seu relacionamento pareciam perfeitamente ajustados. Mas o que eu sabia daquilo? Não era nenhum especialista em assuntos conjugais.

A campainha do interfone tocou, e Carrie disse a Alice para subir. Era óbvio, mesmo antes de ela falar, que Alice era americana, algo a ver com um olhar puro e o brilho de sua dentição perfeita. Fiquei sabendo que ela e o marido eram os proprietários de uma pequena galeria na Cidade Nova. Várias das pinturas de Carrie tinham sido vendidas recentemente, e Alice fora entregar um cheque. Havia algo de teatral em Alice, não só a pesada maquiagem — era tanta que dava a impressão de que ela havia passado por algum processo de embalsamamento — ou o vestido que poderia facilmente ter saído de uma peça de época, mas a forma como ela se mantinha bem afastada de todo mundo enquanto falava, como uma atriz que proferisse suas falas de cima, no palco. Ela era também uma pessoa capaz de cativar sua atenção, embora fosse difícil identificar algo obviamente fascinante nela. Alice simplesmente exalava um ar de serenidade que atraía o olhar.

Enquanto tomávamos nossos assentos na mesa da cozinha, todos falaram um pouco sobre si, e aprendemos um pouco a respeito dos outros. Sanderson e a esposa haviam morado em Edimburgo durante todo o tempo de casados. Carrie, natural das Hébridas, havia estudado história da arte e filosofia moral na universidade. Que foi onde conheceu Sanderson, um dos professores de filosofia, embora anos tenham se passado até ficarem juntos, disse ela. Antes da graduação, ela se transferira para o College of Art, especializando-se em desenho e pintura, e, agora, dava aulas lá uma vez por semana, o resto do tempo de trabalho dividido entre encomendas particulares e experimentos com coisas diferentes "somente para meu próprio prazer mesmo". Alice declarou que Carrie era muito modesta — "Ela tem um talento enorme", disse.

Enquanto isso, eu me entusiasmava com Edimburgo — minha acomodação em particular, como era silenciosa e, ainda assim, próxima ao centro da cidade. Meus anfitriões evidentemente conheciam Martin Blandford (que era colega de Sanderson) e também pareciam conhecer a casa. Carrie elogiou seu charme e mencionou que, se Martin adquiria algo novo, algo para a cozinha talvez ou mesmo um livro, ele sempre pegava um artigo de tamanho similar e levava-o imediatamente para a caridade. Dessa forma, a desordem era evitada. "Ele aprendeu a ser disciplinado", disse ela, interrompendo-se de forma abrupta, como se tivesse se ouvido falar demais. Nesse ponto, pensei ter visto os cantos dos lábios de Sanderson se apertarem.

Conte-me mais a respeito de seu livro sobre felicidade, eu disse, mas ele não revelava nada do conteúdo, só as circunstâncias que o levaram a escrevê-lo. Alegava que tinha sido coagido por seu chefe de departamento. "Isso é tudo com que todo mundo se importa hoje em dia: publicar um livro. Não interessa o que se publique ou se o livro é bom." As publicações eram a única coisa que interessavam quando chegava a hora de avaliar um departamento da

O TOM AUSENTE DE AZUL

universidade; um tremendo engano. Cinco estrelas era a melhor avaliação, disse ele, como num hotel, e, durante a última prática de avaliação de pesquisa, cuja sigla era RAE, seu departamento havia recebido apenas quatro — algo que o novo diretor estava determinado a melhorar. Não demorou, e seus colegas se atropelavam na pressa de produzir livros. Nada de obras de cuidadosa erudição — não, não, isso tomaria muito tempo —, mas novas edições disso e daquilo, ou uma introdução a uma reimpressão, decorada com algumas notas explicativas; qualquer coisa, contanto que fosse em capa dura. Tudo em busca de uma estrela, igualzinho no jardim de infância. E, então, eles se ocupavam em escrever cada vez mais sobre cada vez menos, disse ele. "Você se lembra da mosca no eixo da roda da carroça nas *Fábulas de Esopo*?" Ele golpeou o ar com o cachimbo. "*Veja só quanta poeira eu levanto. Veja só quanta poeira eu levanto!* Bem, meus colegas são praticamente moscas no eixo da roda da carroça."

Enquanto isso, sem desejar integrar a corrida indecorosa para publicar, ele não havia feito nada. Todos os demais estavam escrevendo furiosamente, mas ele se mantinha distante. Por fim, durante uma conversa difícil com o chefe do departamento, ele ficou sabendo que estaria em risco de entrar num estado que chamavam de *Inatividade de Resultados*. "Que monte de asneiras, eu disse a ele. E Sócrates? Ele também está nesse Estado de Inatividade? Acho que sim, já que nunca escreveu, e muito menos publicou, uma única palavra."

Mas o chefe continuou a conversa e lhe mostrou uma carta que explicava as implicações de entrar no estado de *Inatividade de Resultados*. "Ele chamava de IR." Sanderson fez uma careta. "Dá para acreditar nisso?" Igual à droga do IRA, e tão perigoso quanto! Ele disse que não queria escrever um livro só por escrever. Por que escreveria?

Por que *qualquer pessoa* faria isso? Mas, com outra avaliação se aproximando, ele não tinha escolha. Então, escrever sobre o quê? A editora SUP (Scottish University Press) havia começado uma série chamada Reflexões Filosóficas, cada título sobre um tema diferente, criada para o público em geral e também para o público especializado (fiz uma nota mental para adicionar SUP a SEPA e SUPA). A série já incluía volumes sobre Religião, Morte, Liberdade, Virtude, Estética e assim por diante. Quando Sanderson se apresentou para a série, só restavam Verdade, Luxúria e Felicidade. "Tentei pegar Luxúria ou Verdade, é claro, mas uns outros bostas chegaram primeiro, e fiquei preso com Felicidade."

Depois desse prolongado discurso, uma mistura estranha de descrença em si mesmo e arrogância, ele permaneceu em silêncio por um tempo. Perguntando-me o que pensar sobre tudo isso, dirigi um olhar furtivo para Carrie e Alice. As duas estavam impassíveis. Sem dúvida, já haviam ouvido esse discurso antes, possivelmente muitas vezes. Ocorreu-me que, se eu tivesse conhecido Sanderson num livro, poderia ter sido difícil gostar dele... talvez me fosse até levemente repulsivo. Ele não era um personagem naturalmente simpático, e não havia motivo óbvio para se preocupar com ele ou com o que lhe acontecesse. Mesmo assim, eu me preocupei. Ele me causava uma estranha atração. E, embora suas falhas estivessem ali para quem quisesse ver, gritando e chamando atenção para si, o homem de verdade estava certamente num esconderijo profundo, ao menos essa era a minha impressão. Ou talvez tivesse a ver com os pontos de conflito em mim mesmo, e com reconhecê-los em outra pessoa. Qualquer que fosse o motivo, notei que queria permanecer ligado a ele, nem que fosse só para descobrir o que o levara a ser daquele jeito.

*

Carrie preparara comida vegetariana — a refeição mais esplêndida e colorida que se possa imaginar. Mas Sanderson, por uma razão qualquer, dava a impressão de sentir necessidade de zombar dela. Ele fez uma grande cena para afiar uma faca, os movimentos exagerados de seu braço como se sinalizasse com bandeiras, como que se preparando para cortar um javali, depois fingindo lutar enquanto fatiava um assado de castanhas. Mais de uma vez, ele tentou fisgar meu olhar como se a performance fosse unicamente para mim. Eu não tinha certeza sobre a etiqueta de conspirar com um anfitrião contra o outro. Melhor me concentrar na comida. Havia pimentões recheados e várias tigelas de saladas exóticas e legumes, todas as magníficas façanhas de descascar e ralar, cortar e rechear, e todas elas nada francesas. Sanderson distribuiu os pratos e, assim que começamos a comer, explicou que até três anos antes Carrie era apaixonada por carne.

— Em outros tempos, minha querida esposa evitava os pacotes higienizados do supermercado em favor das carcaças sangrentas do açougue próximo.

Notei que Sanderson tendia a dizer "minha esposa" ou "minha querida esposa" em vez de usar o nome de Carrie. E ele usava um tom particular, próximo ao menosprezo — bem diferente de sua boa vontade anterior. Não havia jeito de saber o que isso significava. Os mecanismos internos de um casamento nunca são mostrados a alguém de fora. A gente precisa se perguntar e adivinhar.

— Então — continuou Sanderson, pausando para criar um efeito dramático —, com a intempestividade e o fervor da conversão de Paulo em Damasco, ela migrou para verduras e sementes.

Ele estava tomando o vinho rapidamente, e, nesse momento, deu outro grande gole.

— Não me importei nem um pouco — continuou Sanderson, seu tom sugerindo que não havia homem mais razoável. — Achei que poderia lhe proporcionar um interesse na vida, algo sobre o que falar.

— Hummmm — disse Alice, pegando a deixa. — Esses pimentões estão tão adocicados... Você os assou com açúcar mascavo?

— Na verdade, não. Um pouquinho de suco de limão no recheio parece extrair a doçura natural...

— Já percebeu uma coisa? — Sanderson se voltou novamente para mim. — Conversas sobre comida entre mulheres podem continuar indefinidamente. Quando notei isso pela primeira vez, achei que elas não podiam estar falando mesmo apenas sobre comida, os ingredientes das receitas, a preparação, o método e essas coisas. Eu pensava que as conversas delas tinham que estar codificadas de algum jeito, uma língua estranha criada para excluir os homens, inteligível somente para as mulheres. Mas não! — Ele repetiu o "não" várias vezes, dando a impressão de que estava emperrado nele até que, como um ator que de repente se lembra de sua fala, declarou: — Na verdade, não existe nenhum subtexto, nenhuma mensagem oculta. Elas estão simplesmente falando sobre comida. Pois bem: esse é o *verdadeiro* mistério.

— Mas os homens também fazem isso — disse eu. — Ao menos na França... todos os chefs são homens... mais como deuses, alguns deles.

Eu estava melhorando ou piorando as coisas? Não fazia ideia.

Depois de um silêncio contido, Alice anunciou sem se dirigir a ninguém em particular: — Não sei se gostaria de preparar comida vegetariana o tempo todo. Deve ser uma trabalheira, um esforço e tanto.

O TOM AUSENTE DE AZUL

A presença de palco de Alice dava à noite certo aspecto de faz de conta — o restante de nós havia sido contratado por uma agência de talentos para representar uma cena.

— Mas esse é o ponto — disse Carrie. — Tem mesmo de ser um esforço. Quanto mais esforço melhor. Com um pouco de imaginação, podemos comer muito bem usando coisas que podem ser cultivadas. E, então, não precisaríamos matar coisas para comer.

— Defender e acusar ao mesmo tempo — disse Sanderson. — É a especialidade da minha esposa.

O cheiro de perigo começou a se misturar com os demais aromas. Por alguns momentos, não houve som, a não ser o ruminar da mastigação coletiva. Enquanto domávamos lentamente as fibras para que tornassem algo que conseguíssemos engolir, veio-me a ideia de que o esforço de comer devia ser proporcional à dificuldade do preparo. A comida era deliciosa, porém uma lei enigmática parecia se aplicar: quanto mais se ingeria, mais parecia restar no prato. Como isso era possível?

Sanderson pegou sua taça e bebeu até a última gota do vinho tinto.

— Bem, se a culinária é uma questão de esforço, que tal você se dar ao trabalho de preparar, por exemplo, osso bucco para seus amigos carnívoros? — Ele encarou Carrie. Não houve resposta.

Ele ainda não havia terminado. Prosseguiu descrevendo como a ética vegetariana penetrara outras áreas da vida da esposa. Havia reflexologia, um punhado de besteirol da Nova Era e um flerte preocupante com o budismo.

— Ah, Harry, você transforma as coisas mais inofensivas em coisas malévolas — disse Alice, em socorro.

— Bem, eu me sinto nauseado na presença da religião. Como você bem sabe.

— Não é uma religião — disse Carrie. Havia uma mancha em seu pescoço agora, uma toalhinha de crochê rosa na garganta.

— Então, o que é?

— É sobre aceitar o fato — ela escolhia as palavras lentamente — de que há sofrimento no mundo e escolher formas de lidar com ele.

— Mas isso, sem dúvida, é o que as religiões fazem. — Ele deu uma risada maligna. — Elas foram *criadas* para nos ajudar a lidar com os fatos. É todo o objetivo da religião. Maquiar as coisas. Tornar a morte suportável.

— Bem, e o que tem de errado nisso?

— Ahn!? — explodiu Sanderson. — O que há de *errado* nisso? Por onde você quer que eu comece?

Carrie deu uma risada constrangida.

— Harry, *por favor*. Por que precisa fazer isso?

Não era de fato uma pergunta, mas era suficiente para fazê-lo parar. Eu imaginava quantas das conversas deles começavam promissoras e terminavam mal. Nos poucos momentos de silêncio que se seguiram, Carrie dobrou e redobrou seu guardanapo. Depois, ela sorriu para ele de um jeito indulgente — como se Sanderson fosse uma criança sapeca — enquanto ele fazia uma careta que podia ser interpretada como remorso.

6

Cerca de uma semana depois, quando Sanderson me levou para pescar pela primeira vez, eu tive motivo para me lembrar da conversa no jantar. Quando estávamos sentados comendo um sanduíche à margem do lago, contou-me como a esposa passara a fazer meditação, havia mais ou menos um ano — achava ele —, "completamente sem aviso, e sem... bem... sem parecer ser o tipo de pessoa que faz isso". A princípio, Sanderson achou que poderia ser uma fase, mas durou mais que uma fase e não mostrava sinal algum de que acabaria. Quando ele tentou expressar interesse, Carrie ficou na defensiva, interpretando erradamente sua curiosidade como crítica. Um dia, porém, pediu que ele experimentasse com ela, e Sanderson experimentou. Mas achou íntimo demais, artificial demais. Beirando o desvio, contou-me.

— Desvio?

— O não natural, sabe? Anormal.

Ele disse que se sentira constrangido não apenas por si como por ela. O tipo de constrangimento que se sente quando pessoas com quem a gente se importa de repente começam a agir de um jeito esquisito. Quando ele não conseguiu olhar fixamente a parede,

Carrie sugeriu que se concentrasse numa imagem — algo muito difícil, algo impossível. Como o *quê?*, perguntou Sanderson. Ela havia lhe dito para pensar numa garrafa de vinho — gargalo estreito, corpo maior. Imagine preenchê-la com água e colocar um peixinho dentro, completou Carrie. Depois a garrafa era virada de lado e se tornava uma espécie de aquário de peixe-dourado. *E depois o que mais?* Ele havia achado isso muito irritante. Você alimenta o peixe, e ele cresce, respondeu ela, até que um dia é grande demais para nadar para fora da garrafa. Essa é a *minha esposa*, pensara Sanderson. Com quem eu moro. Preciso tentar entendê-la. "Você não *percebe?*", disse Carrie, fazendo com que ele se sentisse um imbecil por não compreender o mais simples dos conceitos. "É nisso que você precisa se concentrar! *A impossibilidade de tirar o peixe de lá.* Só que você não deve se apegar à ideia de que é impossível. Precisa tentar pensar num jeito de fazer isso sem quebrar a garrafa. Entendeu?" Mas Sanderson não entendia.

— Não, não entendo droga nenhuma — disse ele. — Não entendo como seria possível fazer isso sem quebrar a garrafa. E não entendo por que seria uma tragédia quebrar a garrafa, resgatar o peixe e colocá-lo num aquário ou num tanque ou no que fosse. E não entendo por que alguém desperdiçaria tempo pensando nesse tipo de coisa. Para que *serviria?* O que de bom poderia sair disso?

Ela lhe dissera que não adiantava continuar conversando com ele, e ficou tudo por isso mesmo.

Sanderson confessou que, na verdade, não tinha nenhuma objeção real aos novos interesses de Carrie. Havia inclusive esperado que eles, quem sabe, se revelassem bons para ela e para o casamento. Mas não achava mais que isso era possível. Embora fosse verdade que seus primeiros anos juntos foram de suave doçura, durante os quais houve uma sensação de aprofundamento e maturação — como se ganhassem sabedoria, disse Sanderson —, a eles se seguiu um período muito maior em que os dias e as decepções se acumulavam, e havia uma sensação agourenta de que uma dificuldade terminara e outra estava prestes a começar. E agora, desde que ela se tornara tão estranha para ele, o esquema de lentilhas e arroz integral havia impregnado todas as pequenas fissuras de seu relacionamento. Não havia mais sangue e estômago — tudo era sussurros, palpitações vulgares e flatulência.

Com o sexo, disse Sanderson, o problema se aprofundou. Eu não tinha certeza se queria ouvir isso, mas também não sabia como evitar, já que ele estava claramente determinado a me contar. De qualquer forma, parte de mim queria continuar para que eu pudesse ter uma ideia de quem era esse homem e por que ele era atormentado. "Você perde confiança ao longo dos anos, Eddie", disse Sanderson, empurrando um limpador de cachimbo sobre o fornilho e girando-o sem parar. "Ou isso ou algo externo, não relacionado ao sexo, se torna um obstáculo." O limpador de cachimbo emergiu, marrom de fuligem. Sua voz era delicada agora, sem esforço para ganhar efeito. Sanderson dizia que quase conseguia se lembrar de um tempo em que o mundo era purificado e se renovava por meio do sexo conjugal. Mas agora se sentia como um cachorro que come grama para acabar vomitando. "Não dá para evitar, não dá para não evitar."

No momento em que Sanderson me contava isso, a imagem de um homem cuja psique tinha um equilíbrio precário — como os mecanismos internos de um antigo relógio de viagem francês — começou a se formar. Deixado por conta própria, sem ser perturbado, eu imaginava que ele teria conseguido manter as várias peças em certa harmonia. Mas as circunstâncias — quaisquer que elas fossem — pareciam tê-lo pressionado e ameaçado seu equilíbrio.

Naquela primeira noite em sua casa, porém, não havia pista quanto ao que estaria por trás da melancolia e da fúria de Sanderson; só que ambos os sentimentos, às vezes, eram difíceis de diferenciar. Seu tom era alternadamente acuado e resignado, e o que dizia parecia ocultar tanto quanto revelava. Às vezes, ele falava como o filósofo profissional que era, adicionando palavras como empírico ou epistemológico na mistura, golpeando o ar com seu cachimbo enquanto desafiava as premissas disso ou a validade daquilo, e tudo isso com uma expressão facial que dava a impressão de dizer: "Isso vai doer mais em mim do que em você." Em outras ocasiões, seu tom era suave, quase terno. Nessas ocasiões, encaixava o cachimbo na mão como se fosse um passarinho de asa quebrada.

Sanderson bebeu demais durante a noite, e talvez isso explicasse por que foi ele quem mais falou. Era duvidoso que estivesse se divertindo, mas parecia incapaz de parar. Às vezes, ele olhava de relance para Carrie como se a considerasse diretamente responsável por sua falta de afeto. Eu me perguntava o que Alice pensava de Sanderson, mas era impossível dizer. Seus olhos se encontraram apenas por um momento antes de ela baixar o olhar e concentrar-se em sua taça de vinho, a qual aninhava no colo. Como uma atriz treinada, nunca deixou cair sua máscara.

Carrie era ainda mais enigmática. Talvez porque falasse menos, ela revelasse menos. Estava constrangida pelo marido ou apenas resignada em sua melancolia, se é que era isso mesmo? Tirando a mancha denunciadora no pescoço, ela parecia serena, embora seus olhos indicassem preocupações passadas e me fizessem meditar sobre a vida que vivia agora. A maior parte do tempo, Carrie parecia examinar as mãos, como se aguardasse que elas lhe contassem algo. Em certo momento, anunciou, com um suspiro teatral, como se divulgasse um segredo de família: "Harry nunca deixa passar a oportunidade de revisitar seus preconceitos. Ele gosta de mantê-los em bom estado." E lhe dirigiu um olhar indulgente, que servia para quebrar a tensão. Em outros momentos, depois que Sanderson havia despejado outro bombardeio contra a universidade, ou o estado em que o país se encontrava, ou algo no meio do caminho, ela se voltava para Alice e dizia: "Ele não está falando sério." E depois, sorrindo para mim: "Ele não consegue mesmo se controlar." Mas esses apartes eram comentários para preencher o silêncio, e não revelações reais. O que quer que estivesse mesmo acontecendo, as conversas entre Carrie e Sanderson seguiam aos solavancos como um elevador de hotel, alçando-se às alturas e mergulhando, os comentários amargos dele levando a conversa para baixo até as caldeiras de aquecimento e os ratos do porão, os valentes esforços dela elevando-a de volta à galeria e ao toalete das senhoras.

A perspectiva em retrospecto coloca lentes distorcidas sobre os eventos passados, mas, relembrando aquela primeira noite, havia a sensação de uma história que se desenrolava. Ela não estava completamente concretizada, mas podia ser vislumbrada com o canto dos olhos e era suficiente para oferecer uma vaga sugestão das catástrofes que estavam por vir.

Andei de volta até Calton Hill, e os ruídos variados da cidade à noite se tornavam mais distantes. Quando saí da estrada principal, tudo o que conseguia ouvir era o som dos meus próprios passos. Apesar da tranquilidade dentro da casa, ou talvez por causa dela, tive dificuldade para dormir naquela noite. Minha leitura atenta de ficção havia me ensinado que quase todos os casamentos ocupam um território estranho. Mas era suficientemente vívido e alarmante ver com os próprios olhos, muito embora eles fossem os olhos de um turista — experimentando tudo sem compreender quase nada. Trechos diferentes da conversa da noite, entremeados com aquelas estranhas expressões francesas da recepção e com uma avalanche de siglas — SUPA e SEPA, RAE e IRA —, todas combinadas para fazer uma confusão medonha na minha cabeça. Tentei dormir, mas o rosto de Carrie — com sua leve expressão de dor — continuava aparecendo na pele de minhas pálpebras. Pensei no meu pequeno apartamento no centro do quinto *arrondissement* à margem esquerda do rio Sena e me perguntei se Martin Blandford também estaria acordado.

7

Jantar com estranhos: um prelúdio interessante para minha estada na Escócia — a qual poderia ter terminado ali, sem nenhum outro contato. Mas, ao contrário, duas coisas aconteceram; a primeira delas eu ajudei a provocar, a segunda foi decorrência da primeira.

Na tarde que se seguiu à minha noite com os Sanderson, sentei-me na Sala de Leitura Norte no primeiro andar da Biblioteca Nacional da Escócia, com meu caderno aberto à frente, a caneta em punho, de modo a parecer que fazia algo. Eu havia acabado de concluir o processo um tanto alongado de registro, adquirido meu cartão de leitor e pedido meu primeiro manuscrito, o qual, de acordo com a pessoa no balcão, levaria cerca de trinta minutos para chegar. Durante a espera, meus pensamentos se voltaram para a estranheza de estar ali, trabalhando com outras pessoas, algo que eu não fazia havia vinte anos ou mais.

O dia começara mal. Depois de um sono agitado, eu acordara com dor de cabeça — resultado do excesso de vinho. Levei a manhã inteira para desembalar minhas coisas, organizar meu espaço de trabalho da forma que gostava, fazer uma lista de provisões para a casa e, em especial, criar um plano de ação detalhado para a tarefa à frente. Os dois elementos mais importantes na minha vida profissional naquele momento eram a rotina e a autodisciplina — tudo o mais era secundário. Em minha casa em Paris, o padrão era eu passar as manhãs, o tempo entre o café da manhã e o almoço, lendo o fruto dos esforços do dia anterior. Essa era uma parte vital do meu tipo de trabalho, uma forma de entrar no clima. As pessoas que vivem outro tipo de vida muitas vezes imaginam que uma tradução pode ser iniciada e largada, como se fosse um tricô — algumas carreiras aqui e ali, alguns pontos lisos e algumas laçadas e, minha nossa, veja só quanto já está pronto. Mas não é assim mesmo. Pelo menos não para mim. Se deixamos de lado uma tradução, ainda que por um período curto, demoramos a encontrar o caminho de volta. É como voltar a crer novamente depois de uma perda de fé temporária.

Em Edimburgo, minha rotina precisaria ser tão rigorosa quanto a anterior; a diferença principal era que ela seria dividida entre estar em casa e ir à biblioteca. Era também parte do meu plano incluir a prática diária de David Hume de levantar cedo e caminhar por Salisbury Crags antes do café da manhã — seis quilômetros por um terreno íngreme. Eu admirava muitíssimo a autodisciplina e os métodos de trabalho de Hume. Durante toda a vida, ele havia estudado em bibliotecas, não apenas em Edimburgo, mas nas vizinhanças magníficas das bibliotecas do Colégio dos Jesuítas, em Reims, e La Flêche, em Anjou. Minha preferência era por trabalhar sempre completamente sozinho e em silêncio, mas os livros que eu precisava consultar eram parte das "coleções especiais" da Biblioteca Nacional, os quais não poderiam ser emprestados ou retirados do prédio. Eu teria de me acostumar a trabalhar em meio a outras pessoas.

O TOM AUSENTE DE AZUL

A Sala de Leitura Norte era o espaço projetado na biblioteca para consultar livros e manuscritos raros. Seu nome guardava a possibilidade da luz clara do norte de que Sanderson falara, mas, na verdade, não havia janelas e absolutamente nenhuma iluminação natural. Era difícil não se sentir decepcionado. A luz artificial era debilitante. Um aviso na parede explicava que os níveis de claridade precisavam ser mantidos baixos para evitar que a tinta se esmaecesse em manuscritos antigos. Isso teria sido um pequeno preço a pagar em troca das paredes de painéis elaborados, alcovas de leitura e algumas vigas de carvalho, tudo o que eu aprendera a amar durante minha viagem a Oxford um ou dois anos antes. Mas a Sala de Leitura Norte decididamente oferecia mais funcionalidade que inspiração. Estantes de livros altas cobriam as paredes, e, no meio, estavam oito escrivaninhas grandes, cada uma com uma pequena pilha de luvas de algodão brancas — do tipo que um sommelier francês poderia usar para segurar um Château Latour. Abaixo das estantes, havia prateleiras profundas, que continham um sortimento do que parecia com itens de cama: travesseiros, lençóis, pufes e almofadas triangulares espessas de espuma cinza em diferentes formatos e tamanhos, como se o recinto pudesse se converter a qualquer momento num dormitório para estudiosos avidos. Os itens de cama, porém, como eu sabia perfeitamente, eram para o suporte de tomos antigos que vinham de caixas-fortes, carregados como frágeis idosos inválidos antes de serem colocados nas camas de espuma com travesseiros macios para proteger suas costas envelhecidas e colunas debilitadas.

O cheiro de livros antigos é o mesmo em qualquer país — poeira misturada com mofo, além da impressão inconfundível de vidas passadas. Quando criança, na livraria dos meus pais, e mais

50   JENNIE ERDAL

tarde como aluno, eu inalara muitas vezes essa mistura característica. Uma mistura que me acompanhou até meu primeiro trabalho de verdade — empilhar prateleiras numa das bibliotecas de pesquisa na Sorbonne. A vaga não havia sido anunciada, nem eu me candidatara formalmente; depois que deixei a faculdade, ela foi simplesmente "achada" para mim, uma forma educada de dizer que mexeram os pauzinhos. Em um ataque de otimismo inocente, eu me matriculara na Sorbonne para me preparar para minha *aggrégation*, esperando agradar a meu pai e sonhando em um dia me tornar um filósofo como ele mesmo fora. O sonho mal durou dois anos, e minha súbita saída foi desonrosa e também perturbadora.

Era a primavera de 1980, e Jean-Paul Sartre tinha acabado de morrer. Ele perdera prestígio na época, certamente no estreito círculo parisiense e político. Sua vertente do existencialismo estava começando a ser vista como uma expressão de sua própria psicologia, pouco mais do que seu lema pessoal do pessimismo. Contudo, a morte pode mudar tudo, e, quando a morte chegou para Sartre, cinquenta mil pessoas, incluindo eu mesmo, tomaram as ruas de Paris. Ser *engagé* — comprometido com uma causa — era o que se fazia, e a multidão andava solenemente atrás do caixão até o cemitério de Montparnasse. Havia uma delegação da Sorbonne; milhares de alunos que viam nisso uma oportunidade para manifestação, para segurar faixas proclamando *LA CAUSE DE SARTRE* ou *JEAN-PAUL: LA CONSCIENCE DU MONDE*. Eu esquecera há muito tempo sobre o que pensávamos estar nos manifestando contra ou a favor, a não ser que fosse a própria morte, mas do que me lembro com clareza agudíssima é a sensação de intoxicação que vinha fazer parte daquela massa lenta e sombria que seguia o cortejo. Filósofos, e não poetas ou políticos, eram os verdadeiros oráculos: só eles podiam lidar com a verdade e revelar o mistério da vida. Havíamos perdido um gênio, um intelecto superior, um homem de coragem e convicção. Sem ele, como podíamos continuar? Como conseguiríamos viver? Ninguém de fato disse isso, mas dava para sentir no ar. Aqueles que marchavam estavam orgulhosos de serem franceses, sabíamos que participávamos de algo importante, algo a que o mundo assistiria e que o transformaria. Era uma coisa inebriante, e eu estava indefeso perante ela.

Depois do funeral, veio a dormência que pode suceder um evento de grande emoção — pensamos que as coisas deveriam ser diferentes de alguma forma, a fim de registrarmos adequadamente o ocorrido, marcá-lo na história. No entanto, dentro de minutos, tudo é exatamente o mesmo. Assim que Sartre foi para debaixo da terra, a vida normal foi retomada. As multidões se dispersaram e desapareceram nas estações de metrô, o trânsito começou a fluir novamente, e os garis trataram de remover todos os traços de qualquer coisa importante que tivesse ocorrido. Por várias horas, sentindo um desespero silencioso, caminhei pelas ruas.

Naquela noite, em casa, com o gosto do cemitério ainda na boca, havia costeletas de cordeiro para o jantar. Sem nenhum apetite, eu revirava a comida no prato. Com certeza, meu pai perceberia minha perturbação sem que eu precisasse dizer nada. Mas, quando o funeral foi anunciado no jornal do rádio, ele zombou e chamou Sartre de pedante e hipócrita. "Para ser bem sincero", disse, "aquele homem nunca teve um dia de trabalho na vida." Pior do que isso, afirmou meu pai, Sartre não havia feito nada por seu país durante a guerra e ficara bem satisfeito sob o regime de Vichy, lucrando com ele como o pior dos colaboradores. "E, quanto à sua suposta filosofia, não é mais do que uma licença para o abandono da moral."

8

No dia seguinte ao funeral, durante uma aula de lógica sobre o princípio do silogismo, com a cabeça pulsando com exemplos desconcertantes de dedução e indução, ambiguidades e falácias, todos eles variações aparentes da condição humana e da mortalidade de Sócrates —

> *tous les hommes sont mortels*
> *Socrate est un homme,*
> *donc Socrate est mortel*

—, ouvi, de repente, um grito terrível. O qual descobri ser minha própria voz. Tenho apenas a vaga lembrança de ser detido por funcionários da universidade, que me imobilizaram no chão e chamaram a polícia. Mesmo essa recordação pode ter vindo das memórias de outras pessoas, alimentando minhas lembranças. Não havia jeito de dizer ao certo. Ao que parece, eu havia corrido até o professor, ainda ocupado escrevendo suas premissas no quadro branco, e o agarrara pela garganta, gritando o tempo todo: "Não existe verdade! Não existe verdade!" Pelo menos, foi assim que meu amigo Antoine me relatou o caso muitas semanas depois do ocorrido.

*

A memória é uma coisa fugidia. A gente nunca sabe quando pode confiar nela. O psicólogo suíço Jean Piaget, que morreu apenas alguns meses depois de Sartre, preservou uma lembrança cristalina da infância: a ocasião em que sua dedicada babá o salvou de uma tentativa de sequestro. Piaget era capaz de descrever quem o atacou em detalhes, lembrava-se da babá sendo arranhada no rosto enquanto lutava para defender do sequestro a criança sob seus cuidados e chegava a ter uma imagem clara do policial que, ao final, foi ajudá-los com seu cassetete. Anos mais tarde, porém, a babá confessou que nada disso havia de fato acontecido. Ela inventara a história do sequestro inteira (os arranhões haviam sido autoinfligidos) para atrair simpatia e atenção. Mas, apesar disso, essa "memória" esteve o tempo inteiro, com toda a sua vívida precisão, enraizada na mente de Piaget.

Sempre que recorro às minhas lembranças, tento manter a experiência de Piaget em primeiro plano. Talvez não tenha acontecido dessa maneira, digo a mim mesmo, ou talvez nem sequer tenha acontecido. E ainda que tenha, a ligação entre os eventos passados e a memória que temos deles não é mimética. A memória não pode nos dar acesso direto a algo *como foi* ou *como aconteceu de fato*. Tudo é, de alguma forma, revisado, reformulado ou reconstruído pelo processo de recordar. Como poderia ser diferente? Mesmo duas testemunhas do mesmo evento — por exemplo, um acidente de trânsito — que tentem ser sinceras e imparciais ao relatar os fatos invariavelmente apresentarão histórias diferentes. E rapidamente, e sem nenhuma intenção malévola, a verdade se torna uma espécie de ficção.

*

No hospital, fui sedado. Quando a névoa começou a se dissipar, a primeira coisa que registrei foi que o quarto estava pintado com uma tonalidade horrenda de turquesa. Somente mais tarde percebi meu pai, que estava sentado imóvel ao lado da cama. Seu rosto estava pálido, cor de cera, e, no meu estado de confusão, ele parecia uma presença fantasmagórica. Também parecia grande demais para o espaço, como se o teto baixo e as paredes estreitas não fossem capazes de contê-lo. Olhamos um para o outro em silêncio por algum tempo, e então o fantasma falou, perguntando numa voz tão gentil que ficou gravada em minha memória: "Você quer conversar sobre isso, Eddie?" É claro que era cedo demais para saber o que "isso" era, poderia ser ou teria sido.

Sem responder, virei para contemplar meu estranho ambiente. Uma cúpula rasgada pendia da luminária do teto, e o gabinete ao lado da cama tinha manchas marrons de queimaduras de cigarro. No batente da janela, havia um vaso com uma planta de plástico que não lembrava nada do mundo natural. Mesmo agora ainda posso lembrar aquele quarto em seus terríveis detalhes, um lugar tão destituído de beleza que é impossível crer que poderia ter sido projetado tendo em mente o bem-estar de alguém.

Quando a médica chegou, ela se referiu ao que havia acontecido no dia anterior, chamando-o *cet épisode*, como se ele fosse um capítulo de novela. Ela me pediu repetidas vezes para lhe dizer o que me levou àquilo. "Desde o princípio, por favor, em suas próprias palavras." Pareceu estranho quando ela disse "em suas próprias palavras", como se pudesse ter havido outras palavras, que pertencessem a outra pessoa e que eu tivesse escutado. E, ainda assim, quando, por fim, falei, as palavras não pareciam de fato ser minhas. Soavam como se estivessem saindo do quarto ao lado, e diminuindo de velocidade devagar como um velho gramofone. A médica parecia estar em fim de plantão, rugas nas bochechas e um leve inchaço em torno dos olhos que sugeria noites passadas em claro. Ela dava a impressão de querer estar em outro lugar, qualquer lugar exceto lá comigo naquele quarto terrível. O que eu podia lhe contar sobre o que aconteceu? Que houve uma aula sobre silogismo? Que todos os homens eram mortais, que Sócrates era um homem e que, portanto, Sócrates era mortal? Eu queria facilitar o trabalho dela, para compensá-la por sua falta de sono, mas as respostas certas me escapavam.

— Mais uma vez, seja o mais fiel que você puder — disse ela.

Eu não tinha desejo algum de faltar com a verdade, mas sem dúvida eu era uma testemunha nada confiável, sem nenhum meio de julgar se o que dizia era verdade ou não. Meu pai sempre sustentou que era fácil se embaralhar com a verdade e difícil saber o que alguém deseja ao dizê-la. Algo pode ter a aparência da verdade, ele dizia, até o som da verdade, sem ser de fato verdade.

Era um esforço pensar no que dizer para a médica. E, a qualquer momento, ela me perguntaria sobre sexo. Eu lera o bastante de Freud e psicanálise para saber que todos os estados mentais podem ser reconstituídos até o sexo. Mas, na verdade, ela não mencionou o assunto, pelo que agradeci, até porque, apesar do meu estado de insensibilidade, eu notara o formato de seus seios por baixo do jaleco branco.

Uma ou duas semanas depois, meu amigo Antoine foi me visitar e perguntou se eu estava tendo problemas com mulheres. *Des problèmes de nanas*, disse ele.

— Problema com mulheres? Como assim?

— Bem, você sabe... mulheres podem levar a um bocado de problemas. — disse ele. Ele estava usando uma jaqueta cara, que ainda tinha cheiro de couro novo. — Elas dão sinais contraditórios, difíceis de interpretar. Isso pode fazer sua cabeça pirar. — *Ça te prend la tête*, foi como ele disse. — Talvez tenha sido isso que aconteceu com você. — Antoine era filho de pais abastados que haviam comprado um apartamento para ele na região à margem esquerda do rio Sena. Era um período difícil na vida de um homem, disse ele, estar na universidade. Todo aquele estímulo — intelectual, moral, sexual — podia ser opressivo. Ele insistiu no assunto por um tempo, e, na luz desagradável do quarto, seu rosto tomou um tom amarelado, como se tivesse sido alimentado com milho.

"Se pensarmos a respeito, há muito mais no desejo sexual que a necessidade sexual", disse ele, examinando a tinta turquesa que descascava na parede atrás dele e arrancando pedaços dela com suas unhas brancas brilhantes. "Essa é uma percepção posterior ao fato, é claro. Na ocasião, quando você é arrebatado pelo momento, a necessidade sexual é tudo o que importa."

Ele já se levantara de sua cadeira e estava andando pelo quarto, com as mãos nos bolsos, a cabeça fazendo que sim, concordando consigo mesmo — uma galinha que ciscava em torno de seus próprios detritos.

— Quer dizer, a gente compartilha os ideais com uma moça e, quando se dá conta, está compartilhando corpos. Uma pessoa acontece num espaço moral diferente da outra. Depois, o que se sente é a perda da inocência e a impossibilidade de readquiri-la.

Ao terminar de dizer isso, ele se despediu subitamente, prometendo retornar na semana seguinte e expressando seus votos pela minha pronta recuperação.

9

A doença nos leva para fora da vida e para fora de nós mesmos por um instante, o que nos permite pensar. Esse talvez seja todo o seu propósito, dizia meu pai. Fiquei no hospital por mais de um mês, comendo comida ruim e protegido do mundo. Nesse tipo de situação, removido das estruturas normais da vida e convivendo com pessoas que não estão inteiramente bem, é difícil retornar a algo que se possa chamar de normalidade. Tente ver isso como um intervalo, disse meu pai, uma oportunidade para se preparar para o que vier em seguida. Suas visitas eram marcadas por uma gentileza maravilhosa. Enquanto isso, a dra. Robel, que não perdia a aparência extenuada, questionava-me repetidamente: Eu já ouvira vozes? Achava que os outros falavam de mim pelas costas? Ela explicava que meu estado mental poderia fazer as coisas parecerem mais importantes do que de fato eram:

"Seu estado mental pode levar a inferências exageradas sobre seu ambiente."

Um dia, quando eu estava lendo *Three Men in a Boat*, que meu pai me dera em sua penúltima visita, a dra. Robel apareceu no quarto e, depois de alguns comentários preliminares cujo substrato era que eu fazia bom progresso, subitamente perguntou se eu acreditava que tinha poderes especiais. Pensei na pergunta, depois disse: "Não, eu não. Mas a minha mãe, quando estava viva, tinha um relacionamento especial com a natureza. Ela falava com as plantas e contava seus segredos a elas. E meu pai, bem, ele consegue descascar uma laranja todinha sem quebrar a tira da casca."

Alguns dias mais tarde, permitiram que eu voltasse para casa. De volta ao mundo real — o que quer que se queira dizer com isso. Durante meu último encontro com a médica, ela explicou que eu havia vivido um episódio psicótico. Era difícil prever o resultado, disse ela, mas provavelmente eu ficaria bem. "Se você observar qualquer sinal preocupante, volte e nos consulte. Mas o mais provável é que você se recupere. Sabemos menos sobre os que se recuperam — eles desaparecem e encontram um jeito de viver sem nós."

No momento oportuno, um laudo foi enviado ao meu coordenador pedagógico na universidade, um homem decente e que me comoveu ao confessar, de forma tortuosa, que tivera suas próprias "dificuldades" em certa época. Ele me pediu para ir ao seu gabinete, e nos sentamos frente a frente, como se nos víssemos pela primeira vez. Ele me entregou um envelope, que descobri conter o laudo psiquiátrico. "Provavelmente tem mais utilidade para você do que para nós aqui", disse ele, com um leve sinal de pedido de desculpas se formando na curva da boca. Não pude deixar de me perguntar sobre as dificuldades desse homem gentil: quais teriam sido e se teriam acabado.

O laudo era um documento fascinante, assinalado como CONFIDENCIAL, endereçado *Aux personnes concernées*, datilografado no bloco com o cabeçalho do *Centre Hospitalier Sainte-Anne*, datado de 10 de junho de 1980 e assinado pela psiquiatra clínica — a mulher com o rosto enrugado. Tinha a forma de uma espécie de atestado (*Je soussignée certifie que...*) e começava descrevendo o paciente, que havia sido admitido "em estado de agitação" e cuja atitude fora "ameaçadora e agressiva", tanto que "se julgou que ele seria um perigo para si e para os outros". Eu o li tantas vezes que logo o decorei. Mas não importava o quanto tentasse: era impossível me identificar como o paciente do laudo. Poderia ter sido uma obra de ficção, parte suspense, parte mistério. Não tinha mesmo nada a ver comigo. Era assim que continuava:

Na chegada ao hospital, o paciente precisou ser detido fisicamente. Nenhum parente o acompanhava, e a polícia não tinha informações adicionais sobre ele. Era falante, mas não respondia ao ser interrogado. Sua fala era rápida e desorganizada. Não apresentava sintomas físicos evidentes, e não havia indício de uso de drogas ou de ingestão de bebida alcoólica.

Depois do tratamento, ele se tornou progressivamente mais calmo e, durante os dias que se seguiram, começou a oferecer detalhes pessoais. Ele descreveu o incidente na sala de aula como "excepcional" e "em desacordo com sua personalidade" ['*cela ne me ressemble pas*'], surgido de uma sensação de frustração pessoal com seu próprio progresso acadêmico. Não há histórico de doença psiquiátrica na família imediata, e ele nunca foi internado no hospital anteriormente. Não há indícios de tendências suicidas.

Monsieur Logan foi observado atentamente por um período de três semanas. Durante a terceira semana, a medicação foi gradualmente retirada e não houve outros sinais de agitação ou hipomania. Não foi possível determinar o fator desencadeante ou precipitador do seu episódio psicótico, mas estou satisfeita que a crise imediata tenha sido contida e que a permanência diurna no hospital psiquiátrico não seja indicada. É impossível dizer se o episódio psicótico agudo ficará limitado a uma única ocorrência. Caso aconteça novamente, uma intervenção será necessária.

Na minha opinião, o jovem pode não estar preparado para lidar com dificuldades e ansiedades futuras associadas à vida acadêmica. Além disso, ele pode ser predisposto a doenças mentais ou a reações negativas a situações estressantes. Nesse ínterim, porém, estou satisfeita que tenha tido uma boa recuperação, que provavelmente se manterá, e não é indicado tratamento nem acompanhamento contínuo.

Embora muitos anos tenham se passado, ainda carrego esse laudo na carteira. Por que continuo apegado a ele? Às vezes eu me faço essa pergunta, mas não existe uma resposta única. Em parte, acho que o guardo como uma prova tangível de que algo aconteceu. O laudo lidava com fatos, inalterados pelo tempo; portanto, bastante diferentes da memória, que podemos moldar e transformar em quase qualquer coisa. Contudo, ele não é inteiramente preciso: afirma que não há histórico familiar de doença psiquiátrica; minha mãe foi vítima disso pela maior parte da vida. E, assim, ele também é a prova de outra coisa: que laudos médicos, escritos por profissionais treinados para revelar a verdade, podem conter uma mentira central. Fundamentalmente, porém, é uma declaração que se refere àquela época, mais de vinte anos antes dessa história. E passei a vê-lo como uma proteção contra uma nova ocorrência. O laudo se tornou um talismã, impossível de destruir.

*

Mesmo antes de deixar o hospital, eu já havia começado a me preocupar com o fato de que meu pai ficaria decepcionado, desapontado comigo. Mas, se ele ficou, não deu sinal algum. Nem queria saber de "episódios".

"É melhor chamar as coisas pelo nome, Eddie", disse ele. "Todos lutamos contra nosso próprio caos. A luta é geralmente a mesma — só o caos é diferente." As pessoas acreditam que a filosofia deve reduzir a ameaça do transtorno mental, mas isso não é necessariamente verdade. Muitos filósofos descobriram isso por si. Descartes, por exemplo — "considerado por muitas pessoas como o pai da filosofia, e não apenas na França" —, sofrera um colapso nervoso quando jovem. "Aqui mesmo em Paris", acrescentou meu pai, animado agora, como se sugerisse que poderia haver algo no ar parisiense que provocasse desvario. E até David Hume — "e, se já existiu um modelo de sanidade, foi o próprio" — havia tido um colapso nervoso, praticamente na mesma idade, aliás, provocado por uma overdose de estudo. De fato, ele se tornou tão envolvido na filosofia que começou a se deteriorar. Os sintomas eram físicos e mentais — palpitações cardíacas, salivação excessiva e coisas assim. Suas mãos e pés haviam chegado a se abrir em marcas de escorbuto — "ele estava meio aleijado por causa disso" —, o que lhe causou mais ansiedade e depressão profunda. Quase lhe roubou a razão, segundo meu pai. Até que decidiu que a filosofia era muito boa, mas ainda era mais importante ser um homem, que foi como Hume o disse. "Aceite este conselho, Eddie: *Reste un homme*." Posteriormente, Hume continuou escrevendo sua obra-prima, explicou meu pai. "Mas seu distúrbio inicial era muito verdadeiro. Naquele tempo, eles chamavam de 'mal dos eruditos', então, você está em ótima companhia."

Daí em diante, "colapso" era o nome que meu pai dava ao ocorrido sem rodeios. De modo surpreendente, ele estava até otimista por causa disso, declarando que havia certo prestígio em ter tido uma reação de tal intensidade à Falácia do Meio Não Distribuído — a minúcia filosófica que o professor vinha tentando explicar logo antes de eu atacá-lo. "Muito mais distinto que se desesperar pela Ilícita Menor, não acha?"

Encontrar o absurdo de uma situação era uma das formas de meu pai se relacionar com o mundo. Entretanto, ele também sabia ser seriíssimo. A maior parte do tempo, em seu cotidiano, ele dava a impressão de estar cheio de equívocos e dúvidas, mas, vez por outra, me fitava com seus olhos azuis muito claros e dizia algo a respeito do qual dava para saber que ele tinha certeza. Certa ocasião, quando me referi ao que acontecera na aula de lógica como um "momento de loucura", ele se levantou da cadeira, enterrou as mãos nos bolsos, curvou os ombros de leve, e balançou para a frente e para trás. Ele estava usando as calças que eram sua marca registrada — *tweed* durável em padrão de zigue-zague, de corte generoso, levemente folgadas nos joelhos. Um minuto ou dois se passaram antes que ele falasse. "Não perca esses momentos, Eddie. São momentos vívidos preciosos, que nos fazem ter certeza de que estamos vivos, de que somos parte do caos complicado e imprevisível que é o mundo. Ele me olhou diretamente nos olhos. "Você teve um colapso, é só isso. Pode acontecer a qualquer um. Não precisa ficar se martirizando."

E, assim, aquilo se tornou meu colapso. Na época em que essa conversa ocorreu, minha mãe falecera há quase um ano. Depois da morte dela, meu pai e eu passamos a conversar apenas em inglês um com o outro, exceto na livraria ou quando outras pessoas estavam por perto e a educação recomendava. Curiosamente, isso ajudou a traçar uma linha entre meu tempo no hospital e o início da minha recuperação. Meu pai parecia a mim uma pessoa diferente quando falava inglês, e era fácil fingir que eu também era outra pessoa — não o aluno que entrou num frenesi de violência por causa do silogismo e agarrou um professor inocente pela garganta, mas um jovem saudável e normal que ainda tinha uma vida inteira pela frente.

— Não se sinta obrigado a voltar à filosofia, Eddie —, disse meu pai. — Você pode viver muito bem sem ela.

Quer isso fosse ou não verdade, minhas opções eram limitadas. O conselho enfático do meu coordenador pedagógico era que eu parasse os estudos e desse a mim uma chance de me "sentir bem novamente". Foi nesse ponto que ele me arranjou uma posição temporária na biblioteca da universidade. Meu pai disse afavelmente que não havia vergonha nenhuma nisso, e que a ocupação na qual David Hume trabalhara por mais tempo fora a de bibliotecário. Desse momento em diante, eu passava meus dias organizando livros e colocando-os nas prateleiras. A simplicidade do serviço me agradava, assim como o nível de ordem envolvido em classificar e catalogar. Havia um ritmo silencioso no trabalho, e algo tranquilizador em sua natureza repetitiva. Carrinhos especiais transportavam os livros entre o balcão principal e o depósito, e eu tinha orgulho de carregar o meu com muita eficiência, de modo que ele levasse mais livros do que os dos demais. Coisas desse tipo podem assumir grande importância num serviço como esse. Estar na presença de tantos livros — a soma de séculos de empenho humano — pode ter consequências estranhas para aqueles que trabalham entre eles. A gente medita sobre detalhes: a retidão de uma fileira na prateleira, o sussurro das luzes fluorescentes, a iniquidade de alguém recolocar um livro na posição errada. Numa biblioteca de universidade, esse é o comportamento-padrão. Assim como a desconfiança disseminada entre os colegas. Há conversas sobre encontros amorosos na seção de Coleções Especiais, amassos entre as estantes — até mesmo escamoteações e roubos em grande escala. Ninguém está livre de suspeita. Há desconfiança nos olhos de todos. Descobri também que o estigma da loucura é menos agudo num ambiente de livraria que em quase qualquer outro lugar de trabalho. De acordo com George Eliot, as pessoas sadias fazem o que os vizinhos fazem, de modo que, se houver algum maluco à solta, ele possa ser identificado imediatamente e evitado. Mas, entre a equipe da biblioteca, esse princípio é invertido: apenas os sadios se destacam. Na Sorbonne, a maioria tinha aspecto de pessoas perseguidas, sobreviventes plausíveis de algum desastre terrível e sem nome e, além dos que eram claramente perturbados, havia a cota usual de excêntricos e intelectuais, obsessivos e fanáticos, gente bizarra e desajustada, todos eles inquietos consigo mesmos ou com o mundo de uma forma ou de outra. Depois de um tempo, ficou claro que quase ninguém podia ser considerado normal.

10

Era muito cedo para julgar se a Biblioteca Nacional em Edimburgo estava à altura da de Sorbonne quanto a isso. Eu não havia encontrado pessoas o bastante para conduzir um experimento controlado, mas o bibliotecário por trás do balcão parecia um candidato promissor. Um homem de magreza notável, com o comportamento de alguém que desejava ser ainda mais magro, ele se movia indeciso por seu espaço de trabalho como se tentasse não perturbar as partículas do ar. Tossia a intervalos regulares, o tipo de tosse que não se devia a resfriado, bronquite ou muitos cigarros, mas um artifício desesperado quase certamente neurótico. Talvez fosse uma forma de afirmar a importância de sua posição. Virei-me para olhá-lo. Ele parou de tossir. Desviei o olhar dele, e ele começou novamente. Cada acesso de tosse seguia uma métrica familiar. A princípio, parecia ser um tetrâmetro trocaico, quatro pés em que uma sílaba longa segue uma breve, como as falas de Puck em *Sonho de uma noite de verão* — *So awake when I am gone; For I must now to Oberon*, salvo que faltava a última sílaba, tendo uma tosse a menos. Então, quando ele começou mais um dístico, percebi com apreensão que esse bibliotecário magro estava arruinando meu poema de Auden favorito: *Lay your sleeping head, my love/ Human on my faithless arm.*

Nesse momento, a porta da sala de leitura se abriu, e um porteiro de macacão cinza entrou empurrando um carrinho com os manuscritos que eu havia pedido. O homem atrás do balcão, cujo trabalho era receber os livros, chamou-me, e começamos a conversar, sem tossir, de modo rápido e conspiratório. Cada oração que sussurrávamos com pressa começava por "se" — se puder verificar... se me esperar um momento... se puder assinar aqui —, antes de partir para o ar fétido da biblioteca superaquecida.

Vestindo as luvas de algodão branco obrigatórias, peguei os manuscritos espiralados e coloquei-os suavemente nos travesseiros em minha mesa. Mesmo assim, as espirais produziram um ruído áspero — murmúrios secos de dor que me arrepiaram.

Poder ler a obra de David Hume em sua própria caligrafia era um momento que havia muito eu aguardava com ansiedade, mas nada poderia ter me preparado para a emoção de ver e ter em minhas mãos o manuscrito de seu curto ensaio autobiográfico, *Minha própria vida*. A versão publicada, que eu lera pela primeira vez quando jovem na livraria do meu pai, tem apenas algumas páginas impressas, mas o original foi escrito em três folhas grandes de papel apergaminhado, dobradas ao meio para formar seis lados duplos, com bela e fina caligrafia, quase em talho-doce, ficando menor e mais fina no fim da página, e com borrões esparsos. Era organizado como uma carta: a data, 18 de abril de 1776, escrita no canto superior esquerdo, e o título *Minha própria vida* ocupando a posição do endereço, como se esse pudesse ser o lugar real de onde Hume estava escrevendo — para um homem prestes a morrer, ele mostra certa verve e estoicismo. Ele começa afirmando que sua autobiografia será curta, por que "é difícil um homem escrever muito sobre si mesmo sem Vaidade", e, depois de lançar luz sobre sua vida notável, numa prosa carregada de benevolência para com a raça humana, ele termina com uma nota de desculpas: "Não posso dizer que não há Vaidade em fazer esse discurso fúnebre para mim mesmo; porém, espero que não seja indevido".

Eu chegara a David Hume já o adorando — um sentimento que poderia ser reconstituído até a afeição e quase reverência que meu pai expressara por Hume ao longo dos anos. "Não há filósofo melhor", dizia ele, "e era uma daquelas criaturas raras: um homem bom."

11

É possível dizer que alguma decisão é verdadeiramente espontânea? Talvez não. O subconsciente está sempre trabalhando, mexendo os pauzinhos.

Ao deixar a biblioteca naquele dia, com a cabeça ainda rodando pela emoção de ter em mãos os escritos de Hume, peguei minha bicicleta no bicicletário da Parliament Square. Um vendedor de flores havia montado sua barraca logo na entrada, e, num impulso — foi o que me pareceu de qualquer forma —, comprei flores para Carrie como agradecimento pela noite anterior. Fazer algo sem planejamento normalmente me deixava ansioso, mas, apesar disso, escolher seis girassóis enormes para uma mulher que eu mal conhecia me pareceu curiosamente estimulante.

Carrie acionou o botão que abria o portão eletrônico e apareceu no topo da escada. Ela estava usando um avental de pintor um pouco rasgado e com pingos coloridos, as mangas arregaçadas para revelar braços fortes e musculosos. Seu rosto brilhou quando ela viu as flores. "Elas provavelmente vieram da França", disse ela. "Que nem você!" Ela me apontou o interior da casa e saiu para procurar um vaso. Ia avisar a Harry que tinham visita. "Mas, antes, venha ao estúdio enquanto termino de me limpar."

O estúdio de Carrie era espaçoso e iluminado. Tacos de madeira salpicados de tinta, sem cortinas, jarras grandes com pincéis, telas escoradas nas paredes, itens curiosos suspensos do teto, uma pia no canto e, perto dela, um antigo armário de pinho, no qual um bule e uma chaleira velha com ranhuras no bojo estavam apoiados. Muita bagunça e caos — o tipo de desordem que geralmente me deixava nervoso. Carrie pegou uma grande jarra verde no armário da cozinha e colocou os girassóis. Eles entraram sem dificuldade, formando um grupo agradável, como se respondessem ao ambiente de bom gosto e ao toque da artista. No cavalete, havia uma grande tela brilhando de tinta fresca. Eu queria comentar algo inteligente sobre ela, mas não conseguia entendê-la. Naquele momento, a linguagem para interpretar uma pintura estava simplesmente fora do meu alcance. Mais tarde, Carrie me diria que isso era uma vantagem. Meus olhos eram inocentes como os de uma criança, embora para mim eles fossem apenas rudes e ignorantes.

Andei pelo estúdio, assimilando tudo, torcendo para não estar me intrometendo, consciente de como seria odioso se alguém entrasse no meu espaço de trabalho.

— Espero que você não se importe com a interrupção — falei.

Carrie respondeu com um sorriso e me disse que havia chegado ao fim do dia de trabalho — era raro que pintasse depois das cinco ou seis da tarde. Ela chegava ao auge no meio da manhã, disse, desde que pudesse entrar na disposição de espírito certa.

— Não sou uma dessas pessoas que conseguem saltar da cama e pegar o pincel.

O TOM AUSENTE DE AZUL

Carrie me perguntou, então, sobre meu trabalho, como meu dia era estruturado. Enquanto falava, retirou o avental e, com uns poucos movimentos graciosos, dobrou-o e jogou-o num canto. Descrevi como meu tempo em Edimburgo seria dividido — manhãs em casa, tardes na biblioteca — e como era importante para mim ter uma rotina fixa. Pensei: isso deve parecer muito chato. Mas as perguntas continuavam, e ela parecia interessada e atenta. Às vezes, não se percebe a importância de uma conversa na hora em que acontece.

Enquanto despejava o chá em duas canecas, Carrie disse que não sabia praticamente nada sobre tradução, embora notasse que, quando as pessoas as elogiavam, elas geralmente as chamavam de fiéis.

— Sabe, como aquele Greyfriars Bobby ou algo assim.

Ela riu, e, porque ela o fez, ri também.

— Quem é Greyfriars Bobby?

Ela riu de novo, dessa vez de mim, mas não me importei. Quando me contou a história do cachorro que se sentava ao lado da sepultura do dono durante catorze anos, até sua própria morte, eu disse que a conexão não era óbvia — entre uma boa tradução e deitar-se numa sepultura. "Embora talvez eu devesse tentar." Mais risos.

A conversa foi fácil e ansiosa, e, pelo menos para mim, a experiência era bastante nova. Senti-me tão relaxado que qualquer um que estivesse olhando poderia ter pensado que eu estava acostumado a esse tipo de envolvimento. Contei-lhe que os franceses tinham uma máxima que comparava a tradução às esposas — ou elas são sem graça e fiéis, ou elas são belas e traiçoeiras.

— Soa melhor em francês do que em inglês, porque rima: *Les traductions sont comme les femmes: quand elles sont belles, elles ne sont pas fidèles; et quand elles sont fidèles, elles ne sont pas belles.*

Carrie disse que achava essa uma ideia muito francesa — a ideia de que uma esposa não podia ser ao mesmo tempo bela e fiel. Ocorreu-me que eu poderia tê-la ofendido, mas o sorriso dela me indicava o contrário. Eu disse que, na tradução, é preciso tentar ser fiel, sim, mas, não importa o quanto se tente, alguma coisa sempre vai se perder. É preciso simplesmente aceitar os fatos, é algo que sempre se soube, e às vezes ameaçava dominar o tradutor, embora se tente evitar. Levantei-me e fui até o cavalete.

— Imagino que seja bem diferente com a pintura.

Carrie não me respondeu imediatamente, mas eu senti seus olhos nas minhas costas, e, então, ela falou:

— Na verdade, a maior parte do que pinto é sobre perda. Tem sido assim faz um bom tempo.

Queria saber mais, porém algo me conteve. Aquela conversa ficaria para outro dia.

12

Bati à porta do gabinete de Sanderson e a abri.

— Estou atrapalhando?

— Não, entre.

— Só vim lhe agradecer por ontem.

— É, eu sabia que você estava aqui. Dava para ouvir vocês dois rindo.

Seu tom era enigmático. Fechei a porta atrás de mim e me aproximei da escrivaninha.

O cômodo, estreito e tenebroso, cheirava a tabaco envelhecido de cachimbo. Sanderson estava curvado sobre a escrivaninha, um *bureau* de carvalho antigo que me lembrava a velha *escritoire* do meu pai na livraria. Ele não olhou para cima. Prendia algo — parecia uma pequena morsa — na borda da mesa. As mangas estavam arregaçadas, revelando camadas grossas e elevadas de pele inflamada nos braços, com escamas prateadas como as dos peixes.

O cômodo tinha pouca mobília. Fora o *bureau*, havia um arquivo com quatro gavetas, uma velha poltrona de couro que parecia ter tomado o formato e os contornos de Sanderson, alguns bancos de madeira, uma poltrona de vime e, numa das paredes, uma pequena estante com livros: O *pescador prático, Ninfas e a truta, Materiais para confeccionar moscas* e uma série de títulos similares. Ao lado do *bureau*, havia uma luminária de piso em estilo moderno, fina e curva como uma escultura de Giacometti. Um espaço muito diferente do estúdio iluminado de Carrie: nada de janelas, apenas uma pequena abertura acima da parede dos fundos dando para o vão da escada. O lugar tinha o aspecto de um forte, como uma canhoneira. Ninguém conseguiria olhar para dentro.

Depois de certo tempo, Sanderson levantou-se, serviu-me um pouco de uísque e andou até a poltrona de couro. Fiquei de pé ao lado da escrivaninha. O tampo inclinado estava aberto, exibindo doze gavetas pequenas, seis delas em cada lado da superfície de couro. Cada gaveta tinha um pequeno acessório de bronze no qual uma etiqueta havia sido inserida para identificar o conteúdo. As etiquetas revelavam uma estranha nova linguagem — *bobineiras, agulhas, alicates, finalizadores de nós*. Com o cachimbo na boca, Sanderson começou a explicar o funcionamento daquilo que chamava seu "sistema". As penas e os pelos necessários para atar as moscas foram subdivididos por espécies — faisão, perdiz, galinha-brava, marrequinho, lebre — e tonalidades diferentes — marrom-acinzentado, mel, cinza-amarelado, cinza-azulado. As penas tinham nomes individuais dependendo de onde elas cresciam no pássaro: dorso, flanco, peito, barriga e uropígio. "Meu sistema de graduação leva tudo em consideração", disse ele. Havia orgulho em sua voz. "Eu os organizo em ordem decrescente da crista até o rabo."

Tudo isso era completamente inesperado e novo para mim; no entanto, senti uma súbita sensação de familiaridade. Quando criança, eu guardava os pedaços de unha cortados e as feridas de catapora, colecionando-os em pequenas caixas de fósforo e rotulando-os antes de guardá-los num canto do meu quarto com uma organização elaborada que eu mesmo inventara. Odiava a ideia de coisas que haviam, um dia, feito parte de mim serem descartadas, lavadas ou jogadas no lixo. Tudo tinha de ser preservado, e de forma cuidadosa e ordenada. A bagunça era perturbadora, enquanto organizar as coisas em grupos e coleções especiais era verdadeiramente empolgante. À medida que o tempo passava, meu estoque se estendeu a cílios, calos e detritos do meu nariz — estes, cuidadosamente extraídos, com a precisão de um legista, por delicadas pinças. Enquanto eu observava a magnífica escrivaninha de Sanderson — com suas caixas e compartimentos, etiquetas e gavetas —, ressurgiu a lembrança de tudo isso. Depois de me expor ao sol, eu aguardava ansiosamente que minha pele descascasse, removendo-a em pedaços tão grandes e padronizados quanto possível antes de esticá-la nas páginas de um álbum de fotos — meu exemplar favorito tinha o formato do mapa da África. No ensino médio, minha coleta chegou a conter cravos e espinhas, pelos do peito e pubianos, esses últimos às vezes se enraizando, como ervas daninhas que resistem à remoção, nos lençóis brancos de linho da minha cama. Eu sentia um tremor naquele momento com a lembrança, embora, revisitando o passado, seja difícil não sentir certa empatia por meu eu mais jovem e essa necessidade obsessiva de catalogar cada pequeno pedaço de resíduo pessoal. De forma curiosa, eu ainda me maravilhava com isso, do mesmo modo que me maravilhava o excelente "sistema" de Sanderson.

"Quer que lhe mostre?", perguntou ele, selecionando um anzol de pesca e prendendo-o na morsa. Primeiro, Sanderson enrolou um fio fino de seda dourado em volta da haste do anzol para formar o corpo da mosca. Depois, como se estivesse se preparando para um ato solene, dispôs os materiais, nomeando cada um enquanto o fazia: fio de seda amarelo, fio de seda preto, uma pena laranja tirada do pescoço de um frango, algumas penas de um pato-real fáceis de reconhecer, uma de galinha-parda-da-índia, outra de um gaio-azul, a de um faisão dourado e a de uma avestruz negra. Essa última era conhecida como *herl*, disse ele, um tipo de barba cujos filamentos radiavam não apenas de cada lado, o que era comum, mas de todos os lados — "o que é raro e sofisticado", disse Sanderson, com sua voz ondulando suavemente. *Herl* era outra dessas palavras que eu sabia que me causaria dificuldade por causa do "h" e do "r". Felizmente, eu não precisaria dela. Até minutos antes, eu não havia sequer imaginado que um homem podia se envolver nesse tipo de atividade.

— Já pescou alguma vez? — A pergunta parecia um teste de personalidade.

— Não, eu não saberia como pescar — disse eu.

— Posso lhe ensinar, se estiver interessado.

— Sim, eu gostaria.

—Venha comigo no sábado. Vou levá-lo ao meu rio.

O convite tinha um tom característico, como se eu tivesse sido chamado a participar de um clube exclusivo. Sanderson, então, começou a selecionar tiras das diferentes penas coloridas para formar a primeira asa da mosca artificial. Seus dedos pareciam grandes demais para um trabalho tão delicado. Eles deviam ser finos e ágeis como os de um cirurgião, mas, em vez disso, eram grossos, avermelhados e inchados, como as mãos de um assassino em filmes antigos de Hollywood. E, apesar disso, eles se moviam com destreza e perícia pelos materiais. Primeiro, ele removeu as barbas de penugem da base das penas, colocando os filamentos macios numa caixa especial. Depois, com uma ternura que devia ser resultado de anos de aplicação, ele acariciou as fibras restantes para cima entre o polegar e o indicador, forçando-as a se entrelaçar até que se juntassem e o casamento estivesse completo. Por alguns momentos, Sanderson parecia um mestre.

Confeccionar moscas, como ele chamava, era uma constante em sua vida. Começara na juventude, e nem sequer conseguia imaginar não fazê-lo. Empolgava e relaxava em igual proporção. Podia tranquilizar um coração agitado, comentou Sanderson. Ele também considerava a atividade uma espécie de privilégio por participar de uma arte antiga, algo que os pescadores vinham fazendo havia dois mil anos, talvez. Enquanto atava as fibras da pena, contou-me sobre a ocasião em que, numa biblioteca em Roma, vira um manuscrito que datava do século III d.C. no qual o autor descrevia a pesca no Astraeus, o rio que ligava as cidades de Véria e Tessalônica. Aparentemente, os pescadores usavam uma mosca feita de lã vermelha e penas tiradas do papo de um galo. "E, quando eu li isso, senti uma espécie de emoção atávica." Nesse momento, ele largou sua criação por um instante, removeu o cachimbo de entre os dentes e descansou as mãos sobre os joelhos — um homem aparentemente satisfeito consigo e com o mundo. "Se pensarmos a respeito, quase tudo muda, e nunca sabemos em que pé estamos, mas os princípios dessa belezinha" — com o cabo do cachimbo, Sanderson apontou a mosca na morsa — "nunca mudaram." As máquinas assumiram todo o resto, continuou — metalurgia, fabricação de calçados, carpintaria, sem falar nas máquinas de fazer pão e descascar batatinhas. "Mas uma boa mosca sempre será feita manualmente — é uma empreitada muito pessoal. Nunca poderia ser realizada pelos mecanismos frios e sem paixão de uma máquina." Sanderson era um homem diferente do da noite anterior. Ele parecera, então, ao falar sobre si, preso a um roteiro, mas, agora, nesse novo ambiente, ele voava livre, cantando com um novo e magnífico libreto.

Para atar uma única mosca, às vezes é necessário ficar uma hora, disse ele. O tempo não era importante. Ele passaria, alegremente, horas e horas nisso, o que ele muitas vezes fazia ali naquele mesmo quarto. O quarto de despejo, como ele chamava. — "O que faz parecer algo sem importância alguma, mas eu não me importo nem um pouco." Ele disse que não gostaria que a importância daquele lugar fosse conhecida, ou mesmo adivinhada. A maioria dos apartamentos mais antigos de Edimburgo tinham um espaço desse tipo, explicava ele, geralmente ao lado da sala de visitas, às vezes do corredor. No passado, ele teria acomodado todo tipo de arcas e baús, *portmanteaux* e provavelmente chapeleiras contendo chapéus de pala de aba ampla de seda chinesa, drapeados com flores, fitas e penas. "Às vezes, gosto de imaginar damas de bom gosto de Edimburgo de dias que já se foram usando esse vestuário elegante e coques com uma ligeira inclinação, como era a moda da época." Ele inclinou a própria cabeça para demonstrar e segurou a aba do chapéu imaginário. Como confeccionar as moscas usava todos os tipos de penas, pelos, angorá e sedas, ele gostava de pensar que estava continuando algo do espírito da época. "O alfinete de chapéu está praticamente extinto como acessório de moda para senhoras, é claro", acrescentou, "embora minha mãe nunca tenha saído de casa sem um". Os outros itens essenciais eram tesouras de lâmina reta, tesoura de lâmina curva, alicates e uma lima para apontar anzóis cegos. "E uma boa e forte morsa, é claro." Ele tocou a morsa enquanto dizia isso, da forma que alguém poderia acariciar a cabeça de uma criança inteligente.

Certos procedimentos eram impossíveis de realizar sem dois conjuntos de pinças, disse ele. E continuou falando e falando, fornecendo mais e mais informações detalhadas. Ele sugava o cachimbo de modo severo e tinha um olhar de intensa concentração. Alguns padrões de mosca exigiam uma pena para o corpo com todas as fibras dispostas apenas sobre a parte de cima. A forma mais eficaz de conseguir isso era prender um par de pinças a cada extremidade da pena, depois suspendê-la, com o lado brilhante para baixo, sobre o dedo indicador da mão esquerda. O peso das pinças fazia os dois lados das fibras se esticarem no dedo. Dava-se um puxão com as pinças e, com isso, alisavam-se as fibras da esquerda para a direita até que ficassem unidas. Sanderson parecia estar em seu ambiente natural agora, o professor com seu aluno.

Perguntei-lhe como aprendera tudo aquilo. "Meu pai me ensinou quando eu era garoto. De longe, a melhor coisa que ele fez por mim."

Eu continuava observando-o trabalhar na mosca, atando as asas e cortando-as com a tesoura.

— E o seu? — disse ele, depois de algum tempo.

— O meu? — O meu o quê?

— O seu pai. Como ele foi parar na França?

— Ah, o motivo de sempre. Amor.

Eu sentia o uísque começando a fazer efeito. Sanderson serviu-me outra dose, eu relaxei na poltrona de couro e contei-lhe o que sabia.

13

No ano em que a guerra foi deflagrada, meu pai foi indicado para uma bolsa de filosofia em Cambridge. Ele concluíra o mestrado em Edimburgo e deixara a Escócia para fazer o doutorado em Cambridge, onde conhecera e fora aluno de Wittgenstein. Ele teria, quase com certeza, uma carreira promissora pela frente — até que sobreveio a guerra, e tudo mudou.

Em 1940, logo depois de se casar com a filha do diretor do Trinity College — ele a conhecera durante a época de pós-graduação —, meu pai foi convocado a trabalhar para a Executiva de Operações Especiais, a organização de espionagem britânica. Um ou dois anos depois, durante uma missão secreta na Normandia, sua identidade foi revelada, e ele recebeu refúgio no sótão de uma casa que pertencia a uma família que trabalhava para o grupo de guerrilha de resistência Maquis. Ele devia a vida à bravura deles, um fato que, sem dúvida, contribuíra para que se apaixonasse por Marianne, a filha da família, uma jovem animada e alegre que enga-tinhava todos os dias no minúsculo sótão para lhe levar comida, e a cada três dias, mais ou menos, levando uma tigela de água quente e segurando um espelho sob a luz tênue da noite para que ele fizesse

O TOM AUSENTE DE AZUL

a barba. Ela chegava a carregar para cima e para baixo o que chamava de *le pot de chambre*, um velho balde que servia como privada. Todas as conversas deles eram conduzidas num francês sussurrado, o que parecia lhes dar uma intensidade e um significado particular. Meu pai vivia pelas visitas de Marianne; eram elas que o mantinham são. Quando ela ia embora, ele preenchia as horas seguintes aguardando seu retorno com ansiedade, ouvindo os sons complexos que vinham da casa abaixo. Ao mesmo tempo, ele se forçava a pensar na esposa que o aguardava em casa. Essa era a realidade, ele dizia para si, e tudo o mais — os estranhos produtos derivados da guerra — passaria. Mas suas tentativas de manter-se ligado à realidade eram enfraquecidas pelas visitas de Marianne: a realidade estava em suas mãos, sussurrando esperança e incentivo, dando-lhe notícias de pequenas vitórias na Resistência e elevando seu moral. Esses momentos começaram a se sobrepor a todo o resto. O enigma era como eles tomavam tanto espaço em sua imaginação. Tornaram-se tudo para ele, pareciam tomar todo o seu eu. Ele não conseguia acreditar que eles eram transitórios, algo capturado entre outras existências, seu serviço na guerra e a vida que deixou para trás em casa.

Depois da guerra, de volta a Cambridge, ele tentou retomar a vida anterior. Mas não conseguiu se estabelecer. Tudo ficara misturado na guerra. O que antes parecia certo passou a lhe parecer fora de lugar. E assim, com trinta e dois anos de idade e em nome do amor, ele deixou a jovem esposa e retornou à França para ficar com Marianne, com quem havia trocado cartas angustiadas nos meses anteriores. O pai de sua então esposa, diretor da faculdade, denunciou-o como um vilão e um canalha, um homem que jamais trabalharia novamente em nenhuma universidade com a qual ele tivesse alguma relação. E meu pai nunca mais trabalhou em universidades. Nem foi possível ganhar a vida na cidadezinha de Marianne na Normandia. Em 1946, ela já estava compromissada — prometida a um mecânico que vivia a algumas ruas de distância, o filho de velhos amigos da família, alguém aceitável de todas as maneiras que meu pai não era. Depois de alguns dias tempestuosos, nos quais o mecânico, apoiado por muitos membros veementes das duas famílias, lutava para manter a noiva, meu pai e Marianne fugiram em direção a Paris, onde esperavam ficar anônimos e trataram de tentar recriar o que sentiram no sótão durante a guerra. Ambos estavam em exílio — de seus parentes, de tudo o que lhes era familiar — e tinham apenas um ao outro. "Mas aquilo não parecia ser *apenas*", meu pai me contou certa vez. "Parecia que o que tínhamos era perfeito, completo em si mesmo — um se sentia necessário ao outro." O amor seria suficiente. Ia conduzi-los adiante.

Durante muitos anos, eu não soube de nada disso. Contudo, esses simples eventos foram não apenas a razão da minha existência como também das circunstâncias nada usuais da minha criação e de muito do que se seguiu. Particularmente à medida que eu ficava mais velho, foi difícil considerar minha mãe alguém por quem homens poderiam brigar. E eu não conseguia deixar de me perguntar sobre a jovem na Inglaterra, a filha do diretor, e o que acontecera a ela. Nunca consegui perguntar a meu pai por medo de lhe causar aborrecimento ou acrescentar à culpa que tinha certeza de que ele deve ter sentido. "Não somos livres quando se trata da paixão", disse-me ele um dia, perto do fim da vida, enquanto estávamos sentados num café no bairro do Marais. "No entanto, nós a consideramos uma das coisas que fazemos com a maior liberdade". Foi pela bondade que ele se apaixonara?, perguntei. Era possível se apaixonar pela bondade ou era preciso mais? Quem sabe, Eddie, respondeu ele, quem sabe? Acendeu um cigarro e tragou profundamente. "Ninguém sabe de verdade o que liga as pessoas às outras."

Na volta da casa dos Sanderson naquela noite, com o uísque aquecendo minhas veias, pensei no começo da amizade e nas possibilidades que se apresentavam e as quais eu não vislumbrara. E como os terapeutas recebem tanto dinheiro para fazer perguntas que novos amigos fazem de graça.

14

Meus dias começaram a estabelecer um ritmo: as manhãs eram passadas em casa, onde eu transferia minhas anotações para o computador e passava duas ou três horas na tradução; durante a tarde, eu ia para a Biblioteca Nacional trabalhar nos manuscritos. Laptops são permitidos na biblioteca, desde que se obtenha um passe especial, mas decidi não fazer isso. Sem a confiança para abandonar o velho hábito, eu ainda me apegava à maneira antiga e familiar, incluindo a crença pitoresca de que as bibliotecas devem ser lugares de paz e quietude, e não lugares perturbados pelo clique-cleque dos teclados modernos. Algumas pessoas — aquelas que começaram com uma máquina de escrever, imagino — batem nas teclas com força demais, tornando o nível de ruído, às vezes, intolerável. De tal forma que, vez ou outra, dei por mim nutrindo fantasias de assassinato, brincando com a ideia de estrangular algumas pessoas com minhas luvas brancas de algodão. Havia me acostumado demais a trabalhar sozinho.

Traduzir filosofia era também uma fuga de mim mesmo. Eu me versara muito mais em ficção, em particular o tipo de romance ambientado no cenário emocional da classe média britânica.

O TOM AUSENTE DE AZUL

As marcas registradas haviam se tornado tão familiares a mim quanto minha própria pele — muito diálogo interior, introspecção, relacionamentos problemáticos e um toque de fatalismo. É um coquetel envolvente, e, nas mãos erradas, ele poderia levar facilmente a uma terrível desolação, mas em geral "meus" autores sabiam como equilibrar as coisas com uma boa dose de comédia absurda, o verdadeiro redentor desse tipo de ficção (e talvez da realidade). No período de um ou dois anos antes de ir a Edimburgo, meu trabalho de tradução havia se expandido numa direção diferente — uma trilogia de romances, histórias policiais de alto nível escritas por um acadêmico de Oxford — que se revelou bastante lucrativa. Os livros se tornaram muito populares na França, e, como havia um pequeno percentual de direitos autorais incluído em meu contrato, descobri que, pela primeira vez na vida, estava ganhando mais dinheiro do que precisava para viver.

As coisas não poderiam ser mais diferentes quando comecei no ofício da tradução, mais de vinte anos antes, quando fui obrigado a aceitar o que caísse em minhas mãos apenas para sobreviver. Isso incluía tudo, desde material técnico sobre a indústria nuclear na França a notícias curtas para a AFP. Os tradutores (pelo menos na França) ganham muito mal — destino que compartilham com todos os escritores, com raras exceções —, e houve momentos em que cheguei perto de desistir. Mas, como a esta altura eu já provara o fracasso em outras áreas, parecia importante continuar. Com o tempo, a tradução se tornou mais do que um trabalho para mim. Começou a parecer uma vocação.

Quando cheguei aos quarenta anos, um ano ou dois antes de ir a Edimburgo, adquiri o hábito de revisitar o passado, nem tanto com arrependimento, mas com um olhar crítico. Foi um verdadeiro choque perceber que meus primeiros anos como tradutor mal contavam, que eu tinha ficado muito ocupado aprendendo meu ofício para ser bom nele. Mas reconheço que as coisas mudaram: finalmente cheguei à feliz posição de me dar o luxo de escolher os livros que quero traduzir. Nesse sentido, menos, eu era independente.

Os tradutores formam um grupo humilde, envolto na obscuridade — isso ficou claro para mim ao longo dos anos. Os editores franceses pareciam considerá-los um mal necessário, um meio de obter uma mercadoria potencialmente valiosa nas livrarias. É claro que os editores prefeririam que o livro tivesse sido escrito em francês, sem precisar gastar tempo e dinheiro aguardando por uma tradução. Tendo sido forçados a fazer esse investimento contra a vontade, contudo, eles queriam que o resultado fosse tão fluente e suave a ponto de dar a ilusão de que não era uma tradução, mas A Coisa de Verdade. Como se a escrita original sempre fosse fluente. Para ajudar com essa ilusão, eles muitas vezes escondem o nome do tradutor em algum lugar nas primeiras páginas, uma minúscula indicação junto com o impressor e o encadernador. Os resenhistas de livros também tendem a ignorar tradutores — essa é mais uma coisa que aprendemos a aceitar —, embora, na verdade, minha reputação tenha crescido continuamente e eu começasse a receber uma menção ocasional. Isso é, muitas vezes, uma benção relativa, já que praticamente nenhum resenhista faz a menor ideia do que está falando. Na prática, eles recorrem a um ou dois adjetivos vazios — em geral, "hábil" ou "discreta" — para descrever algo que não têm a menor capacidade de avaliar. A ironia é que os resenhistas ficam felizes em discutir o estilo e a linguagem do livro como se estes tivessem tudo a ver com o autor e nada a ver com o tradutor. Ignore as resenhas, disse o editor, quando uma vez desabafei sobre

O TOM AUSENTE DE AZUL

tudo isso. Mas não ignoro. Meu maior elogio até hoje foi ter sido descrito como un *traducteur sensible* numa resenha que, no mais, era inexpressiva no *Le Figaro*. Essa é outra coisa que acontece com tradutores: nós nos entusiasmamos desproporcionalmente mesmo com o menor dos elogios.

Meu trabalho com certeza correspondia ao meu temperamento. É uma atividade solitária na maior parte do tempo, e a vida solitária me fazia bem. A solitude tem uma reputação injusta: as pessoas a confundem com a solidão, que é algo inteiramente diferente. Foi meu pai quem me convenceu, tanto por exemplos como pela argumentação, que, embora passemos a maior parte do nosso tempo com outras pessoas, essencialmente vivemos nossa vida sozinhos. É claro que nos relacionamos com outras pessoas o tempo todo — assim parece, pelo menos —, com as pessoas no trem ou na rua ou nas lojas, mas esses contatos nada são comparados à comunhão de uma vida inteira que um homem tem consigo. Não obstante, muita solitude pode ser um fardo terrível, disse ele. David Hume certamente descobrira isso, e a solitude havia, sem dúvida, contribuído para seu colapso nervoso. Logo após essa conversa, encontrei, por acaso, uma edição francesa do *Tratado* de Hume na livraria, e foi nela que descobri a convicção dele de que sua vida de estudo o pusera num confinamento solitário, o qual ele achava quase intolerável. É central na doutrina de Hume que nós somos criaturas naturalmente sociáveis e que nos deprimimos se formos deixados sozinhos. O prazer é aumentado quando ele se relaciona com outras pessoas, e a dor se torna menos tolerável se é sofrida no isolamento. *La parfaite solitude est peu-être la plus grande punition que nous puissions souffrir*. Pareceu-me uma afirmação extravagante, talvez porque, na época, eu estivesse dominado por

Sartre e sua famosa máxima: *L'enfer c'est les autres*. A pior punição, eu repetia ao meu pai mais tarde. (Passei a maior parte da vida sozinho e odiava a ideia de que isso pudesse ser a pior coisa.) Com certeza, há coisas piores que a solidão. Talvez não, disse meu pai, um homem que foi conduzido ao extremo da loucura por ela. Contudo, ser solitário, acrescentou ele, evidentemente contém um paradoxo feliz: "Quando um homem está sozinho, ele entende melhor como está atrelado ao mundo." E, em muitos aspectos, disse ele, David Hume parecia ter vivido esse paradoxo perfeitamente: por um lado, ele se sentia *completamente abandonado e inconsolável*, como escreveu, porque não era capaz de se entrosar adequadamente com outras pessoas, e isso teve o efeito de transformá-lo, a seus próprios olhos, *num monstro estranho*. Apesar disso, já com idade avançada, ele atribuiu a origem de toda a sua filosofia ao que chamava de *prazer da reflexão solitária*. A bem da verdade, disse meu pai, foi Montaigne, e não Hume, quem entendeu o paradoxo melhor do que quase todo mundo. "Montaigne percebeu que era importante que as pessoas mantivessem um espaço reservado, algum lugar distante das demandas cotidianas da vida — o que ele chamava de sua *arrière boutique*. Acho que diríamos *o cômodo nos fundos da loja*, embora eu deva dizer que algo se perde na tradução." Estávamos de pé na livraria, quando essa conversa ocorreu, e, por instinto, nos viramos para o fundo da loja, como que para sugerir que poderia existir um cômodo assim que não notáramos. Rimos da nossa tolice, mas depois refleti que eu, um homem jovem, naquele tempo, ainda não tinha nada que pudesse chamar de meu *arrière boutique* e não conseguia deixar de pensar em quando ele se materializaria e que forma teria.

*

A tradução é um desses trabalhos sobre os quais pouquíssimas pessoas sabem como falar a respeito. Ou elas não estão interessadas o suficiente para descobrir o que o trabalho envolve ou pensam que sabem tudo o que há para saber e consideram o trabalho mortalmente enfadonho. Isso significa que você nunca é convidado a fazer um relato sobre seu trabalho. Nas raras ocasiões em que eu me encontrava numa reunião social, as pessoas não sabiam o que me dizer. "Ah, um *tradutor*", a ênfase pretendia demonstrar interesse. "Ora, ora", elas diziam, tentando ocultar o pânico. Acostumei-me a essa reação, e ela se adequava a mim perfeitamente. Falar com as pessoas não era o meu ponto forte.

Comparados à ficção, os ensaios filosóficos eram muito diferentes, mas o estilo da prosa tardia de David Hume, além de ser polido e refinado, é bem marcante por sua clareza e sua elegância. Foi um privilégio traduzi-lo. Durante toda a vida, Hume desejou tornar sua filosofia mais acessível, para se conectar ao homem comum, e, para isso, mesmo suas ideias abstratas mais difíceis são esclarecidas por exemplos comuns do cotidiano, ditos e oferecidos com simplicidade num ritmo que se pode acompanhar, como se ele estivesse conduzindo um diálogo amistoso com o leitor. É transmitido como uma forma pura e bela da língua inglesa. O tom é urbano — o tom da conversa inteligente —, e sua preocupação é sempre com o que é ser um humano, o que é ser um tipo de pessoa. Ele conduz o leitor, usando uma amplitude emocional notável — *páthos*, comédia e imensa compaixão: tudo isso tem o efeito de convencer o leitor de que os escritos de Hume são simplesmente a coisa mais interessante que existe. É viciante.

Anos antes, quando mencionei pela primeira vez ao meu pai a ideia de trabalhar com Hume, ele me mostrou um livro que

90 JENNIE ERDAL

continha uma carta de Voltaire a Madame du Deffand. O assunto da carta era o fracasso do famoso homem de letras parisiense l'abbé Le Blanc, cerca de duzentos anos antes, ao traduzir Hume para o francês — algo que Voltaire comparava ao fracasso francês para derrotar os ingleses no mar. "*Nous traduisons les Anglais aussi mal que nous nous battons contre eux sur mer.*"

Meu pai ria enquanto lia isso para mim. Embora pudesse facilmente ter o efeito oposto, aquela era sua forma de me encorajar. "Seja como for, não se preocupe, David Hume era escocês", disse ele. "Não há necessidade de *você* tentar derrotá-lo — a Velha Aliança coloca vocês dois do mesmo lado!"

Enquanto trabalhava no manuscrito de Hume e passava a conhecê-lo melhor, foi assim que me ocorreu: estávamos do mesmo lado. Parecia haver afinidade entre nós, e logo senti que o conhecia a vida toda. A tarefa seria um desafio, mas um desafio que me empolgava. Havia também a sensação de que tudo o mais parecia uma mera preparação.

Esse último pensamento havia sido preponderante na minha cabeça quando abordei o editor com a minha ideia. Éditions Scolaires, uma das editoras mais antigas da França, com uma reputação excelente em livros acadêmicos e comentários filosóficos, já publicara traduções modernas dos trabalhos mais conhecidos de Hume: *Tratado da natureza humana* e *Investigações sobre o entendimento humano*. Isso me deixou esperançoso de que eles seriam receptivos à minha proposta: uma edição de ensaios selecionados, incluindo a curta obra autobiográfica *Minha vida*, escrita pouco antes de sua morte, além de dois ensaios não publicados, cujos manuscritos estavam guardados na Biblioteca Nacional da Escócia. O plano era ter uma curta introdução, descrevendo a importância de Hume na França, sua forte ligação com a vida e a cultura francesas, os três anos que passou na antiga universidade de Descartes escrevendo o *Tratado* e assim por diante. No fim do texto principal, eu também queria incluir um breve escrito sobre a importância de David Hume na própria vida. É claro que sabia muito bem que uma memória pessoal não tinha lugar num trabalho acadêmico e, portanto, decidi deixá-la de fora da proposta original. Como as coisas se deram, porém, foi exatamente isso que fez a diferença entre a aceitação e a rejeição.

Depois da minha proposta escrita a Éditions Scolaires, fui convidado para ir à editora discuti-la mais a fundo. Um sinal encorajador, pensei, mas minhas esperanças logo foram despedaçadas. O editor, um homem chamado Mauvignier, contava-me com dificuldade quantas ideias para livros chegavam à sua mesa em uma semana normal. Era lamentável, disse ele, mas simplesmente não havia interesse suficiente em David Hume para justificar uma tradução dos ensaios. Mauvignier era escrupulosamente cortês, mas tinha o ar de que se atribuía importância e estava preparado para conceder pílulas de sabedoria aos meros mortais, desde que, é claro, eles soubessem o próprio lugar e ficassem agradecidos. Ele estava claramente gostando do poder de que desfrutava, e logo o taxei de sadista de meia-tigela. "Quando se trata de ensaios", disse ele, "temos Montaigne. É assim que as coisas são — *c'est comme ça*. Por que precisaríamos de David Hume?" Ele deu de ombros e os manteve levantados, fixos por um instante, só para reiterar seu argumento. Com um comportamento desses, pensei, era de admirar que ele chegasse a publicar alguma coisa — os filisteus estavam evidentemente entre nós, aqui mesmo em Paris. Embora parecesse inútil, respirei fundo e tentei levá-lo a ver as coisas de um jeito diferente: Hume já era muito estimado na França, comentei, e havia sinais de que sua reputação estava crescendo — na verdade, um trecho do seu *Tratado* havia até feito parte de um recente exame *baccalauréat*. Ele ouviu com educação; no entanto, estava claro que não se convencera. Foi então que, justamente quando a rejeição parecia preencher todo o espaço disponível, ele disse que eu não devia pensar que ele tinha algo contra Hume. O fato é que ele tinha uma certa queda por ele. Nesse momento, perguntou-me se por acaso eu já havia visitado o Café Le Bon David na margem esquerda do Sena.

— Ou talvez você seja jovem demais.

Eu ri e lhe disse que não havia necessidade de visitá-lo porque fora minha casa durante toda a infância. Expliquei que meus pais foram os proprietários do sebo que se tornou o Café Le Bon David.

— Na verdade, eu nasci naquela livraria. Minha mãe entrou em trabalho de parto no meio da subida de uma escada enquanto arrumava volumes de Proust nas prateleiras. Uma cama improvisada foi preparada no chão, e um médico foi chamado às pressas. Pelo menos, foi assim que me contaram.

— Incrível! Por que não falou isso antes? — Agora ele estava animado, ansioso para obter informações. Às vezes, as pessoas podem mudar diante de seus olhos. — Ah, então o seu pai era o *libraire*. Impressionante! — Acontece que o próprio pai de Mauvignier o levara, quando criança, à livraria de meu pai e isso deixara uma impressão duradoura. Ele nunca se esqueceu de que, como se fosse um truque de mágica, ela parecia maior do lado de dentro do que do lado de fora. E os livros estavam por toda a parte: nas prateleiras que iam até o teto, em caixas no chão e dispostos em fileiras, com a lombada para cima, numa grande mesa no quintal, onde o cheiro de pão recém-saído do forno da *boulangerie* ao lado atravessava a parede, e onde homens como o meu pai se reuniam para fumar, beber café e falar sobre assuntos sérios.

— Café Le Bon David... bem, é parte da nossa história. É nossa herança cultural, tanto como o Les Deux Magots.

Consegui sorrir. A comparação com o lugar frequentado por Sartre e Beauvoir pretendia ser um elogio, mas as pessoas que frequentavam o lugar do meu pai teriam se sentido insultadas.

— Seu pai ainda está vivo?

— Ele morreu alguns anos atrás. Ataque cardíaco. Na livraria. Estava empilhando livros numa prateleira alta, e eles caíram sobre meu pai *in a shower* — referindo-me à cascata de livros, usei a expressão em inglês.

Mauvignier parecia confuso.

— *Une grêle de livres fondit sur lui.* Como Leonard Bast em *Howard's End.*

—Ah, sim, é claro — comentei.

Durante vários minutos, Mauvignier me disparou perguntas, e o tempo todo expressando surpresa e entusiasmo. Então, ele cruzou os braços e se sentou de volta na cadeira, sem dúvida, naquele momento, como um homem cujo único propósito na vida é instruir e iluminar. "Acho que podemos publicar o livro, afinal", disse ele. Pela meia hora seguinte, discutimos o formato do livro, o tamanho — "máximo duzentas e cinquenta páginas" — e o que seria necessário como introdução. Estávamos os dois na mesma sintonia naquele momento, como velhos camaradas.

No fim, contudo, Mauvignier impôs uma barganha difícil. Como ele julgava que o mercado para um livro de ensaios filosóficos era

altamente especializado, ele me pagaria "somente como autor",
como ele dizia — em outras palavras, não como tradutor. Eu rece-
beria um adiantamento modesto, metade na assinatura do contrato e
metade depois que as primeiras mil cópias fossem vendidas. Isso me
pareceu monstruosamente injusto, embora não tão injusto quanto a
recusa de me pagar pela tradução. Quando lhe perguntei sobre isso,
ele me garantiu que traduções — ele torceu o lábio inferior nessa
palavra e fez cara de quem sente mau cheiro — não vendiam muito
bem, e, de qualquer forma, nesses "tempos bem difíceis", era um
acordo bem normal. Ele bateu as mãos num gesto que dizia "é pegar
ou largar", indicando o fim do assunto. Seu modo de agir era profundamente irritante, e eu precisava ficar me lembrando do quanto
queria ter esse livro publicado, do quanto seria importante como
uma espécie de homenagem ao meu pai. Com isso em mente, fingi
um sorriso de gratidão, engoli em seco e concordei com as condições.

15

Depois de cerca de uma semana na Biblioteca Nacional, comecei a reconhecer rostos familiares, a maioria deles carentes da luz do sol, com um tom de pele que sugeria longos anos passados num *bunker* ou num submarino. Era possível acreditar que não havia sangue por baixo da pele, somente espuma de sabão ou — como estávamos na Escócia — mingau de aveia. A cada dois dias, uma senhora idosa, com os cabelos amarrados para trás num laço de forca, dividia a mesa comigo. Ela usava jaqueta de *tweed* e saia; apoiava-se em pernas finas de garça, as quais pareciam prestes a ceder quando ela se movia com dificuldade até o balcão que distribuía os livros. Sua pesquisa era sobre os primeiros missionários na África — isso eu entendi por sua conversa com o homem que tossia —, e sua voz, que era bonita, parecia vir direto de um antigo filme em preto e branco, suas vogais moduladas de um jeito sofisticado, como as de Celia Johnson em *Desencanto*. Eu poderia ouvi-la falar o dia inteiro. Imaginava que tipo de vida teria vivido — será que *ela* teria vivido a paixão, como a srta. Johnson de voz semelhante? Teria também sido correspondida? Na mesa em frente à minha, havia outro usuário habitual, um homem grandalhão e com aparência de tuberculoso, de higiene pessoal precária, sua careca perfeita e lisa como um ovo intacto. Imaginei-o num sótão solitário, comendo direto de latas e vivendo com ratos. E, na mesa mais distante da porta, estava sentado um homem com aparência de bielorrusso. Com dentes ruins e hálito de cebolas cruas, ele usava botas que mal cabiam e um terno marrom que parecia não lhe pertencer. Ao inspecionar mais de perto, concluí se tratar de um ucraniano sem recursos, um ex-acadêmico familiarizado com bibliotecas, mas que as usava agora como fonte de abrigo e calor.

Quando não estava inventando vidas trágicas para os meus companheiros, passava o tempo cotejando os manuscritos originais dos ensaios de Hume com a edição inglesa da qual estava traduzindo. Não há edição inglesa absolutamente definitiva, em parte porque Hume passou a maior parte da vida revisando e alterando o texto dos ensaios — na verdade há, ao todo, dezessete edições. Hume também mudou a ordem de seus ensaios conforme apareciam em diferentes edições durante a vida, retirando completamente algumas partes ou adiando a publicação de outras até depois de sua morte. Portanto, tomei uma decisão fundamental: na minha tradução, os ensaios seriam organizados em ordem cronológica, refletindo, assim, sua evolução como escritor e pensador.

De vez em quando, eu descobria um erro, o que fazia todo o intenso trabalho valer a pena. Por exemplo, em seu ensaio "Da tragédia", a expressão "sweet sinning" [doce pecado] aparece numa frase que se relacionava com o que os italianos consideravam essencial para todos os prazeres. Essas palavras, traduzidas da expressão italiana *dolce peccante*, são reproduzidas em todas as edições modernas, e surgiram na edição póstuma de 1777, que o próprio Hume, é claro, por ter morrido, não pôde verificar. Olhando o manuscrito original, descobri que o que Hume de fato escrevera era *dolce piccante* — em outras palavras, "agradavelmente acre" e nada a ver com pecado, doce ou de qualquer outro tipo. Depois desse tipo de descoberta, eu saía da biblioteca andando nas nuvens, como se tivesse resolvido sozinho o mistério do mundo. Num cantinho da minha cabeça, eu sabia que esse comportamento era ridículo.

Mesmo assim, com cada dia que passava, havia uma sensação crescente de que esse período da minha vida era perfeito, e que, muito embora ele pudesse crescer, mudar e surpreender, não poderia ser melhorado. Cada manhã, antes do café da manhã, eu galgava o Salisbury Crags — um anfiteatro natural de rocha sólida — alegremente andando à sombra de Hume, aprofundando a conexão a cada passada firme, assim eu imaginava. No caminho para casa, saindo da biblioteca, passei a visitar o velho cemitério em Calton Hill, onde Hume foi enterrado. Dessa forma, cada dia começava e terminava com uma pequena cerimônia de homenagem. Eu adorava a sensação de conexão, seguida da de desconexão, só para me conectar novamente.

De acordo com a placa próxima ao portão, o cemitério foi inaugurado em 1718 para o enterro de empresários e comerciantes. As lápides confirmam isso, com a concentração de nomes tradicionais escoceses — Alexander Henderson, Alexander Walker, John Middleton, John Reid. Na extremidade sul do cemitério, há uma fileira de grandes sepulturas internas, como casas em miniatura construídas com pedra e sem telhados. Na sepultura de Jean Ormiston (morta em 1817, aos cinquenta e dois anos), esposa de William MacRedie (morto em 1831, aos setenta e dois anos), a parede dos fundos não foi construída. Em seu lugar há uma cerca de ferro, e, se pressionarmos o rosto nas barras, somos recompensados com uma visão maravilhosa de Edimburgo — a Cidade Velha, os prédios altos, estreitos e pintados nas ruas da Royal Mile, no Arthur's Seat, no novo Parlamento escocês — e, imediatamente abaixo, nos telhados da Waverley Station. Quando o vento está na direção certa, os anúncios das partidas e chegadas do trem chegam até o cemitério e caem entre as sepulturas. Se ao menos os mortos pudessem ver e ouvir, seria o lugar perfeito para estar enterrado — vista panorâmica com uma sensação de continuidade das coisas. Não é de admirar que Hume tenha escolhido este lugar como seu descanso final. Em 1776, prevendo sua morte, ele havia comprado um lote para o enterro. Seria algo simples, sem espalhafato — *sans cérémonie*, como escrevi na introdução dos ensaios. Em seu testamento, ele especificou que um pequeno monumento "com um custo que não excedesse 100 libras" seria construído sobre seu corpo com uma inscrição simples, que informasse apenas seu nome, ano de nascimento e morte. Mas, na verdade, seu monumento é bem grandioso, um grande mausoléu neoclássico cilíndrico com uma urna elegante disposta num nicho sobre o vão de entrada. Não é mesmo uma sepultura adequada a um homem tão modesto; ainda assim, passei a adorá-la. A maior parte dos dias eu abria o portão de ferro batido e ficava do lado de dentro, convencendo-me de que isso invocava a presença de Hume. Às vezes, eu chegava a falar com ele, relatando meu progresso e algum problema ocasional que tivesse. Os aborígines acreditavam que se pode saber a resposta para qualquer pergunta três dias depois da morte da mãe. Basta ficar ao pé de sua sepultura e perguntar. Não era o que eu fazia; ficar perto da sepultura de Hume era uma espécie de ritual prazeroso para marcar o fim do dia de trabalho. Mas, em algum lugar remoto da minha mente, suspeito que mesmo os mais modestos rituais possam ter o poder de transformar.

16

Vi Sanderson apenas cerca de dez dias depois, ao final da minha primeira semana em Edimburgo. Havia ido a George Square no fim da tarde para dar uma olhada na biblioteca da cadeira de filosofia, aberta somente durante o semestre letivo e somente uma hora por dia — algo que parecia, ao mesmo tempo, uma pena e um escândalo numa universidade com uma tradição filosófica tão forte. O novo ano acadêmico estava apenas começando, e as ruas em volta da George Square estavam repletas de caras novas. Em contraste, a biblioteca do departamento estava gloriosamente vazia. Fiquei no meio do recinto, um espaço de pé-direito alto e generosas proporções, e assimilei tudo — as estantes altas de madeira com suas prateleiras profundamente cheias, séculos de aprendizado em antigas lombadas de couro, desgastadas pela idade e pelo uso. Ficar sozinho com centenas de livros é sempre algo que desperta em nós a humildade — e também um fascínio: a ideia de que muitos estudiosos, trabalhando durante anos, acrescentaram ao conhecimento da humanidade. Só de pensar nisso a nossa cabeça gira. Meu pai dizia que as almas dos escritores antigos ficavam em qualquer lugar no qual velhos livros eram reunidos. Ele teria sido o primeiro, em todas as outras circunstâncias, a refutar a ideia da existência da alma, mas isso não o aborrecia quando falava sobre as coleções de livros.

Os relógios batiam cinco horas quando eu deixei o prédio. Talvez Sanderson ainda estivesse no departamento de filosofia do outro lado da praça. Tínhamos o compromisso de sair em nossa primeira expedição de pesca no dia seguinte, e seria normal verificar os preparativos: o que iríamos vestir, onde nos encontraríamos, e assim por diante. Encontrei seu escritório no terceiro andar; exibia a placa DR H T M SANDERSON. Bati à porta e aguardei por um momento. Não houve resposta, mas, quando já me preparava para ir embora, um leve som farfalhante veio do lado de dentro. Pus a orelha junto à porta e bati novamente, mais alto desta vez.

— Vá embora! Estou ocupado! Chega de compromissos por hoje!

— Desculpe, sou eu: Eddie. Não é nada importante. Estava só de passagem.

Saí andando, com uma careta de vergonha, pelo corredor que dava na escada. Mas, antes que eu pudesse desaparecer completamente, a porta se abriu e Sanderson me chamou.

— Por que não disse que era você? — rosnou ele.

Apenas a cabeça estava visível, o rosto vermelho, os cabelos desgrenhados. O restante dele estava oculto atrás da porta, a qual ele fechou e trancou logo que me deixou entrar. Sua aparência era intrigante: as pernas das calças arregaçadas até os joelhos, e, em volta dos pés, o que pareciam ser sacos de polietileno, amarrados com barbante nos tornozelos. Ele mancou sobre o tapete e sentou-se na cadeira atrás da sua escrivaninha. No chão, embaixo dela, notei um recipiente — uma bacia plástica velha e cheia até a metade com um líquido esverdeado. Havia um odor que eu não conseguia identificar, adocicado e que lembrava grama, como o verão.

— Não sou uma bela visão — disse Sanderson, andando com muito cuidado até a cadeira ao lado da escrivaninha. — O que você está vendo é um homem doente. Leproso.

E, de fato, as partes visíveis de seu corpo poderiam ter sido afligidas por alguma praga do Antigo Testamento. As marcas escamosas que notei em suas mãos quando nos conhecemos estendiam-se por todo o comprimento dos braços. Os joelhos também estavam cobertos por uma pele vermelha grossa, inflamada como um vulcão, com erupções prateadas caleidoscópicas na superfície. Elas estavam viradas para mim, amostras mórbidas de um laboratório de patologia. Pensei de imediato nas terríveis marcas de escorbuto de David Hume e no turbilhão mental que levou a elas. Era difícil não olhar, e eu precisava me lembrar de que, por baixo daquele exterior medonho, havia oculto um ser humano dotado de consciência.

— Que cargas d'água é isso? — perguntei, esperando que minha voz indicasse preocupação, e não repugnância.

— Ah, uma problema dermatológico terrível. Já tive antes, mas nunca ruim desse jeito.

— Dói?

— Doer? Na verdade, não. Mas esquenta e coça uma loucura. E a gente descama por toda parte. Como as cobras, mas de um jeito menos limpo. — Sanderson apontou para o chão, que estava coberto por uma espécie de confete.

Ele explicou que vinha colocando os pés de molho em azeite de oliva — "o mais barato que o dinheiro podia comprar, mas, ainda assim, bem caro" — para lidar com as fissuras que se abriram nas plantas dos pés. Os sacos de polietileno serviam para manter a hidratação, explicou ele. Dentro dos sacos cheios de óleo, por trás da superfície enevoada, seus pés pareciam pequenos e vulneráveis.

— Mantenho toda a parafernália aqui — disse ele. — Não é o tipo de coisa na qual quero mexer em casa. Um homem com pústulas e sacos plásticos nos pés dificilmente conseguiria manter o interesse da mulher. — Deu uma risada alta, como uma arma sendo disparada, e senti uma súbita onda de compaixão.

Da gaveta superior do seu arquivo, ele tirou uma garrafa de uísque. Quando recusei a bebida, ele se serviu de uma dose considerável num copo branco de isopor, tomou um grande gole, reinstalou-se em sua cadeira e colocou os pés envolvidos em plástico na escrivaninha bagunçada.

— Não consegui me esquecer do que você contou sobre seu pai — disse ele. Ele soava melancólico. — Não consigo tirá-lo da cabeça. Fico pensando nele, preso naquele sótão francês, dia após dia, hora após hora... com todo o tempo do mundo para planejar o resto da vida.

— Não sei se foi bem assim que aconteceu. O modo como ele descrevia... bem, não era nada tão claro como o planejamento do resto da vida. Depois, sim, ele compreendeu que uma decisão já vinha se formando havia um longo período, mas, mesmo quando voltou à vida civil na Inglaterra, ela ainda era vaga e obscura. Nada em que ele pudesse se concentrar.

— Você acha que seu pai chegou, algum dia, a se arrepender da decisão que tomou? — perguntou ele. Em sua escrivaninha, os sacos nas extremidades de seus pés se mexiam como criaturas alienígenas.

— Se um dia ele se arrependeu, nunca contou. Embora fosse algo que eu mesmo tenha me perguntado de vez em quando. Sob muitos aspectos, deve ter sido uma decisão penosa. Ele perdeu o emprego que adorava, depois minha mãe, que era o motivo por trás de sua decisão, ficou doente e permaneceu assim pela maior parte da vida de casados dos dois. E, apesar disso, ele parecia ter encontrado satisfação.

— Não consigo evitar pensar que satisfação é uma das palavras que as pessoas usam quando estão tentando evitar a palavra com efe.

— Felicidade, você quer dizer? — A menção dela fez Sanderson se encolher em falso alarme. — Eu não a estava evitando conscientemente, embora concorde que é uma palavra difícil de definir. Para o meu pai, ela não era de fato um tabu. Na verdade, lembro-me de ele contar, não muito antes de morrer, que uma tentativa bem-sucedida de atingir a felicidade era suficiente para sustentar uma pessoa por uma vida inteira.

— E levando em conta os indícios da vida dele, você acreditou?

— Bem, pensando nisso, acho que sim. A despeito das dificuldades óbvias, ele se comportou como se a felicidade continuada fosse, pelo menos, possível. Acho que ele também compreendeu o quanto se chega perto dela, e ainda assim a que distância ela muitas vezes permanece.

Meu pensamento seguinte (embora eu não o tenha compartilhado com Sanderson) foi este: talvez um motivo pelo qual meu pai tenha mantido a compostura fora exatamente porque se afastara do estudo formal da filosofia. Para ele, a filosofia ser parte de sua carreira posterior como livreiro, em vez de ser um fim em si mesma, era suficiente. Ela não havia se voltado para ele nem contra ele. Ele não se tornara vítima do *mal dos eruditos*.

Sanderson estava olhando fixamente para a frente, como uma estátua da ilha de Páscoa — queixo pronunciado, nariz largo, olhos fundos. Não era de admirar que Carrie gostasse de pintá-lo. Para tentar manter a conversa fluindo, eu disse que era possível que os tempos infelizes também tivessem valor. Eles não eram inúteis. Mas a conversa já estava morta, e, quando ele voltou a falar, foi sobre si.

Era uma época ruim do ano para ele, comentou Sanderson. Ele odiava o começo de um novo período letivo.

— Deve haver uma sensação de renascimento nisso, sabe como é?, toda essa energia nova e a coisa de fazer o lugar respirar vida nova.

Mas não havia, disse ele. Não mais. Ele sentira isso no passado, anos antes, mas agora tudo aquilo parecia o girar da manivela de um velho mecanismo, enferrujado demais para funcionar bem. Mais cedo naquele dia, ele fizera sua palestra introdutória para os alunos que haviam se inscrito em filosofia... e ela fora ruim, muito ruim. Relembrando, ele suspirou alto. Dei por mim suspirando também, uma reação involuntária, como bocejar. Nesse ponto, Sanderson abriu a última gaveta de sua escrivaninha e removeu o que parecia ser um pote de iogurte vazio. Ele se levantou, carregou sua cadeira para o outro lado do cômodo e trepou nela com seus deploráveis pés ensacados. Depois que seu corpanzil se equilibrou, cobriu o alarme de fumaça com o pote plástico. Ele se encaixava perfeitamente, como eu adivinhara que se encaixaria. Cada um de seus movimentos era bastante preciso e aparentemente parte de uma rotina bem-ensaiada. Houve uma pausa para acender o cachimbo, trazendo-o à vida com uma série de rápidas inalações até que o fornilho brilhou vermelho e a fumaça espiralou. Ele se virou para verificar o pote de iogurte na parede, como quem diz: Não me decepcione. Durante a hora seguinte, Sanderson ficou sentado em seu escritório, a fumaça de cheiro adocicado preenchendo o ar, e a luz se esvaindo lá fora. Durante esse tempo, Sanderson deve ter bebido um quarto da garrafa de uísque, mas não havia nenhum efeito visível a não ser torná-lo mais falante.

Decidi arriscar e perguntar novamente sobre seu livro, que seria lançado em breve. Meu pai dizia que pedir que um homem exiba sua erudição é a forma mais rápida de ganhar sua confiança.

— Ah, não há nada a contar, na verdade. É uma espécie de visita guiada até a felicidade. Você conhece esse tipo de coisa, uma rede de arrasto percorrendo todas as planícies de maré filosóficas.

Na minha cabeça, eu via a maré subindo e formando planícies.

— Planícies de maré?

— As áreas costeiras onde a maré deposita lama, areia e todo tipo de detrito do fundo do mar. Elas se chamam *planícies de maré*.

— Ah, entendi — comentei, sem ter certeza se de fato entendera.

— É basicamente uma viagem em torno de todos os ismos: hedonismo, estoicismo, ceticismo, epicurismo e assim por diante. Nada particularmente original. Salvo, talvez, a conclusão de que, quando o assunto é felicidade, a filosofia não vale dois caracóis.

Sanderson riu de novo. Outro disparo. No íntimo, ele não se sentia um filósofo de jeito algum, sentenciou ele, olhando fixamente seu copo de isopor.

— Essa é a conclusão inescapável.

Ele tinha uma sensação de ter traído sua vocação.

— Sabe como é, como o personagem de uma peça de Tchekhov. Todos aqueles sonhos perdidos. A impossibilidade de chegar a Moscou, a destruição de um jardim de cerejeiras. Ah!

—Você não pretendia se tornar filósofo?

— Na verdade, não. Eu só entrei nisso por acaso, levado pelas más companhias.

Era difícil saber quando ele estava falando sério. Ou quanto de sua aparente beligerância era parte de um elaborado mecanismo de defesa. Eu nem sequer conseguia ter certeza de que era beligerância. Poderia muito bem ser uma modéstia difícil de compreender.

Quando lhe perguntei o que mais teria feito, Sanderson refletiu sobre a pergunta por um instante antes de dizer que, durante certo período na escola, queria ser linguista. Ele tinha ficado fascinado pela linguagem, não apenas a gramática e a sintaxe, mas os diferentes sons contidos nela, bem como a forma que a linguagem era adquirida a princípio, e as coisas poderosas que se podia fazer com ela.

— A linguagem parecia representar a possibilidade de um universo ordenado — disse ele. — Você já pensou nisso?

— Penso nisso o tempo todo.

— Então, a esta altura você já descobriu que é só um belo truque: ordem e harmonia são apenas uma ilusão. Uma ilusão que a linguagem nos ajuda a criar. O mundo é, na verdade, aleatório e caótico.

Aos doze anos, disse Sanderson, ele começara a aprender latim, e isso tinha sido uma revelação. No primeiro dia, cada aluno recebeu um livro, *Kennedy's Revised Latin Primer*, e, para ele, o livro se tornara um bem precioso.

— "Conhecer esse livro é conhecer um belo idioma", foi o que nosso professor disse. Tudo reduzido a centenas de tabelas: verbos, substantivos, declinações, conjugações. Era só questão de aprender as regras e memorizar as exceções. Era uma coisa maravilhosa.

Relembrando, ele o considerava um modelo do pensamento lógico. Chegava a se perguntar agora se fora o latim que o pusera no caminho da filosofia. Desvendando o enigma das palavras e de suas relações umas com as outras, Sanderson, às vezes, gostava de imaginar que estava desvendando o mistério que era o universo.

— É claro, eu era jovem, na época, e não via tudo exatamente nesses termos. Mas, revendo o passado, acho mesmo que era uma espécie de tentativa de entender o mundo.

O problema era que o latim era uma língua morta. Com o cabo do cachimbo, Sanderson espanou um pedaço de pele morta de seu braço para o chão.

— Não se esperava que alguém um dia a falasse, era uma coisa puramente erudita, uma ferramenta educacional.

Gradualmente ele começara a sentir necessidade de um idioma estrangeiro que estivesse vivo, uma língua falada por pessoas vivas. Pensara que o espanhol poderia cumprir os requisitos, ou mesmo o francês, ou o alemão, até que — de forma bem inesperada — uma solução melhor se apresentou. Durante os anos 1960, quando a Guerra Fria não mostrava sinais de degelo, tornou-se parte da política educacional do governo incentivar o ensino de russo nas escolas. Russo soava exótico e perigoso, uma dupla atração.

— Eles precisavam de pessoas que compreendessem a mente do inimigo — disse ele, fingindo uma voz sinistra e batendo na têmpora com os dedos grossos.

E, assim, Sanderson aprendera russo, o qual continuou estudando na universidade. Naquele tempo, a filosofia era, em grande parte, uma segunda opção. Ele gostava do fato de que o russo tinha muitas das características do latim:

— Era como trocar seis por uma dúzia. Todas aquelas declinações, casos e gêneros para arregaçar as mangas e começar.

No começo, Sanderson se destacou e depois de um ou dois anos se tornou bom o suficiente para conseguir ler alguns dos grandes romancistas do século XIX. Para sua grande e duradoura decepção, contudo, ele jamais atingiu fluência na língua. E, se tivesse que identificar um motivo para isso, apontaria o verbo russo. Ele ficara meio louco tentando dominá-lo, mas sem proveito. Como só havia três tempos — passado, presente e futuro — deveria ter sido simples. Uma moleza, disse ele. Mas os russos — russkis, Sanderson os chamava — tinham inventado uma coisa chamada *aspecto*, criada para compensar essa falta de tempos verbais.

— Eles eram absolutamente desconcertantes. Ainda são, imagino.

Serviu-se de outra dose de uísque.

— Bem perniciosos, na verdade. E um substituto ineficaz para o *present continuous* e o *past perfect*. Sabe, os falantes do inglês não fazem ideia da sorte que têm de poder dizer *I am writing a letter* ou *He has been considering his position*. Aposto que você gostaria de um pouco disso no francês. Uns tempos verbais tão úteis. Maravilhosos demais para não darmos a eles o devido valor.

A expressão de Sanderson era de surpresa cômica, como se ele tivesse conseguido apenas agora, e só por acaso, identificar o problema que vinha afligindo sua vida. Mas aquilo não convencia. Certamente, tinha de haver mais em seu mal-estar, além de uma mera incapacidade na juventude de dominar um idioma estrangeiro. Por cerca de um ou dois minutos, Sanderson fixou o olhar no vazio, e, quando falou, foi novamente sobre o assunto de sua palestra introdutória para os alunos.

"Eu já devia estar acostumado a isso", disse ele. "É a mesma coisa todo santo ano: a obrigação de dar as boas-vindas aos alunos novos." Sanderson comparava isso a marcar o gado antes de ele sair para o pasto. "Não que eu já tenha feito isso." Os alunos sempre levavam alguns minutos para se instalar, disse ele — a gente nota esse tipo de coisa quando vem fazendo isso há anos. Alguns deles vão para um assento na frente; aí, pensam melhor. E então, com aquela calma artificial criada para esconder os nervos dos calouros, eles se escondem nas fileiras mais ao fundo. Aquele dia estava frio e úmido, e o recinto logo se encheu do cheiro de roupa molhada. Sanderson observara que quase todos estavam vestindo um casaco de lã com palavras enigmáticas na frente. O começo de cada ano acadêmico era um verdadeiro desfile para os alunos, disse Sanderson, todo mundo passeando, posando e se exibindo. Naquele ano, várias das jovens pareciam, da forma mais improvável, estar vestindo saias sobre as calças. Embora estivesse acostumado ao estilo de se vestir nada ortodoxo da esposa, essas novas modas faziam-no se sentir pitoresco, obsoleto, ultrapassado. Enquanto observava seu público cheio de "rostos jovens que ainda não tinham sido desencorajados pela vida", Sanderson começara seu jogo de sempre: tentar identificar os que tinham e os que não tinham jeito. Pela longa experiência ele aprendeu a aplicar algo similar ao princípio da triagem: "Sabe?, o tipo de coisa que aqueles bravos homens do corpo médico faziam na guerra. Rastejar sobre os corpos no campo de batalha, avaliar a urgência da necessidade médica, tomar decisões numa fração de segundo sobre quem podia ser salvo, ignorando os que morreriam de um jeito ou de outro." Por um momento, Sanderson disse que chegara a se imaginar vestindo uniforme cáqui e um capacete de aço, de barriga para baixo, arrastando-se sobre os cotovelos entre os feridos, fechando os olhos dos mortos, confortando os sem esperança, realizando pequenos atos de gentileza no campo de batalha.

Sanderson tinha um olhar remoto. "Absurdo, é claro." Ele tragou o cachimbo. "Coragem não é uma coisa que eu já tenha tido um dia."

Ainda assim, ele fez a comparação. Daqueles cerca de cem alunos, disse ele, a maioria seria deixada para morrer onde caísse. Alguns fariam isso em silêncio, até com dignidade. Outros prolongariam o processo, "continuando o curso, sim, mas de forma inútil e imprópria, emitindo ruídos consistentes com seu declínio inexorável". Nesse ponto, Sanderson emitiu um urro grave, como uma vaca parindo. Ele achava que, em especial, os alunos americanos muitas vezes ficavam ansiosos para viver bastante depois de desistirem. "Eles têm uma confiança indevida no mundo, e, mesmo quando a situação é terrível, exalam um toque de otimismo, como o cheiro de tinta fresca." Como um pensamento posterior, Sanderson disse que gostava dos alunos americanos e sentia algo próximo da ternura por eles.

Eu me perguntava até que ponto o uísque estava ditando aquelas palavras, e, como em resposta, ele pegou a garrafa novamente. Depois de se servir outra dose, ele a segurou em minha direção. "Tem certeza de que não quer?", perguntou. Eu lhe disse que costumava beber somente nas refeições, acrescentando — para evitar parecer crítico — que os franceses eram assim. "E eu costumo beber em todas as oportunidades", gracejou ele. "Você vai descobrir que isso se aplica à maioria das pessoas na Escócia." Quando lhe perguntei se talvez estivesse bebendo para tranquilizar o desconforto da doença, ele pareceu surpreso de modo comovente, como se essa fosse a mais estranha das ideias. "Isso implicaria um fundamento lógico para a bebida", disse ele, esquivando-se habilmente. "Mas

O TOM AUSENTE DE AZUL

não tenho certeza de que haja um no meu caso. Às vezes, eu bebo só porque estou vivo — *Bebo, logo existo*, como poderiam dizer nossos amigos cartesianos. E depois bebo mais para ficar sóbrio. Que é um velho costume na Rússia. Eles até têm uma palavra especial para isso." E, com outra esquiva, retornou à sua narrativa tortuosa sobre os acontecimentos do dia.

Examinando sua nova e jovem plateia, Sanderson se surpreendera de repente com o tamanho do absurdo de fazer parte do setor do ensino, quando ele mesmo havia aprendido tão pouco. Momento em que seu colega, um homem chamado Gordon Macrae, entrou sem nenhuma cerimônia e perguntou com um sorriso se Sanderson estava pronto para ser lançado aos leões. Macrae era chefe do departamento, "um espécime ridiculamente jovem", um carreirista — "se já existiu um *faux bonhomme*, é ele!" Sanderson não o suportava. Ele era uma besta medieval com um rosto alaranjado como uma cenoura e um desses bigodes que os homens ostentavam cem anos atrás. De fato, ele era "um estudo completo em laranja", com sua pele cheia de sardas se misturando à jaqueta de tweed para produzir os tons de um outono inglês. Os dentes eram de um marrom-avermelhado manchado, e os cabelos "mantinham as origens celtas, mas não eram menos lamentáveis por isso". Era o que as pessoas normalmente chamam de *ruivo*. Sanderson disse que ruivo era uma dessas palavras que enganam, como moribundo ou corpulento, que nem de longe transmitem a coisa desagradável que pretendem descrever. Cenoura, ou apenas laranja, chegava mais perto. Ele contemplara Macrae, como que pela primeira vez, e percebera que praticamente nada sabia sobre ele. Como era possível, perguntou-se, trabalhar no mesmo minúsculo departamento, ver alguém dia após dia, trocar cumprimentos e, ainda assim, nada saber sobre o homem?

A pergunta era retórica. Naquele ponto da história, Sanderson mal aparentava ter consciência da minha presença. Se eu tivesse saído de fininho, ele certamente teria continuado a falar. Seu olhar flutuava em algum lugar a meia distância, e o sorriso apertado em seus lábios era fixo como o de uma estátua.

— E quanto aos outros colegas? — perguntei, pensando novamente no grupo estranho que havia encontrado na palestra sobre Hume.

— Também não os conheço bem. Não como pessoas, pelo menos. E eles não me interessam muito como filósofos. São só uns rapazinhos bobos. Ocupados demais se candidatando a bolsas e se enaltecendo. Você conhece esse tipo de coisa: eles se enfeitam com penas de pavão. Os outros são como Macrae: gestores. Embora eu deva admitir que Macrae é bom em prender a atenção dos alunos. Ele tem um ar de autoridade natural.

Sanderson o observara atentamente naquele dia. Como ele conseguia? Como muitos acadêmicos, disse ele, Macrae falava de um jeito vacilante e solene, como se sua experiência de vida tivesse sido muito profunda a ponto de torná-la praticamente intraduzível para os meros mortais. "E, no entanto, ele estava falando com eles sobre cronogramas e requisitos de curso. É impressionante."

Quando Macrae terminou, era a vez de Sanderson. Houve a tosse usual e a conversa mole para acompanhar o intervalo nos procedimentos. Sanderson se levantou e aguardou o silêncio. Ele começara dando as boas-vindas a todos ao Departamento de Filosofia, lembrando-se, tarde demais, da circular da chefia do corpo docente informando que não haveria mais *Departamentos*, apenas *Escolas*. Como de praxe, a direção recomendara a complacência, e Sanderson acabara de falhar nisso. Ele achou que precisava se acomodar, respirar fundo. Nesse ponto da narrativa, eu também respirei fundo, como que para afugentar algo ruim. Sanderson disse que se sentira desajeitado em seu corpo, estranhamente constrangido. Sua voz, normalmente bem suave quando ele estava relaxado, parecia-lhe, agora, rouca e cansada. "Eu conseguia ouvi-la reverberando", disse ele, "como se algo tivesse tapado meus ouvidos e estivesse forçando o som para dentro". Ele se ouviu falar monotonamente sem parar, tentando limpar a garganta, tirar os tampões dos ouvidos, enquanto descrevia os diferentes cursos oferecidos — *módulos*, como eram chamados agora —, bem como o número de trabalhos necessários, sem esquecer a política aplicada no caso de falta aos tutoriais. Enquanto falava, Sanderson foi assaltado por uma série de imagens que nada tinham a ver com a tarefa que desempenhava. Ele tentou se colocar de volta na sala de aula quente e úmida, mas as imagens continuavam aparecendo, nem sempre em sequência ou em foco, mas persistentes e contínuas. Uma delas era o rosto de um menininho, de uns sete ou oito anos, ansioso para agradar aos pais, tentando entender as regras da casa, que eram, às vezes, impenetráveis. Outra veio de uma época diferente, talvez dez anos mais tarde, mas ainda o mesmo menininho, agora com jeito de um homem, a inocência perdida juntamente com seu desejo de agradar, saindo de casa com uma sensação de alegria e alívio e a determinação de nunca mais voltar. Essa imagem deu lugar a outra, fresca em sua cabeça, da mesma manhã, uma manhã corriqueira, dedicada a conversas chatas e previsíveis entre ele e a esposa. Com a voz soando em seus ouvidos,

114 JENNIE ERDAL

ele havia se imaginado na posição papai e mamãe, pressionando com força para baixo com os procedimentos de inscrição, arfando pelos requisitos do *módulo* e finalmente ejaculando o sistema de marcação de notas. "Embora culminante, o sistema de marcação de notas não trouxe nenhum alívio", disse ele, virando-se para me olhar e descarregando outra explosão de riso. Ele estava com força total, incansável e incontrolável. Havia nitidamente uma necessidade implacável de revisar o evento, uma vez após a outra, para domá-lo e transformá-lo em algo que não mais mostrasse os dentes e mordesse. Ele segurava o cachimbo com tanta força que os nós dos dedos brilharam, brancos, entre as supurações. Pareciam peixinhos exóticos com barbilhões e olhos fixos.

Ele se sentira exposto na frente de seus alunos como nunca antes. E, de repente, tomara consciência de suas mãos, problemáticas agora, como sua voz. As mesmas mãos que ele usou para atar a mais delicada mosca de truta, mas que, de repente, pareciam grossas e pesadas. Pensei que estava tendo um derrame, disse Sanderson. Os movimentos que fazia com as mãos o haviam surpreendido com sua curiosa assincronia, como um filme maldublado. Ele não podia ter certeza se era uma questão de *parecer* em vez de *ser*, uma confusão que se espalhara para áreas diferentes de sua vida apenas recentemente. Ele tentara pôr as mãos nas laterais do corpo. Elas ficaram lá, penduradas por um tempo, mas logo começaram a se mexer e contrair a partir do pulso — "como um nadador que deseja mergulhar na água antes da competição." Tentou enganchar os polegares nas calças, mas se pegou preocupado, pensando que os alunos fossem achar suas calças *sem graça* ou *caretas* ou qualquer outra palavra que eles usem hoje em dia. "Minha esposa diz que há um tipo de homem que veste suas calças acima da cintura de um jeito terrível", disse ele, com o rosto fazendo uma expressão de palhaço triste. "E que os homens nem imaginam o nível de tristeza que isso produz numa mulher."

Eu sorri com a ideia, e ao mesmo tempo me vi verificando as próprias calças.

"Ah sim", continuou ele, tomando outro gole. "Ela consegue dizer muito sobre um homem pelas calças que ele usa, a minha mulher. É o que diz. Segundo ela, as calças fornecem um guia do caráter do homem pelo menos tão confiável quanto qualquer outro cálculo." É claro que ele havia contestado isso, mas ela sustentava que era o resultado de muitos anos de observação, e, como teoria, havia atingido o status de fato empírico. Fato empírico! Arram, zombara ele, que diabos ela sabia sobre fato empírico? Rápida como um raio, ela lhe deu uma resposta mordaz: *Fato empírico é aquele que se baseia na experiência, observada de forma neutra e sem paixão, e oriunda fundamentalmente dos cinco sentidos.* É isso mesmo. E onde ela havia aprendido aquela pequena novidade? A bem da verdade, aprendi com *você*, disse ela. Sanderson suspirou com a lembrança. Esse é o problema das mulheres, comentou. Constroem teorias elaboradas baseadas em dados insignificantes e, assim que começamos a pensar que elas estão num terreno duvidoso, nos acertam com algo irrefutável.

Sanderson continuou por um bom tempo. Ao final, eu estava me protegendo mais do bombardeio que ouvindo. Surpreendia-me que Sanderson conseguisse falar por tanto tempo sobre si, sem o menor encorajamento e a alguém que conhecera há tão pouco tempo. Seria um mito a famosa reticência dos britânicos? Lembrei-me de ter lido em algum lugar que as pessoas que haviam sido ilhadas podiam se colocar ao sabor das ondas novamente ao contar histórias. Talvez fosse isso que acontecia com Sanderson. Falar bastante era.seu meio de sobreviver.

— Sou um homem frustrado. É isso que sou. — disse ele. — Mas, pelo menos, a gente sabe em que pé está com a frustração, enquanto que, com a felicidade, tudo pode acontecer.

17

A primeira vez que pescamos, no dia seguinte, Sanderson me confidenciaria que, nos primeiros dias de seu casamento, estava convencido de que sentira felicidade — "o que quer que qualquer um queira dizer com isso". Estávamos arrumando nosso equipamento na grama à beira da lagoa, onde a água fazia o som de leves bofetadas. A essa altura o sol já se pusera, deixando para trás raios azul-escuros por todo o céu. Passei o dia aprendendo a jogar a mosca na água — hora após hora de curvar a linha de volta para trás da cabeça e deixá-la cair com leveza no lago —, com Sanderson a meu lado, orientando-me e me incentivando de um modo gentil. Deve ter sido uma tarefa inglória, mas ele não deu sinal algum disso. O que fez crescer minha estima por ele e pensar nas possibilidades da amizade. Mais do que isso, tudo na pesca — sentir o peso da linha, encontrar o equilíbrio correto, os ritmos e as repetições, o arco no ar e o círculo na água — tudo isso parecia ter exercido influência na atmosfera do dia e a tornara suave. Agarrei a oportunidade.

— Bem, o que *você* quer dizer com isso?

Por alguns momentos, Sanderson continuou organizando sua caixa de moscas, pondo-as em fileiras arrumadas de acordo com tamanho e cor. Depois disso, disse que era difícil se sentir confiante em usar a palavra, pelo menos sem alguma qualificação ou modificação, e sem soar constrangido ou sarcástico. "Mas, como você está me pressionando, eis um exemplo concreto." E ele me pediu para imaginar estar sentado num trem lotado de Edimburgo para Londres, com alguém falando bobagens em outra parte do vagão. "Você conhece o tipo. Um sujeito que fala alto, burro e sem imaginação, absolutamente nada na cabeça que valha a pena dizer, mas decidido a falar de qualquer jeito. Quando chega a Newcastle você já está pronto a estrangulá-lo com as próprias mãos, qualquer coisa que o faça parar de tagarelar. E, então, aleluia, ele desce em York." Sanderson bateu as mãos uma na outra. "Pois bem, isso é a felicidade!"

Não houve jeito de eu não me decepcionar. Esperava mais. Ele estava caçoando de mim.

— Ah, mas não estou não, Eddie. Estou falando seriíssimo. Se você leu Montaigne, vai se lembrar dele dizendo que a maior sensação de bem-estar de sua vida foi quando uma pedra dos rins lhe saiu do pênis.

— *La belle lumière de santé*, foi como ele a chamou. — retruquei, como se citar o original francês pudesse me dar alguma vantagem. — Mas isso com certeza não é felicidade. Isso é alívio.

— Alívio, sem dúvida, só que é mais que isso. Não é apenas a liberação física da dor... é algo transcendental. Uma leveza do ser.

— Bem, os franceses, e eu tendo a concordar com eles, acham que Montaigne falava demais sobre seus problemas do aparelho urinário.

Enquanto falava, eu sabia que aquilo soava estúpido e infantil.

— Sem dúvida, você pode fazer melhor que isso, Eddie — disse Sanderson, com um sorriso, dando-me um pontapé de leve com sua wellington como que para marcar nossa amizade.

— Desculpe — disse eu, sentindo-me levemente envergonhado. Mas, na verdade, eu estava feliz, não arrependido. Sanderson estendera uma bota amistosa na minha direção, e eu gostei disso.

— Então, o que você está dizendo? Que a felicidade, nos seus exemplos, não poderia ter surgido não fosse o tormento inicial?

— Exatamente. Que é o motivo pelo qual penso que a felicidade muitas vezes se revela como um contraponto. Seus limites são definidos por seu contrário.

Ele prosseguiu dizendo que haviam se apropriado da palavra. Pelos evangélicos carismáticos — a turma dos crentes contentes — e por aqueles que atuavam no psicologismo barato da Nova Era. O que cria dificuldades para os demais de nós, disse ele.

— Mesmo no nível da filosofia, é quase impossível evitar os *slogans*. Você conhece esse tipo de coisa: "*Se você precisa se perguntar se está feliz, você não está*", ou o mantra dos hedonistas: "*Quanto mais você mira na felicidade, menos você obtém dela.*" Tudo soa muito superficial. Eles lhe dizem como é quando está feito, Eddie, mas não lhe dizem como fazer. — Ele riu. — Se isso não soar muito absurdo.

Lembrei-lhe que ele ainda não me dissera o que de fato queria dizer com aquilo. Ele fechou a caixa de moscas num gesto rápido, e por um momento pensei que o assunto estivesse encerrado. No entanto, em vez disso, ele se virou para me olhar e, hesitando por uns instantes, como se houvesse alguma indecisão sobre como prosseguir, disse que acreditava no seguinte: que havia uma coisa chamada felicidade corriqueira — nada muito exaltado ou emocionante

— e havia outra coisa que podia ser chamada de infelicidade corriqueira — novamente, nada muito extremo. Nada de fome, dilúvio ou tragédias. Dentro desses parâmetros havia uma escala, e em diferentes pontos de nossa vida, estávamos em pontos diversos da escala. "O problema com todos os ismos no meu livro é que nenhum deles considera adequadamente a natureza humana."

Sempre foi subjetivo?, perguntei. Ou podia ser medido objetivamente? "Visto que é uma sensação de bem-estar, um estado de espírito (chame como quiser), ela precisa ser subjetiva." Ela poderia ser isolada? Ele duvidava. Mas, sim, as pessoas têm tentado medi-la. Os cientistas têm observado fatores que promovem a felicidade — calibrando níveis de serotonina e coisas assim. E os governos estavam interessados nesses achados. Havia mesmo indícios que sugeriam que as pessoas mais felizes eram aquelas com crenças religiosas.

— E você duvida disso?

— Não, eu não duvido. Mas aonde isso nos leva, Eddie? A crença em Deus é só mais uma escolha de estilo de vida, como correr em volta do parque Meadows ou ir para Tenerife nas férias. É só uma possibilidade entre muitas. A religião não é, por isso, uma condição necessária para a felicidade.

As pessoas falavam um monte de besteiras sobre o significado da vida, disse Sanderson, como se isso fosse exclusivo da religião. Mas o significado podia ser encontrado em muitas coisas: atar uma mosca perfeita, dar uma boa palestra ou consertar uma torneira que esteja vazando, talvez.

— Eu, por exemplo, nunca poderia crer em Deus, nem mesmo com uma arma apontada para a minha cabeça. Mas, felizmente, ser religioso não é o único modo de pensar. Há outros estados menos delirantes. Ou talvez eles sejam apenas outras formas de delírio.

O TOM AUSENTE DE AZUL

— O que você quer dizer com isso?

Ele respondeu que mal sabia por onde começar. O mundo estava cheio de ilusões, e a forma como as interpretávamos envolvia vários graus de autoilusão. A crença religiosa era a mais óbvia. Desde os tempos primitivos, as pessoas tinham propensão a crer em algo. Queriam um propósito, algo que desse significado às suas vidas, em vez de elas serem coisas sem valor — "não são as únicas duas alternativas, embora muitas vezes pareça." Depois de comer e beber, disse, havia uma busca por significado. Mas esse significado estava sempre mudando, e ele deu o exemplo de crentes que oscilam constantemente entre a afirmação da verdade literal e a metáfora, de modo que, assim que algo fosse incapaz de suportar o peso do significado atribuído pela teologia cristã — como a ressurreição —, essa coisa de repente se tornava *simbólica*. E a religião, todas as religiões, existia nesse domínio do chove não molha.

— Mas não existe algo que possamos chamar de verdade simbólica? — Isso foi tudo em que consegui pensar, uma forma de permanecer na conversa.

— Verdade simbólica é só uma espécie de equívoco sofisticado, Eddie, de ter as coisas dos dois modos. — Sanderson sugou o cachimbo. — Não há nada que não possa ser configurado para se adequar à crença — disse ele. — Os crentes interpretam o mundo de acordo com algum plano divino, e o que quer que ocorra nele, por mais brutal e catastrófico, é acomodado dentro do plano, que é, de alguma forma, considerado nobre e benevolente em face dos indícios acachapantes do contrário. Deus foi criado para preencher a lacuna do que o homem não consegue explicar. Não importa o que aconteça: Deus dá as cartas. A última palavra e a última risada. — Soltou uma risada alta, competindo com Deus.

— O livre-arbítrio não entra nisso em algum lugar?

Poderia ter sido uma pergunta idiota, mas Sanderson assentiu sua aprovação.

— Você foi direto ao ponto, Eddie. O livre-arbítrio só é mencionado quando as pessoas religiosas querem apontar a estupidez do homem, nunca a crueldade de seu Deus benevolente e seu infame plano divino.

A verdade era que a religião prosperava com o medo, e, mesmo hoje, no século XXI, ela era propagada de forma compulsória, "como batatas no reinado de Catarina, a Grande". Falsas narrativas têm poder, "sempre foi assim" — e a religião oferecia conforto, ainda que um conforto falso.

— Digamos assim, Eddie: Deus é o maior dos amigos imaginários — disse ele.

— Mas todos nós não temos nosso próprio tipo de amigo imaginário? Não precisa ser Deus. — Eu estava pensando em todos os acessórios que me ajudaram a passar os anos da minha infância.

— É claro que não, e esse é justamente o argumento que eu estou tentando usar. Todos acreditamos em algo. Pode ser destino ou sorte ou magia ou algo inobservável e sem substância: um bazar metafísico onde se pode conseguir uma pechincha.

Com a mão inchada, ele agarrou uma pechincha imaginária no ar e a levou para o seu olhar fixo.

Mas é tudo autoilusão, fogo-fátuo.

Autoilusão era mesmo um assunto interessante, disse ele. Ela chegava a ter uma aparência paradoxal. Algumas pessoas, filósofos entre elas, argumentavam até que isso não existe. Afinal, como se poderia tratar de enganar a *si mesmo*? Com certeza, você já saberia o que estava aprontando, o que arruinaria a ilusão. E, se você soubesse o que estava fazendo, como seria possível enganar a si mesmo para que pensasse em outra coisa? Mas os filósofos sempre superestimaram o lado racional do comportamento humano, disse Sanderson. A autoilusão poderia parecer exigir que a mesma pessoa fosse o enganador e o enganado; e, no entanto, todos sabíamos muito bem o que se queria dizer e o que se entendia com isso. Éramos até tolerantes a respeito, justamente porque era considerada uma dessas coisas que não se pode evitar — uma espécie de transgressão irracional, uma fraqueza moral pouco importante. "É aqui que a literatura é mais instrutiva que a filosofia", disse ele. "Romances são cheios de pessoas infelizes; não só porque é difícil escrever sobre a felicidade, mas porque há uma imensidão de sofrimento inevitável no mundo, e é trabalho dos escritores refletir isso de volta para os leitores." E, se algum dia a felicidade *era* abordada, disse ele, era sempre restrita ou provisória, do modo exato que a conhecíamos na vida real.

"Pense em *Anna Karenina*", continuou Sanderson, animado agora. "Vronsky fica mais feliz quando está a caminho de ver Anna, não quando está com ela." Ele pausou para encher e acender o cachimbo, revelando, entre inalações, que notara outra coisa: que aqueles que eram mais iludidos muitas vezes eram retratados como os mais felizes. A felicidade podia até ser uma espécie de loucura. "Talvez você tenha notado isso também. Pense no sr. Dick, em *David Copperfield*, por exemplo. Ele é um louco gentil, cuja simplicidade permite que saiba exatamente o que é necessário em situações que paralisam todos os outros personagens, os que passam o tempo pensando demais. E, muito embora o sr. Dick tenha o suposto problema do rei Carlos I na cabeça, seu coração permanece gentil e amoroso. E ele é *feliz*."

— Mas você com certeza não gostaria de trocar de lugar com ele.

— Não tenho certeza. Não tenho certeza. — Sanderson tinha um aspecto de alta definição agora, a pele mais vermelha, o rosto mais cheio, os cabelos um pouco mais desgrenhados. — Desdenha-se muito da vida que não é examinada. De acordo com Sócrates, não vale a pena vivê-la. Mas, na verdade, a vida, quando examinada, o conduz a todos os tipos de problemas.

Depois de Sanderson dizer isso, arrumamos tudo no carro e fizemos o caminho de volta para Edimburgo. Mais tarde, no *pub* onde paramos, levei-o de volta ao ponto de partida, quando ele mencionou que, nos primeiros dias do casamento, ele conhecera a felicidade. Sanderson agora tinha o ar de um homem que tenta se agarrar a algo antes que essa coisa finalmente lhe escape. Olhando para trás, disse ele, tinha certeza de que ainda podia identificá-la, como um barco distante no horizonte. Mas outra coisa lhe tomara o lugar, uma coisa cuja intensidade era difícil de explicar. Com certeza, não tinha relação com o que sentira antes. Mas era esse o problema. Ele se tornara confuso quanto aos sentimentos, em quais deles confiar, quais ignorar (presumindo que fosse possível ignorar um sentimento, embora ele estivesse quase certo de que não). Em grande parte, ele e a esposa moravam juntos como pessoas submetidas à hipnose, e suas conversas eram coisas mortas. Agora, eles nem sequer se chamavam pelo nome quando se comunicavam. Ele adorava o nome dela no começo: afora ser vivo e alegre, combinava com ela. Carrie não gostava nem um pouco do nome — nunca perdoou os pais por terem lhe batizado, num acesso de virtude bíblica, de *Caritas*. Quando ela e Sanderson se conheceram, ele lhe dissera que era um belo nome — e um milhão de vezes melhor que Faith e Hope, nomes que amaldiçoavam as vidas das irmãs dela. Além disso, com suas conotações de amor abnegado, *Caritas* se

O TOM AUSENTE DE AZUL 125

adequava perfeitamente à ideia original que Sanderson tinha dela. Mas isso aconteceu antes de tudo "engrossar e se embrutecer", como ele definiu. E, com o engrossamento, o nome de sua mulher passou a soar ridículo, quase uma zombaria. Agora, ele tentava não dizê-lo se pudesse evitar. Na verdade, se "Carrie" escapasse acidentalmente, ele considerava isso um lapso estético.

Vindo de um homem inteligente, isso me pareceu um comentário estúpido. Era Sanderson — não o nome de Carrie — que era ridículo. Entretanto, esse era outro sinal de seu sofrimento — um mal menor que se tornou o foco da dor, uma distração da angústia subjacente.

Reduzia um pouco seu próprio nome, continuou ele, talvez sentindo a necessidade de explicar, porém ficando indignado no processo. Como ele detestava que eles fossem um "casal que rima": *Harry e Carrie*. E que estranho que esse verso pudesse, um dia, ter soado harmonioso. Agora, ele era simplesmente risível, "como um jingle irritante ou um esquete que já não tem graça". As pessoas no *pub* estavam começando a olhar em nossa direção. Era hora de ir embora. Havia sido um longo dia no lago, e, embora eu não tivesse pegado nada, minhas mãos e roupas ficaram impregnadas com o cheiro de peixe. Queria muito voltar e tomar um banho. Mas Sanderson ainda não estava pronto para ir.

Ele disse que não conseguia se lembrar de quando isso começara. A dúvida. O desalento. Era tudo um pouco obscuro. A esposa não era mais ela mesma, não vinha sendo havia um tempo. Ele não sabia dizer quanto tempo. Houve a coisa com o garoto, é claro, mas isso já acabara. E, com certeza, não era suficiente para explicar tudo. Ele agora não fazia ideia do que se passava na cabeça dela. Ela evitava falar com ele, se possível. Exceto quando eles entravam em conflito, o que acontecia com bastante frequência. Como tudo isso acabou acontecendo? O declínio parecia não ser linear — e mais labiríntico e sinuoso. Mal eles acabavam de confrontar uma questão difícil e lidavam com ela, o problema ressurgia misteriosamente e precisava ser enfrentado todo outra vez. Como isso aconteceu? Ele desejava saber. Na verdade, ele não conseguia mais se lembrar dos motivos iniciais para se casar, se de fato houve motivos reais. Talvez a mente estivesse em outro lugar, e ela, a esposa, tenha feito o casamento. Ah! — outro tiro disparado. Ocasionalmente, ele admitiu, eles faziam algo que exigia esforço e determinação juntos, uma tentativa consciente de sair daquele atoleiro. Há apenas uma semana, eles tinham comprado uma mesa na IKEA, uma espécie de gesto na direção de uma vida normal juntos — uma mesa da IKEA, que é, ao mesmo tempo, um gesto frívolo e mais sério do que uma mesa de outra loja de departamentos. *Frívolo* por causa da facilidade com que uma pessoa pode se dirigir à loja junto com centenas de outras pessoas e apenas escolhê-la, pagar por ela no andar inferior e levá-la, ali, na hora, em vez de aguardar uma semana ou duas pela entrega — tudo isso leva a pessoa a acreditar que o que está fazendo é absolutamente normal e prazeroso, denotando harmonia doméstica — caso contrário por que tantos outros casais estariam fazendo o mesmo? Mas uma mesa da IKEA também era uma coisa *séria* porque era preciso montá-la quando se chegava em casa. Era preciso entender o diagrama, tentar ser paciente e razoável, conectar a ilustração e as instruções com a aterrorizante coleção de peças espalhadas no chão e encaixar as peças certas juntas, macho com fêmea, parafuso com rosca. Uma metáfora da vida doméstica,

O TOM AUSENTE DE AZUL

na verdade. Sanderson pausou e suspirou pesadamente, o que me deu a primeira oportunidade de perguntar:

— O que foi a coisa com o garoto? O que aconteceu?

— Ah, ele saiu dos trilhos. Começou a imaginar coisas. Ouvir vozes. Tudo que se possa imaginar. Acontece muito, pelo visto.

Não pude deixar de pensar que tudo o que aprendera sobre Sanderson até aquele momento devia estar conectado a essa história maior. Era apenas a minha sensação — impossível saber ao certo. Raramente vemos as coisas como são de fato — outra coisa que meu pai me disse pouco antes de morrer. Havíamos nos encontrado para almoçar, e eu vinha tentando fazer meu pai falar sobre a guerra, um assunto sobre o qual sua reticência era enlouquecedora. Eu queria saber mais sobre suas missões na França, se ele sentira medo, como ele encontrara a coragem para continuar. Coragem não teve nada a ver com isso, disse ele. Era apenas uma questão de obedecer a ordens. Quando pressionado, ele permaneceu firme. Era algo sobre o qual não se pensava, continuou meu pai. Mantínhamos apenas a cabeça baixa e seguíamos adiante com nosso trabalho. Ele me disse para lembrar que a perspectiva inteira raramente estava à vista, muito menos era entendida. Só era possível ver fragmentos individuais, e, com eles, uma imagem se criava, preenchia as lacunas como você achasse melhor, sempre de acordo com o que você sentia, ou lhe haviam dito, em vez do que sabia. A imagem nunca é completa — está sempre inclinada ou distorcida de algum modo. Como o desenho de uma criança, a composição é geralmente fora de proporção ou condensada. É o mesmo com as pessoas, sentenciou meu pai. "O que se sabe sobre qualquer indivíduo é finito, e o que não se sabe é infinito."

*

Mas isso é adiantar minha história. De volta ao escritório naquele dia, entre a fumaça e o odor de uísque, Sanderson ainda estava num estado de tensão, preocupado com o que havia acontecido mais cedo. "Eu tenho dado palestras introdutórias a alunos de filosofia desde sempre", disse Sanderson. Os alunos se aprimoraram ao longo dos anos — ele gostava de pensar assim. Sanderson polira as piadas, cortara fora a gordura. Agora, ele podia proferi-las com o pé nas costas. "Na verdade, foi o que eu disse a eles. Posso fazer isso com o pé nas costas. Talvez, vocês todos preferissem isso. Pelo menos, ia divertir vocês. Enquanto, na verdade, não há muita coisa divertida na minha matéria. Ah, a *verdade*! Pois bem, eu disse. Verdade!"

Ele estava sentado de frente para o outro lado da escrivaninha, mas, nesse ponto, se levantou e andou com os pés doloridos até a janela. Ele ficou de pé com suas costas voltadas para mim, dirigindo-se a uma plateia imaginária. "Imagino que haja alguns de vocês que pensam que a filosofia tem a ver com a verdade. Deixem-me dizer uma coisa: vocês estão enganados. A verdade é um pé no saco. A maioria de nós passa pela vida buscando-a, procurando algo que possamos chamar de verdadeiro. Quando encontramos, e *se* encontramos, nos sentimos mais seguros e a repetimos para outras pessoas, mais para afirmá-la para nós mesmos do que para qualquer outra coisa. Mas a verdade não é necessariamente válida. É temporária, provisória. Aceitamos uma verdade e negamos outra. O difícil é admitir isso. Outros entre vocês podem pensar que a filosofia lhes fornecerá respostas. Ah! Vocês não poderiam estar mais errados. Eu adoraria poder lhes dizer que a filosofia é um modo de vida, um manual para a experiência cotidiana — Como Viver Melhor e merdas do tipo. Mas não é. O máximo que a filosofia vai lhes ensinar é como identificar o problema."

O TOM AUSENTE DE AZUL

Quando terminou, Sanderson voltou o rosto para mim uma vez mais e ficou em silêncio por um momento antes de explicar que, nesse instante, em sua fala aos alunos, ele notou Macrae – "o velho cara de cenoura" — olhando com desagravo para ele e anotando algo num caderno. Isso só serviu para provocar Sanderson, que havia se aquecido para seu tema e abandonado toda a inibição. "Levaram chumbo grosso", disse ele, com os olhos fulgurantes e tomando uma nova dose. "Contei aos alunos que havia muita bobagem sobre a filosofia hoje em dia, e muitos filósofos de meia-tigela, cabeças de bagre que davam má reputação à filosofia."

Cabeças de bagre? Imaginei um cardume de peixes pensantes, envolvidos no diálogo socrático.

Vocês não devem imaginar, aconselhara ele aos alunos, que estudar filosofia ajudará com o caos da vida. Nada pode ajudar com isso. "Neste assunto sem luzes, tudo precisa ser descontruído primeiro, para que possa ser respondido. E qual a utilidade disso? Meus colegas sem dúvida darão palestras sobre a razão e a supremacia da vida racional. Mas é tudo uma piada. Nós nos enganamos ao pensar que fazemos apenas escolhas racionais. Razão é aquilo que vinculamos às nossas escolhas *depois* do impulso ou desejo inicial. E de uma coisa vocês podem ter certeza: o desejo é anárquico, imprevisível. Ele ataca sem avisar e domina sua vítima. A literatura lhes ensinará isso, e a filosofia não vai salvá-los. Nem os filósofos. Como todo mundo, levamos vidas ridículas."

Achei difícil discordar dessa última afirmação. Sanderson fazia triste figura, e, com as calças enroladas para cima, sacos nos pés e a pele descamando, sua aparência pairava entre a comédia e a farsa. Havia um toque teatral em seu discurso bombástico, algo de Téspis — influência de Alice talvez? De volta à narrativa de Sanderson, entretanto, essa menção a vidas ridículas foi evidentemente demais para o chefe do departamento, que levantou num salto e anunciou de forma abrupta que o tempo havia acabado. Anunciou que os alunos encontrariam detalhes de todos os cursos oferecidos num folheto no fundo da sala e era possível marcar reunião com qualquer membro da equipe para discutir dúvidas que surgissem.

O que aconteceu, ele havia perguntado a Sanderson logo que ficaram sozinhos. Que diabos aconteceu? O rosto de Macrae estava vermelho de raiva, suas sardas um ou dois tons mais escuras.

— O que aconteceu? O que *aconteceu*? — Sanderson devolveu a pergunta de Macrae, e agora, ao recontar, ele despejava perdigotos em minha direção. — Como filósofo, você deveria saber que jamais se pode dizer que algo *aconteceu* com qualquer grau de precisão. Há uma característica de ambiguidade em tudo, diferentes interpretações, relatos diferentes. Interprete isso como quiser, meu caro rapaz. Você é o chefe do departamento. Interprete como quiser. Esse é o meu conselho.

E, como toque final, ele havia acrescentado um *e vai se foder* antes de ir embora.

Eu me perguntava por que ele estava me contando tudo aquilo. Àquela altura, nós mal nos conhecíamos. No dia seguinte, experimentaríamos o tipo de camaradagem que surge quando dois homens passam o dia pescando juntos, mas, naquele momento, havia muito pouco que nos ligasse. No entanto, tudo foi despejado sem ser solicitado, como se ele não pudesse deixar de expelir. Eu estava dividido entre o constrangimento e uma espécie de comichão mórbida — também um desejo de ajudar, obscurecido por uma sensação mais forte de que nada havia a fazer. Ele era apenas um homem em crise, revelando-se perante meus olhos, e o estranho era que eu me sentia atraído e alheio a tudo isso ao mesmo tempo. A falta de ligação era algo que me vinha naturalmente. O outro impulso era incomum — me desconcertava. Sanderson, evidentemente, não sentia nenhum embaraço. De forma curiosa, ele parecia revigorado por seus desabafos. Ele falava como se sua vida dependesse disso. E exigia muito pouco de mim em retorno. Em certos momentos, ele perguntava: Você entende o que eu quero dizer? Mas ele não esperava uma resposta.

Seriam profissionais os seus problemas? Ou puramente domésticos? Examinei-o em busca de possíveis pistas. Seu rosto, que devia ter sido bonito um dia, estava inchado e levemente corado. Por baixo da pele coberta de manchas, havia sinais de um sistema vascular complexo. Ele se animara durante a narração, balançando em sua cadeira, batendo na escrivaninha com os pés enfaixados, rasgando o ar com o cachimbo na mão e uísque na outra. Pensei no inseto de Kafka, de bruços, agitando as pernas.

Parecia um bom momento para ir embora. Levantei-me para sair, mas Sanderson, de repente notando mais uma vez minha presença, virou-se para me olhar. Fumando cachimbo e mantendo o dedo sobre o bojo, ele disse:

— Você já pensou no que poderia ter sido, Eddie? — Sua voz era mais baixa agora. — Quer dizer, se não tivesse ido parar na tradução?

Movendo-me para a segurança da porta, contei-lhe que antes desejava ser um filósofo. A ironia me fez corar.

— Ora, ora — disse ele. — Você escapou por pouco.

— Tinha a ver com meu pai. Imagino que todos os garotos em certo ponto querem se tornar os pais.

— Eu não. — Ele olhou para seu uísque. — Às vezes, eu me sinto bastante envergonhado de pensar o quanto não queria ser meu pai.

— Por que não?

— Por que não? — repetiu ele, parecendo surpreso pela pergunta. — Não tenho certeza. Eu mal o considerava um indivíduo. Alguém. Ele apenas estava lá. Para que eu pudesse discutir, para que se pudesse ter vergonha.

— Vergonha?

— Vergonha. Ah, que ironia! — Outra risada explosiva. — E pensar que hoje tenho vergonha de ter tido vergonha.

Sanderson não falou mais de seu pai, mas ele não estava pronto para parar. Disse que, às vezes, pensava em quem mais poderia ter sido, o que mais poderia ter feito. Depois de um curto silêncio, disse: "Um encanador. Acho que gostaria de ter sido um encanador." As pessoas sempre ficam satisfeitas ao ver encanadores, disse ele. No mundo inteiro, eles são saudados com uma mistura de gratidão e alívio. Ninguém jamais ficou satisfeito da mesma maneira ao ver um professor de filosofia moral. Na verdade, fora do ambiente protegido da universidade, Sanderson ficava envergonhado de admitir o que fazia na vida. Se ele ia ao dentista ou ao barbeiro, mantinha-se calado quanto a isso. "Enquanto nenhum homem jamais precisa sentir vergonha de dizer que é encanador."

Foram-lhe necessários quarenta anos para perceber que boa parte do que era crucial no mundo não era entendido pelos acadêmicos, que pensavam que conheciam as coisas importantes. Ele pensara assim certa época. Hoje, fazia apenas um aceno ocasional para uma ideia; fora isso, seu raciocínio era moribundo. Era tudo questão de puxar as alavancas certas, mover algumas chaves, como dirigir uma grua. Enquanto isso, as pessoas

O TOM AUSENTE DE AZUL

da administração queriam que ele pensasse nos alunos como clientes. E os clientes queriam respostas que a filosofia não podia dar. Ele devia ter ficado com a literatura russa.

— Pense só, Eddie, o *páthos* nisso. Eu amava meu trabalho. Havia uma conexão entre o ensino e o resto da vida. Era difícil distinguir o dançarino da dança. O dançarino era a dança, porém era também *diferente* da dança. Pelo menos, eu ousava pensar que poderia ter sido bom nisso. Acreditava que fazia diferença. Outros também pareciam pensar assim. Até um ou dois anos atrás, eu era alguém que tinha status, respeito, autoestima, o que os evolucionistas da moda chamam de *valor reprodutivo*. Agora, eu me sento aqui com meus pés no azeite, pondo-os de molho na bacia que uso para desovar peixe, e com minha pele descamada por todo o tapete.

Ele pausou por um instante. Em algum lugar no corredor, era possível ouvir o ronco de um aspirador de pó distante.

— Um dia, você é um pavão — disse ele —; no dia seguinte, é um espanador. Essa é uma história muito, muito velha.

18

No dia da pesca, Sanderson foi me buscar na estrada Calton Hill, e seguimos de carro na A7 até Selkirk. Ele tinha dois rios favoritos — um ao norte e outro ao sul de Edimburgo —, mas para minha primeira experiência de pesca, iríamos a um pequeno lago, disse ele. Seria mais fácil eu aprender os princípios do arremesso sem que a linha ficasse enganchada nas árvores — um risco comum na ribanceira.

Depois de cerca de uma hora, deixamos a estrada principal, continuamos por uma trilha e andamos por um caminho pedregoso por algumas centenas de metros. O terreno parecia se estender em todas as direções, uma variedade de plantas se atropelando. E, a distância, uma miscelânea de barreiras de pedra e cercas que marcavam a terra como um lugar de valor e propriedade definida.

Em seu equipamento de pesca — *waders*, botas altas impermeáveis, capas impermeáveis e boina —, Sanderson aparentava estar mais saudável que a figura da noite anterior. As roupas encobriam tanto quanto cobriam. Somente suas mãos mostravam os sinais indicadores da doença. Algumas feridas estavam abertas e sangravam.

O lago era longo e estreito, aninhado entre colinas de leve ondulação. Sanderson disse que era possível ver ondas no lago, como se ele fosse o oceano Atlântico. Mas, naquele dia, o vento era fraco, a superfície da água mal ondulava. Por alguns momentos, ficamos na margem, olhando calados a vista do lago, como se tivéssemos feito um acordo. Depois disso, Sanderson começou a aprontar tudo, primeiro removendo sua vara de bambu de um saco de pano e dispondo suas três partes, belas e delicadas, no chão, depois enrolando o saco e deixando-o sob uma pedra antes de arrumar a carretilha e a caixa de moscas ao lado da vara. O procedimento inteiro foi realizado com a solenidade de um sacramento. Em seguida, Sanderson me mostrou como a vara era encaixada. Na extremidade de cada parte, havia um anel de latão conhecido como virola, preso com uma linha escarlate chamada *whipping*. Sanderson encaixou as virolas, o macho com a fêmea. "Veja como eles se encaixam perfeitamente", disse, e, para demonstrar essa perfeição, puxou com força para separá-los novamente. Ao se separarem, eles emitiram um estalo audível — o som mais doce que se pode ouvir, disse ele, sorrindo de orelha a orelha. "Ganha fácil de uma rolha de champanhe." Devagar, com reverência, ele uniu as partes, prendeu a carretilha e passou a linha pelos olhos do anel metálico que eram presos em intervalos regulares no comprimento da vara. "A mosca é ligada na linha por um *líder*", explicou ele. "E, lembre-se, a mosca não pesa quase nada. É só seda fina e pena num pequeno anzol. Isso significa que, para lançar a linha, você precisa puxar a linha da carretilha e jogá-la para trás e para a frente."

Para aprender a arremessar, ele disse que era melhor eu observar primeiro e ouvir depois. Ele escolheu uma mosca na caixa, prendeu-a com perícia e, para minha surpresa, removeu de sua sacola de pesca um quadrado de material do tamanho aproximado de um lenço de bolso, colocou-o no chão e, em cada canto, pôs algumas pedrinhas como peso. Depois, andou por cerca de vinte metros. "O segredo é tentar posicionar sua mosca, acertá-la no centro", disse ele e, com isso, fez um chicoteio para trás, de modo que a linha se estendeu por trás dele, e depois a moveu para a frente — apenas um movimento suave do punho, como se estivesse batendo com baquetas num *glockenspiel*. A linha serpenteou no ar numa parábola perfeita antes de se retesar e cair sem fazer som no centro exato da mosca. Essa precisão aguçada foi repetida seguidas vezes, e eu me senti completamente cativado — tanto pela habilidade pura do procedimento como pelo porte tranquilo e cheio de dignidade do homem. "A vara de bambu mantém a energia", disse ele, "e essa energia se converte no movimento rápido para a frente, numa espécie de elegância sinuosa". Aquilo tinha ritmo de poesia, e ele era o poeta.

Ao terminar, ele entrou na água, dando o tempo para encontrar pontos de apoio firmes. A cerca de dez metros da margem, Sanderson começou a arremessar a linha, para trás e para a frente, para trás e para a frente, girando seu braço direito de um lado para o outro, cortando o ar com o laço de sua linha. Ele fazia com que parecesse simples e natural. Eu poderia assisti-lo feliz o dia inteiro. Era como uma apresentação de mágica, um número de circo que fazia a gente prender a respiração admirado. Ele era um domador de leões com um chicote extralongo, mestre supremo do picadeiro.

Quando foi a minha vez, ele me deu sua segunda vara e ficou de pé atrás de mim, com o braço sob o meu, a mão segurando o meu punho. Devagar, ele moveu meu braço para cima e para trás. A princípio duro e estranho, desconfortável de ser segurado por ele.

Relaxe, disse Sanderson, curve o braço, encontre um ritmo, solte o pulso. O segredo do bom arremesso era começar com a linha esticada. A mosca se moveria com a linha, comentou ele, e a linha seguiria a ponta da vara. Em certo ponto, durante o impulso para a frente, a vara seria parada, e nesse ponto a linha se projetaria na direção que a vara estava tomando antes de parar. Pense nisso como uma pincelada de tinta da extremidade de um pincel, pediu Sanderson. Quanto mais abrupta a pincelada, mais a tinta sai e mais longe ela vai. Não que a distância seja tudo, disse ele, principalmente não no começo. Em vez disso, eu devia me concentrar em conseguir um movimento contínuo de arremesso pelo meu braço, começando devagar e ganhando ímpeto, depois parando e observando a linha ir. Era muita coisa para lembrar, e, não sendo um talento natural, engoli um gemido quando minha primeira tentativa curvou-se para trás da minha cabeça em câmera lenta, terminando enrolada na grama crescida que circundava o lago. "Não se preocupe", disse ele. "O primeiro arremesso é como a primeira panqueca. Não conta."

Sanderson era um professor paciente, gentil e encorajador. Suas palavras eram leves e despreocupadas, não carregadas com o abatimento da noite anterior. Na verdade, toda a disposição dele parecia ter sido reorganizada em algo inteiramente agradável e natural. Como se estivesse lendo meus pensamentos, ele me deu um tapinha nas costas e declarou que todos os meus esforços um dia iam valer a pena — o maior prazer da vida era pegar uma truta com sua própria mosca seca. "É a coisa mais próxima da transcendência", disse ele, "desde que você faça do jeito certo, o jeito difícil, e siga as regras".

Quando paramos para comer, uma ou duas horas depois, porém, seu outro lado emergiu novamente. Carrie havia embrulhado um almoço para nós dois. Mais comida de coelho, resmungou Sanderson, desembalando a sacola. Mas ele estava enganado. Havia pão francês crocante e, também, dois tipos de queijo, azeitonas e ameixas. Sentamo-nos numa margem gramada, o sol lançando uma longa sombra no meio do lago, e, enquanto comíamos, fiquei sabendo mais do que gostaria sobre o que Sanderson chamava de ruína de seu casamento. Como nos sentamos lado a lado, olhando para a água escura, suas palavras pareciam não se dirigir a mim, mas a alguma testemunha invisível e distante, que poderia ou não estar ouvindo; e, talvez porque comíamos a comida preparada por Carrie, eu tive a sensação de que estávamos, de certa forma, devorando seu caráter, afundando os dentes em seu eu, engolindo seu espírito. Tudo isso pareceu traiçoeiro. A narrativa de Sanderson era sinuosa, a ponto de exasperar, e eu queria que ele se detivesse a datas, épocas, motivos, circunstâncias. Mas, em vez disso, eu permitia que ele contasse de seu jeito, sem interrupção. Foi então que "o garoto" foi mencionado pela primeira vez, no contexto do comportamento de Carrie e sua busca de modas passageiras como meditação e técnicas de respiração. A narrativa seguia em várias direções: algumas delas não levavam a lugar nenhum, mas, quando terminamos de comer, nossos dedos congelados de frio, uma imagem da vida doméstica dos Sanderson havia começado a se formar.

19

Carrie McLeod surgira como aluna do primeiro ano na turma de filosofia moral de Sanderson, que a havia notado de imediato, disse ele, em parte porque o pescoço jovem era tão longo, suave e gracioso quanto o de um cisne, em parte porque ela era rápida para responder perguntas, embora também houvesse nela algo de devaneio, como se ela não estivesse completamente presente na sala. Carrie se sentava à janela da lateral da sala, com a mão sobre um dos cotovelos e a outra apoiando o queixo. Sanderson achava que o rosto dela tinha algo característico de uma santa da Idade Média — olhos bem separados e os traços suaves, embora poderosos, contendo a promessa da cura e da proteção. Ao contrário de outros alunos, ela não parecia fazer parte de um grupo. Sanderson concluíra que ou ela era muito incomum para pertencer a um grupo, ou gerava inveja e fora, portanto, excluída. Embora tenha ido bem em suas provas durante o semestre, deixou o curso antes de completar a graduação.

Naqueles dias, Sanderson namorava uma advogada, Elsa King, uma carreirista que mal havia passado dos quarenta — a mesma idade de Sanderson na época. Elsa era consultora da universidade em questões jurídicas e tinha um cargo no tribunal universitário.

Ela e Sanderson namoravam havia três anos, sem viver juntos, mas encontrando-se com regularidade enquanto não exigiam nada um do outro. Ela já havia sido casada e era claro que não seguiria por esse caminho novamente — o que era perfeito para Sanderson. Ele não estava buscando compromisso e gostava do fato de não ser responsável pela felicidade dela e vice-versa. Agradava-lhe que eles não causassem problemas um ao outro nem compartilhassem nada muito além de seus corpos. O plano de pensão de Sanderson, na universidade, era descrito como "de baixo investimento, alto retorno, prazo variável, manutenção zero" e era assim que ele passara a pensar em seu relacionamento com Elsa. Também o incentivava o fato de que ela conseguia separar sexo de amor, algo que ele pensava, até então, que somente os homens eram capazes de fazer. Em sua experiência, as mulheres geralmente queriam algo mais, e, nesse sentido, Elsa era diferente de um modo animador. Não exatamente perfeita, porém. Ele às vezes tinha a impressão de que Elsa encarava o sexo com uma prancheta e um lápis na mão, assinalando itens numa lista, dando notas de 0 a 10: tempo, posições, preliminares, imaginação e assim por diante. Isso podia ser uma provação para um homem, disse ele, convidando-me a concordar e me fazendo corar. Além disso, durante o sexo, ela fazia "um grande escarcéu", levando-o a presumir que ela havia atingido cumes de prazer nunca sonhados. Mas, imediatamente após o clímax, ela falava com um tom normal de voz sobre algo completamente banal. *Você viu meu cortador de unhas?* Ou *Preciso levar o gato ao veterinário.* O que quebrava o encanto para Sanderson e o levava a sentir que fracassara em manter a atenção dela.

Um dia, ele havia ido a Signet Library, na Parliament Square, onde sabia que Elsa estava posando para um retrato. A União de Advogados da Escócia havia contratado os três melhores graduados

O TOM AUSENTE DE AZUL

da Escola de Artes de Edimburgo para fazer retratos de vários advogados notáveis — qualificação que se aplicava a Elsa. Sanderson havia chegado à Signet Library, no coração da Cidade Velha de Edimburgo, um lugar de esplendor georgiano, disse ele, uma vez descrito pelo rei George IV como "a melhor sala de visitas da Europa". Foi lá, enquanto estava na porta do andar inferior da biblioteca, que a vida de Sanderson mudou de rumo. A princípio, ele não reconhecera a artista. Ela estava voltada para o lado oposto, e foram suas costas que ele estudou enquanto elas se flexionavam e contorciam, aparentemente em perfeita harmonia com seu pincel. Era uma bela visão — forte, vital e absolutamente fascinante, disse ele. Comparada à artista, que desempenhava sua atividade com energia e suavidade — tudo isso era evidente da visão das costas —, a figura do retrato, Elsa, parecia rígida e sem vida, sem sangue ou vigor. Sanderson contemplou a cena por um tempo, escondido das duas, e analisando tudo o que ela implicava.

A princípio ele não havia notado o garotinho, tão pequeno, e mesmo assim lá estava ele, sentado numa das cadeiras decoradas na parede do fundo. Mas, quando o garoto tirou os olhos do livro e olhou para cima, Sanderson captou o movimento e ficou surpreso. Nesse ponto, entrou na sala enorme, pensando que era melhor se revelar. A artista se virou, e ele ficou surpreso ao perceber que era Carrie McLeod, a aluna brilhante e rápida que estivera presente apenas em corpo em sua sala de aula anos antes. Agora, ela parecia completamente presente no mundo, confiante, conectada a outras pessoas. O efeito disso em Sanderson foi, ao mesmo tempo, doce e penetrante. Assim que ela o cumprimentou, nos tons hipnóticos cadenciados das Hébridas de que ele se lembrava da época em que falou pela primeira vez em sua aula de filosofia, ele sentiu a fisgada do desejo, a leve fascinação da possibilidade de sexo. Desse momento em diante, seu relacionamento com Elsa se esvaziaria lentamente como um pneu com um pequeno furo.

O segundo choque foi descobrir que o garoto — que tinha cerca de dois anos na época — era filho de Carrie. Uma criança deve ter um pai, pensou ele, e a existência de um pai com certeza interferiria com a ideia que já estava começando a se formar em sua imaginação. Mas ele apurou rapidamente — não muito ansiosamente, ele esperava — que Carrie era mãe solteira. O pai, quem quer que fosse, estava completamente ausente da vida dos dois.

O terceiro choque aconteceu mais tarde, quando ele percebeu que não sentia quase nenhum remorso em se desfazer de Elsa. E pensar que eles se davam tão bem. "Como eu disse, era um acordo perfeito." Claro que era um erro comum igualar o sexo ao amor. Mesmo assim, ele ficou surpreso ao descobrir que satisfazer o primeiro com Elsa não trouxera à tona o segundo.

20

Algumas semanas mais tarde, em conversa com Carrie, tive motivos para recordar essa parte do monólogo de Sanderson. Ao descrever sua própria primeira reação a Sanderson, Carrie chamaria de *paixão*, antes de revisá-la no momento seguinte como *paixonite*. "Parecia uma dor", disse ela. "Nada que se pudesse chamar de amor. Meu pai acabara de morrer, e Harry preencheu a lacuna."

De volta à margem do lago, porém, Sanderson continuava com sua história. Antes de conhecer Carrie, ele nunca havia considerado o casamento uma opção. Até onde pensara nisso, ele havia esperado não ter de fazer um balanço de prós e contras. Com sorte, ele simplesmente *saberia*. E com Carrie ele sabia, embora não tenha conseguido evitar fazer o balanço assim mesmo, nem que fosse pelo prazer de descobrir que ele pesava muito em favor do casamento. Parecia ser exatamente o que era necessário. Ela era vulnerável, ele a protegeria. Ela era a artista, caótica e de espírito livre; ele era o pensador, ordenado e disciplinado. Ela era jovem, nada mais que uma garota, na verdade, com muito a amadurecer; ele era bem mais velho, com todas as vantagens que a experiência pode proporcionar. E o melhor de tudo: ela já tinha um filho, portanto, ele não precisaria prover um. Depois de analisado o panorama, os detalhes certamente se encaixariam. Eles se casaram no mesmo mês.

Mais tarde no *pub*, o humor de Sanderson se tornou sombrio. Ciúme era a última coisa que ele esperava sentir, comentou. E, no entanto, ele surgiu torrencial, e o choque de vivenciar algo de que se sentia incapaz nada fez para estancar o fluxo. "Eu queria toda a atenção dela", disse Sanderson. Mas Carrie estava completamente envolvida pelo garoto. Ele afetava tudo, inclusive seu julgamento. Ela se sacrificava por ele de modo abnegado e sem reclamar, e ele, Sanderson, ficava com as raspas. Os restos emocionais, ele os chamava, tirando sua tabaqueira. Com os dedos de uma das mãos, ele esfregava os flocos de tabaco na palma da outra mão, fragmentando-os até que se soltassem o bastante para pô-los no fornilho do cachimbo. "Revi minhas expectativas e disse a mim mesmo que aquela era a natureza do casamento. Mas eu sabia que era mentira. Era a natureza de um tipo específico de mãe."

Sua própria mãe sempre sustentara que era ruim para as crianças deixar que elas percebessem que eram amadas. Elas ficavam muito confiantes, dizia ela. Se Sanderson tivesse sido pai, esse conselho seria seguido à risca, comentou. Carrie, porém, era "pródiga de amor", pelo menos com seu filho. Ela não se aguentava.

— À medida que o garoto cresceu, tudo o que as pessoas consideram bom e miraculoso na infância foi substituído por algo menos bom, menos miraculoso. A inocência se tornou teimosia, a surpresa se tornou racionalidade, as brincadeiras se tornaram tristeza. Aos quinze anos, ele era calado e taciturno, inacessível para nós. Bem, inacessível para mim, pelo menos. A mãe ainda conseguia chegar até ele.

— E o aconteceu com ele?

— Ele começou a ter delírios. No princípio, pensei que estivesse fingindo, mas no final ele foi internado numa unidade psiquiátrica e diagnosticado como esquizofrênico.

— Quanto tempo faz isso?

Sanderson teve de pensar antes de responder.

— Quase três anos, acho. Parece mais tempo.

— Qual é o nome dele?

— O nome dele — repetiu ele, como que surpreso pela pergunta. — Alfie. O nome dele é Alfie.

Por um tempo, nenhum de nós falou. Depois, Sanderson quebrou o silêncio:

— Você não tem filhos, não é?

— Não.

— Aceite o meu conselho, Eddie. Fique assim. Você pode escolher quem vai ser sua parceira na vida, mas não pode escolher seu filho.

21

No caminho de volta do lago, viajávamos por uma faixa estreita de estrada. Sanderson estava silencioso de um modo incomum. À nossa frente, havia um imenso caminhão com muitas sinalizações na traseira, incluindo um número de telefone convidando as pessoas a ligar e comentar sobre a qualidade da direção do motorista. Eu revirava isso na minha cabeça, imaginando que tipo de pessoa responderia a um convite desses.

Quando finalmente Sanderson falou, foi sobre a galeria de arte de Alice. Às vezes, ele entrava como um caranguejo, de lado, numa conversa.

— Você devia ir lá uma hora dessas. Vale a pena a visita.

Depois, num tom completamente neutro, disse, de repente, que Alice tinha desistido dele.

— Desistido de você? Como assim?

— Quero dizer o que disse. Desistido de ser minha amante. Desistido de ter um caso. Desistido de foder comigo. Desistido de mim.

Uma única informação, mas ainda assim difícil de processar.

— Por quê? — Pergunta errada, mas não consegui pensar em nenhuma outra.

— Como assim *por quê*?

— Por que ela desistiu de você?

— Que tipo de pergunta é *essa*? Como vou saber por que ela desistiu de mim?

— Desculpe. Não sabia o que dizer.

— Não se desculpe. Desculpar-se nunca leva a lugar algum.

Instantes depois, ele admitiu que havia se perguntado a mesma coisa: por que ela havia desistido dele. Funcionara perfeitamente por mais de dez anos, disse ele, e não representava uma ameaça para nenhum dos dois casamentos. Alice e o marido se davam muito bem, muito melhor que a maioria dos casais, na verdade.

— Se o casamento deles fosse uma pintura, seria de pinceladas suaves a óleo, muitos movimentos repetitivos e nada muito violento ou incongruente.

Charles, o marido de Alice, trabalhava como astrônomo no observatório, disse Sanderson, enquanto ela administrava a galeria. Eles eram anfitriões esplêndidos para seus muitos amigos. Mas Charles era completamente gay, e, embora os dois dividissem a cama à noite, nunca havia sexo. Eles compartilhavam outras coisas: as responsabilidades do casamento, os compromissos sociais, amizades, os ritmos tranquilos da vida na mesma casa.

— Como eu falei, era um acordo maravilhoso — disse Sanderson.

— Você a ama? — perguntei. Ele me lançou um olhar como se faltasse à minha pergunta um mínimo de delicadeza. Mudando o rumo da conversa, perguntei como eles haviam se conhecido. Sempre era interessante descobrir como as pessoas acabam ficando uma com a outra.

— Através da minha esposa — disse ele, com um bufo enigmático. — Quando ela começou a expor na galeria de Alice.

Perguntei-lhe se Carrie sabia. Com certeza não, disse Sanderson. Então, ele citou Tchekhov, "que acreditava que toda pessoa vive sua vida verdadeira e mais interessante sob a proteção de segredos. Eu tendo a acreditar. E você?" Além disso, o que os olhos não veem o coração não sente. "A ignorância protege, reduz o sofrimento."

— E quanto à honestidade?

— Honestidade? — Ele repetiu a palavra como se fosse nova no seu léxico e ele tivesse que testá-la para se certificar de que era adequada. — Veja bem, Eddie, aceite o conselho de um homem mais velho. Honestidade é uma dessas virtudes superestimadas. Quando se trata de algo assim, temos uma escolha simples: contar ou não contar. As duas alternativas são como campos magnéticos opostos, e, se a gente não toma cuidado, acaba ficando preso entre as duas. Melhor manter o silêncio. Se a gente conta, sempre há o risco de destruir vidas.

— E, quando a gente não conta, não destrói vidas?

Ele parou por um momento, tirou os olhos da estrada para me lançar um olhar de piedade, antes de me reprovar por ter lido romances demais. Ele falava como se tivesse uma fonte particular de conhecimento, como se não tivesse que se virar com o que estava disponível para os meros mortais.

— As pessoas que assumem posições honrosas muitas vezes só estão servindo a própria autoimagem.

Fiquei mordido, mas nada disse. Era um desses comentários mordazes que não há como responder sem correr o risco de representar aquilo de que se está sendo acusado. Meus pensamentos se voltaram para a pobre Carrie e a dor que isso certamente lhe causaria. Talvez Sanderson tivesse razão: era melhor que ela não soubesse. E, agora que o caso estava terminado, não havia necessidade alguma de que ela jamais ficasse sabendo.

Alice havia lhe contado sua decisão poucos dias antes, no dia anterior ao início do semestre. O que talvez explicasse sua explosão na frente dos alunos e sua agitação prolongada depois. Ela não deu um motivo, a não ser dizer que pensava que era "hora de mudar". Sanderson zombou. Com certeza, você pode fazer melhor que isso, disse-lhe. Mudar? Era tão ruim quanto a linguagem da gestão da universidade. Mas ela apenas sorriu de um jeito que indicava que não adiantava dizer mais nada sobre o assunto.

— Ficamos juntos por doze anos.

— É muito tempo — comentei, desejando ter dado uma resposta menos banal.

— E, durante esses doze anos, nós fizemos sexo mais de quatrocentas vezes. Quatrocentas e trinta e uma, para ser exato.

— Você contava?

— Mantinha um registro. Na minha mesa, junto com meu diário de pesca.

— Por quê? — Novamente a pergunta soava frouxa. Contudo, o que eu me perguntava mesmo era se, nas mesmas circunstâncias, eu também manteria um registro. Havia um lado meticuloso em Sanderson que me intrigava e se conectava comigo.

— É difícil dizer. Acho que era algum tipo de registro de que existo. Sabe, no mundo. Vivo. Esse era provavelmente o motivo da maioria dos casos, disse ele. Junto com a sensação de que tudo se renova.

— Entendo.

— Sabe, Eddie, uma das maravilhas do comportamento sexual é que uma mulher sofisticada, tranquila, senhora de si, com um bocado de sangue-frio e o decoro americano pode, de repente, se metamorfosear numa tigresa gostosa com desejos insaciáveis que implora para ser fodida vezes seguidas, cada vez com mais força.

Tentei visualizar a cena: Alice e Sanderson — o som de sucção e o estalo de peças que se interligam. Não era possível.

— E sabe o que mais? Quatrocentas vezes não é lá muita coisa. Não em doze anos pelo menos. É isso que é surpreendente. Parece muito. Mas é menos de uma vez por semana.

Sanderson disse que, nos primeiros anos, eles tinham se encontrado com mais frequência, mas as coisas vinham diminuindo fazia um ou dois anos. E quase zeraram desde as erupções na pele. Ele, sem dúvida, provocava repulsa nela. Afinal, ele provocava repulsa em si mesmo.

— Como começou? Seu caso, digo.

— Não consigo me lembrar exatamente. Foi só uma dessas coisas que acontecem. — Ele fez um estalo com a língua. — Às vezes atos impulsivos se tornam arranjos permanentes. O motivo para começar fica há muito tempo esquecido, talvez nunca tenha existido um motivo, e a coisa em si simplesmente continua. Um pouco como o casamento, pensando bem.

Ele levantou a cabeça, como se para aspirar o ar ou exibir uma espécie de estoicismo de queixo erguido — não tive certeza de qual dos dois.

— Acho que quis algo rápido e conveniente, sem a complicação do compromisso... sabe, a "sempretude" do casamento. Isso choca você, Eddie?

O TOM AUSENTE DE AZUL

— Acho que muitas coisas me chocam.

— É claro que isso não significa que elas sejam chocantes de um modo inerente.

— Não, é claro que não.

— De qualquer forma, achei que todos soubessem tudo sobre esse tipo de coisa na França.

— Acho que depende do que você quer dizer com "esse tipo de coisa". Balzac, por exemplo, achava que não poderia haver infidelidade onde não havia amor.

Sanderson batia com os dedos no volante, como se estivesse decidindo se iria discutir com Balzac.

— Bem — disse ele finalmente —, uma das definições para um adúltero, uma que eu mesmo passei a apreciar, é a de um homem que está preso à chatice de duas rotinas, em vez da de uma.

Eu ri.

— Isso soa um pouco como uma alegação de prerrogativas especiais.

— Bem, outra forma de pensar é que os pecados já não são mais os mesmos. São apenas prazeres, transitórios como o resto da vida.

22

Eu estava ansioso para chegar em casa. Tinha sido conversa suficiente para um dia. Sanderson, no entanto, tinha outras ideias.

— Vamos beber alguma coisa para fechar com chave de ouro. — Ele estacionou num *pub* na Cidade Velha.

— Esse é um dos poucos *pubs* que não foram tomados pelos gays — disse, enquanto tomávamos nossos assentos no The Blue Thistle, um bar tradicional com painéis de carvalho no teto, janelas de vitrais e espelhos jateados. Em seguida, perguntou numa rápida reflexão tardia: — Você não é gay, é?

— Não.

— De alguma forma, achei que não fosse.

Bebendo, Sanderson se lançou em outro vale de lágrimas. Eu tinha de me lembrar de que aquele não era na verdade um drama que acabara de se revelar: tudo já havia acontecido. Ele estava simplesmente recontando eventos passados, embora passado bem recente, no caso da decisão de Alice de terminar tudo. Ocorreu, porém, que, naquela mesma manhã, outro baque no espírito havia ocorrido. Quase tudo o que sua esposa falava hoje em dia deixava apenas uma vaga impressão, disse ele, a maior parte perdida para

O TOM AUSENTE DE AZUL   153

sempre e sem chance de recuperação. Ele havia assistido, uma vez, a uma palestra inaugural chamada Memória — A escolha é sua, na qual o palestrante, um homenzinho confiante, explicou sobre memória de curto e de longo prazo, e sugeriu os motivos pelos quais certas coisas conseguem chegar ao hipocampo. É claro que ele já se esquecera da maior parte do conteúdo da palestra, mas se lembrava de ter pensado, então, que o palestrante não havia conseguido de jeito algum desmistificar o assunto da memória. A visão de Sanderson era que excluímos a maior parte do que acontece para evitar o caos, mas que havia algumas coisas tão dolorosas que não podiam ser esquecidas. O máximo que se podia fazer era tentar distorcê-las para tornar a vida mais tolerável. Um caso em questão ocorrera naquela mesma manhã, quando Sanderson perguntara a Carrie em que ela pensava quando eles faziam amor.

— Ela parou, e eu sabia que ela estava pesando as vantagens de contar a verdade e de mentir. Quando finalmente falou, foi uma resposta esmagadora. Ele soube imediatamente que não conseguiria apagá-la.

— O que foi que ela disse?

— Ela disse que pensava nas ofertas.

— Nas ofertas? — Imaginei as ofertas da natureza: cores vibrantes, grama fragrante, flores do campo.

— É, nas ofertas do Somerfields, no final da nossa rua. Em matéria de supermercado, nem é dos mais sofisticados.

Sua boca havia ficado, de repente, mole e frouxa, como a de um sabujo.

— Como chegamos a esse ponto? — perguntou ele. (*Ele quer dizer nós, eu e ele?*, perguntei-me) — Quer dizer... como, saindo de algo completamente oposto, chegamos aqui? (*Não, ele não quer dizer eu e ele.*) — É isso que eu queria saber. Nós tínhamos o que as pessoas chamam de vida sexual sadia. Agora, minha esposa busca refúgio do leito conjugal num supermercado imaginário, descendo um corredor, indo pelo outro, contornando as frutas e os legumes, passando pelos laticínios, as refeições prontas, a comida de cachorro e as pedrinhas dos peixinhos. Tudo isso para escapar da realidade de ser comida pelo marido. — Durante o discurso, Sanderson empurrava um carrinho invisível, guiando-o sem cuidado na região do baço.

Quando falou novamente, foi para dizer que o casamento nunca seria o que ele esperava, o que ambos esperaram um dia. Naquele dia em que a encontrara na Signet Library, ele viveu uma imensa onda de pura alegria. Não sabia que ela nunca mais voltaria na mesma intensidade ou urgência.

— Mas, para terminar um casamento, a gente precisa querer sair dele mais do que se quer ficar onde está.

Ele não sabia se havia atingido esse ponto. Sentia a cabeça aturdida demais para lidar com a questão.

— Para ser franco, o que eu quero é que a minha esposa me queira, me aceite como sou.

— Isso parece Montaigne. Ele achava muito pior ser aceito por caridade do que ser rejeitado abertamente.

Sanderson torceu o nariz.

— Você está tentando fazer com que eu me sinta melhor, Eddie? Se sim, não está conseguindo. — Mas ele sorriu enquanto dizia isso, e isso aliviou a melancolia. Terminamos nossas bebidas e nos levantamos para sair.

— Acho que o casamento é uma questão de crença continuada — disse ele. Estávamos na rua movimentada agora, a vida acontecendo

O TOM AUSENTE DE AZUL

por toda a volta. — Uma condição necessária, porém insuficiente para sua continuidade.

Esse era o filósofo falando.

A caminho de casa naquela noite, eu contemplava o mistério do casamento. Era claro para mim que, sim, ele formava algum tipo de base para a vida. Mas era igualmente claro que envolvia dor e infelicidade para um ou outro parceiro. Ou para os dois, porque, com certeza, se um está triste, o outro se sente da mesma forma. Como poderia ser de outra maneira? Falam em amor incondicional entre um homem e uma mulher, mas esse amor estava bem longe da minha própria experiência. E sustentar um relacionamento em que se mora com alguém era coisa que eu só tinha me imaginado capaz num instante de loucura, quanto mais um casamento. Tornara-me incapaz, havia muito tempo, para qualquer coisa diferente da vida solitária. A confusão do que eu entendia ser a vida normal me impedia de me tornar muito íntimo de alguém. Só de pensar em compartilhar um banheiro — todos aqueles cremes e loções, a dentadura no armário — me fazia suar frio. A ideia em si continha um tipo de terror. E foi por isso, acho, que os livros se tornaram minha compensação. Os livros me permitiram pensar que estava me conectando a outras pessoas — uma ilusão importante quando se mora sozinho.

Ao mesmo tempo, eu não estava completamente iludido: os livros não eram o mesmo que a experiência real. Às vezes, eu testava minha coragem e tentava me imaginar mais velho e caindo no pior tipo de existência solitária: falta de higiene, refeições prontas, ninguém com quem conversar, tristezas não compartilhadas, o inferno dos *reality shows*, visão deficiente, dentes apodrecendo, meias malcheirosas, cueca coberta de sêmen ressecado. Quando tudo isso se tornava descomunal, eu fazia uma incursão na direção da experiência real: calor humano, intimidade, carne macia.

Desde muito jovem, eu adorava o cinema; não apenas os filmes, mas tudo na experiência: as luzes se apagando, as cortinas se abrindo, a magia da tela grande. A cada duas semanas, mais ou menos, eu visitava o cinema local, que se especializava em exibir filmes estrangeiros assim como filmes *cult*, clássicos antigos e cinema experimental. Vez por outra havia uma palestra depois do filme, geralmente proferida pelo diretor. Anos atrás, num evento desses, Bernard Tavernier falara sobre *La Vie et Rien d'Autre*, seu filme que retratava um homem cuja tarefa era encontrar as identidades de soldados desconhecidos mortos depois da Primeira Guerra Mundial, e que acaba estabelecendo um relacionamento com uma mulher à procura do marido desaparecido. Durante a sessão de perguntas, alguém sentado duas ou três filas atrás de mim fez uma sobre a dificuldade de equilibrar temas épicos grandiosos com histórias que são menores e mais íntimas. Virei-me para olhar a mulher que fizera a pergunta e fiquei surpreso ao reconhecê-la: uma das revisoras na editora que encomendava a maioria das minhas traduções. Depois, apresentei-me e descobri que ela ainda trabalhava para a editora, mas como autônoma. Seu nome era Amandine Pommelet. O nome da minha mãe era Amandine, e assim eu aprendera muito cedo que ele significava *aquela que deve ser amada*. Sempre que minha mãe se comportava mal, eu me lembrava disso. Disse em voz baixa: *Amandine*. Naquela noite, bebemos e jantamos num pequeno restaurante próximo ao cinema. Na sessão de cinema seguinte, nós nos encontramos novamente, e dessa vez perguntei onde ela morava e se eu podia acompanhá-la até em casa. Era fim de novembro, e as ruas estavam lisas como granito. Poderia ter nevado naquela noite, se não estivesse frio demais para nevar.

— Não há uma forma fácil de dizer isso — disse ela, mordendo o lábio. — *Je ne vis pas seule.*

— Você tem namorado? — Eu já estava processando a resposta esperada, preparando minha reação.

— Não, não é isso. Minha irmã mora comigo. Eu tomo conta dela.

Vim a saber que ela cuidava da irmã gêmea, que teve lesão cerebral num acidente de carro dois anos antes. Desde então, a vida de Amandine havia se apequenado: o marido fora embora, a maioria dos amigos a abandonou, e seu trabalho se reduzira a meio expediente. Uma vez por mês, uma organização fornecia cuidados por um intervalo de 24 horas. Ela vivia por esses dias, planejando-os meticulosamente e usando-os com critério. Às vezes, ela ia a galerias de arte ou se dava ao luxo de comprar roupas novas; em outras ocasiões, ela se sentava num parque, comia um sanduíche e via o mundo passar, só aproveitando o fato de que podia. Seus prazeres haviam se tornado descomplicados, mas a felicidade que eles continham não era menor. Na verdade, a felicidade talvez fosse mais aguda e doce agora. Em sua única noite livre de cada mês, ela sempre fazia questão de sair, geralmente para ver filmes de arte. O restante do tempo, ela ficava de plantão.

Considerando os relacionamentos, passei a pensar que aquele era mais tolerável que a maioria. A irmã com lesão cerebral impunha limites, o que me contentava. Ela era uma lembrança inapelável de que cada novo prazer continha a promessa do sofrimento.

De vez em quando, eu visitava o apartamento de Amandine e levava uma garrafa de vinho. Ela assistia a uma quantidade imensa de programas televisivos. Ficava sempre ligada, mesmo se ninguém assistisse, sempre no canal de notícias. *C'est en marche pour ma soeur*, dizia ela. Era para a irmã. Mas minha teoria era de que as notícias permitiam que ela se sentisse parte dos dramas que se desenrolavam no mundo, uma defesa contra a mesmice de sua vida.

Às vezes, eu preparava uma refeição simples para nós dois, enquanto ela arrumava a irmã para dormir. Eu desligava a televisão e, durante o jantar, Amandine me divertia com as histórias dos romances em que estava trabalhando, sempre com o cuidado de incluir sua irônica crítica editorial: muitos substantivos abstratos, não havia verbos suficientes, a importância do ponto e vírgula, a enorme estrutura conceitual necessária para sustentar um romance. De tudo isso eu gostava.

Sua sala de estar era toda mobiliada e cheia de tapetes e almofadas, tudo muito cheio e estufado, nenhuma linha rígida ou ângulo em lugar algum. Embora não fosse o meu estilo preferido, fiquei atraído por ele: era algo que uma mulher podia fazer por um homem, algo que ele mesmo não faria. Dava a sensação de sofisticação, conforto e atração. Ao longo do tempo, porém, passou a parecer uma cela acolchoada: você tinha certeza de que não se machucaria, mas era uma espécie de prisão do mesmo jeito.

De vez em quando, afundados nesse cenário feminino, nós nos envolvíamos no que passei a pensar alegremente como uma travessura *sans-culottes*, seguida de leve gratificação. (Essa foi uma expressão roubada de um romance inglês que parecia se especializar na linguagem evasiva, o que se costuma chamar de fazer rodeios, encher linguiça.) Embora seja doloroso admitir, minha experiência sexual era lamentavelmente limitada. Como acontece ao crítico de arte amador, eu não sabia muito sobre o assunto, mas sabia bem do que gostava. E houve algumas descobertas pelo caminho; que o sexo era uma rota precária para o autoconhecimento; que ele era capaz de aliviar os sintomas de se sentir sem rumo sem tratar a causa subjacente; e que era, provavelmente, melhor manter as coisas periféricas, complementares. Apenas vez por outra eu dormia lá, embora fosse melhor que não o fizesse. O protocolo da manhã seguinte sempre servia para afugentar o estado de espírito da noite anterior. Meu relacionamento com Amandine não carecia de calor ou ternura humanos; no entanto, sempre pensei nele no tempo presente. Acredito que ela também. Ela parecia esperar muito pouco de nós dois, talvez apenas algum conforto mútuo. "Um pouco de amor é homeopático", disse ela certa vez. "Da mesma forma que um pouco de arsênico." Seus olhos ficaram melancólicos. "*Le semblable est soigné par le semblable.*" Os semelhantes se curam.

Quando caminhei para casa depois de me despedir de Sanderson no *pub*, o dia havia ficado vários tons mais escuro. Em toda parte, as luzes dos apartamentos estavam sendo ligadas. A maioria dos centros urbanos se tornou pouco povoada (todo mundo sabe disso), mas isso não aconteceu em Edimburgo. Pelas janelas iluminadas, eu vislumbrava cenas da vida doméstica, coisas comuns, apenas além do alcance — criancinhas de pijamas, famílias reunidas em torno da mesa da cozinha, uma velha senhora tocando piano —, e sentia o desamparo de algo que não conseguia nomear.

23

Algo não estava certo quando voltei para casa. Alguém estivera lá na minha ausência. Percebi no momento em que coloquei a chave na fechadura e abri a porta. Deve ter sido a faxineira — esse foi meu primeiro pensamento. Mas não era terça-feira, e a sra. Bannerman, como ela mesma disse mais de uma vez, era uma mulher de rotina rígida. Só para ter certeza, verifiquei a privada, que sempre tinha um produto azul-escuro quando ela vinha. Mas hoje não. De qualquer forma, a casa não tinha a aparência nem o cheiro de uma casa que acabara de ser limpa. Era muito mais vago que isso, apenas uma sensação de algo estar diferente. Ou de que alguém estivera lá pouco antes e fora embora.

Ao mesmo tempo, eu não confiava por inteiro nos meus sentidos, principalmente porque, depois de um curto período, pensei que reconhecia isso como um tipo de sussurro da infância. Mesmo agora, eu dificilmente saberia que nome dar. Intuição? Sugestão? De qualquer maneira, sempre que isso se instala em mim, o resultado é uma suspeita de que não estou sozinho. É uma sensação que ia e vinha durante os meus primeiros anos, embora variasse em intensidade. Não consigo identificar exatamente quando começou nem mesmo se foi antes ou depois de minha mãe me contar sobre os fatos e o fim de meus irmãos. A sensação retornaria algumas vezes durante a adolescência e nos meus tempos de estudante, um vestígio misterioso de muitos anos atrás, não exatamente me assombrando, mas me lembrando de que tudo tinha antecedentes, que havia uma sequência infinita de eventos interligados, e que nem tudo podia ser compreendido de forma adequada.

O "sussurro", se esse é o nome para isso, levou-me de volta às minhas primeiras lembranças. Devo dizer logo de cara que tenho um pouco de suspeita da infância, a imensa carga que se deve suportar, e também do significado que se atribui a ela. Mas não adianta fingir que se pode escapar de seus efeitos, da mesma forma que não há dúvida de que ela fornece a textura do pergaminho que mais tarde chamam de sua vida. É por isso que se costuma vasculhar os primeiros anos em busca de qualquer coisa que prenuncie os espécimes adultos que as pessoas se tornaram. Nem sempre é uma boa ideia, mas não tem jeito.

Todo mundo tem suas teorias. Uma das minhas é que três pessoas conectadas por carne e sangue podem viver na mesma casa e não conhecer de fato uma a outra. Esse foi sem dúvida o caso com meus pais e eu. Ocupávamos os mesmos cem metros quadrados sobre a livraria, mas nos dedicávamos aos nossos assuntos de forma independente e não estávamos completamente presentes nas vidas uns dos outros. O domínio do meu pai era a livraria. Dava para notar que ele se sentia mais à vontade lá, retornando ao apartamento apenas para comer e dormir. Na verdade, depois que a livraria se estendeu a café, no qual os clientes podiam se sentar e ler com uma xícara de café e um *croissant*, ele geralmente almoçava no trabalho e apenas jantava em casa. Meus pais eram do tipo que agiam como se falar e comer fossem atividades absolutamente separadas e fosse um erro misturá-las. A nossa casa era diferente das outras. Sempre que eu ia para a casa do meu amigo Jean-Claude, a cozinha lá estava viva, com conversas barulhentas e efusiva cordialidade, e mesmo discussões eventuais, mas nossas refeições — embora sempre fossem precedidas por uma breve prece, feita por minha mãe — seguiam em silêncio, o qual era quebrado somente por uma série complexa de acenos de cabeça e murmúrios que nada significariam para alguém de fora da família.

Outra teoria minha é que as crianças são instintivamente conscientes das deficiências de seus pais, mas elas os perdoam sem esforço e muitas vezes fazem de tudo para defendê-los. É o amor que as leva a fazer isso? Ou uma consciência básica de que a tarefa das crianças é agradar a seus pais? Seja o que for, quando se trata de descrever a própria infância, as palavras não são adequadas o bastante. Boa parte da infância está ligada aos sentidos, junto com as imagens fortes que voltam em quadros congelados durante a vida, mesmo que não façamos ideia do que ocorreu antes ou do que se deu depois. Não é possível apagar essas imagens por completo; mesmo que queiramos, elas sempre voltam, como transparências que pulam de uma sequência de slides, às vezes fora de ordem, às vezes fora de foco, combinadas para formar uma espécie de filme tremido. E a forma como o filme finalizado é dividido parece bastante aleatória — uma vez que crianças pequenas têm pouca noção de tempo e ainda menos de cronologia.

O tanto que consigo me lembrar é que eu queria me tornar meu pai. Tinha em parte a ver com todo mundo gostar dele, e também talvez com o fato de que ele mantinha algo de si escondido.

O TOM AUSENTE DE AZUL

Eu o observava cuidadosamente, estudando seus hábitos — suas costas retas quando se levantava, o andar determinado com que caminhava, o processo complicado quando acendia um cigarro. Com o tempo, assim pensei, eu faria aquelas coisas também, da mesma maneira. Havia um ar de mistério no meu pai, mas também de solidez, como as caixas pesadas que estavam empilhadas no andar de baixo da loja. Seu conhecimento de livros antigos e do que eles continham parecia quase milagroso; ele parecia saber a resposta para qualquer pergunta que se fizesse. Entre a clientela, ele tinha uma ótima reputação. Eles o admiravam como fariam com um padre ou um sábio, deleitando-se em testar seu conhecimento e sua erudição. Às vezes, suas respostas tinham algo de teatral, com os movimentos exagerados associados à pantomima — o coçar da cabeça, o súbito lampejo de genialidade, uma rápida subida na escada da livraria seguida por um triunfante *Voilá!*, enquanto retirava um livro da prateleira mais alta. Isso às vezes era acompanhado por aplauso ou suspiros de admiração, momento em que eu sentia orgulho. Mas, algumas vezes, havia outra coisa misturada ao orgulho, uma espécie de incômodo por meu pai dar um espetáculo, como um chimpanzé que atua ou um urso que dança. Num livro sobre a Índia, eu havia visto uma foto triste de um urso que aprendera a "dançar" ao ser forçado a andar sobre brasas enquanto seu dono tocava um instrumento chamado *ektar*. Imaginava que havia algo do meu pai naquele urso.

À medida que envelheci, comecei a perceber que a livraria era também um lugar para onde as pessoas levavam seus problemas e suas questões. Havia um consolo nos livros; fuga também. Os franceses têm uma reputação de serem intelectuais demais para que isso lhes valha de algo, cartesianos demais para se sentirem confortáveis, reunindo-se em cafés para falar melancolicamente sobre niilismo e existencialismo. Com certeza, tudo isso é verdade, mas, na livraria do meu pai, há tantos anos, embora não faltasse o que se podia chamar de aflições da vida (distintas das aflições do pensamento), também não faltava humanidade. As pessoas levavam dele muito mais do que os títulos que compravam. E ele oferecia de forma voluntária e discreta. Ao parecer se concentrar apenas nos livros e no que continham, meu pai tinha um jeito de aparar ervas daninhas e extirpar problemas que nunca haviam sido claramente revelados.

Tive a primeira suspeita de que ele era diferente dos outros homens quando um amigo da escola disse que era uma pena que meu pai fosse um *étranger*. Eu não fazia ideia do que ele queria dizer com isso. "*Étranger? Ça veut dire quoi?*" Meu amigo repetiu a palavra e disse que era assim que se chamava uma pessoa que não era francesa. Ele não tinha má intenção nisso, mas senti a dor assim mesmo, como se minha pele tivesse sido perfurada. De um modo estranho, isso imediatamente me levou a amar meu pai ainda mais.

Em casa, eu tentava descobrir mais, mas não era fácil. Na maior parte do tempo, eu respirava os segredos domésticos. O que eles queriam dizer não era claro, mas, assim mesmo, minhas vias aéreas entupiam. Minha mãe relutava em responder qualquer pergunta sobre o passado, e meu pai parecia tomá-la como exemplo. Talvez o segredo fosse pegá-lo sozinho. Às vezes, ele me levava para as casas das pessoas para recolher caixas de livros para a loja, e, sempre que o fazia, eu lhe perguntava um pouco mais — só uma ou duas perguntas, não tantas a ponto de deixá-lo irritado. Gradualmente, descobri que ele havia nascido numa cidadezinha próxima ao mar, em outro país chamado *la Grande Bretagne*, na parte mais ao norte conhecida como l'*Écosse*, que ele havia crescido falando inglês, não francês, mas que amava tanto a França que fora morar lá. Mais tarde, contou-me que havia conhecido minha mãe durante a guerra, enquanto estava numa missão secreta na Normandia.

Isso foi tudo o que aprendi na época — minha imaginação tratou do resto. Durante anos, eu pegava muitos dados dos filmes de guerra (a maior parte, filmes britânicos com legendas em francês), os velhos clássicos em preto e branco cheios de heroísmo e sacrifício pessoal. Imagens saltavam da tela — um soldado alvejado no peito, homens seguindo por túneis para fora de um campo de prisioneiros, submarinos e tanques, armas e máscaras de gás. De alguma forma, elas se tornaram parte de uma história completamente diferente, um construto tanto quanto os próprios filmes. Descobri que podia transformar meu pai em qualquer coisa: um piloto de guerra, o único sobrevivente de um ataque inimigo, o decifrador de códigos que salvava mil vidas. De repente, ficou fácil impressionar meus amigos na escola. Meu pai, bem, ele lutou com as forças da França Livre, sabe?... foi parte fundamental da Resistência Francesa... um verdadeiro *maquisard*. Naqueles dias, não havia limites para meu orgulho ou para as afirmações que eu fazia sobre meu pai.

24

Somente muito mais tarde — no meu aniversário de treze anos, para ser preciso — fui falar em inglês com meu pai pela primeira vez. Até aquele momento, o inglês havia sido uma cidade proibida, lacrada pela minha mãe, que queria desesperadamente que fôssemos uma "família normal francesa". Ser normal era uma noção fluida na nossa casa, mas, quando se tratava de falar nosso idioma, a regra era rígida. De acordo com minha mãe, se o misturássemos com o inglês, desgastaríamos nossa identidade até que ela deixaria de existir; nesse momento, ela segurava no ar um martelo e um cinzel imaginários e prosseguia emitindo sons agudos, *staccato*, com suas ferramentas assassinas. Meus parentes discutiam sobre mim bem acima da minha cabeça, como se as palavras ditas lá em cima estivessem fora do alcance da audição de uma criança.

— A cabeça do menino é como uma esponja (*comme une éponge*) — dizia meu pai. — Absorve que é uma beleza.

— Mas ele vai ficar confuso sobre suas raízes (*ses racines*) — insistia minha mãe. Pelo tom do meu pai e pela inclusão da palavra "beleza", concluí que ter uma cabeça que era como uma esponja não era necessariamente ruim, por mais perturbadora que fosse

O TOM AUSENTE DE AZUL

167

a imagem. Mas a ideia de ter raízes, que eu associava com matinhos e coisas que estavam fixas no chão, muito me perturbou. O perigo na voz da minha mãe, bem como a autoridade moral nela implícita, era absolutamente convincente — prova adicional de sua capacidade de prever o futuro. Naquela época, havia muitos indícios de que minha mãe tinha poderes extraordinários. Seu alerta periódico sobre a necessidade de falar francês, e apenas francês, era apenas mais uma manifestação.

É claro que eu não fazia a menor ideia do que era *identidade* ou o que isso poderia significar, mas isso de forma alguma reduziu sua força como conceito. Por causa do vívido número teatral do martelo e do cinzel, eu imaginava uma pedra grande o suficiente para se fazer uma estátua, como a de Balzac na esquina do boulevard Montparnasse, mas que acaba, por negligência ou indisciplina, do tamanho das pedrinhas comuns do nosso jardim.

Os poderes especiais da minha mãe se revelaram pela primeira vez a mim um dia quando eu brincava com soldadinhos no corredor do lado de fora do quarto de meus pais. A porta estava entreaberta, e, enquanto me deitava com o rosto no chão preparando meus soldados para a batalha, consegui ver minha mãe à penteadeira em formato de rim com tampo de vidro, e ela usava seu lindo vestido azul-marinho com flores brancas. Talvez, pensei, ela coloque as meias-calças, que eu conseguia ver penduradas nas costas da cadeira. Eu adorava observá-la fazer isso: o jeito inteligente com que ela pegava primeiro uma meia, depois a outra, fechava-as no formato de uma sanfona antes de enfiar seus pés delicados, esticando cada perna enquanto fazia isso. Mas o que vi daquela vez foi completamente novo. Para minha surpresa, de repente ela removeu o cabelo e o deixou numa pilha na mesa em frente. Que truque brilhante! Melhor ainda que meu pai, que conseguia tirar uma parte do dedão e colocá-la de volta sem derramar uma gotinha de sangue. Levantei-me, abri a porta e gritei para ela extasiado: "Me mostra como você faz isso! Me mostra como você faz isso!" Ela se virou para me olhar, e naquele momento percebi que ela era bonita. Tinha algo a ver com os contornos suaves e pálidos do rosto, que eu queria tocar, acariciar e pressionar contra minhas bochechas. Mas ela levantou a mão para me deter, e, com a outra, suspendeu o cabelo e o colocou de volta na cabeça. Depois, encostou um dedo nos lábios para me mostrar que era um segredo. Até hoje, sempre que ela aparece em meus sonhos, tem a mesma cabeça pelada, suave e pálida.

Quanto à língua inglesa, ela se tornou, como todas as cidades proibidas, um lugar de enorme atração. Para mim, ela era cheia de tesouros, riquezas e segredos à espera de serem descobertos. Sozinho em meu quarto, eu praticava, dizendo em voz alta minhas poucas palavras em inglês, revirando-as na boca como pequenas porções de pratos exóticos. Pare já com isso, minha mãe dizia sempre que me pegava. "Uma coisa terrível vai acontecer com o formato da sua boca", dizia ela. Mas, para mim, era como se mover no ritmo da música, dançando no piso flutuante — do jeito que às vezes fazíamos na escola.

Quando se tem sete ou oito anos de idade é difícil imaginar-se com treze anos. "Por que treze anos?", eu perguntava, mas a resposta era sempre a mesma: "Quando você tiver treze anos, vai entender por quê." Crianças odeiam esse tipo de resposta. A explicação surgiu apenas muito mais tarde. Aos treze anos, eu poderia me crismar na igreja da minha mãe — algo que meu pai encarava com aversão. Mas, no fim, eles fizeram um trato: um ritual sem significado em troca do direito de ele falar sua língua materna com o filho.

O TOM AUSENTE DE AZUL 169

Há mitos terríveis que rondam a infância, e um deles é que as crianças consideram tudo o que lhes aconteça algo normal. Como alguém que já foi criança, tenho uma visão diferente. As crianças podem *aceitar* o que acontece mais prontamente que um adulto maduro, mas isso não as impede de questionar ou se perguntar sobre as coisas. Apenas mais tarde elas conseguem conectar as coisas e formar padrões com o passado, e nesse momento é impossível separar o que elas pensavam na época do que pensaram depois — e distinguir entre os dois. Assim, o passado é fluido e estável ao mesmo tempo.

Digo tudo isso porque não há sentido em crer (como eu fazia) que estamos imunes aos efeitos da infância; simplesmente porque, de certa forma, continuamos sendo crianças pelo resto da vida.

Sem que nada fosse dito abertamente, ficou claro que meu pai não era a favor do embargo do inglês. Ele não contradizia minha mãe, mas havia algo em seu jeito que me dizia que ele tampouco a apoiava. Nessas ocasiões de ambivalência, ele pegava a cigarreira do bolso interno do paletó, revirava-a nas mãos, como se buscasse algo em sua superfície lisa. Depois, abria a cigarreira e tirava um cigarro, segurando-o entre os dedos como um batom, antes de batê-lo com uma extremidade depois com a outra na superfície prateada, que nesse ponto ele já havia fechado com a outra mão.

Durante anos, a data foi aguardada com ansiedade e as preparações para o dia foram entusiasmadas. Eu até lhe dera um nome: *Le Jour Anglais.* Essas foram as palavras que escrevi quando garoto em um caderninho com encadernação de couro no qual eu copiava expressões em inglês e passagens de livros. Para começar, não era importante saber o que as palavras significavam. Era suficiente colecioná-las e admirá-las. O caderno ficou cheio rapidamente, e logo precisei de outro, e mais outro. Nesses últimos cadernos a inscrição na capa era *The English Day* — não havia sentido ter um nome francês para designar algo fundamentalmente inglês. Cada letra era desenhada meticulosamente no que eu imaginava ser uma caligrafia anglo-saxã.

Enquanto isso, eu procurava na biblioteca de meu pai qualquer coisa que estivesse em inglês. A loja era uma extensão da nossa moradia e uma espécie de área de lazer interna para mim. Meus pais não faziam objeção, e os clientes, principalmente os regulares, estavam acostumados a me ver ali. Eu montava campos de batalha em cantos diferentes e punha aviões de plástico no topo de escadas. E, quando eu lançava meus aviões para as estantes superiores, inspecionava a lombada de todos os livros em busca de títulos em inglês. Comecei com livros ilustrados, tentando corresponder as palavras das legendas com as imagens. Quando cheguei à idade em que o inglês era ensinado na escola, eu estava muito à frente dos demais alunos.

Ao longo dos anos, eu examinava meu pai cuidadosamente, tentando descobrir pistas de seu anglicismo. Talvez fosse um exercício inútil, possivelmente até insultante, uma vez que ele havia nascido e crescido nas Terras Altas na Escócia. Na época em questão, no entanto, eu sabia muito pouco sobre sua história. Como sua língua materna, raramente alguém se referia a ela, exceto para banir todas as conversas, e, como ocorre à maioria dos segredos de família, ela era deficiente quanto a fatos. Meu pai estava no centro da minha vida, mas metade dela, a metade que minha mãe banira, estava fechada para mim.

*

Um dia, depois da escola, subi correndo a escada para encontrar minha mãe. Estava morrendo de vontade de contar-lhe as novidades: Jean-Claude, meu amigo da escola, havia anunciado que um bebê tinha nascido durante a noite e — espere só, *Maman*, para ouvir — Jean-Claude me convidou para ir à casa dele conhecer seu novo irmão. O bebê tinha menos de um dia — imagine só isso! Ele não tinha nem aberto os olhos direito. Por favor, *por favor*, posso ir? Talvez com toda essa animação, eu tenha dito que desejava também ter um irmãozinho em casa — não me lembro. Do que me lembro bem, com clareza aguda, é do lenço de algodão azul com borda de renda que minha mãe puxou de sua gola e pôs nos olhos, que derramavam lágrimas. Até aquele momento, eu não sabia que os adultos também choravam.

O que aconteceu em seguida não está claro, a memória foi ofuscada pela estranheza e confusão de tudo. Da gaveta da cômoda, minha mãe tirou três pequenos potes redondos, parecidos com os das vitrines da farmácia local, feitos de vidro grosso e com uma rolha de cortiça em cima. Cada potinho tinha uma etiqueta com um nome, embora não fosse o nome de um remédio ou unguento, mas o de uma pessoa. *Ce sont tes frères et ta soeur*, disse ela, e seu tom de voz me dizia que não era piada nem truque, como remover o cabelo, mas algo revelador e de grande importância. Pelo que pareceu uma eternidade, mas talvez tenham sido apenas alguns instantes, olhei fixamente, sem compreender, os potes. *Meus irmãos e minha irmã.* Elas não continham nada que eu achasse que podiam um dia ter sido criaturas vivas, quanto mais irmãos e irmã, nem poderiam de forma alguma vir a ser. Continham apenas minúsculas coisas sem vida que pareciam um pouco com cogumelos silvestres, escuros e murchos, que há muito passaram do tempo, do tipo que os adultos advertiam que não devíamos mexer.

"*Mes pauvres enfants chéris*", disse ela — meus pobres filhos queridos.

Depois senti-me diferente sobre ir conhecer o bebê de Jean-Claude. A animação desaparecera, e emoções estranhas que não tinham nome batiam contra as paredes do meu peito. Eu não tinha ideia do que fazer com elas ou como fazê-las parar.

Proust dizia que podemos encontrar tudo em nossa memória, mas não é verdade. Os detalhes que cercam alguns eventos, como esse, estão quase apagados, apenas pilhas de fragmentos, que, em seus anos de vida adulta, e se a necessidade surgir, você pode colocar em alguma espécie de mosaico e criar uma história com significado. Mesmo que eu quisesse fugir dessa história, pô-la de lado e ignorá-la, não conseguiria. Porque de alguma forma básica, ela me define. É parte do que estabelece meu lugar no mundo.

Antes, porém, perdido na névoa da infância, eu passava muito tempo me perguntando sobre meus irmãos e por que eles eram mantidos em potes. Será que eles estavam esperando para nascer? Teria eu também sido guardado num pote em algum estágio? Era assim que os bebês começavam? Mas, se era assim, por que minha mãe estava triste? Não tenho certeza se de fato lhe perguntei ou se apenas pensei a respeito. Quando mencionei isso para meu pai, o rosto dele tomou uma expressão estranha, mas tudo o que ele me disse foi: *On ne reviendra pas là-dessus*. Não devíamos falar novamente no assunto. *On n'en parlera plus*. Depois disso, nós conspirávamos em nossa negação do fato.

Passei a acreditar que essa reviravolta pode ter gerado a sensação de eu não estar sozinho; junto com a ideia de que outros vieram antes de mim; de que eles estavam aparentemente guardados naqueles potes, suspensos num estado de não existência; e de que

O TOM AUSENTE DE AZUL

eu devia tentar evitar o mesmo destino. Será que isso também marcou o começo da minha preservação compulsiva de pedaços de unha, pele e coisas assim? Não dá para ter certeza. A esta distância não é possível ter certeza de nada. A gente só escava o passado, as coisas por baixo da camada superior do solo, e lhes impõe um sentido.

Finalmente chegou meu aniversário de treze anos. Ainda me lembro da sensação de euforia à medida que o dia se aproximava. Durante meses, eu me perguntava que palavras solenes meu pai e eu trocaríamos pela primeira vez em inglês. Às vezes, eu pensava que elas ficariam impressas no meu cérebro e explodiriam como fogos de artifício. Em outras ocasiões, eu as imaginava como um rufar de tambores, pesadas e dramáticas como um pronunciamento do presidente de Gaulle. Seria um conselho paternal para o filho? Será que ele me faria sentar e revelaria tudo que até o momento estivera escondido? Será que falaria da guerra e de missões secretas? Essas experiências definidoras, sobre as quais ele falara tão pouco, nos separavam. Eu ansiava por saber tudo, mas só recebia pedacinhos. E eu sabia que pedacinhos não eram suficientes para que eu entendesse.

Na ocasião, foi tudo muito prático. "*Happy Birthday, Eddie*", disse ele, colocando as mãos em meus ombros e apertando-os, enquanto me desejava feliz aniversário. "*You're practically grown up now*". Eu era praticamente um adulto agora. Palavras simples e comuns em inglês, mas, para mim, elas soaram perfeitas e cheias de promessa.

25

Em certo ponto, ficou claro que minha mãe não estava bem. Comecei a notar que os fregueses regulares da livraria usavam um tom particular quando a mencionavam para o meu pai. *Como vai sua esposa?*, perguntavam eles. *Ça va?* Uma pergunta normal, mas dava para notar que não era uma pergunta casual. Eles queriam saber se ela havia melhorado, e as expressões deles continham algo que eu pensava ser pena. Um dia — é difícil identificar exatamente quando foi — perguntei a meu pai o que havia de errado com minha mãe. Eu devia ter pelo menos treze anos porque me lembro de ter perguntado em inglês. Mas sua resposta, quando veio, foi em francês, como se o inglês pudesse ser desleal com o tema. Ele ficou em silêncio por alguns instantes. Depois, limpou a garganta. Disse que não vinha sendo a mesma havia alguns anos e que era improvável que fosse melhorar. *Câncer?* Sussurrei a palavra sabendo que era a pior das coisas. Não, ele disse. *C'est la tête qui va pas.* É a cabeça dela. E ele colocou os braços em volta de mim e me abraçou forte. Desse modo, compreendi que a situação era séria e que nós devíamos cooperar.

Algum tempo antes dessa conversa, eu calculara que minha mãe usava peruca, mas somente mais tarde fiquei sabendo que o cabelo dela caíra numa única noite, após ter perdido o primeiro filho. Esse evento evidentemente moldou tudo o mais que se seguiu. Haveria mais dois bebês, os dois natimortos, e com vários anos de separação, antes que eu chegasse ao mundo, chorando e berrando a plenos pulmões — de acordo com meu pai, o som mais feliz que já se ouvira na residência dos Logan.

Por um tempo após meu nascimento, minha mãe ficara inteiramente absorvida pelo recomeço e pelas esperanças renovadas que um bebezinho traz, mas, na verdade, a dor anterior havia se instalado em algum lugar profundo em seu peito e não queria desocupá-lo. Ao longo dos anos, minha mãe se tornou cada vez mais congestionada pela dor. "Sabe, Eddie", explicou meu pai, "o novo bebê, você fez algum progresso para fechar as feridas". Ele parou, sem saber como continuar. "Mas as feridas mesmo não estavam limpas." Ele acreditara que uma nova vida fosse protegê-la de mais dor, mas se enganara. Nos primeiros anos, disse ele, as energias dela foram tomadas com os cuidados de seu adorável menininho, mantendo-me longe do perigo e lidando com um pouco de ansiedade. "Mas, sob a superfície, a tristeza a roía como um rato." Com o tempo, a tristeza se tornou um mal monstruoso, e, aos poucos, minha mãe perdeu sua conexão com o mundo.

Não temos memória da primeira infância, mas às vezes eu me perguntava se o mesmo rato havia me roído também, quando eu era novo demais para saber. Talvez algo desses primeiros anos tenha fixado residência no meu corpo — aquilo que se apresentava mesmo agora como um aperto ocasional no peito.

Depois que minha mãe morreu, fiquei sabendo mais. Neste ponto, meu pai se sentia liberado para falar a respeito. "Devíamos talvez ter aprendido a sofrer juntos", disse ele um dia, "mas não aprendemos". E, assim, eles seguiram separadamente por um longo corredor escuro, do qual meu pai saíra sozinho, enquanto minha mãe permanecera lá, presa num doloroso túnel de vento. "Era quase como se ela não quisesse ficar inteiramente curada", disse ele. "Parte dela pensava que, se ela relaxasse demais, se ela parasse de sofrer e baixasse a guarda, você também poderia ser tomado dela. Ela sentia que precisava fazer penitência, barganhar com Deus. Tinha a ideia de que estava sendo punida por ter se apaixonado, por ter se separado dos pais, por ter desdenhado da vida que eles haviam planejado para ela. Não havia sentido em lhe dizer que Deus não existia, não havia ninguém com quem barganhar." Ele deu um suspiro, alisando os dedos um de cada vez, como se estivesse verificando os ossos finos em busca de fraturas.

"Antes da coisa com os bebês, sua mãe e eu entendíamos tudo muito bem. De vez em quando nos descobríamos concordando com Stendhal: a gente pode estar andando pela rua, maravilhando-se com as estrelas, e de repente é morto por um cabriolé e seu cavalo. É assim que Stendhal pensava nas coisas, e é assim que as coisas são. Durante a guerra, nós dois sabíamos disso e aceitávamos. Não há sentido em pensar que podemos nos proteger contra catástrofes. É tudo absolutamente aleatório."

Mas, em vez de confiar em Stendhal, ao que parece, minha mãe tratara de criar estruturas elaboradas para sobreviver melhor, de maneira que todos nós ficássemos seguros. Com esse fim, ela criou as regras pelas quais viveríamos — "uma tentativa vã de vencer o próprio medo", disse meu pai. Ele continuou contando como ela presumia que devia haver problema em cada esquina, sentindo o perigo até nas atividades mais inocentes. E, embora estivesse sempre

O TOM AUSENTE DE AZUL   177

em contato com Deus, era incapaz de deixar as coisas inteiramente nas mãos Dele, nem mesmo as grandes decisões. Tinha fé no poder da oração, mas acreditava que, uma vez que Deus decidira, não havia oração capaz de mudar uma decisão.

Ouvir meu pai falar sobre essas coisas trouxe de volta à minha mente um incidente da infância. Eu caíra dos últimos seis degraus da escada que levava do nosso apartamento até a livraria. Minha cabeça bateu no piso de pedra com um estrondo, mas, embora doesse, não houve lesão grave. No entanto, num instante, minha mãe ficou histérica, sacudindo-me em seus braços e querendo saber sucessivamente as respostas para todo tipo de perguntas — meu nome, minha idade, meu endereço — como se tivesse prendido um suspeito na cena do crime. Meu pai tentava contê-la e acalmá-la, mas ela se soltou e se atirou ao chão, dando graças a Deus por Ele ter poupado seu pobre filho.

Afora Deus, disse meu pai, havia as leis da natureza que deviam ser consideradas. E, embora elas também pudessem ser creditadas a Deus, não havia como saber quando uma catástrofe poderia fugir do controle Dele. Nenhum desastre, por mais remoto ou improvável, podia ser descartado. Minha mãe extrapolava com base nas histórias terríveis dos jornais ou do rádio. Fome, terremoto, assassinato — tudo representava uma ameaça. Na rua, era ainda pior, por que, lá fora, dava para ver o perigo. Todos os cães tinham raiva, todo o trânsito era mortal, todos os estranhos, psicopatas. No final, isso lhe afetou o equilíbrio mental. Aos poucos, ela parou de trabalhar na livraria. Não demorou, e minha mãe mal saía do apartamento. Às vezes, ela se surpreendia na escada, disse ele, sem se lembrar se estava descendo ou subindo, ou para quê.

*

Tudo isso, escrito com frieza na página branca, faz com que pareça uma história triste, cheia de sofrimento. Mas vivê-la não foi assim de forma alguma, não da forma que se afigura agora, transmitida com essas palavras duras. Houve tristeza nas sombras, um sussurro baixo dentro da cabeça, mas não foi opressivo. E, ao final, minha mãe foi, em muitos aspectos, mais carinhosa em seu estado alterado do que na encarnação anterior. Depois que se ultrapassava a pena por ela não ser alguém que se pudesse chamar de mãe e isso ter o significado comum, minha mãe era uma pessoa querida. Era também mais calma que antes, e, embora nunca tenha perdido inteiramente a ansiedade, em seus últimos anos, foi como se algo apertado tivesse se afrouxado nela.

26

Em Edimburgo, as lojas abrem tarde na quinta-feira, como muitos museus e galerias. E, então, numa quinta-feira depois do trabalho, decidi aceitar a sugestão de Sanderson e visitar a galeria de Alice na Cidade Nova. Seria interessante vê-la em seu novo ambiente, e eu estava curioso para ver as pinturas de Carrie numa atmosfera formal.

A escuridão caía enquanto eu estacionava minha bicicleta, mas o espaço interior era tão iluminado que dava a ilusão da luz do dia. A pessoa sentada no balcão no fim da galeria — não Alice, mas uma jovenzinha — levantou-se entusiasmada para oferecer seus serviços assim que abri a porta. "Estou só olhando, obrigado", disse eu. Momento em que uma voz flutuou, vindo do nível do mezanino da galeria, e ali, sobre a minha cabeça, estava Alice, encostada na balaustrada filigranada como uma heroína shakespeariana. "Olhar é certamente o melhor a se fazer", disse ela, projetando suas falas como se se dirigisse a um auditório lotado. "É preciso olhar, olhar e *olhar*, e, quanto mais se olha, mais prazer se sente, mais as pinturas ganham vida, mais se veem as cores e os ritmos e a beleza, mais as suas emoções são alimentadas." Estava claro que ela me reconheceu, mas, por vários minutos, manteve uma distância teatral no balcão, não me cumprimentando pelo nome; em vez disso, continuava seu solilóquio sobre a arte em frases bem-torneadas, faladas com ressonância por entre um grosso batom vermelho e dentes brancos perfeitos. Quando ela parou, dei por mim fazendo um gesto teatral involuntário — meio mesura, meio encolher de ombros —, confessando que, infelizmente, não sabia praticamente nada sobre pintura. "Essa pode ser uma vantagem sensível, Eddie", disse ela, finalmente me tratando pelo nome e descendo a escada de ferro batido em espiral, seus saltos ressoando nos degraus, para se juntar a mim no piso principal. Contei-lhe que Carrie dissera algo estranhamente similar quando nos conhecemos no estúdio dela. "Então, deve ser verdade", retrucou ela com uma risada.

Minha visita à galeria de Alice revelou-se memorável por dois motivos: o primeiro relacionado às pinturas de Carrie, o segundo, de forma menos esperada, relacionado ao meu próprio trabalho. Mas, antes que houvesse qualquer pista disso, a jovenzinha, aparentemente em resposta a uma instrução invisível, preparou duas taças de vinho branco gelado. Alice imediatamente levantou sua taça e disse: "Aos tradutores de todo o mundo!" — um brinde enigmático que se tornou explícito apenas mais tarde. Enquanto isso, ela me pegou pelo braço e me levou num tour pela galeria, instruindo-me sobre cada pintura, como se eu fosse um comprador em potencial. Havia várias obras "locais", cenas de rua de Edimburgo e coisas assim, bem como vistas grandiosas, algumas das quais já me eram familiares. Alice teceu comentários sobre cada pintura, fazendo não apenas uma avaliação ou interpretação geral, mas tocando em aspectos técnicos como forma e cor, traço e sombra. A maior parte disso eu não entendia, entrava por um ouvido e saía pelo outro, embora,

O TOM AUSENTE DE AZUL 181

vez por outra, quando ela mencionava a conexão entre as pinturas e o que ela chamava de "narrativa pessoal", minha atenção completa ressurgisse.

As obras de Carrie — três grandes telas penduradas no fundo da galeria — foram deixadas para o final, talvez porque Alice sentisse que lá residia meu verdadeiro interesse. "Quando quer", disse Alice, "ela tem o poder de elevar o coração, como apenas um grande artista sabe fazer". Carrie era, antes e acima de tudo, figurativista, explicou ela, embora tenha mudado no ano passado, ou no anterior, em direção à arte perceptiva. "Essencialmente, ela pinta a partir da experiência, de elementos de seu mundo cotidiano. É claro que, desde a situação com Alfie, seu mundo se fragmentou. E isso é evidente em suas peças mais recentes, todas elas inconstantes e perturbadoras." Nas três obras, Alice chamou a atenção para o tratamento que Carrie dava ao espaço, em particular o vazio — "o que soa ridículo, é claro, pois como se pode pintar o vazio?" No entanto, havia mais do que isso, disse ela. Carrie estava preocupada com o tipo de espaço onde se esperaria ver alguém — podia ser um quarto, uma cama, uma rua —, e era esse espaço que mantinha a ausência de uma figura. Ao olhar para o espaço, você se tornava consciente de sua ausência. "De vez em quando, ela introduz uma figura — como nessa aqui", disse ela, apontando para a tela do meio, "mas, como pode ver, é uma figura atenuada, diminuída. E é a ausência, a diminuição que se torna o foco". Alice dizia que cada pintura continha contradições: claro e escuro, alegria e tristeza. "É uma carícia, mas também é um grito." Essas palavras me fizeram tremer. Ficamos em silêncio por alguns instantes, lado a lado, olhando as pinturas de Carrie. Mesmo os espaços entre as telas me pareciam pesados de tristeza. Depois, como forma de tranquilizar, Alice virou-se para mim e disse: "Mas a perda é, afinal, uma coisa natural. Como a beleza."

— A perda conta como beleza? Não parece mais uma coisa feia?

— É claro — disse ela, um pouco rápido demais, como se fosse evidente por si só. — Mas a arte apenas olha para a vida, e a vida contém coisas feias. — Ela fez um som de clique com a língua. — Na verdade, às vezes a vida é tão feia que é difícil passar pelos próximos cinco minutos. — Ela deu uma risada que vinha da garganta, mas eu me perguntava se ela falava por experiência própria, e se essa experiência tinha a ver com Sanderson.

Quando eu estava prestes a sair, Alice me perguntou como meu trabalho estava indo e se a tradução estava progredindo bem. "Tenho um estranho interesse em tradução", disse ela, soando levemente sem jeito, como se tivesse confessado uma falha de caráter. E, com isso, ela iniciou outro monólogo, indo e vindo nos tacos de madeira e pausando de vez em quando para obter efeito dramático. Sua melhor amiga dos tempos de universidade — "uma mulher maravilhosa chamada Janet" — se casara com um executivo japonês não muito tempo depois da graduação. Janet e o marido tinham ido viver em Kyoto, onde criavam três filhos. Janet aprendeu japonês, os filhos eram criados como bilíngues, e, com o tempo, ela começou a traduzir romances japoneses. Sua primeira tradução publicada foi um curto romance de um escritor chamado Yuriko Mukoda que chegara pelo correio no aniversário de Alice há alguns anos. "Na verdade, não era meu tipo de livro", disse Alice. "Era ambientado em alguma aldeia de pescadores em tempos medievais, e era óbvio, pela capa, que haveria dificuldade e sofrimento intensos. E acho que não me interesso muito por livros sobre desgraças".

O TOM AUSENTE DE AZUL 183

Ela riu da própria ideia. "Mas, como era um presente de uma amiga querida, eu decidi tentar." Alice descreveu o romance como algo diferente de tudo o que havia lido, ela não sabia dizer exatamente como ele era diferente, exceto que tinha a ver com o estilo da prosa — "muito minimalista, bastante distante e formal, muito *estrangeira*, sabe?". Ela injetou um pouco de veneno na palavra "estrangeira", lembrando-se tarde demais que ela se aplicava a mim (e também a ela própria, não pude deixar de pensar). "Não me entenda mal", disse Alice, rearrumando os músculos faciais de modo que assumissem um aspecto benevolente. "Era só meio estranho. Mas também *interessante*, sabe? E cheguei a gostar no final."

Eu me perguntava aonde isso chegaria. Como se estivesse lendo meus pensamentos, ela disse: "Pois bem, é aqui que a coisa fica doida." Ela me explicou que alguns anos mais tarde, recebeu um e-mail de Janet com a notícia chocante de que a filha havia sido atropelada por um carro, sofrera uma lesão grave na cabeça e estava no hospital em coma. Ao longo dos meses seguintes, Janet mandava e-mails regulares, longos boletins para todos os amigos e a família, detalhando a condição e o progresso da filha: sua jornada gradual de volta dos mortos, o momento que saiu do coma, suas primeiras respostas motoras e assim por diante. Alice achava os boletins envolventes. Eles eram meticulosos e dramáticos. De um modo estranho, ela começara quase a ficar ansiosa pelo próximo. E, depois, um dia, enquanto lia o último relatório, ela experimentara uma sensação poderosa de *déjà-vu* — estas duas últimas palavras numa fala estendida: *dê-já-vu*. "Era como se eu já tivesse lido a coisa inteira antes em algum lugar. E, ainda assim, eu sabia que não podia ter lido, porque era uma história que se desenrolava em tempo real, era a filha da minha amiga, não um personagem de um romance." E, então, de repente ela percebeu o que era tão familiar. Era como ler o romance japonês todo de novo. Não a história, não a situação, mas o som, os ritmos, a estrutura, a atenção aos detalhes — eles eram inconfundíveis. "Era como conseguir identificar uma pintura a partir de algumas pinceladas."

Alice comentou que isso foi "estranhíssimo". Fez com que ela se perguntasse o quanto do romance japonês era de Janet, e não do autor. Ou se era o contrário — que Janet havia, de algum jeito, adotado a persona de seu autor japonês sem perceber.

— O que você acha disso, Eddie?

— Não tenho certeza. — respondi, experimentando uma leve sensação de cair num poço. — Acho que, na tradução, há forças misteriosas em atividade.

Caminhando de volta, senti os efeitos do vinho e da falta de comida. Logo que cheguei a Calton Hill, sabia que pararia no cemitério antes de ir para casa. A história de Alice me perturbara. A sensação de que eu recebera um presente indesejado, e, depois de entregue, não havia como voltar atrás.

27

Sanderson tinha razão. Talvez eu tivesse lido romances demais. Certamente, eu os lera de um modo bem particular. Como tradutor, não se pode apenas avançar às pressas, depreender o essencial, compreender o bastante para seguir a narrativa. É muito mais intenso do que isso. É preciso olhar todas as palavras, cada uma delas, e como elas se ligam às outras. Depois, a gente se sente exausto, como se tivesse corrido uma maratona. Mesmo tentando se desligar, mesmo lendo apenas por prazer, não dá para não notar certas coisas: a arquitetura do livro, o caráter geral, o que vai por baixo da superfície, os vasos sanguíneos, as veias — a luz e a sombra que a linguagem pode lançar na página. As palavras são apenas o ponto de partida.

É uma ironia que eu tenha me interessado por traduzir ficção por parecer uma opção segura. Depois do meu colapso, aparenta ser necessário. A argumentação era a seguinte: a ficção — isto é, histórias inventadas — seria uma espécie de proteção contra a realidade. É claro, logo fiz a descoberta infeliz de que essa proteção é limitada. Os personagens e o enredo são inventados, sim, mas todos os sentimentos que sustentam a narrativa — amor e perda, felicidade e tristeza — são exatamente os mesmos obtidos no mundo.

E, como é preciso dar a cada linha uma atenção cuidadosa — pôr-se no lugar dela, por assim dizer —, você fica ainda mais exposto que o leitor comum. Às vezes, sou surpreendido com a injustiça disso, mas é assim que as coisas são. Quase todas as minhas experiências na vida, os altos e baixos, as esperanças e as decepções, os relacionamentos caóticos — o que de fato interessa na vida, na verdade —, tudo foi mediado pela palavra escrita. Com o resultado de que os romances me deram a sensação (a ilusão talvez) de uma conexão com os outros, com a estrutura de vidas reais. Foi assim que vivi por quase um quarto de século, e isso me gerou uma espécie de satisfação. Ah, *satisfação*, essa palavra de novo. Sanderson teria dito que eu estava evitando o assunto da felicidade. Não tenho certeza. Com todas as suas expectativas e encargos inerentes, felicidade é uma palavra pesada. Satisfação, por outro lado, é mais prática, o tanto que um homem talvez possa pedir com justiça da vida. Em Edimburgo, porém, tudo isso estava sob ameaça. Teria sido mais fácil encontrar Sanderson num romance, assisti-lo se abrir de uma distância segura. Mas, quando se está acostumado a se conectar com as pessoas apenas por meio de romances, a coisa real pode ser uma baita surpresa.

Sanderson, sem dúvida, contava como a coisa real. E o processo de conhecê-lo estava longe de ser lento ou gradual. Era como aprender um novo idioma, não com um livro de gramática básica ou de frases de viagem, mas usando um método de imersão completo. À medida que os dias e as semanas se passavam, era impressionante como, sem o menor encorajamento, ele falasse tão abertamente sobre si. Era difícil explicar a intempestividade ou a pura indiscrição contida nisso, salvo pensando que era um interlúdio inesperado, o tipo de intimidade que pode ocorrer nas férias entre estranhos, que abrem suas vidas um para o outro, confiantes de que seu encontro é uma breve conjunção, inapelavelmente intensa e indiscreta, mas logo finda e, em pouco tempo, esquecida. Sanderson encontrara alguém com quem podia conversar, sem que isso importasse muito, sem ter de pensar nas consequências, sabendo que, em questão de meses, eu teria sumido de sua vida. Percebi que a mesma oportunidade estava, é claro, aberta também a mim, desde que eu quisesse aproveitá-la.

Embora nossas conversas parecessem se estender de um modo amplo e livre, eu perceberia mais tarde que nosso papo havia sido, na maior parte, sobre pessoas e como elas se comportavam em relação às outras. Afora seu próprio casamento, Sanderson falava regularmente sobre seus pais, há muito falecidos, mas com vida ativa em sua memória e sua consciência. Disse que chorava por seus pais, não por eles exatamente, mas pela ideia deles, e por como teria sido muito melhor se ele ao menos tivesse feito um esforço para lhes dar o devido valor na época. Eles tinham sido pessoas boas. Sanderson conseguia ver isso agora.

— Talvez a virtude fosse mais fácil no dia a dia das gerações anteriores — disse eu, pensando em meu próprio pai.

— Como assim?

— Bem, as pessoas sofriam todas as mesmas emoções: mágoa, raiva, culpa, vergonha, mas mantinham a maior parte disso em silêncio. Eram estoicas. Era como as pessoas se comportavam antes.

— Não dá para dizer que estoicismo é o mesmo que virtude.

— Pode parecer virtude.

— Ah, pois bem: ninguém jamais me acusou de virtude, isso é certo. Mas você, você ainda é jovem. Ainda há tempo para você.

— Tenho 45 anos. Não sou tão jovem assim.

— Mas seus erros estão provavelmente no futuro. Enquanto eu já cometi os meus. Meu futuro está todo no passado.

Ele pressionou um pouco de tabaco no fornilho do cachimbo, não de forma mecânica, **mas** como alguém que tentasse suprimir tudo o que tivesse arruinado sua vida.

— Quando morava na casa dos meus pais, eu vivia em oposição ao meu pai. Eu lia e me sentia superior. Meu pai não tinha tempo para pensar. Para ele, a vida *não examinada* era o único tipo de vida que valia a pena; foi o que me pareceu na época, pelo menos.

Sócrates insistira de modo célebre na vida examinada, disse Sanderson, e ao final morreu por isso.

— Mas talvez meu pai fosse mais sábio que Sócrates. — Ele sorriu. —Trabalhava, saía para pescar e cuidava do jardim. Mesmo a vida mais comum nos diz tudo o que precisamos saber sobre como viver. E, mesmo assim, precisei da vida inteira para ver.

O pai de Sanderson trabalhara numa mina de carvão. No subterrâneo, no escuro, apenas com uma lâmpada de mineiro e um canário como companhia. Durante a vida, ele evitara assuntos difíceis. Sempre que um aparecia no horizonte, ele começava a falar sobre suas dálias — um tema seguro. "Ele sempre dizia que não tinha como errar com as dálias."

Seu pai sempre fora também um homem que mantinha a cabeça baixa — "extremo pacifista", disse ele, um homem que desaparecia silenciosamente para o jardim ao menor sinal de conflito. Sanderson agora o considerava um homem de infinita gentileza e boas maneiras — "nada polido ou falso, mas algo que vinha do coração." Na verdade, ele fora a incorporação perfeita da *eudaimonia* dos antigos gregos — não felicidade, como pensamos agora, mas um conceito muito mais parecido com *viver bem*, ser uma boa pessoa. O melhor caminho para a *eudaimonia* era por meio de algo chamado *ataraxia*, um estado que talvez pudesse ser expresso como imperturbabilidade. Manter-se calmo, sem se perturbar. Os filósofos ao longo dos séculos discutiram sobre a melhor forma de atingir esse estado. Ainda assim, seu pai, percebia Sanderson agora, tinha compreendido tudo. Por que ele não percebera isso na época, por que não aprendera com ele? Ao lado do pai, Sanderson dizia se sentir fútil, fraco, inútil. Agora, o que não daria por uma hora de sua companhia. Ele parou e limpou a garganta.

É claro que os pais dos outros garotos haviam lutado na guerra, prosseguiu ele, já com a voz mais forte. Um deles teve a perna amputada — um sinal claro de heroísmo e bravura. Mas a mineração de carvão era uma ocupação dita reservada, e o pai de Sanderson não trabalhava lá obrigado. "O que fazia dele o alvo de insultos de gente de estudo e resmungos de gente ignorante." No entanto, ele parecia não dar importância. "Ele vinha de uma longa linhagem de esnobes, por isso conhecia o esnobismo melhor do que ninguém."

A mineração não lhe salvara a vida, porém. "Longe disso. Toda aquela poeira negra de carvão deve ter achado um jeito de entrar, e, no fim, ele ficou doente dos pulmões." Era o tipo de homem que considerava a doença uma fraqueza de caráter deplorável. Sofria terrivelmente, mas nunca reclamava. "Só tentava ao máximo morrer sem fazer estardalhaço. Visitei-o próximo do fim. O médico disse que ele não passaria daquela noite, mas meu pai nem sonharia em morrer na presença de uma visita, especialmente se fosse seu próprio filho. Ele se foi no dia seguinte, depois que eu tinha ido embora."

Sanderson era mais reticente quanto à mãe, revelando apenas que ela havia se desgastado pensando em outras pessoas, com o que alimentá-las, como cuidar melhor delas. Era o dever que a movia, e não o amor. "Minha mãe nunca se permitiria, nem em mil anos, o amor." O amor era uma dessas coisas que podem causar muita confusão, particularmente se a gente falasse sobre ele. O que ela nunca fez. O dever a oprimia; contudo, ela era definida por ele. Depois da morte do pai de Sanderson, quando não tinha ninguém em quem pensar a não ser em si mesma, ela não conseguiu descobrir sentido ou propósito na vida. A vida parou no dia em que ele morreu, e ela não conseguia fazê-la recomeçar. Ela foi lançada à deriva e morreu pouco tempo depois.

28

No fim de setembro aconteceu novamente. Eu voltara para casa de bicicleta saindo da biblioteca, fazendo minha visita usual ao cemitério para prestar homenagem. Tendo acabado de terminar mais um ensaio, queria comemorar a ocasião com pompa no túmulo de Hume. Logo que voltei para casa, entretanto, notei que havia algo de errado. Andei até a sala de estar e acendi todas as lâmpadas. Tudo parecia igual. Nada dava a impressão de ter sido tocado. Contudo, embora não houvesse indícios que apoiassem a tese, eu não conseguia me livrar da sensação de que alguém havia estado lá durante minha ausência. Dois dias mais tarde, a mesma sensação voltou. Fiquei no hall por uns minutinhos, ouvindo, procurando. Mas procurando o que exatamente? Alguns dias depois, quando descobri que a porta da área de serviço tinha sido deixada aberta, soube sem nenhuma dúvida que minhas suspeitas eram reais. Eu tinha muito cuidado com portas: elas permaneciam fechadas, a não ser que eu estivesse no cômodo, quando elas eram mantidas abertas. A gente adquire certos hábitos — isso vem de morar sozinho.

Na área de serviço, girei a maçaneta da porta que dava para a garagem — ainda trancada. Pus o olho no buraco da fechadura:

escuridão. Como todo o equipamento de limpeza era guardado na área de serviço — aspirador, esfregão, luvas de borracha —, eu disse a mim mesmo que tinha de ser a sra. Bannerman. Era terça-feira, o dia normal de limpeza, mas eu tinha deixado a casa depois dela, o que significava que todas as portas estariam fechadas. Ela deve ter esquecido algo e retornado para pegar. Simples. Dessa maneira, tentei tirar minhas suspeitas da cabeça, ou, pelo menos, evitar que elas se enraizassem e crescessem até se tornarem algo multiforme e incontrolável. Impossível, é claro. Ao sair na manhã seguinte, escorei um envelope atrás da porta. Se alguém entrasse por ela, ele cairia no capacho e pareceria que as correspondências ainda não tinham sido recolhidas. Quando voltei, o envelope, como era de se esperar, havia caído no capacho. Mas, como o carteiro tinha entregado outras cartas naquele dia, era possível que estas tivessem interferido na minha simples arapuca.

No dia seguinte, decidi variar minha rotina, retornando no meio da tarde. Nada. Saí novamente e fiquei lá por um minuto, olhando o pátio. Nenhuma das antigas cocheiras tinha cortinas, ou, se tinha, nunca eram fechadas. Fiz uma observação panorâmica das janelas, procurando por sinais de vida, sem encontrar nenhum. No canto mais distante do pátio, no lado oposto do meu próprio alojamento, um cachorro dormia num degrau de escada, uma criatura viva solitária. Mesmo assim, não consegui me livrar da sensação de que estava sendo observado. Com uma percepção aguçada dos meus movimentos, fechei tudo e pedalei até a estrada principal.

No dia seguinte, depois de ter saído para trabalhar, virei-me e retornei depois de cerca de cem metros, prendi com cadeado minha bicicleta num poste e me aproximei do pátio das antigas cocheiras pela outra direção. A maioria das garagens no terraço tinha sido

O TOM AUSENTE DE AZUL

incorporada às casas, convertida em estúdios ou usada simplesmente como extensão do espaço da sala no andar de baixo. Pelo menos duas das garagens, porém, eram usadas para guardar carros, e eu notara que, quando os residentes em questão saíam de carro pela manhã para trabalhar, as portas das garagens eram deixadas abertas. Eu também tinha observado, pelos espaços vazios, que cada uma dessas garagens tinha uma entrada pelos fundos, que, imaginava eu, devia levar a um caminho visível da minha janela de cima. Um portão que dava para uma passagem estreita por fim me levou a um caminho que chegava ao outro lado das cocheiras. Meu coração batia um pouco mais rápido do que o normal, mas eu disse a mim mesmo que, se alguém parasse e me perguntasse, seria fácil explicar: francês, meio perdido, novo na cidade, alugando uma das casas de campo e tentando encontrar a entrada pelos fundos.

A primeira porta estava fechada; então, andei três casas para a esquerda e tentei a porta seguinte, que se abriu para uma garagem vazia e o pátio adiante. Quando cheguei ao jardim, suspirei de alívio e tomei uma posição que não pareceria suspeita caso alguém perguntasse — encostado numa faia nos fundos do jardim, com as mãos nos bolsos, como se aguardasse alguém. Inclinando a cabeça apenas levemente, eu conseguia ter uma boa visão da minha porta da frente. A distância, havia o abafado do trânsito da cidade. Fora isso, o único outro som era o leve farfalhar das folhas que estavam começando a se soltar e cair das árvores. Aguardei e aguardei, com uma percepção aguda da lenta passagem do tempo, e também da estranheza do silêncio. Cheguei a me convencer de que era possível ouvir o suave som dos meus pensamentos ricocheteando na minha cabeça e até o som da minha barba crescendo.

De repente, houve um som humano reconhecível — um homem que assoava o nariz fazendo muito barulho. Olhei em volta do toco da árvore e fiquei surpreso ao ver Sanderson, alguns metros à frente, olhando em outra direção, com as pernas encobertas pelos arbustos. Há quanto tempo ele estaria ali? Será que ficara ali a noite inteira? Ele vestia um casaco surrado com a gola virada para cima, mas o formato do corpo e a postura o denunciaram. Ele estava agindo de modo estranho, gingando como um boxeador, por trás de um grande arbusto de cotoneásteres. Observei-o por uns minutinhos, o suficiente para concluir que ele estava espiando a casa. Mas por quê? O que estava procurando? O que estava fazendo ali? Fiquei lá por um tempo, congelado no mesmo lugar, mal ousando respirar, sentindo-me, a princípio, culpado de uma forma inexplicável, depois um pouco ressentido. Era meu território, no fim das contas. Eu tinha todo o direito de estar lá. Era Sanderson quem precisava se explicar. Por que ele não estava no trabalho? O que diabos ele queria? Talvez quisesse me espionar, controlar meus movimentos. Mas por quê?

Tentei decidir o que faria. Não havia jeito de entrar de novo na casa, ou mesmo sair do jardim sem que minha presença fosse revelada para Sanderson. Uma onda de pânico se agitava em meu estômago. O que fazer? Devia me mostrar? Sim, devia. Eu ia enfrentá-lo. Exigir saber o que ele estava fazendo. No entanto, nada fiz, e, por fim, estabeleceu-se uma espécie de paralisia, seguida por uma noção do absurdo de dois homens adultos estarem se escondendo, com propósitos incertos, no jardim de cocheiras antigas no meio da capital da Escócia. Depois de um tempo, senti o cheiro da fumaça de tabaco. Sanderson devia ter acendido o cachimbo. O que me irritou terrivelmente. O fato de que ele estava à espreita do lado de fora da casa de outro homem não o envergonhava. Alguns momentos depois, ele chegou mesmo a se aliviar no arbusto — um filete líquido cor de âmbar saía das raízes e fazia uma pequena poça num buraco a apenas um ou dois metros de onde eu estava.

29

A noite já havia caído quando Sanderson deixou a proteção das árvores e saiu do pátio. O dia havia me deixado indócil e cansado. Eu não ganhara nada em troca nem tinha energia para continuar o trabalho. Durante uma noite insone, decidi confrontar Sanderson. Pela manhã — era uma manhã de sexta-feira, no fim de setembro — fui direto ao seu escritório na David Hume Tower, mas encontrei um bilhete na porta reencaminhando os alunos para outro membro do departamento de filosofia. Na sala da secretária, disseram-me que Sanderson havia sido dispensado. Na minha imaginação, eu vi feridas supuradas. "Ah, a pele dele", disse eu, a indignação rapidamente dando lugar à compaixão. A secretária mordeu os lábios. Havia algo de errado em sua atitude. Falta de jeito ou embaraço. Não estava claro.

— Você é da imprensa? — perguntou. Ela parecia nervosa.

— Imprensa?

— Da mídia — disse ela, pronunciando "midja".

Respondi a ela que era um membro visitante do departamento e que Sanderson era um colega. Ela me pediu desculpas de um jeito atrapalhado e disse que não tinha mais nenhuma informação.

O TOM AUSENTE DE AZUL

Quando apareci no apartamento dos Sanderson, Carrie estava surpresa ao me ver, tão surpresa que pensei, a princípio, ter cometido uma gafe terrível. Ela começou a dizer algo, depois pareceu se conter antes de me contar que esperava que eu estivesse trabalhando. Sua *rotina*, disse ela, alongando a palavra e recitando de volta para mim o que eu lhe dissera anteriormente sobre como meus dias eram estruturados: manhãs em casa, tardes na biblioteca. Ela estava implicando ou zombando? Qualquer opção era possível e igualmente desconcertante. Tive, naquele exato momento, uma sensação súbita, uma onda forte de algo difícil de reconhecer e que me incapacitava, dando a impressão, primeiro, de ser inibição, no entanto se reformulando como um desejo muito poderoso de compreendê-la, de penetrar-lhe o coração. Por baixo do avental de artista, ela usava calças folgadas com um desenho de batique colorido. Ela cruzou os braços, com as mãos abertas sobre cada cotovelo. Havia uma falta de jeito no ar, mas, se era dela ou minha, era difícil de dizer. Ela ia me convidar para entrar e tomar um café, só que estava prestes a sair. Não, não, respondi, ainda prisioneiro da estranha sensação. Eu não ia poder ficar mesmo. Só queria dar uma passada rápida e ver Sanderson — para confirmar a pesca que havíamos combinado no dia seguinte. "Harry? Ah, mas ele está no trabalho. Ele fica no departamento até nove da noite todos os dias." Havia um nervosismo no jeito dela. Ou, se não era nervosismo, era um tipo de mal-estar. Eu me perguntava se ela estava mesmo bem, mas suspeitava que ela estivesse encobrindo Sanderson, que ele estivesse, na verdade, escondido no quarto de despejo, atando uma mosca nova e aproveitando meu desconforto. "Harry tem a rotina dele também, sabe?", acrescentou ela, de forma agradável o bastante, mas evidentemente duvidando que eu tivesse aparecido para ver seu marido. O que significava que, na mente dela, eu devia ter ido para vê-la, na expectativa de que ela estivesse sozinha. Fui embora o mais rápido possível.

30

A interação social era muito problemática — eu ainda tinha muito a aprender. Afinal, tudo o que eu sabia sobre a natureza humana havia aprendido principalmente em romances. Mas a ficção não ensina um homem como viver, ou mesmo o que dizer. É preciso fazer isso por si. É a mesma coisa com o amor. É possível encontrá-lo nas páginas da maioria dos romances, mas nem sempre se consegue identificá-lo fora da página. Ou, quando identificamos, não sabemos o que fazer com ele.

Às vezes reflito que, ao longo dos anos, devo ter aprendido mais com Antoine, que tinha todas essas qualidades para as quais os ingleses não dispõem de palavras — *panache, éclat, élan*. Antoine permaneceu meu amigo desde a época da universidade, de fato a única pessoa que eu podia contar propriamente como amigo e que tinha uma vida tão complicada a ponto de poder fornecer orientações para os outros. Mas suas aventuras amorosas me deixavam mais perplexo do que esclarecido. Nós nos víamos esporadicamente — às vezes, um ano inteiro se passava entre os encontros, e geralmente instigados por Antoine. Ele me ligava e sugeria que saíssemos para comer ou beber, muitas vezes em cima da hora — um sinal inconfundível de que precisava falar sobre seu último relacionamento. Era uma pessoa que só se sentia verdadeiramente viva quando iniciava um novo romance, que sempre surgia do desmoronamento de um antigo. Ao mesmo tempo, ele se colocava como vítima, alguém que, com sua sensibilidade aguçada, ficara exposto à dor e aos prazeres do amor. "É como uma infecção das vias aéreas", dizia ele. "A gente pega como uma doença, e não há nada que possamos fazer a respeito." E dava de ombros, como se dissesse: Fazer o quê?

Perdi a conta dos casamentos, dos quase casamentos e dos casos de Antoine — parecia haver uma necessidade insaciável de novos começos. Ele começava cada novo romance com fervor, geralmente buscando torná-lo permanente pelo casamento. Não havia limite aparente para seu otimismo. Em todas as vezes, tinha certeza de que havia encontrado uma mulher que o amaria incondicionalmente e o adoraria (*amar* e *adorar* eram verbos separados em seu léxico romântico). As conversas entre nós seguiam o seguinte padrão: Antoine me contava sobre seu último *amour*, e, ao contar, evocava a mesmíssima paixão encontrada no nascimento de seu *amour* anterior, agora em declínio terminal. Eu interpretava isso como uma sede por intensidade: desde que estivesse no meio de um drama, ele se sentia vivo. Cada nova intimidade lhe permitia se reinventar, e ela por sua vez dava razão à sua infidelidade, até o momento em que a inquietação recomeçasse. A coisa em si já era uma carreira, talvez se pudesse chamar de vocação. O surpreendente é que lhe sobrasse algum tempo para o trabalho.

Desde o tempo da universidade, ele estava empregado como revisor numa agência de publicidade bem-sucedida, onde as pessoas bebem muito café e ficam até mais tarde. Todo mundo que trabalhava lá se dedicava a criar um desejo ardente por um ou outro produto. Era uma atmosfera inebriante, a combinação perfeita — assim eu pensava — para Antoine em sua busca perpétua. Eu tinha uma opinião ruim do setor publicitário. Era tudo um conto do vigário: exageros, mentiras, alegações falsas, tudo isso em roupagens sofisticadas e *slogans* cheios de lábia. Talvez fosse o motivo por que Antoine se comportasse desse jeito. Na vida privada, ele não conseguia deixar de criar o mesmo tipo de fantasia endêmica da sua vida profissional. *Bobagem*, disse ele quando aventei minha teoria. Será que eu não entendia? Não havia *necessidade* de fantasiar seu amor, nenhuma necessidade de promoção. A própria realidade já era uma maravilha.

Depois de ouvir sobre a mais recente infidelidade, eu às vezes dizia: Mas qual é o sentido disso, Antoine? É óbvio que, se você buscar o novo o tempo inteiro, o novo se tornará velho e *passé*, e um dia precisará ser substituído, sob as ordens do seu vício na renovação infinita. Mas nunca foi uma pergunta séria. Meu papel — nós dois assim entendíamos — era fazer perguntas e lançar dúvidas. Antoine não esperava nada menos que isso, o que lhe dava a oportunidade de se persuadir da intensidade desse novo amor, de sua perfeição, de sua necessidade para seu futuro bem-estar — de sua pura inevitabilidade. E, se eu fizesse objeções, ele dava de ombros novamente. Era simples assim. Por que eu não conseguia ver? De um jeito ou de outro, as coisas acabavam se arranjando. *Les choses s'arrangent, mais autrement.*

Embora minhas objeções estivessem condenadas ao fracasso, às vezes eu lhe perguntava o que era tão inadequado em sua esposa atual que ele tinha que substituí-la.

"Não consigo explicar", dizia ele, "é como as coisas são". Ele geralmente tentava explicar, sim; no entanto, buscando desesperado alguma imagem adequada ou comparação que ilustrasse a natureza da dificuldade. Quando enfim encontrava uma que lhe agradava, soava como um advogado ou um político, aparentemente elogiando a coisa que estava prestes a destruir, usando expressões como "Sinto muito, mas..."

"Sinto muito, mas as mulheres são como aquelas toalhinhas úmidas nos aviões", dizia ele. "Elas começam quentes demais para se ter nas mãos, depois há um breve período em que elas são perfeitas, e a gente se sente confortável e as trata com mimos, mas elas logo ficam frias e pegajosas, e a gente mal pode esperar para se ver livre delas."

Mas talvez ele não devesse esperar? Esse é o tipo de coisa que eu dizia, seguindo por um caminho familiar entre o tato e a franqueza. Em vez de infligir toda aquela dor e infelicidade? Antoine descartava sumariamente esse tipo de comentário, dizendo-me que eu não havia entendido. Isso era *amor*, e ele havia prometido seu *coração*. Toda essa falação sobre amor, pensava eu, e tão pouco para alegrar o coração.

— Não é seu coração que está envolvido — disse-lhe certa vez —, é só o pênis.

— Você nunca deve colocar a palavra *só* na frente de um *pênis* — protestou. — Pelo menos não na frente do *meu*.

Ele às vezes era muito solene com o sexo. O que de certa forma era cativante. Negar a força do meu amor não é uma opção, dizia sempre. A enormidade da negação tornaria a vida impossível. O que fazemos juntos, o que temos juntos, é sua própria justificativa, dizia ele. Ele se autodefine, e, em troca, somos definidos por ele. "*On fait l'amour, et l'amour nous fait.*" Fazemos amor, e o amor nos faz. Esse tipo de conversa soava melhor em francês — eu sabia que pareceria um pouco ridículo em outro idioma.

Antoine acreditava que o sexo, quando diferente e novo, era o mais próximo que se podia chegar da alegria pura. O sexo o transformava. "*L'amour nous crée à nouveau.*" Era assim que ele falava. Era como o vento antes da tempestade: ele passava por você como uma enchente, e, nos intervalos, era como o calor do sol depois da chuva. Sempre que falava do amor físico, era certo que vinha junto a previsão do tempo. Ou pior, algo geológico: terremotos, vulcões, placas tectônicas em movimento.

Às vezes, ele chegava a invocar filósofos para apoiá-lo. "Já se esqueceu do seu Schopenhauer?", perguntou-me certa ocasião, em súbita defensiva. "Não há sentido nas ideias abstratas, aprender sobre conceitos teóricos que estão fixos pela língua que escolhemos para descrevê-los. O conhecimento real só pode ser adquirido por meio da experiência direta. *Vivendo* um pouco." En *vivant enfin*, disse. E depois havia Sócrates, que especificara os perigos da ligação erótica com um único indivíduo. "De acordo com Sócrates, isso não é vida para um ser humano livre. Ele pensava que devíamos tentar nos libertar dos grilhões, libertar-nos, tendo objetos de amor substituíveis."

Bobagem, retrucava eu, sabendo que não adiantava. "Afirmar a posição de Sócrates já é delimitar o que há de errado nela. Não se pode simplesmente sair por aí se liberando de vínculos, e é tolice tentar. É talvez uma questão do vínculo certo em vez do errado, mas o problema não é o vínculo em si."

E assim por diante, *et cetera*. O que permanecia inaudito entre nós era a suposição de que eu, em comparação com ele, nada sabia dos modos caóticos e desordenados nos quais a maioria das pessoas vivia. Na verdade, eu mal havia vivido. O que, como eu não sabia quase nada sobre o amor, era mais ou menos correto. Em algum mundo alternativo imaginário, as coisas não eram nada assim. Quando jovem, eu sonhara em um dia ter esposa e família, e viver com elas numa casa em que todos progrediríamos. Mas minha experiência havia sido mais parecida com a do espectador inocente: se eu me envolvia em algo, era geralmente por acaso. Não houve decisão consciente de renunciar ao sexo — foi simplesmente assim que as coisas aconteceram. Quer dizer, sem contar Amandine. Que merece ser contada. Embora o que tenha acontecido entre nós, Amandine e eu, não seja fácil de compreender. Ocorreu em alguma zona misteriosa, e era tão raro quanto o decoro permitia. Houve momentos, sim, em que era possível ficar totalmente tomado pelo ato carnal, no dar e receber, mas, na quietude que vinha depois, eu sabia que estava sozinho novamente. Sem dúvida, meus poucos encontros fortuitos, embora instrutivos, confirmaram que o sexo não era o campo de provas do amor. Era para ser fácil e descomplicado, mas era mentira. Era, na realidade, difícil e misterioso. Um empreendimento ponderado. Um teste para a imaginação.

31

Na época da minha ida a Edimburgo eu vinha bem — quer dizer, sem outros colapsos — por mais de vinte anos. Contudo, até onde minha memória chegava, sempre houve uma sensação de estar deslocado do mundo. A vida era experimentada através de uma espécie de artifício de enquadramento que me separava da vida normal. Em geral, era controlável, mas, de tempos em tempos, a sensação se intensificava e eu me via impotente diante dela. Meu mal-estar na companhia de outras pessoas era anárquico, tinha vontade própria e podia atacar sem avisar. Podia até desafinar minha voz e produzir ardor nos olhos. A estratégia para lidar com um ataque severo geralmente seguia a linha dos conselhos fornecidos em situações de emergência, como incêndios ou enchentes — ande o mais calmo possível para longe da chama ou da inundação. Somente às vezes — quando não era fácil explicar uma piora súbita no que eu considerava, como um inválido, a minha *enfermidade* — eu fazia o contrário e me forçava a ir em direção à origem da coisa. Enfrentar a fera, pegá-la pelo pescoço e subjugá-la. Nessas ocasiões, geralmente me dirigia à Gare du Nord, a estação de trem mais próxima e adequada ao meu propósito.

Como definir meu propósito? Da forma mais simples, era observar, ouvir e aprender. Estava convencido de que, se ao menos observasse os outros o bastante, seria possível imitá-los, e, com o tempo, isso poderia até me vir naturalmente. Não era uma ideia tão estranha: mesmo durante aquelas noites em que bebia e conversava com Antoine, eu pegava alguns dos seus gestos — o encolher de ombros, tipicamente francês, o hábito de não olhar para você quando falava, o modo como mordia o lábio quando contemplava a enormidade da onda de paixão mais recente.

Estações de trem — terrenos propícios para pequenas intimidades e drama humano — são ideais para observar e aprender. O *foyer* de uma sala de concerto e o teatro logo antes da apresentação também são bons. Nesses lugares, temos permissão de ficar parados e observar sem sermos considerados alguma espécie de maníaco perigoso. Com frequência, os rostos, vazios de expressão, demonstram reserva; o segredo é preencher o vazio, tornar a reserva acessível. Geralmente, eu ignorava aqueles que estavam sozinhos, a menos que estivessem obviamente aguardando alguém chegar, caso em que eu ficava por perto para o momento especial — o momento em que os olhos se encontravam, os rostos se animavam e a conexão humana se dava. Seja entre amigos, parentes ou namorados, sempre vale a pena esperar por isso. Mas, a maior parte do tempo, minha busca se concentrava nos casais já prontos, aqueles que chegavam juntos, de braços dados, *tête-à-tête*. Eu tentava chegar o mais próximo possível, próximo o bastante para analisar o modo como eles preenchiam os momentos um com o outro. Era tudo fascinante.

Nunca tive confiança em relação ao mundo ou ao que se encaixava nele. Talvez soe como um tipo de inocência, mas, ao contrário da inocência, não é uma coisa benigna. É algo capaz de devastar a nossa vida, distanciando-nos das coisas, separando-nos da experiência cotidiana, deixando-nos com a sensação de que algo sempre está desaparecendo na esquina antes que consigamos alcançar. Em todas as vezes que tentava relembrar, até onde era possível recordar, eu sentia a certeza de que sempre houve algo parecido com essa mesma sensação, algo vivenciado nem tanto como uma perda, mas como uma falta.

Quando eu era criança, meu pai me contava histórias antes de dormir. As histórias estavam em sua cabeça, não nos livros. Às vezes, parecia que meu pai conhecia todas as histórias que já haviam sido contadas. Não eram as que geralmente se contam para fazer uma criança dormir — contos de fadas e coisas assim —, mas histórias da vida, *histoires de la vie*, ou, mais frequentemente, questões filosóficas que ele tornava interessantes e engraçadas. Eu ia dormir pensando no paradoxo de Aquiles e da tartaruga, no qual Aquiles, embora muito mais rápido, nunca conseguia alcançá-la; ou em Tristram Shandy, que pensava que nunca conseguiria terminar sua própria biografia porque já lhe tomara dois anos escrever sobre dois dias. O problema do qual eu menos gostava, porque era o que mais me perturbava, era o paradoxo do mentiroso: se um mentiroso diz que está mentindo, ele não está falando a verdade? Embora meu pai risse da minha inquietude, também era gentil comigo, dizendo que tudo bem se eu me preocupasse: havia um medo universal da mentira, e quase todo mundo, mesmo os filósofos, concordava que ela era errada. Mas veja bem: eles não conseguiam sempre concordar quanto ao *porquê*. Por outro lado, mentir era simplesmente algo que as pessoas faziam, apenas por serem pessoas. Elas eram boas nisso, disse ele, como se tivessem nascido para mentir. E, como forma de compensação, ele me contou sobre os Houyhnhnms, os cavalos falantes nas *Viagens de Gulliver* que não tinham uma palavra que significasse mentir, embora tivessem uma expressão substituta: *dire la chose qui n'est pas* — *dizer uma coisa que não é*. Gulliver adorava os Houyhnhnms, disse meu pai. Ele se sentia próximo deles e preferia a companhia desses cavalos curiosos à dos homens, seus iguais. Mas havia um preço a se pagar. Gulliver morava num estábulo com ervas enfiadas no nariz porque o fedor de seus colegas humanos era maior do que ele conseguia suportar. Sua esposa se tornou um "animal odioso" para Gulliver, que descobriu ser impossível ficar próximo de seus filhos. E o fedor não era tudo: o pior, muito pior, era que Gulliver sentia falta do que se podia chamar de virtudes humanas comuns — coisas como amor, paixão e empatia.

Em outras ocasiões, meu pai me contava histórias mirabolantes de viagem no tempo, como a do garoto que voltou ao passado para assassinar os avós, impedindo assim o próprio nascimento. Ou o famoso experimento de pensamento que envolvia um gato que estava, ao mesmo tempo, vivo e morto numa caixa fechada. Muito embora minha cabeça às vezes doesse com o esforço de revelar o enigma, esses momentos especiais com meu pai significavam tudo para mim. Às vezes, eu me sentia tão próximo dele que era difícil respirar. Ele me dava a sensação de que juntos sabíamos de coisas que não estavam disponíveis para outras pessoas.

Uma noite, ele me contou a história de David Hume e o Tom Ausente de Azul. Foi a primeira vez que meu pai mencionou David Hume, mas não houve dúvidas de sua admiração. Ele começou dizendo que Hume era, ao mesmo tempo, um grande filósofo e um grande homem — *un des plus grands que ce monde ait jamais connu*. Ele nascera na Escócia, mas tinha vivido na França quando jovem, escrevendo suas obras mais importantes num lugarejo a cerca de cem quilômetros ao sul de Paris. Os franceses o adotaram e passaram a amá-lo, competindo uns com os outros para tê-lo como convidado em suas mesas de jantar. Eles o chamavam de *le bon David* — "Foi por isso que batizei nossa livraria com esse nome", disse ele. "Em homenagem a esse homem maravilhoso." Ele prosseguiu explicando a crença de Hume de que todo o conhecimento vem dos cinco sentidos, "que é outra maneira de dizer que tudo o que conhecemos vem de nossa experiência do mundo". Estávamos sentados lado a lado na cama, os dois recostados na parede com os joelhos dobrados no peito. "Por exemplo, não dá para saber se o fogo é quente até que você o toque, ou até que você sinta o calor no rosto. Ver o fogo não é suficiente." De acordo com Hume, era assim que as pessoas adquiriam conhecimento. Ele pensava que nada podia existir em nossa mente, nenhuma ideia simples ou complexa, sem primeiro ser experimentada por um ou mais dos sentidos. E, no entanto — "é aqui que a coisa fica interessante" —, havia uma maravilhosa exceção para a regra. "E foi Hume mesmo que pensou nela", disse meu pai, com os olhos brilhando. Nesse ponto, ele se inclinou para a frente e repousou o queixo entre os joelhos. "Hume nos pede para pensarmos num homem de visão normal que esteja bastante acostumado a ver todo o espectro das cores — exceto um tom particular de azul." Não era um homem burro, disse meu pai, não, de jeito nenhum. Era um homem inteligente, que sabia muitas coisas e havia visto muita coisa, o tipo de homem que tinha observado a abóbada celeste e o mar safira; que se maravilhara com as flores das escovinhas e os ovos azul-bebê de um pato silvestre. Esse mesmo homem velejara no oceano Pacífico azul-claro e havia encontrado um peixe-anjo azul. E, entre seus bens mais preciosos, havia uma caixa, importada do Afeganistão, feita de lápis-lazúli —

o azul mais intenso que se poderia querer ver na vida. "No entanto, havia um tom de azul que esse homem sábio nunca tinha visto."

Meu pai parou de falar. Eu prendi a respiração.

— *C'était la nuance inconnue de bleu!*

Hume, disse ele, estava convencido de que, se todos os outros tons fossem colocados lado a lado numa disposição gradativa do mais escuro ao mais claro, e com uma lacuna para um tom ausente, seria possível que esse mesmo homem preenchesse a lacuna. A partir de sua imaginação — sem jamais tê-lo visto na vida. "*Avec sa propre imagination!*"

Posteriormente, quando meu pai deixou o quarto, deitei-me na cama e fechei os olhos, tentando imaginar uma infinidade de ovos, peixes e escovinhas, enfileirados, dispostos gradualmente por cor. Mas não conseguia ver nada, exceto uma massa indistinta, escura e borrada, com um leve aspecto granulado — como a tela da televisão quando a transmissão não funciona. Abrindo os olhos, distingui as diferentes cores da padronagem do cobre-leito, tentando pensar sobre as que não estavam lá em relação às que estavam. Mas não adiantou. Minha cabeça não queria funcionar do jeito que eu precisava.

O tanto que um menino é capaz de sentir, senti que fracassei naquela hora. E, desde então, em diversas ocasiões ao longo da vida, houve essa mesma sensação seguida da mesma dúvida: será que eu reconheceria o tom ausente de azul? Seria capaz de conhecer algo se não o tivesse vivenciado primeiro?

32

Depois da visita ao apartamento dos Sanderson, peguei minha bicicleta e fui direto para Waverley, a estação de trem central em Edimburgo. A ideia de trabalhar era impossível — estava me sentindo muito agitado. Algumas horas na estação de trem poderiam me tranquilizar. Depois de prender a bicicleta nas grades, desci os degraus da estação, exposto às correntes de ar como um túnel de vento, e fiz o trajeto até a área de espera principal, disposta como um café de rua com lojas nas beiradas. Por alguns minutos, fiquei sob o imenso quadro de informações que exibia as partidas e chegadas. Na Gare du Nord, em Paris, eu havia feito a mesma coisa muitas vezes, fingindo verificar as informações de um trem, mas, na realidade, aproveitando a oportunidade para me acomodar, para entrar na disposição correta.

Em Waverley havia mais de cinquenta pessoas na minha visão periférica, atravessando o terminal, dirigindo-se à bilheteria, às bancas de comida, ou às instalações de lavanderia. Havia o burburinho usual da estação: os sons de campainha dos anúncios informativos, o bipe-bipe dos veículos de limpeza do piso avançando por grupos de pessoas deslocadas, e, em todo lugar, o clamor coletivo de uma população que fala ao celular. Atrás de mim, um homem contava à pessoa que o acompanhava: *ela disse que estava tendo uma das dores de cabeça dela, mas não acreditei*, mas, se era indignação ou resignação, era difícil dizer. Sextas-feiras são dias agradavelmente agitados em todas as estações principais. Nesse tipo de multidão, ninguém me notaria. Pedi um café e sentei num banco alto numa das mesas elevadas, de onde havia uma boa vista de quem chegava e saía. Minha visão sempre é atraída para aqueles que estão apenas passando o tempo, prestes a embarcar numa viagem ou esperando alguém que chega. Muitas vezes, observei que a própria espera é um tempo morto curioso, que não se dá todo no presente, mas, em grande parte, em algum outro lugar ainda indefinido. É tempo pelo qual se precisa passar, e a maioria das pessoas fica impaciente para que chegue ao fim.

A cada poucos segundos, as portas imensas de vidro que levam às plataformas da ferrovia se abriam como cortinas no palco, revelando pequenas cenas de cumprimentos e despedidas. Essas portas tinham um efeito hipnótico, calmante também. Encontros e partidas: era nisso talvez que consistia a maior parte da vida.

No lado oposto do que se chamava de centro de viagens, havia fileiras de assentos, todas elas ocupadas. Quando consegui me convencer a deixar de olhar as portas, fiz o que muitas vezes faço em lugares públicos: usei meus olhos como a lente de uma câmera, registrando imagens em ângulos amplos da multidão antes de focalizar um rosto específico, segurando a visão tempo bastante para procurar pistas quanto à vida por trás dele e reforçando minha teoria de que todo mundo está escapando de algo: um casamento, um segredo de família, um passado criminoso.

*

O TOM AUSENTE DE AZUL 213

Primeiro, pensei que eu o imaginara, que o tinha conjurado das sombras da minha mente. Mas não havia dúvida sobre o cabelo despenteado, o sobretudo surrado, aquelas feições de ferro, moldadas numa funilaria. Ele poderia ser um dos vagabundos de *Esperando Godot*, um homem que talvez lutasse para remover as botas. Estava sentado no canto do bar que se abria para a plataforma do terminal. Essa é a rotina dele, pensei. O café-bar com seus babados e toldos tinha a localização perfeita para observá-lo sem ser notado. Que diabo ele fazia na estação? Era bem possível que estivesse aguardando para encontrar alguém saindo de um trem — talvez um filósofo em visita —, embora isso parecesse improvável, especialmente depois do que a secretária dissera. Era muito mais provável que ele mesmo estivesse prestes a viajar, embora, fora uma mala de mão, ele não parecesse ter bagagem alguma. Foi ficando mais claro que ele estava ali para beber. Durante duas horas, ele deixou seu assento apenas duas vezes, as duas vezes para fazer um pedido no bar. Enquanto isso, eu bebia café aos baldes. Tinha ido à estação em busca de tranquilidade, mas minha cabeça agora estava muito agitada.

De repente, ele esvaziou o copo e saiu do bar. Encaminhava-se para a saída da estação, devagar, com seus pés doloridos, mas, mesmo assim, com determinação, na direção da rua Princes. Não me ocorreu nada, a não ser segui-lo. No meio da subida dos degraus da Waverley, ele parou, segurando-se na grade para ganhar fôlego. Eu estava perto o bastante para ver as feridas infeccionadas no dorso das mãos dele. Dispensa médica — era a explicação óbvia. Ele deve ter decidido esconder de Carrie.

No topo da escada, ele se virou para a direita e atravessou a North Bridge no semáforo. Desviando de pedestres e carrinhos de bebê, mantive uma distância segura, decidido a não perdê-lo de vista na multidão de consumidores, já me perguntando como mais tarde eu justificaria aquele comportamento para mim mesmo. No outro lado da North Bridge, ele se dirigiu para fora do centro da cidade, subindo a Calton Hill, na direção das antigas cocheiras. Momento em que decidi voltar para pegar minha bicicleta e segui-lo pela subida da colina — dessa forma, se ele me visse, seria obra do acaso. Eu seria simplesmente um homem que volta para casa, não alguém que age de modo suspeito seguindo uma pessoa que age de modo suspeito. Meu outro pensamento foi o seguinte: como era injusto estar sentindo culpa...

Quando Sanderson fez a curva e saiu da estrada principal para a rua lateral que levava à minha casa, parecia razoável esperar atrás por um instante. Dessa forma, ele teria tempo para fazer o que pretendia antes de ser pego no flagra — o que quer que fosse. Mas, quando pedalei até o pátio de paralelepípedos, não havia sinal dele. E, no entanto, ele tinha de estar por perto em algum lugar — só havia um caminho para entrar e sair. Será que ele já estava dentro da casa? Fique calmo. Tudo seria explicado. Após deixar minha bicicleta encostada no muro da casa, procurei no bolso a chave da porta. Foi então que vislumbrei o jardim do pátio refletido no vidro da janela e, por um momento fugaz, o movimento inconfundível de uma forma humana se refletiu nele. Sanderson estava à espreita nos arbustos outra vez.

Por alguns segundos, congelei, em parte esperando que um machado dividisse meu crânio em dois pedaços. Nas semanas anteriores, ele me impressionara como um homem complexo, atormentado, mas até aquele momento não me havia ocorrido que ele poderia ser um psicopata perigoso. Emotivo, sim, e às vezes de um

O TOM AUSENTE DE AZUL

215

modo excessivo. Mas, com certeza, nada cruel. Contudo, por que um homem perderia tempo do lado de fora da casa de outro se não estivesse mal-intencionado? Não era a primeira vez que eu desejava ser mais confiante na minha avaliação de outras pessoas. O segredo era conseguir ligar os pontos. Os próprios pontos eram, é claro, interessantes, mas não suficientes.

Com um estremecimento, entrei na casa o mais rápido possível, fechando a porta atrás de mim com todo o peso do corpo, encostando-me na porta para evitar que o mundo virasse de cabeça para baixo, tentando organizar minhas ideias. Antes que qualquer pensamento pudesse se formar, porém, outra coisa surgia em mim: a sensação de que eu não estava sozinho na casa. Verifiquei um cômodo de cada vez, como um detetive, embora um detetive ignorante daquilo que procurava. Eu tocava a mobília e corria as mãos pelas paredes, como que para ter certeza de que eram sólidas. No fundo do corredor, um leve odor indistinto penetrou minhas narinas — algo de perfume sutil, uma essência oriental, como sândalo ou almíscar. Meu nariz me guiou até a área de serviço. Nada óbvio. Como antes, pus o olho no buraco da fechadura da porta que levava à garagem. Mas, dessa vez, em vez da escuridão, era possível identificar, do outro lado da porta, duas formas ovais, brancas nas extremidades e pretas no centro, brilhando levemente. Um par de olhos humanos.

Fujo da casa, sem trancá-la, sem olhar para trás, o coração batendo na garganta, desço em disparada a Calton Hill, passo pelo cemitério, em volta dos fundos da estação de trem, correndo por todo o caminho até Holyrood Park e Salisbury Crags, e continuo até as ladeiras que exigem muito dos pulmões no Arthur's Seat, onde me atiro na grama e seguro minha cabeça para fazê-la parar de martelar.

Há uma urgência terrível para chorar, e tenho de me concentrar muito para impedir que uma única lágrima venha — por alguma razão, isso parece importante. Há um som de choramingo que deve estar vindo de mim. Pego uma pedra pequena e a atiro o mais distante que consigo, depois outra e mais outra. O sol, fraco, já deu lugar a uma massa de folhas de amoreira no imenso céu, uma mistura de nuvens e da escuridão que cai. No parque, as pessoas cuidam de suas vidas — correndo, levando os cães para passear, chutando bolas —; no entanto, mal as vejo. Elas estão em outro mundo, imensamente distante. Tudo o que vejo, ainda, são os olhos do outro lado da porta, uma visão perturbadora de algo inexplicável no centro de tudo.

Quem pode dizer por quanto tempo fiquei sentado lá ou o que fiz para passar o tempo? Por fim, o frio no meu corpo me trouxe de volta a mim. Enquanto abotoava a camisa, ainda molhada de suor, de repente, notei um movimento em minha linha de visão, um pouco distante por trás de alguns arbustos. Na penumbra, era bem possível identificar um casal esparramado na grama. Como eles tinham sorte de ter um ao outro, de estar deitados nos braços um do outro num fim de tarde de sexta-feira, em vez de tremer numa camisa ensopada. Era esse o pensamento que estava se formando na minha cabeça aturdida, quando o homem (ele não parecia mais velho que um garoto) de repente se levantou e começou a gritar e gesticular para mim. "*Taolhanduquê, hein?*", gritou ele. "Se manda, taraduducaralhu!"

Um calor terrível subiu pelos lados do meu pescoço, enquanto eu cambaleava pela grama para longe do casal, mantendo as mãos

O TOM AUSENTE DE AZUL

para cima como se estivesse preso ou à espera de receber um tiro pelas costas, o chão inclinado e se despedaçando sob mim. Corri todo o caminho até o cemitério, onde, ao lado do túmulo de Hume, me sentei quieto até que a escuridão caiu.

33

No dia seguinte, um sábado, Sanderson me pegou, como de costume, na Calton Hill. A essa altura, eu já havia adquirido *waders*, capa impermeável e sacola de pesca — tudo de segunda mão numa loja beneficente. Parecia quase natural colocar meu equipamento na mala do carro de Sanderson, como se eu tivesse nascido para aventuras no campo, em vez da vida numa cidade francesa. Quase, mas não inteiramente. Eu sabia que era apenas um jogo, experimentar algo. Aprendera há muito tempo que a maior parte da vida era assim: ver-se interpretar um papel, vestindo novas roupas.

Salvo toda a espionagem e contraespionagem, Sanderson e eu não havíamos nos visto ou nos falado desde a expedição de pesca no sábado anterior. Sanderson devia ter me visto correndo de casa no dia anterior, mas ele não fez menção a isso, nem eu.

— Como foi a semana? — perguntei, entrando no carro. Melhor agir normalmente.

— Ah, nenhuma novidade. Nenhuma novidade. Só a interminável reciclagem da mesma merda de sempre a caminho do esquecimento.

— Você deve estar bem ocupado no trabalho, agora que o semestre começou.

— Sim e não. — Ele expirou de forma barulhenta, a respiração apitando pelos seus dentes manchados. — Acho que é um pouco como estar num barril de minhocas. É estranhamente silencioso, mas muita coisa está acontecendo.

— Como vai a Carrie?

— Difícil saber. Ocupada com o budismo, sem dúvida.

— Você se incomoda com isso?

— Me incomodar? Não, por que deveria? Todo mundo precisa de algum tipo de *hobby*. Eu tenho a pesca.

Era difícil interpretar seu humor. Eu estava em busca de algo que me fornecesse uma pista sobre o seu comportamento estranho ao longo dos últimos dias. Mas seus olhos estavam fixos na estrada à frente, e ele sentava com as costas eretas ao volante, determinado, como um homem que planeja uma campanha militar. De perfil, parecia cansado, mais velho. Havia sangue em seu rosto, onde ele se cortara fazendo a barba, e restos de sabão grudados na orelha. A pele estava em carne viva em alguns lugares — manchas vermelhas, inflamadas, supurantes que se espalharam para o couro cabeludo.

Depois de um tempo, ele disse: "Sabe, se você puser um sapo numa panela de água fria e ligar o fogo, ele vai cozinhar e morrer devagar. Se mergulhá-lo na água fervente, ele pula de uma só vez, escaldado, mas vivo. Eu costumava ser o segundo sapo, mas agora, quando penso na minha vida, me identifico mais com o primeiro." Foi então que ele falou no "caso" da esposa, a frase que entendi errado, pensando que Carrie devia estar consultando um médico. Não um médico, disse Sanderson. "Outro homem, é o que é". Nada mais foi dito até que chegamos ao rio. Em silêncio, removemos o equipamento de pesca do carro e andamos o caminho já familiar por árvores e vegetações rasteiras até a margem.

JENNIE ERDAL

*

"Agora, vamos ver o que podemos achar para abrir o apetite", disse Sanderson, referindo-se ao apetite dos peixes. Abrindo a caixa de moscas, ele revelou um magnífico caleidoscópio de ninfas perfeitamente atadas e outras iscas artificiais, moscas secas e molhadas — todas representando uma série de possibilidades de alimento para os peixes famintos, ou mesmo os apenas curiosos. A cada sábado, ele revelava um pouco mais sobre as variedades de receitas de mosca. Hoje, explicava que elas eram divididas em duas categorias principais: os atrativos e os impostores. Os atrativos eram criados para estimular o instinto predador e convidar a um ataque. Os impostores deviam se assemelhar a formas de alimentos naturais, às coisas das quais os peixes dependem por toda a vida, por mais longas que sejam. "Na prática, os limites são um tanto indistintos, mas não consigo deixar de pensar nos atrativos como machos e nos impostores como fêmeas", comentou Sanderson. "A mosca impostora ludibria os peixes para que acreditem estar diante de seu alimento favorito. É exatamente o tipo de coisa que uma mulher faria." Sanderson gemeu enquanto puxava os *waders*. De sua posição no banco de pedra, ele olhou para mim, como que para avaliar minha ação. "Imagino que você pense que é um pouco injusto", disse ele, não esperando uma resposta. "Mas, na verdade, a distinção funciona antes contra o macho da espécie. Os atrativos são coisas fabricadas, artificiais, que não trazem relação alguma com nada que ocorra no mundo natural." É assim que ele se vê, pensei. Uma criatura fabricada feita de pedaços distintos, não retirados da natureza, vulneráveis ao ataque.

"Os impostores por outro lado", prosseguiu ele, "embora tragam todas as semelhanças com a coisa real, não são de modo algum o que parecem." Isso devia ser uma lição para ele, continuou. Ele devia ter aprendido sobre a vida com a pesca. "Mas, como os pobres peixes, sempre fui completamente inocente quanto ao artificial. Foi a minha ruína."

Não era um erro extrapolar com tanta vontade dos peixes para os homens?, perguntei, querendo deixar a atmosfera mais leve. Mas havia determinação em sua gravidade. "Não precisa ser peixe", disse ele. "Os veados, por exemplo. Os machos competem pela atenção das fêmeas. Todo mundo sabe disso. Mas o que ninguém sabe é que, enquanto os machos com os maiores chifres estão se desgastando na rotina, algumas das fêmeas se escondem furtivamente para fazer sexo com os menos vaidosos." Isso havia sido descoberto por um homem chamado John Maynard Smith, disse ele. "É um evolucionista famoso, caso você nunca tenha ouvido falar. Vale a pena procurar sobre ele. Maynard Smith chama essas fêmeas de *as fodedoras traiçoeiras*. E com toda a razão."

Eu aprendera a amar o rio. O lago onde eu praticara antes o arremesso era bonito, mas o rio parecia mais vital. Às vezes, fluía de modo tão constante e uniforme que era difícil detectar qualquer movimento, a não ser em relação a algo grande e inanimado, como as árvores da margem oposta. Mas, naquele dia de outubro, embora quase não houvesse vento, a água estava revolta e barulhenta depois da forte chuva durante a noite, e, naqueles lugares onde o rio se estreitava e corria pelas rochas, ele borbulhava formando uma espuma agitada. Sanderson entrou alguns metros para chegar à sua piscina de sempre. Ele sempre usou um bastão de apoio, uma vara grande com peso de chumbo numa extremidade, para ajudá-lo a firmar o pé, já que o fundo do rio era escorregadio

222   JENNIE ERDAL

e cheio de protuberâncias. Entrar no rio é um jogo perigoso, disse ele mais de uma vez. A piscina tinha, como margem, de um lado, uma massa de pedra que se alisou ao longo dos milênios. A pedra estava menos visível naquele dia por causa da altura da água, que chegava à metade dos *waders* de peito de Sanderson. Com sua longa vara de bambu mantida bem acima da cabeça e sua rede de mão pendurada nas costas do cinto, ele podia ter sido um explorador excêntrico de tempos antigos, avançando centímetro a centímetro até o desconhecido, prestes a apanhar alguma criatura selvagem e exótica.

Havia árvores nas duas margens do rio, algumas faias adultas e salgueiros aqui e ali, que se curvavam com graça para beber da água, mas principalmente bétulas e tramazeiras, estas carregadas de frutos vermelhos. Andei um pouco contra a corrente e me instalei numa rocha para ver Sanderson pescar. Ele havia falado sobre a bela harmonia dos materiais: a linha de seda, a vara lustrosa e a mosca cuidadosamente confeccionada. E, agora, eu conseguia ver essa har monia com os próprios olhos nos movimentos delicados de um homem que andava com sacrifício, mas conseguia lançar sua linha sinuosa cortando a água, desenrolando-se na ponta de seu arco para deixar cair a mosca na superfície — um ato de prestidigitação, parecia, que beirava o milagre. Durante esses momentos na pedra, concluí que, quaisquer que fossem as complicações desse homem atormentado, havia, nesse aspecto dele, uma integridade sofisticada: o ensino paciente, a habilidade para atar, o simples entusiasmo — tudo isso benigno e atraente.

Após algum tempo, caminhei mais contra a corrente, até que encontrei uma clareira nas árvores. Meu arremesso ainda não era bom

O TOM AUSENTE DE AZUL 223

o suficiente para evitar que ficasse enganchado em ramos suspensos acima de mim, e, embora Sanderson tenha me mostrado um arremesso mais simples — arremesso único Spey como ele chamava —, eu estava longe de dominá-lo. É um arremesso em que a linha não é atirada para trás, cujo segredo é a suavidade da ação, com as mãos dispostas em cada lado da carretilha, de maneira a obter uma boa pegada: do modo que alguém seguraria um taco de beisebol, disse Sanderson. Mas era uma ação suave, que envolvia uma espécie de "flutuação" da linha.

Também havia bastante a aprender sobre os lugares onde uma truta pode ficar à espera de uma refeição. De acordo com Sanderson, peixes bons dependem de observação aguçada, mas eu ainda não estava na posição de saber precisamente o que estava observando, e muito menos o que isso podia implicar. No entanto, isso não diminuía meu amor pelo rio e por toda a sua variedade: as mudanças de correntes, os turbilhões e redemoinhos, as curvas e cascatas, o frescor cintilante num dia claro, sua escuridão discreta quando o tempo estava nublado. Quando pus os olhos no rio me deleitei. E o deleite, em parte, tinha a ver com minha compreensão incompleta, bem como com a sensação de possibilidade que ele oferecia.

Depois que a pesca propriamente dita começava, deixávamos um ao outro em paz. O que parecia natural. A pesca era uma atividade solitária — isso estava claro para mim — e exigia imensa concentração. Sanderson gostava de dizer que nada deixa a mente tão concentrada quanto arremessar sua mosca numa truta que sobe à superfície. Ele me aconselhara a pescar com uma ninfa — "vai ser adequado ao seu estilo" — criada para imitar a larva no leito do rio. Como as larvas formavam uma grande parte da dieta das trutas, haveria, em tese, pelo menos uma chance razoável de eu pegar algo. Sanderson era um purista da mosca seca, que significava dizer que ela devia dançar na superfície da água, simulando a coisa real. "É a diferença entre a poesia e a prosa", disse ele. A mosca bem-confeccionada, disse ele, deve ter todas as qualidades necessárias para se comportar de forma natural e realista. Isso se conseguia escolhendo materiais que flutuavam bem — penas do pescoço de um galo, por exemplo, e um anzol superleve. Sempre que Sanderson chegava ao rio, sacudia os galhos das árvores e observava os insetos que voavam. O resultado determinaria a escolha da mosca do dia. Depois, era uma questão de julgamento e habilidade, juntos com o disfarce. Se a truta subisse na mosca e o ataque desse errado, era preciso permitir que ela pairasse delicadamente na superfície da água, com a truta se levantando e abaixando novamente cerca de um metro rio acima. "E é surpreendente como, muitas vezes, a coitada faz outra tentativa na mosca."

Na clareira, entrei na água e me preparei para arremessar do jeito que me havia sido ensinado. De acordo com Sanderson, era melhor começar com uma linha curta e mirar num ponto onde a mosca pudesse aterrissar sem problema. É preciso encontrar um comprimento de linha confortável e continuar com ele; assim, é possível pescar fácil e confortavelmente durante horas. Era errado tentar arremessar longe demais. Sanderson adicionara peso à minha ninfa com o fio de chumbo na haste do anzol antes de construir o corpo. Dessa forma, a ninfa cairia rápido no leito do rio, onde a maior parte da vida da ninfa natural se passava. Uma das habilidades mais difíceis era colocar a mosca na posição desejada, antes de deixar a corrente levá-la. Isso precisava ser praticado à exaustão. Um peixe não deve fazer ideia de que está sendo pescado, disse Sanderson.

O conselho dele me fez sorrir. Mesmo o mais tolo dos peixes me consideraria imediatamente um novato sem sorte.

Durante a hora seguinte, com o pé direito ligeiramente para a frente para ganhar equilíbrio, eu fiz arremesso após arremesso, de trás para a frente, de trás para a frente, conduzindo a linha para fora com a ponta da vara, fazendo o movimento por uma linha imaginária que saía direto do meu ombro direito. Os movimentos rítmicos repetitivos pareciam relaxar a mente e trazer uma calma física incomum. Pouco a pouco, enquanto ganhava confiança, os arremessos se tornaram mais fluentes, até que, gradualmente, a vara e a linha, até a mosca, começaram a parecer uma extensão do meu corpo, parte de mim. Um dia, talvez eu pudesse me tornar um pescador, afinal.

De tempos em tempos, meu olhar se voltava corrente abaixo, para onde estava Sanderson, uma figura distante com água até a cintura. As cores eram as do início do outono, os verdes tinham dado lugar aos tons vermelhos e marrons. Mais de uma vez, pensei que via uma curvatura na vara de Sanderson — sinal de sucesso. A cena tinha a característica de uma pintura: um idílio pastoral de um século passado, homem e natureza como um só numa era de inocência.

34

Em algum momento — depois, não foi fácil lembrar o instante exato —, pensei ter ouvido o som de um pássaro, urgente e a plena voz, porém abafado pelo chilro ruidoso da água que corria pelas pedras. Olhei para cima, esperando ver um pássaro advertindo os filhotes, e só quando o grito veio de novo, dessa vez não o de um pássaro, mas humano, foi que olhei na direção de Sanderson. Que estava em perigo. Aparentemente, ele perdera o equilíbrio e movia as mãos de modo furioso, como um acrobata que tenta ficar na corda bamba. Larguei tudo e tomei o atalho da margem do rio até chegar a seu lado. Quando penetrei o rio, a água imediatamente parecia sólida e minhas pernas, pesadas, como se estivessem se arrastando por cimento molhado. "Fique aí! Estou indo!", gritei. Mas, a cada passo, havia uma enorme sucção nas minhas botas quando elas afundavam no cascalho voraz. Meus *waders* logo se encheram de água, gelada e cortante. Pela aparência, os de Sanderson também estavam inundados. Suas pernas estavam sendo empurradas para a superfície — sinal de que havia ar dentro das botas impermeáveis. Com uma das mãos, ele se agarrava a um pedregulho — liso demais para Sanderson se segurar bem — e com a outra ele segurava a vara.

O TOM AUSENTE DE AZUL

"Largue a vara!", gritei. "Largue a vara!" Mas o ruído da água engoliu minhas palavras, e com os passos seguintes o fundo irregular do rio me desequilibrou, e fui abaixo na torrente agitada. Com grande esforço, consegui me firmar amparado num bloco de pedra e reencontrei o equilíbrio. Ele já estava quase ao meu alcance, e era claro o que precisava ser feito: pô-lo de pé novamente e levá-lo em segurança de volta à margem. Não duvidava da minha força física para fazer isso; cheguei a me permitir uma breve imagem heroica — o galante *chevalier* indo em salvamento de seu amigo, que nunca teria, dali por diante, motivo para duvidar da força da ligação entre eles. Depois de enfrentar a corrente e readquirir equilíbrio, agarrei seus ombros por trás e gritei para ele largar a rocha e a vara. Era uma troca de papéis, e, por um momento, houve uma sensação parecida com a euforia. "Não se preocupe, você está seguro agora!" Mas Sanderson não demonstrou sinal de alívio ao me ver. E pior: em vez de se permitir ser resgatado, ele lutou como um urso. Devia ser o medo, pensei. Ele acha que vai morrer. Havia um olhar de terror em seu rosto, e, em pânico, ele se movia com violência, agitando os braços e golpeando a água, em certo momento me agarrando pela garganta, emitindo ao mesmo tempo um zurro medonho, como um homem nos últimos estertores da morte. Antes que eu pudesse exercer o domínio completo, Sanderson pôs sua mão imensa no meu queixo, empurrando-o para trás e chocando minha cabeça contra uma pedra. Depois disso — não faço ideia de quanto tempo —, tudo ficou escuro e silencioso, e houve apenas a sensação mais leve de que tudo diminuía pouco a pouco, como a imagem de uma tela de televisão velha, reduzida a um pequeno ponto branco no centro. A próxima coisa de que me dei conta foi o frio da água no meu rosto e, sobre mim, um peso horrível — a massa robusta do corpo de Sanderson.

O perigo físico aciona reflexos ancestrais, trazendo consigo um fluxo extraordinário para a cabeça e o coração, fazendo situações aparentemente sem remédio se tornarem coisas administráveis. Essa, pelo menos, parecia ser a única explicação para a força sobre-humana disponível para mim de uma só vez e que me permitiu puxar Sanderson da garganta escura do rio. Mesmo assim, eu continuaria por muito tempo a me maravilhar com os recursos que consegui invocar para levar a mim e a um homem que se afogava para a segurança da terra seca.

Por alguns momentos, ficamos sentados na margem gramada, tontos e encharcados. Quando o frio se instalou, lutamos para voltar para o carro, Sanderson com o peso apoiado em mim, nós dois tropeçando e cambaleando pela grama crescida e pelas urtigas que espetavam. Podíamos muito bem ser uma dupla de bêbados voltando para casa no sábado à noite; exceto pelo fato de que não havia libação nem risos, apenas o grunhido da respiração trabalhosa de Sanderson e o som de nossas botas de borracha chapinhando, como limpadores de para-brisa em vidro seco.

Naquela noite, sonhei que estava sendo carregado por uma corrente que fluía rápido. Seguia e seguia, veloz pela água turbulenta, desviando por pouco de pedregulhos, animais mortos e árvores caídas, que eram apenas um borrão por causa da rapidez da viagem. Não há saída, não há saída — esse era o único pensamento que eu repetia para mim enquanto era carregado pelas águas. O barulho da água era ensurdecedor; ainda assim eu conseguia ouvir um sussurro em minha cabeça dizendo para traduzi-la para o francês — apenas isso poderia me salvar. Mas, embora eu procurasse desesperadamente as palavras, não conseguia encontrá-las e sequer as conhecia, e, de qualquer modo, minha mãe estava parada na margem distante, gritando algo em francês que eu não compreendia e sacudindo sobre a cabeça careca um lenço azul que mudava do azul-claro para o escuro e de volta ao claro. E, ao lado da minha mãe, dançando em torno dela e procurando em toda parte a cabeça a que pertencia, havia um par de olhos arregalados.

35

Quando chegamos a falar sobre o que acontecera naquele dia, Sanderson disse que tinha perdido o pé — ele vira um peixe subir além de sua mosca e tentara fazer um arremesso um pouco mais distante. A força da corrente o pegou de surpresa e o atirou para trás. Seus *waders* começaram a se encher de água, momento em que ele gritara por ajuda. A explicação era simples, e não havia razão para que eu duvidasse ou não acreditasse. Mesmo assim, não acreditei. Não naquele momento, nem na viagem de volta, nem mesmo quando finalmente removi as roupas molhadas, tomei um banho quente e senti o alívio de me afundar novamente na solitude do meu lar. Nem mesmo enquanto eu limpava a ferida no crânio e começava a reconstituir o drama na minha cabeça, ponderando os diversos resultados possíveis. Não, isso me ocorreria somente mais tarde, de modo bastante inesperado, durante nossa próxima conversa no sábado seguinte. Embora eu não tivesse experiência anterior alguma em salvar um homem em perigo na água, algo de repente me incomodou quanto ao incidente. Não era tanto que Sanderson tivesse resistido ao auxílio (embora ele tivesse); era principalmente o fato de que ele me expusera deliberadamente

O TOM AUSENTE DE AZUL

231

ao perigo e usara de violência contra mim. E que essa talvez tenha sido sua intenção desde o início.

Enquanto isso, no entanto, eu estava preocupado com outra coisa: o mistério da garagem, e o que — ou quem — ele continha. Reli o bilhete de Martin Blandford: "A garagem contém meus itens pessoais e, portanto, está trancada." Meu olho brilhou ao ler outra frase: "Há um molho de chaves reserva no número 16, caso você fique trancado do lado de fora..."

Naquela noite, toquei a campainha do número 16, apresentei-me à mulher simpática que abriu a porta, expliquei que era inquilino no apartamento de Martin Blandford e que havia me trancado do lado de fora. Em segundos, as chaves reservas estavam em minhas mãos. "Não se apresse", disse a mulher, sorrindo quando prometi a rápida devolução delas.

Como eram fáceis esses pequenos enganos, e como davam frutos. Conforme eu esperava, havia uma chave extra na argola — a chave da porta que dava para a garagem.

Minha cabeça estava aberta a todas as possibilidades, mas, mesmo assim, o interior da garagem me deixou surpreso, e demorei a absorver o que via, num transe onírico, do tipo me-belisca-para-eu-ver-se-estou-sonhando. A primeira impressão era de uma tenda beduína: tapetes nas paredes e no chão, bandeiras de oração coloridas suspensas em cada canto e, em todo o lugar, tecidos esplêndidos e panos em camadas. Não estava iluminado, exceto pela luz emprestada da área de serviço, e não havia interruptor, apenas candelabros nas paredes, os quais continham velas altas, algumas delas acendidas por mim naquele momento, até que as sombras dançaram nas tapeçarias de tramas grossas que adornavam as paredes e todo o esplendor do cômodo começou a se revelar. Encostada na parede do fundo havia uma *chaise-longue* baixa, envolta num tapete turco *kilim* cor de terra de siena queimada, e, acima dos capachos no piso, havia diversos vasos de cerâmica, grandes almofadas estampadas, um par de lanternas de latão com vidro decorado, uma mesa baixa de madeira coberta com esteiras em mosaico e, sobre elas, velas de *réchaud* e incenso. Os tons eram quentes e terrosos, como se tivessem sido pintados com uma palheta de condimentos orientais, dando uma impressão suntuosa bem diferente do restante da casa. A atmosfera era a de um bazar marroquino.

Em frente à mesa, havia uma cadeira estranha, almofadada e de espaldar alto, mas sem pernas (o tipo de cadeira que se pode ver num restaurante japonês), posicionada de frente para a porta da área de serviço. Aos poucos eu me dei conta de que, pelo buraco da fechadura, vira os olhos de alguém que se sentou nessa cadeira baixa. Num tamborete de madeira perto da *chaise-longue*, havia um livro aberto, *Meditação para uma mente tranquila*, com marcações a lápis nas margens e, dobrada entre as páginas, uma folha de papel datilografada. À luz de uma das lâmpadas, sentei-me para lê-la:

Querida Carrie,

Eis algumas notas para ajudá-la enquanto estou fora. Tentei descrever o processo como acontece comigo e como ele pode tranquilizar quando nada mais parece fazer efeito. Pode ser útil pensar nele como uma espécie de rendição silenciosa.
Boa sorte

Com amor, Martin

O TOM AUSENTE DE AZUL

Quando nos sentamos por uns momentos, de frente para uma parede, não há lugar para ir senão para dentro. Na verdade, geralmente não parece que estamos entrando: a sensação é a de que o interior está saindo. A princípio, e talvez por muito tempo, há somente uma sucessão de pensamentos, de sensações, de sonhos, de ideias, de memórias, tudo vindo com nosso tom de emoção. Na arena da mente, todas essas coisas se sucedem numa espécie de dança, uma conga semiconsciente: elas dançam por uns momentos e depois são substituídas pela sequência seguinte.

Às vezes, elas são dolorosas: memórias de perda emergem de repente, de modo surpreendente, causando sobressalto. Às vezes, estão fora de controle: medo, fúria ou dor tomam o controle, e seguimos junto com eles, incapazes de controlá-los ou resistir a eles. Eles parecem ter vida própria. Às vezes, a vontade não é se livrar deles; em outras, não queremos nada a não ser fugir. Mesmo que vão embora, eles podem voltar seguidas vezes.

Com o tempo, mesmo quando uma coisa está agarrada a nós como um *pit bull* enlouquecido, é possível largá-la de mão. Por muito tempo isso pode não funcionar. Ficamos trancados num enlace sombrio com essa coisa, com as mãos em volta de sua garganta, mantendo-a distante. Mas, ainda assim, mantendo-a. E o que aprendemos a fazer é não mantê-la de forma alguma, nem mesmo a distância. Largamos de mão, no sentido de deixar estar — deixar que esteja ali, na nossa frente, dentro de nós. Isso pode ser assustador. Quando a deixamos ali, como a coisa é, ela simplesmente permanece em todo o seu horror. E não existe alternativa. Não é possível se livrar se lutamos para nos livrar. Só é possível ser livre se nos rendermos. Não mais gostos e desgostos: aceitando o que vier. Identificamos a coisa e não fazemos caso dela.

Dessa maneira, com o tempo, ela perde o poder. Ela não desaparece necessariamente. Pode ainda estar lá um ano depois, cinco anos depois, mas, em vez de tentar jogá-la fora, ou dominá-la, o que não funciona, continuamos permitindo que se deposite silenciosamente na palma de nossa mão aberta, no espaço de nossa caixa torácica, apenas sendo ela mesma.

Ocorre que, se desejamos desistir de uma coisa, não é necessário querer desistir, mas deixar estar. Não rejeitar, não suprimir, não resistir em horror. Aceitamos tudo disso exatamente como é. Isso se torna uma prática infinita de rendição, até que, por fim, percebemos o que está acontecendo e retornamos à tranquilidade, ao silêncio do espaço no qual tudo isso ocorreu. A tranquilidade que percorre todos os movimentos, a tranquilidade movente que flui por tudo o que é silencioso e tudo o que é barulhento.

MB

Por um tempo permaneci parado na *chaise-longue*, tentando me apegar ao espaço familiar dentro de mim que sempre conheci, o espaço que agora parecia estar ocupado por algo que eu não reconhecia. Por fim, coloquei as notas viradas para cima no assento da estranha cadeira sem pernas, dei uma última olhada no cômodo e apaguei as velas e a lâmpada. Caminhei pela porta que se comunicava com a casa, deixando-a fechada, porém destrancada.

36

Agora que estava claro que Carrie era a presença invisível na minha casa, uma sensação de alívio, seguida de uma deliciosa calma, infiltrou-se em mim. Talvez fosse estranho não se sentir violado ou, de algum modo, invadido, mas, na verdade, minha sensação era mais próxima de um prazer ridículo por morar num lugar em que Carrie tinha interesse. Quando pensava nela entrando pela porta e indo às escondidas pela área de serviço até a garagem com todos os seus tapetes e almofadas e *kilims*, eu sentia como se minha vida tivesse adquirido milagrosamente uma dimensão diferente. Fora o fato de que havia uma leve dor no meu peito pelo sofrimento malcompreendido de uma mulher de quem eu não sabia quase nada. (Do homem com quem ela compartilhava a vida, eu às vezes achava que sabia quase tudo.) Nenhum desses pensamentos estava adequadamente formado ou era de todo consciente. Eu não tinha ímpeto de fazer nada. Era apenas questão de esperar.

Enquanto isso, continuei com a atividade de traduzir — um trabalho feito com prazer, no caso de David Hume. Ele era uma lembrança constante de que, se alguém deseja ser um tradutor passável, não é suficiente aprender a língua, por melhor que se tenha aprendido. É preciso também estar em harmonia com o autor, transformando e moldando suas palavras em novas palavras que se conectarão a um grupo diferente de leitores, não familiarizados com o original. O tradutor precisa ser escrupuloso e aplicado, mas não apenas com as palavras — esse tipo de rigidez pode deixar um texto mortinho da silva. O espírito da obra tem a mesma importância. Dante acreditava que transformar um trabalho artístico de uma língua para a outra destruía toda a sua doçura, e, embora talvez haja alguma verdade nisso, ainda acho que vale a pena tentar provar, de modo incansável, que Dante estava errado. Com esse fim, sempre aplico o "teste da doçura" ao ler o meu trabalho do dia. Os tradutores franceses têm certa reputação de liberalidade com o texto, e, se são acusados de alterar o sentido do original, geralmente se defendem com argumentos previsíveis: "Tudo ganha em ficar um pouco mais afrancesado, isso é claro, e, de qualquer forma, o texto soa menos 'traduzido' assim." Eu mesmo não tenho tempo para esse tipo de atitude soberba. Ela quebra o laço de confiança entre o escritor e o tradutor. E o idioma francês, como qualquer outro, precisa estar aberto a novas correntes e associações. É assim que ele prospera. A pureza de um idioma é uma coisa mítica — o caminho mais certo para a atrofia.

Com a tradução, nós nos expomos a outras mentes, outros modos de ser, outras possibilidades. É essa a beleza da coisa. Podemos imaginar mundos que não tivemos a oportunidade de conhecer. E isso se aplica tanto ao leitor quanto ao tradutor. Deve haver uma sensação de confiança, quando nos dedicamos a ela. Talvez, nem sempre a confiança seja recompensada; porém, quando é, as recompensas são enormes.

O TOM AUSENTE DE AZUL

Com os ensaios de Hume, parte da tarefa era captar o esplendor da beleza de suas reflexões e o clímax estilístico de suas frases. Senti-me grato pela elegância de estilo de Hume, até porque elegância era algo que os leitores procuravam numa tradução, e, caso ela estivesse ausente, o tradutor sempre era o principal suspeito. Nunca esqueci o elogio ambíguo feito por um resenhista de um dos meus romances policiais: "elegante mesmo em tradução" — *même en traduction*. Como se a elegância fosse algo que os tradutores em geral eliminassem, só pelo gostinho. Ou como se, na hipótese de uma parte da elegância sobreviver, isso fosse algo inteiramente acidental. Por alguma razão, há uma falta de generosidade com tradutores, embora seja difícil saber por quê.

Com o empreendimento atual, parte de mim ansiava por ser capaz de restaurar a fé na tradução. Parecia um objetivo de proporções ridículas, mas não havia perigo que eu nutrisse ideias grandiosas sobre mim: o trabalho diário me reduzia ao meu tamanho a todo tempo. Essa era sua natureza. Mesmo assim, numa parte remota da mente, havia uma leve esperança de que, se eu conseguisse realizá-lo bem o bastante, meu trabalho com Hume seria, um dia, uma tradução de confiança. Valorizada, até. A tarefa era hercúlea, mas houve breves momentos — em geral, quando eu tinha acabado de burilar um dos ensaios — em que me senti à altura dela.

Um dos objetivos declarados do próprio Hume tinha sido reconciliar a filosofia com o que ele chamava de "vida comum", e, portanto, ele se esforçou nos ensaios para tornar a escrita ao mesmo tempo útil e acessível. "Não posso deixar de me considerar uma espécie de enviado diplomático ou embaixador dos domínios do aprendizado para os da conversação: e devo pensar que é meu dever constante promover a correspondência contínua entre esses dois estados, que têm uma dependência tão grande um do outro." Seu

Tratado da natureza humana anterior, no qual ele investira grandes esperanças, fracassara em se conectar com as pessoas, saindo natimorto da gráfica, conforme ele descreveu. Determinado a não repetir o fracasso, ele usou em seus ensaios palavras que pertenciam à linguagem comum da época. Por essa razão, eles poderiam ser traduzidos razoavelmente para uma espécie de francês cotidiano — uma tradução moderna-padrão —, e essa, sem dúvida, teria sido a preferência de Mauvignier, meu editor de pouca cultura. No entanto, decidi-me contra isso desde o início. Parecia importante não perder a diversidade e a riqueza do vocabulário de Hume, e, tão importante quanto isso, usando palavras francesas ligeiramente arcaicas, reter a elegância de sua pena e dar o verdadeiro sabor de certos paradigmas característicos do tempo em que Hume viveu. Não tomei liberdades com o texto; meu objetivo foi sempre transmitir o sentido o mais precisamente possível sem tirar nem pôr. Era importante refletir o estilo de Hume, não impor o meu. Com esse fim, eu às vezes passava o dia inteiro numa única palavra, oscilando entre a determinação de acertar e o desespero de lhe fazer justiça. Recentemente, por exemplo, eu me afligia com a palavra *commonwealth*, que, no tempo de Hume, tinha conotações de corpo político — o estado, a comunidade e a república — sem corresponder estritamente a nenhum deles. *République* não daria conta: era muito geral, muito francês e implicava que *commonwealth* era uma espécie de regime republicano. Depois de um dia de indecisão, visitei o túmulo de Hume na volta para casa e passei alguns minutos consultando-o aos sussurros — uma estratégia que invariavelmente levava a resoluções felizes. Deixei o cemitério caminhando animado, o problema já desaparecido na escuridão. A decisão tomada era óbvia: *commonwealth* era insubstituível. Não havia equivalente em francês. A palavra precisaria, portanto, ser mantida — junto com uma nota de rodapé.

O TOM AUSENTE DE AZUL

*

Eu havia chegado ao inglês cheio de esperança e ansiedade, e essa sensação otimista nunca me deixou por inteiro. Como era satisfatório ganhar a vida com ele e tirar dele a vida — especialmente uma vida tão discreta a ponto de ser invisível. Em momentos de fantasia, eu me imaginava uma espécie de ponte humana entre culturas — uma ideia de grandeza, talvez, mas temperada com um desejo intenso de que as pessoas atravessariam a ponte sem nem sequer notar que eu estava lá.

Há muito tempo, quando anunciei minha decisão de me tornar tradutor, meu pai se declarara orgulhoso de um filho que trabalharia com palavras. Ele acreditava que a língua era a coisa que nos atrelava ao mundo. "Se pararmos para pensar", dizia ele, "é o tecido conjuntivo. Os órgãos vitais não podem ficar sem ele". Mas ele emitiu uma nota de alerta. Podia também ser uma barreira, disse ele, uma tela que obscurece, e, mesmo quando as pessoas falam a mesma língua, a comunicação eficiente nem sempre ocorre. "Na verdade, quando ocorre, é um milagre."

Momentos como esse, que continham um selo paternal de aprovação, eram armazenados cuidadosamente na memória. E não era somente das palavras que eu me lembrava. Como se estivesse assistindo a um filme, conseguia ver meu pai nos mínimos detalhes, cada aceno de cabeça, cada movimento de mãos, o olhar distante.

Na minha carteira, levo uma fotografia do meu pai recostado nas prateleiras da livraria, de cigarro na mão. Adoro essa fotografia, principalmente porque ela capta perfeitamente a vida e a morte. Era um homem que, muitas vezes, se levantava ao raiar do dia e descia a escada para se sentar em meio aos livros. E foi em meio aos livros que sua vida chegou ao fim. Muitas vezes, tiro a fotografia da carteira e passo a mão pela superfície, como que para sentir o áspero *tweed* de sua jaqueta e me lembrar dos odores complexos que o tecido antigo acumulara — cigarros Gitanes sem filtro, poeira, naftalina.

No dia em que meu pai morreu, havíamos combinado de nos encontrar para o café da manhã. É provável que ele tenha sofrido um ataque cardíaco no início da manhã, enquanto empilhava as prateleiras altas. Mas, quando cheguei à livraria, ele estava deitado, ainda vivo, no chão, e, naqueles primeiros momentos, tudo apontava para um assalto: escada virada de lado, livros espalhados e sangue saindo de um talho na cabeça. Ajoelhei-me ao lado dele, segurando sua cabeça, dizendo-lhe que era eu, que eu estava lá, que tudo ficaria bem. Ele não conseguia falar, mas seu último olhar penetrante parecia dizer: "Não se preocupe. Isso é o que acontece; minha hora chegou, estou lhe mostrando como fazer. Quando sua hora chegar você vai saber." Naqueles últimos e intensos minutos antes que os paramédicos chegassem, falei suavemente com ele, palavras tranquilizadoras em sua língua materna, relembrando, enquanto isso, os momentos em que havia sido diferente e fora ele quem me segurara nos braços e me confortara. Agora, não parecia importar quem de nós era quem. Éramos um e a mesma pessoa.

Mais tarde, coube a mim a tarefa de organizar os livros na loja. Por semanas, parecia que eu estava desmantelando meu pai e a vida que ele vivera. Embalar cada caixa era um pequeno ato de agressão, e, quando terminou, o lugar estava desocupado, vazio de sentido. Por muito tempo, uma sensação de perda terrível me perseguiu, sempre visível no espelho retrovisor. E, mesmo quando não havia mais que um ou dois pontinhos a distância, ela nunca desapareceu por completo.

37

Na penumbra de uma noite do início de novembro, sentamos juntos na minha casa, a expectativa no ar: se eu aguardasse tempo suficiente, ela começaria. Ela me contaria seu segredo — por que ela vinha entrando na minha casa sem permissão — e diria como sentia muito e como fora tonta e dissimulada. E eu diria não, não, não tem importância alguma, não causou nenhum dano e, de qualquer forma, todos nós fazemos coisas estranhas, das quais nos arrependemos. Tudo teria uma simplicidade perfeita e seria consumado com a delicadeza de uma cerimônia de chá japonesa.

O bilhete dela tinha sido breve e direto. Encontrara-o no dia anterior sobre a mesinha do hall:

Sinto muito. Devo-lhe uma explicação. Vou dar uma passadinha amanhã depois do trabalho. C.

Nas curvas e nos laços de sua caligrafia, eu via os contornos de seu rosto. Os olhos bem separados com seu olhar misterioso flutuavam à minha frente, bailando no foco suave do meu devaneio no arco de cada palavra. Até sua caligrafia era perturbadora.

*

E agora estamos sentados de frente um para o outro na sala de estar pouco mobiliada, representada de forma ainda mais ascética na minha mente ao pensar na garagem decorada com refinamento no outro lado da parede. Seguramos uma taça de vinho branco gelado. A sala parece austera e fresca, uma luz fria brilhante a clareia como numa sala de operações. De repente, a sobriedade da minha habitação parece desconfortável. Contrariando toda a lógica, anseio uma almofada cheia no chão ou uma tapeçaria na parede para suavizá-la.

Ela veste uma camiseta verde-escura. A cor realça sua tez pálida, que, no moderado frio do quarto, está arrepiada em minúsculas intumescências, como a superfície de uma laranja. Noto os finos fios brancos em seu braço. Está bem aquecida?, pergunto, levantando de um salto, como que para me aquecer um pouco. Ela faz que sim com a cabeça, tremendo levemente e arqueando as costas enquanto isso, até que consigo ver os ossos finos que convergem numa ranhura que percorre toda a sua coluna. Por um momento, ela se senta muito quieta, mal perturbando o ar, uma estátua esculpida em mármore. A atmosfera está intensamente carregada. Basta esperar, porém, e tudo será explicado. Finalmente, ela fala.

— Não é o que você está pensando — diz.

Na verdade, eu não sei o que estou pensando.

— Imagino que lhe pareça um casamento horrível.

— Por que diz isso?

— Não precisa ficar sem graça. É o que qualquer pessoa de fora concluiria. — Ela parece estar na defensiva.

— Não cheguei a concluir nada.

Até aí é verdade.

— Quando Harry me dava aulas de filosofia, há muitos anos, ele podia ser bem intimidador. Esperto, confiante, um pouco pretensioso, talvez, sem dúvida interessado em exibir seus dotes. Quando nos encontramos de novo, alguns anos depois, já o vi por outro ângulo. Ele não tinha tanta confiança. Na verdade, ele era desajeitado. — Ela pausa, como que dando tempo para se lembrar da falta de jeito dele. — E eu gostava daquilo. Isso o tornava vulnerável. Eu também era vulnerável. — Os homens importantes, diz ela, haviam desaparecido de sua vida não fazia muito tempo: o pai de seu filho e também o seu próprio pai. Harry a assediou, e ela correspondeu. Antes de perceber, apaixonou-se por ele. — Uma pequena paixão pelo menos. Uma *paixonite*, pode-se dizer assim. — Ela sorri. — De qualquer forma, foi como uma pontada. Nada que se pudesse chamar de amor. Meu pai havia acabado de morrer e Harry preencheu uma lacuna. Nunca tivemos de fato um relacionamento de corpo e alma.

— Um casamento de conveniência, então? — surpreendo-me com isso.

— Bem, essa é apenas uma boa expressão, não significa nada de fato. — Carrie dá uma risada seca. — As pessoas vêm se casando há séculos por todos os tipos de motivos, e com certeza sem compreender uma à outra.

— Mas, sem dúvida, há algo que a atrai no começo. Mesmo que seja apenas a possibilidade de alguma coisa.

— Acho que você tem razão. Embora seja difícil agora pensar no que foi. — Novamente, ela ri, com indulgência dessa vez. — Ele estava um desastre quando nos conhecemos, um homem grande usando roupas folgadas. Não que eu me importasse. Ele vestia calças de velho, do tipo que a gente chamava de calças de flanela, sabe como é? Com reforços, curtos uns cinco centímetros, muito altos na cintura, apertados na coxa antes de ficarem abalonados, e camisas de manga curta. Os braços pareciam fracos e indefesos. Mas tudo isso me convidava a ter pena e um desejo de tomar conta dele. Nossa diferença de idade também parecia uma coisa boa. Um homem mais jovem pode seguir qualquer tipo de caminho, mas pensei que Harry provavelmente já tinha parado de crescer. O que me faz pensar que eu sabia no que estava me metendo.

— E você estava certa em pensar assim?

— Sim, de certa forma. Meus pais sempre procuraram ver o lado bom das coisas, por uma obscura gratidão a Deus. Tudo o que acontecia era ditado pela vontade do Todo-poderoso. Era nisso que acreditavam. Eles suportavam o que lhes fosse ofertado, sempre agradecendo a Deus por todas as coisas.

Crescer assim foi muitas vezes sufocante, diz ela. Harry, por outro lado, geralmente procurava ver o lado ruim das coisas. Ele conseguia ficar aliviado em piorar cada situação, ou pelo menos em fazer com que ela parecesse pior do que era.

— E, de algum modo estranho, isso era libertador.

— E o amor não entrou na história?

Minhas suposições estão sob ataque.

— É bem possível que pôr o amor no centro do casamento seja jogar com o destino. Você não concorda? E de qualquer forma, eu fiz isso, com o pai do meu filho. E veja aonde isso me levou. Talvez seja necessário tempo para que o amor adquira algum tipo de significado. Você não pensa assim?

Não consigo pensar. Estive olhando, enquanto ela falava, os movimentos de sua boca. Eu poderia ter dito que não tenho

O TOM AUSENTE DE AZUL

experiência alguma naquilo que ela está falando, que em muitos aspectos a minha vida é apenas o prolongamento da minha infância, que ainda estou sofrendo a morte dos meus pais, que sempre tive medo da loucura — tanto do tipo que se herda quando do tipo que se pode chamar de sua —, que tenho um vício neurótico na rotina, que medos irracionais me assolam e que eu nunca tive coragem de mudar praticamente nada. Se não tivesse me tornado aquilo que mais temo, talvez tivesse dito tudo isso.

— Não tenho certeza — respondo.

— Os casamentos são desfeitos quando as pessoas não lhes dão tempo. É o que eu acho, pelo menos. As pessoas imaginam que outros casais estão vivendo vidas felizes, que na casa do vizinho tudo é perfeito. Talvez seja, é claro. Mas parece improvável. — Ela fecha os olhos por um momento, e noto que seus longos cílios são claros.

— O problema é que — continua ela, girando a aliança no dedo —, a partir do momento que a gente tenta explicar coisas assim, grandes como casamento, que envolvem duas pessoas com todas as suas peculiaridades e manias, a gente começa a mentir. Seja para si ou para os outros. E, antes que a gente perceba, já construiu uma história inteira que não tem conexão com os fatos.

Finalmente sei o que ela quer dizer. Venho fazendo isso a vida inteira.

— As pessoas que conheço e que deixaram seus cônjuges... bem, elas fazem isso num impulso — continua ela. — E, depois, fazem a história se encaixar nos fatos.

Carrie está examinando suas mãos como se elas guardassem a chave para tudo o que está dizendo.

— Imagino que, na maioria dos casamentos, não é nem uma coisa nem outra. O entendimento com seu parceiro se dá em caminhos paralelos: entendendo-se com ele ou não.

Ela olha para ver minha reação. Seus olhos são piscinas azuis profundas.

— Mas vale a pena dizer, vale a pena repetir, que o homem com quem me casei parece diferente do homem que vejo agora. Agora ele se presta à caricatura, porque suas falhas são muito evidentes e suscetíveis ao ridículo. No entanto, havia tantas outras coisas nele, muito além da figura farsesca que se pode forjar com as falhas. Algo aconteceu enquanto eu não estava olhando.

— O que você acha que foi?

— Quem sabe? — responde ela, virando-se para a janela como se a resposta pudesse estar do lado de fora. Faz apenas um ou dois anos que ela começou a notar. Ela vinha muito envolvida em outras coisas. — Estou começando a pensar que ele pode estar deprimido. Não apenas chateado com a vida, sabe?, mas realmente doente. Com um tipo de depressão clínica moderada.

— O que faz você pensar isso?

Todos os tipos de motivos, diz ela, mas um em particular, o tipo de coisa que só se sabe quando se vive com alguém. O cheiro dele é diferente, diz ela, parecendo, de repente, perplexa. Ela leu que pessoas deprimidas exalam um tipo característico de cheiro, um cheiro que não dá para eliminar. E ele é muito centrado, diz ela, não em si mesmo exatamente, mas dentro de si. É um caso lamentável, não há dúvida. Quando se conheceram, ele faria qualquer coisa para evitar uma cena. Por causa de sua criação. Não que seus pais fossem pessoas entojadas, de nariz empinado. Eles não eram assim. Eram pessoas discretas e cumpridoras das leis, com pavor de chamar a atenção para si mesmas.

— E esse tipo de coisa, bem, acho que fica marcado antes que a gente perceba.

Ela fala de um modo nervoso agora, voltando atrás, qualificando sua última afirmação, questionando a seguinte ainda antes de proferi-la.

— Além disso, ele começou a se comparar com os outros: queda de cabelo, perda de dentes, esse tipo de coisa. Está prevendo a própria ruína. Principalmente agora, que Alice terminou com ele.

— Você *sabia* disso?

Ao revelar, sem querer, que eu também sabia, sinto-me como um traidor.

— Não se preocupe, não é nada do outro mundo. Eu não me incomodava. — Ela soa bem tranquila agora. — Na verdade, foi melhor para mim enquanto durou. É muito pior agora.

— Como assim?

Ela hesita. Corre os olhos por mim, sem encontrar os meus. — Eu não devia estar falando com você assim. Mal o conheço — diz ela. Ela se apruma e vira para mim, lançando-me um olhar longo e considerado, como se eu fosse uma coisa num prato de restaurante, para ser comida ou mandada de volta à cozinha. — Mas é exatamente porque mal o conheço que consigo. É mais fácil falar com alguém de fora.

Alguém de fora, é o que sou. *Un étranger*, como meu pai antes de mim.

— Como posso dizer? — pergunta ela.

O modo que diz é que esse aspecto das coisas com Harry nunca foi, de fato, "satisfatório" para ela. Nunca manteve sua atenção de verdade. Faz anos que tem sido apenas um rápido *pit stop*, diz ela.

— A coisa prática, sabe? Uma espécie de arrumação, o equivalente carnal de aparar o cabelo, se é que você me entende. — Era um calor no corpo, sim, mas, de modo geral, se tornou uma coisa sem graça, como comida para gente doente: nutritiva o bastante, mas de um jeito meio insosso. Sem cor. Ela se sentia bastante aliviada por ele estar se divertindo em outro lugar. Tirou dela a pressão.

Ela fala em ondas agora, com cada vez mais espuma. Sua voz é uma melodia na minha cabeça.

— O inacreditável é que Alice tenha suportado ele pelo tempo que suportou. Quanto mais desesperado ele ficava, com a pele pipocando e tudo o mais, mais ele achava que tinha que se provar. Agora, qualquer coisa física parece com uma colisão frontal. Ele é como um pilar de rúgbi no ataque, fugindo, empurrando e formando um enlace vigoroso com o adversário enquanto avança pelo campo.

Estou sentindo um leve pânico. E uma forte ânsia de consultar meus dicionários. Certas expressões podem deixar você confuso. Você conhece as palavras individualmente, mas, juntas, elas não significam nada. Não é a primeira vez que penso que os limites da língua são em algum sentido os limites da experiência. Enquanto eu contemplo pit *stops* e *pilares*, Carrie muda de assunto.

—Também acho que ele se pergunta se algum dia se surpreenderá novamente com os alunos. Ou com a vida — diz ela.

—Você quer dizer que ele está no emprego há muito tempo? — pergunto, de volta a um terreno mais seguro.

— Algo assim, acho. Tornou-se um fardo para ele. Acho que acontece muito em universidades. E ele é duro consigo mesmo. Houve um tempo em que gostava do que fazia, quando acreditava, quando achava que podia fazer diferença, quando admirava seus colegas e gostava dos alunos. Era um processo pelo qual todos passavam juntos, e todos aprendiam com ele. Em algum momento, ele

O TOM AUSENTE DE AZUL

pareceu desenvolver desdém por seus colegas. E por sua matéria. A filosofia, de repente, perdeu a atração. Agora, é tudo meio mecânico. Cumprir o programa sem deixar nenhuma marca. É isso que ele diz, pelo menos, embora, às vezes, eu pense que ele *goste* de parecer desesperançado. — Ela dá uma risada indulgente.

— Pelo menos, ele fala sobre isso com você. Melhor do que guardar para si.

— Às vezes, não tenho certeza. — Ela baixa os olhos de novo e estica bem os lábios. — Ele se desapontou consigo e isso se traduz numa decepção com o mundo e comigo. Cada vez mais ele fala comigo num tom de voz de quem está falando com uma imbecil. O que acho que me tornei, em parte.

Sinto ânsia de defendê-la, mas me controlo, perguntando, em vez disso, se ela leu o livro de Sanderson sobre felicidade.

— Li as provas, sim. — Nenhuma surpresa, diz ela. Basicamente, era um livro acadêmico que listava os argumentos, as diversas abordagens sobre a felicidade. Mas o epílogo era mais revelador, oferecendo algum *insight* quanto ao homem, semelhante àquilo de que eles vinham falando, na verdade. Quase dava para sentir a decepção na página. — Bem, *eu* sinto, pelo menos. Mas também consigo ver o aspecto humano ali.

Sua voz é hipnótica, tão cadenciada e cheia de melodia que fica fácil perder o que diz, tão cativante é sua música.

— Sem dúvida quanto a isso — continua ela, segurando seu copo para enchê-lo novamente. — A filosofia pode estragar de verdade a sua saúde.

— David Hume certamente pensava isso — comento, de pé, acima dela agora, servindo o vinho e pensando como ela parece pequena e vulnerável no sofá. — Ele era um estudioso brilhante, mas filosofia demais o levou a um colapso completo. Seu médico chamou de *mal dos eruditos*.

— E qual foi o tratamento?

— Fazer tudo mais moderadamente, andar todos os dias, parar de trabalhar antes de se sentir *exausto*, foi o termo que ele usou.

— E deu certo?

— Deu. Ele percebeu que uma vida feliz é feita de momentos bem comuns: na companhia dos amigos, jantando juntos, bebendo juntos, sendo ativo, sem pensar demais.

Parece simples, diz Carrie, mas ela sempre acreditou que as coisas que ansiamos, "como felicidade e amor", são bastante fugidias.

Por que a felicidade é fugidia?, pergunto, ignorando o amor, mas sentindo algo próximo à empolgação agora, sem mais estar aprisionado pela reserva. Ela me lança um olhar de soslaio, não exatamente de reprovação, talvez apenas consciente da tendência de perguntas-e-respostas da noite.

— Porque não é algo para se pensar a respeito, é algo que simplesmente acontece — responde ela. — Quer dizer, se você fosse me perguntar o que me faz feliz nesse momento, eu ficaria com estar viva no mundo com preocupações nada mais que cotidianas. Mas, se isso acontecesse, então a felicidade provavelmente seria outra coisa completamente diferente. — Ela puxa para baixo os cantos da boca com as duas mãos, fazendo um rosto de palhaço triste. — As pessoas dizem: "Eu seria feliz com uma bela casa de campo" ou "Só quero uma vida tranquila com um marido e dois filhos." Mas, assim que conseguem, isso não as impede de desejar ardentemente a próxima coisa.

— É, mas você não acha que damos importância demais à felicidade? Tornou-se uma espécie de culto, uma droga. Não concorda? Nos deixa com medo da tristeza. Nós a empurramos para longe.

— Como assim?

— Bem, é quase como se existisse um requisito para que as pessoas sejam felizes; é um dever, e temos de prestar atenção a ele todo o tempo, empurrando para longe qualquer coisa negativa, qualquer coisa triste. Por exemplo, as pessoas não ficam mais de luto, certamente não na França. Saiu de moda. Éramos bons nisso. Agora, é desencorajado.

— Talvez não tenhamos a mesma necessidade do luto — diz ela.

— Eu certamente tenho — digo, de modo surpreendente para nós dois. — Sinto muito a perda dos meus pais. Quase tudo o que faço é uma forma de luto por eles.

Ela está me olhando de forma prolongada e penetrante.

— É claro — digo — que esse não é o tipo de coisa que a gente sai por aí admitindo. Admitir para si é o suficiente.

Começamos, então, a discutir como coisas desse tipo são diferentes nos nossos dois países. Na França, a palavra para felicidade é "bonheur", digo — a antiga palavra para ventura. E é assim com muitas outras línguas — inglês também. O radical "happ" era acaso, como em *happenstance*. Mas a palavra moderna perdeu todas as suas associações com o acaso. "Acho isso uma pena". "Joie" por outro lado, *joy*, em inglês, era uma palavra muito mais útil que felicidade. *Joie de vivre*, diz ela, numa inflexão celta engraçada. "Exatamente", digo, "mas *joie* é a aceitação da vida em suas partes boas e ruins."

A luz da lâmpada parece agora muito brilhante e fria para essa conversa. Peço licença por um momento e pego algumas velas na garagem. Ela me observa voltar e fazer alguns ajustes. "Assim é melhor", diz ela, logo que a lâmpada é desligada e as velas são acesas. Quando estamos acomodados na nova luz suave, peço que ela descreva o Sanderson que conheceu quinze anos antes.

Ela começa a rir. Tantas perguntas, diz ela, sem parecer se importar nem um pouco. Ele sempre foi mais sr. Rochester que sr. Darcy, diz ela. Saturnino, melancólico, uma contracorrente sombria de perigo, mas também dinâmico e audacioso.

— No começo, ele conseguia ser chocante e hilário ao mesmo tempo. Contava histórias sobre como nos conhecemos em jantares. Ele sempre disse que foi pelo meu traseiro que se apaixonou, realçado pelo esplendor dourado da Signet Library, até que todo mundo resmungou porque havia ouvido isso muitas vezes. Mas ali havia senso de humor. Na verdade, ele era capaz de fazer um número de comédia sozinho, o cara engraçado e o sujeito normal em um só. Seu tempo de comédia era perfeito.

Nos primeiros anos, ele fora sentimental em matéria de amor. Com isso foi mais difícil de lidar. Às vezes, ele escrevia bilhetinhos para ela — epístolas de amor dobradas em pequenos quadradinhos — e os empurrava por baixo da porta do estúdio. Em outras ocasiões, deixava cartões no apartamento para ela descobrir. "Minha dileta esposa", era como eles invariavelmente começavam, o que sempre soou para Carrie como se ele tivesse várias.

— Eles geralmente continuavam com uma mensagem de autopunição, que parecia, ao mesmo tempo, autoindulgente e falsa, como "Sei que devo ser uma decepção para você" ou "Desculpe-me por me descuidar com você", terminando com algum carinho sem jeito que saía capengando da página.

O TOM AUSENTE DE AZUL   253

Harry deixava esses bilhetes, sorria de maneira cúmplice para ela, parecendo confirmar que eles eram mais para benefício dele do que dela, como ela suspeitara o tempo todo. Além disso, ela ficava confusa com o contentamento dele. Nunca lhe ocorrera se sentir negligenciada ou pensar que ele ficava fora tempo demais. Na verdade, ela se incomodava, se é que se incomodava com alguma coisa, exatamente com o contrário: o fato de que ele parecia estar sempre lá, no apartamento, aparecendo e reaparecendo em momentos não planejados, atrapalhando o ritmo natural do seu dia de trabalho.

— Você nunca foi casado, foi? — A pergunta não soa acusadora nem piedosa.

— Não — respondo, sentindo que não passei num teste. — Mas o assunto me interessa. — Dou uma risada constrangida. — Tenho muita curiosidade sobre outras formas de ser.

Quero desempenhar meu papel nessa conversa, compartilhar informações e experiências de modo igual. Certamente, é assim que deve ser: você ouve a história de outra pessoa e depois conta a sua, uma interação mútua, alimentar e ser alimentado, fornecer apoio e obtê-lo em troca. Por que sou tão inábil nisso? Eu tento me envolver, mas tudo parece errado. Mesmo minhas respostas curtas — um aceno empático de cabeça, um movimento suave da mão — parecem encenadas e ensaiadas demais, tornando-as duplamente sem jeito num papel secundário como o meu.

— Ele ainda escreve esses bilhetes? — É tudo que consigo dizer.

— Não, não do mesmo jeito — responde ela, acrescentando que, no entanto, ele sentia necessidade de solenizar todos os momentos significativos de sua vida com cartas. Geralmente, cartas longas, às vezes chegando a mais de dez páginas, sempre meticulosamente pontuadas e repletas de parênteses e alusões.

—Assim como algumas pessoas precisam tirar fotos para marcar os grandes eventos, como se, sem a câmera, nada fosse crível o bastante, Harry tende a validar os pontos altos e os pontos baixos, especialmente os pontos baixos, dando-lhes vazão por escrito.

Por alguns minutos, ela fica em silêncio, e, na luz trêmula, dá a impressão de estar aflita. Mas, em seus comentários irônicos sobre os hábitos epistolares de Sanderson, ela não *soa* aflita, e começo a pensar que, por trás do exterior tranquilo, há uma variante vivaz e animada.

—Às vezes acho que escrever cartas lhe dá mais satisfação que quase todo o resto. Fora atar moscas, talvez. Minha teoria é que, para ele, as cartas captam um momento no tempo que, de outra forma, desapareceria sem deixar rastros. Ele gosta de imaginá-las sendo recebidas, lidas e relidas, e que o destinatário dormirá sobre as cartas e sonhará com elas. Tudo isso lhe dá muito prazer, um prazer puro e imaculado, porque ele o controla sozinho.

Ela se senta de perfil agora. Não consigo ver seus olhos, mas posso sentir seu deleite.

—Algumas coisas a gente só compreende quando faz parte — diz ela, séria novamente. — Há coisas com as quais a gente se acostuma, coisas que outra pessoa acharia difícil de acreditar e impossível de compreender. Quando eu era jovem, pensava que casamentos ruins deviam simplesmente acabar, como telefonemas incômodos. Mas não é assim. As pessoas podem se comportar muitíssimo mal num casamento e, ainda assim, serem amadas e valorizadas. Mesmo no meu relacionamento anterior, o qual eu pensava que levaria ao casamento e ao felizes para sempre, ele deu no pé e nunca olhou para trás. Assustado, acho.

Uma longa pausa. Ela baixa os olhos.

O TOM AUSENTE DE AZUL

— Você se acostuma com o outro, a presença na mesa do café da manhã, o volume na cama. Com o tempo, isso significa cada vez mais. Familiaridade gera ainda mais familiaridade. É assim que as nossas vidas se formam. Assim e com as coisas terríveis que fazemos um ao outro.

— E familiaridade é o bastante?

A pergunta paira no ar, esperando uma resposta.

— Na maior parte do tempo, é o que basta.

Ela se cala de um jeito que sugere que essas podem ser suas últimas palavras sobre o assunto.

— Acho que não tenho direito de me surpreender — diz ela. — Digo, estar casada nunca foi uma coisa tranquila. O jeito como Harry conseguia encontrar defeito na mais simples das afirmações sempre me exasperou. Nesse ponto, eu sabia onde estava me metendo. Mas, até alguns anos atrás, ele era como muitas outras pessoas, um pouco enrugado e fora de forma, decepcionado com o mundo, aproveitando cada oportunidade para expressar sua insatisfação consigo... — Sua frase fica sem terminar, mas ela deixa sua marca na noite. Os olhos dela viajam pelo cômodo antes de encontrar os meus. — Não, acho que o que mudou para mim foi a minha habilidade de lidar com ele. Isso e o que a vida me aprontou.

38

A história do que a vida lhe havia aprontado estava repleta de amor e piedade. Harry estava certíssimo, disse Carrie. O amor que uma mãe sente por seu filho bloqueava tudo. Ela não desejara ficar grávida, mas, logo que o bebê nasceu, foi completamente arrebatada. O bebê foi colocado em seu corpo úmido macio, e o que ela sentiu quando o viu pela primeira vez sempre permaneceu com ela. Nada, desde então, foi tão intenso ou importante. Ele era uma criatura engraçada no início, disse ela, como um pequeno elfo — um rosto inteligente, pernas finas avermelhadas e pelos negros pelas costas. Foi amor à primeira vista. Ela o chamara Alfie, um nome que significava sábio conselheiro dos elfos. Foi um bebê perfeito: nenhum bebê jamais sorriu, rolou, se sentou ou deu os primeiros passos de um jeito tão maravilhoso quanto Alfie. Crescera uma criança sensível e gentil, com aguda consciência de seu ambiente e dos sentimentos dos outros. Eles se tornaram muito íntimos, Carrie e Alfie — totalmente inseparáveis. Houve um acordo tácito de que Harry nunca seria um pai para ele. Ela não se importara. Na verdade, em segredo, ela queria Alfie para si e talvez achasse difícil compartilhá-lo. E sabia que Harry nunca poderia tê-lo amado como ela o amou. Não era

O TOM AUSENTE DE AZUL

só porque ele não tinha uma atração natural por crianças — ele simplesmente não era *conectado* fisicamente a Alfie. O vínculo era com Carrie. Ela recordava muitos anos felizes, repletos de uma disposição alegre. Foi uma época dourada, disse ela. Contudo, em seu devido tempo, a natureza pregou uma terrível peça. Primeiro, veio a alegria, depois o pesado golpe para estirpá-la. A alegria durou até a adolescência de Alfie — algo por que ela se sentiu grata —, com poucos alertas do que estava por vir. O primeiro sinal de que algo ia errado foi quando Alfie começou a se retrair. Ele ficava no quarto cada vez mais, perdendo refeições, sem tomar banho. É o que os adolescentes *fazem*, dissera Harry. Depois veio o comportamento estranho. Harry disse que era mau comportamento, e o que mais se podia esperar? Mas não era um comportamento ruim, era apenas estranho e imprevisível. Alfie começou a ouvir vozes, receber sinais. Parecia positivo no começo, não patológico — as associações eram interessantes e intensas, quase brilhantes. Mas as vozes se avolumaram, os sinais estavam por toda parte — nas rachaduras da calçada, nas folhas das árvores, nas nuvens. Ele lera sobre a rede de galerias e câmaras subterrâneas na cidade de Edimburgo e se convenceu de que elas continham forças malignas decididas a capturá-lo. Passou a falar com voz de profeta, alertando-os quanto à iminente catástrofe. A única chance de serem salvos era ouvi-lo, "cuidai-vos" — era o que dizia sem parar. Apenas ele podia receber os sinais. Fingia ser corajoso e forte, mas era bravata. O tempo todo Alfie tinha medo, e, com o tempo, o medo expulsou todo o resto. Ele começou a reorganizar a mobília na casa, a vestir muitos suéteres uns sobre os outros. Prendia sacolas plásticas nas torneiras. Qualquer coisa para manter distantes as forças e o medo. As pessoas estavam olhando para ele, dizia, com câmeras e microfones. Elas podiam chegar até pela chaminé ou pelos fios do telefone. As mensagens se multiplicaram. Convenceu-se de que eles estavam plantados em seus canais auditivos, nas obturações dos dentes, nos folículos capilares. Implorava que lhe injetassem líquido nos ouvidos, que extraíssem seus dentes, que lhe raspassem a cabeça. Foi quando Carrie o levara a um clínico geral, depois a um psiquiatra. Agora, ela sentia vergonha de sua segurança de classe média — deve ser um terrível mal-entendido, pensava, tudo logo seria esclarecido. Quando eles vissem Alfie, saberiam. Veriam como ele era amado e bem-cuidado, ririam e diriam que ele era apenas um rapaz brilhante com uma imaginação vívida, nada com que se preocupar. Mas eles não disseram isso. Usaram expressões como "delirante" e "paranoico" e "acometimento rápido". Teriam que interná-lo no hospital, avaliá-lo adequadamente, tratá-lo com remédios. Desde o início, Alfie detestou o hospital. Seu quarto estava cheio de nigerianos decididos a apanhá-lo, era o que dizia. O ataque era iminente. Seria um ataque por gás, viria pelas luminárias, pela ducha do chuveiro. Não será por muito tempo, dissera-lhe ela, sem saber que era mentira. Isso é um hospital; eles vão ajudá-lo aqui, fazer você melhorar. Mas eles não fizeram-no melhorar. Davam-lhe remédios que ele não tomava, ou pior, fingia que tomava. Em sua cabeça, Alfie não estava doente — era tudo uma conspiração. Carrie o visitava todos os dias, voltando para casa para chorar. Detestava deixá-lo lá. Parecia uma traição. E a equipe do hospital tentava tranquilizá-la com jeitos animados e joviais de bons enfermeiros que a levavam a gritar por dentro. Mesmo quando Alfie tentou fugir, e ele tentou muitas vezes, no começo eles disseram: não se preocupe, é o que eles *fazem*, isso é *normal*. Mas não era normal, era atroz de um modo indescritível, imaginar seu filho doente e assustado e em fuga, sem saber se apareceria vivo ou morto, ouvindo

O TOM AUSENTE DE AZUL

o policial da unidade de desaparecidos descrevê-lo como perigoso, quando o maior perigo era para ele mesmo. Em pouco tempo, ela não conseguia fazer nada além de chorar. Naqueles meses iniciais, não conseguia nem pintar. Harry disse que Alfie era um súcubo, extraindo vida do hospedeiro, sua família. Os amigos pararam de falar sobre os próprios filhos, e, se por acaso o faziam, era um lapso que eles rapidamente procuravam esconder. Quando se tem esse tipo de problema na vida, disse Carrie, você acaba assustando as pessoas. Mesmo os amigos acham que podem se contaminar de algum modo, que seus filhos podem pegar. Então, eles se mantêm afastados. As pessoas não gostam de sofrimento em suas salas de estar, nem mesmo quando é o sofrimento de seus amigos. Compreendiam o sofrimento da maneira que pudessem, mas não podiam deixar essa coisa ruim entrar em suas vidas. Então, faziam conjecturas por uns minutinhos, o tanto que suas sensibilidades permitiam. Depois, bum!, fechava-se a porta. O requisito — aqui ela ecoou o que eu dissera antes — era felicidade, pensamentos positivos. Qualquer coisa negativa precisava ser mantida a distância. Somente Alice não se importara, e isso porque ela não tinha filhos e estava dormindo com Harry. Sempre que falava para outros pais sobre seu filho defeituoso, disse Carrie, a voz assumia um tom estranho, como se ela fosse um cuidador profissional e precisasse manter o controle, e não uma mãe desvairada, fora de si de preocupação com seu filhinho querido. E esse tom, essa autorreserva, era algo que fazia por *eles*, de modo que *eles* não se sentissem desconfortáveis. Várias pessoas, inclusive Harry, pareciam pensar que Alfie havia causado isso a si mesmo, que ele merecera. Ou pior: que *ela*, de alguma forma, causara isso nele, por amá-lo, por mimá-lo. E agora, que a doença fora constatada, ela estava sendo conivente. Não havia fim para as medonhas teorias e fabulações das pessoas. Aos poucos, ela sentira tudo começando a ruir. Não sabia como viver sua vida, nem mesmo como ficar parada. Começou a vagar pelas ruas, tentando se livrar da dor, buscando sinais idênticos em outras pessoas. Deve haver uma comunidade de sofredores, pensou, perambulando incógnita. Não conseguia parar de chorar. E Harry, que detestava o choro de Carrie, não conseguia parar de beber. A mãe disse que a própria Carrie causara isso, que Deus a estava punindo. Ela devia ter feito a vontade de Deus e ter se casado com o pai da criança há muitos anos. Harry chamou a mãe dela de perigosa e reacionária — disparara, é claro, uma de suas cartas —, só para ouvir que o sofrimento era instrutivo para o espírito, que ele introduziria o Cristo vivo na vida de sua filha.

No fim, foi Martin Blandford quem impediu Carrie de enlouquecer. Os hindus, disse, acreditavam que, quando alguém está precisando de um professor, um professor aparece. E um professor apareceu na forma de Martin, que lhe ensinou a aceitar a dor, não alimentá-la, não negá-la, mas se abrir para ela até que estivesse apenas presente, no sentido de que outras coisas também estavam apenas presentes. Eles se sentavam juntos por horas, ela e Martin, em silêncio, mantendo-se imóveis. Ele próprio perdera uma pessoa — anos antes, o homem que amava havia tirado a própria vida. Ele, mais do que ninguém, compreendia o que era se sentir desesperado e sabia como ajudá-la. Rapidamente, a garagem de Martin se tornou o lugar em que Carrie se sentia segura. Ele lhe dera uma chave de modo que ela pudesse entrar e sair quando quisesse. Quando Martin partiu com a licença para se dedicar aos estudos, ela ficou com a chave.

Quando ela esgotou o assunto, houve silêncio, que eu por fim quebrei dizendo como lamentava, que essa era uma das histórias mais tristes que já ouvira.

O TOM AUSENTE DE AZUL

— Não é bem uma história — diz ela. — Não há integridade narrativa. — Ela passa o pente nos cabelos, deslizando-o para cima e para baixo repetidas vezes. — É tudo torto, como a pintura de uma criança. É um borrão, uma névoa densa, iluminada apenas por momentos de doce melancolia. — Então, ela para de se pentear, e seu cabelo cai sobre o rosto, como uma cortina de segurança. — É como se houvesse uma ferida permanentemente aberta — diz. O que me faz pensar nas feridas da minha mãe há tantos anos; tratadas com curativos e medicamentos, mas impossíveis de limpar.

— E como está o Alfie agora? — Parece ser a pergunta certa.

— Bondade sua perguntar — diz ela, com a voz entrecortada. — Ninguém pergunta mais. Nem Harry. Ele tem medo de perguntar, sabe, medo de toda a emoção.

Sinto algo quente brotar sob meus cílios.

— Ele sempre me lembra de que ganha a vida com a razão. — Carrie segue por um tempo por esse caminho e ao final dá um profundo suspiro. — Eu hesito um pouco em dizer isso em voz alta, mas Alfie está realmente começando a fazer algum progresso. Ele está tomando uma medicação nova, e, pela primeira vez em três anos, parece promissor.

Enquanto está na escada pronta para ir embora, pergunto se Sanderson sabe que ela medita no quarto da garagem. Não, responde, ele não sabe. E ela não vai lhe contar. Ele não compreenderia. Estou prestes a contar que ele vem rodeando a casa, mas penso melhor quanto a isso. Ela já passou por bastante coisa para um final de tarde.

*

Fui dormir pensando na vida de Carrie, o sofrimento envolvido e todo o amor que ela devotara a Alfie, desde o momento em que nasceu. O que aconteceu com esse amor? Onde ele estava agora? Também pensei em todo o amor sem uso que eu, que nunca tivera filhos, devia guardar. Provavelmente havia amor excedente, amor de sobra. Onde ele estaria? Minha mente também se voltou para Martin Blandford e a bondade de um homem que nunca conheci, mas em cuja casa estava hospedado, em cuja cama estava deitado. Ele ajudara Carrie de um modo que Sanderson não fizera, nem saberia como. Não é de admirar que Sanderson tivesse ciúmes. No entanto, ele certamente devia saber que Martin era gay. Não foi nenhuma surpresa para mim quando Carrie mencionou isso mais cedo, embora eu tenha sentido certa emoção vertiginosa, quase certamente um alívio. Admitir isso para mim mesmo foi meu último pensamento consciente naquela noite.

39

Sempre trabalhei com o princípio de que o tradutor é um convidado na casa de outra pessoa e, como tal, deve se comportar bem. Como a casa de Hume era um lugar aconchegante, o bom comportamento me veio facilmente. Contudo, a tradução também nos deixa conscientes de nossas limitações, em parte porque ela só pode ser uma versão, nunca pode ser perfeita. Mesmo quando o trabalho está feito, ele nunca pode ser considerado terminado. O trabalho do tradutor, portanto, é de certa forma provisório, uma característica que, na minha vida, se transferira por conta própria para outras áreas, com a instalação de pequenas câmaras subsidiárias de incerteza. Acredito que essa cautela, essa prudência, é o pecado que aflige a maioria dos tradutores, quando o verdadeiramente necessário é o que Danton prescreveu para salvar a França durante a Revolução Francesa: *de l'audace, encore de l'audace, toujours de l'audace.*

Eu começara a trabalhar no longo ensaio de Hume "Do cético", no qual o autor tratou de desaprovar veementemente "as decisões dos filósofos sobre todos os assuntos", descrevendo o raciocínio deles como uma "enfermidade" — que traduzi para o francês como "*une maladie*" — especialmente quando se relacionava à "vida humana e aos métodos para se obter felicidade". Tudo isso me trouxe Sanderson à mente. De acordo com Hume, os filósofos sofriam uma limitação na capacidade de compreensão; eram, em grande parte, indiferentes aos desejos e interesses das outras pessoas, estando completamente envolvidos por suas próprias inclinações. Hume não se eximia disso. Depois do ataque do mal dos eruditos, ele sentiu o afastamento de seus semelhantes, o qual passou o resto da vida tentando diminuir. Hume nunca se casou, e, embora gostasse da companhia de mulheres, continuou tímido e reservado durante toda a vida. Um dos problemas que encontrou foi como praticar filosofia e ainda assim permanecer são. Seu modo de lidar com a questão foi frequentar o máximo de jantares, fazer exercícios e jogar gamão sempre que podia. E, além disso, como diz a frase que meu pai adorava: "Seja filósofo, mas, em meio a toda a sua filosofia, não deixe de ser um homem." O problema que Hume reconheceu foi que filósofos, pretensos sábios, não faziam a menor ideia de como deviam se comportar. De fato, era do jeito que Sanderson dissera — "eram uns bestas." No fim do ensaio, Hume aludia às fragilidades humanas. Uma frase em particular imprimiu-se em minha consciência: "Se um homem é suscetível a um vício ou imperfeição, não raro pode ocorrer que uma boa qualidade que ele também possua torne-o mais infeliz do que se ele fosse completamente corrupto."

Essas palavras ainda estavam dando voltas na minha cabeça na vez seguinte em que fui pescar com Sanderson. Parecia ao menos possível que a observação de Hume se aplicasse a ele. Sanderson era uma mistura marcante de bem e mal, vencido e indomável, como uma moeda cunhada com valores incompatíveis de cada lado. Tudo o que Carrie dissera naquele fim de tarde, mesmo suas críticas, era carregado de compreensão e afeto. Na cabeça dela, ao que parecia, ele era uma vítima do desespero que às vezes acompanha os homens inteligentes, trancados num inferno solipsístico que eles mesmos criaram. Mas, ainda assim, um homem bom e adorável.

Estávamos de volta ao rio, o lugar dramático da semana anterior. O rio estava, de modo geral, mais brando, um tanto dócil comparado à ocasião anterior, mas o próprio Sanderson parecia agitado. Dava a impressão de estar cansado, mais velho. Cheirava a álcool. Seus olhos eram leitosos e turvos, como os de um peixe morto há muito tempo. Enquanto vestia meus *waders* e começava a preparar a vara, ele permanecia sentado na margem do rio como se o dia tivesse emperrado e não fosse possível pô-lo em movimento novamente.

Ele vinha mais quieto do que o normal no carro, agarrando com força o volante como se fosse um cobertor de segurança. Mas, agora, iniciou um longo monólogo, que mantém com um grau de detalhe e precisão que poderia rivalizar com o de qualquer policial reconstituindo uma cena de crime. Falava calmamente, com rigidez em torno da boca e o tom insípido — levemente impessoal e robótico — daqueles que lidam diariamente com o público em geral. Seus olhos estavam fixos na grama à sua frente.

Acontecera havia algumas semanas, começou ele. No dia em questão, ele estava voltando para casa depois do trabalho. Foi um dia claro, mas a escuridão estava começando a envolver a cidade. Como de costume, ele parou na esquina da rua e olhou em duas direções — para a frente, em direção ao seu apartamento, e para trás, de onde acabara de vir. Isso, explicou, era uma espécie de ritual que o permitia deixar a vida que levava na universidade e começar a pensar na sua vida doméstica. Sanderson se perguntou brevemente como seria para um homem estar ansioso para voltar para casa, os consolos da vida familiar, o antídoto para um dia duro no escritório. Enquanto se aproximava do apartamento, distinguiu as formas de uma pessoa sentada nos degraus em frente à entrada. Ele vira esse homem algumas vezes recentemente, esparramado contra o muro baixo na calçada do lado de fora do bloco de prédios residenciais, uma pilha desordenada e sem idade, segurando uma garrafa em suas luvas sem dedos. Agora, o homem se movera mais para perto, e sua caixa de papelão sugeria que a porta para o prédio de Sanderson poderia ter se tornado um lugar de moradia mais permanente. Setembro na Escócia era a época em que os vagabundos, assim como os pássaros que migram, precisam começar a pensar nos abrigos de inverno. Esse tinha sido seu pensamento enquanto passava pelo homem para colocar a chave na fechadura, resmungando alguma saudação sem jeito enquanto o fazia. Sanderson não tinha uma estratégia para lidar com os sem-teto, comentou, ou com aqueles que pedem esmolas nas ruas; não uma estratégia com a qual pudesse se sentir pelo menos satisfeito, ou uma que mostrasse um mínimo de delicadeza.

Então, ele me encarou. Havia olheiras sob seus olhos, e as bordas inferiores das pálpebras estavam avermelhadas e esfoladas, como a carne de um animal recém-abatido. "É uma coisa estranha, talvez você tenha notado. As pessoas que bebem demais ficam gordas e pançudas como eu, mas os beberrões de verdade, os bebuns das ruas, esses são magros como um palito." Isso, como tudo o mais, foi dito sem expressão, numa voz de secretária eletrônica gerada mecanicamente. Ele se virou para o outro lado novamente, o rosto era um cômodo vazio.

O TOM AUSENTE DE AZUL

A porta principal do prédio era de mola, disse Sanderson, e ele geralmente deixava ela se fechar sozinha. Dessa vez, porém, ficou por lá durante alguns momentos até que ela estivesse bem fechada, captando com as narinas, enquanto aguardava, o cheiro fétido do mais novo morador da vizinhança. Enquanto subia os quatro lances da escada de pedra, Sanderson continuou a pensar no homem sem-teto e na crueldade displicente com que o tratou. No momento em que abriu a porta para o apartamento, ele inalou outra fragrância, uma mistura adocicada de lavanda e pinho, que lhe informou que a esposa estava no banho. "Ela gosta de sais de banho", disse ele, fazendo uma careta para mim, como se isso fosse uma fraqueza moral. "É uma das muitas diferenças entre nós." Quando entrou no banheiro, ele a encontrou submersa até o pescoço em espuma. Era uma visão que sempre alegrava seu coração, disse, não apenas porque ela desempenhava um papel meio cômico — um rosto molhado e rosado no fim de uma massa de bolhas onde deveria estar seu corpo —, mas também porque havia algo de renascimento e inocência nela quando se deitava na banheira, o que tornava possível, apenas por alguns instantes, acreditar que tudo estava bem. Ele chegara a sentir o coração leve com a emoção familiar de esperança renovada.

Nesse ponto de sua narrativa sinuosa, houve uma longa pausa. Sanderson inclinou o corpo pesado num dos cotovelos e fixou o olhar no rio. Ele parecia inchado e desconfortável no próprio corpo. Sua barriga se espalhava na frente, quase uma coisa independente. Com a mão livre, cujos dedos estavam inchados e pingavam, Sanderson bateu no estômago, como se fosse um cachorro que dormisse curvado dentro dele. Depois, mergulhou a mesma mão que havia batido no cachorro em sua sacola de pesca, removeu um minúsculo pote e colocou-o cuidadosamente no chão entre nós. Lentamente, ele afastou a mão. Poderia ser um pequeno dispositivo explosivo, preparado para disparar a qualquer momento.

Considerei as possibilidades. Uma era que todos os momentos significativos de minha vida estavam destinados a envolver algum tipo de pote. Olhei fixamente para ele, como se isso fosse ajudar a explicá-lo. Tudo estava começando a levitar, e, na minha cabeça, havia o som de vidro quebrando. Eu revirava tudo naquele pequeno espaço entre a ilusão e a realidade, tentando compreender o que estava acontecendo.

— Prova A — disse Sanderson, afinal. — Eu a achei na banheira.

— Na banheira?

— É, estava flutuando na água, depois que a minha esposa saiu, depois que as bolhas tinham ido embora.

— Flutuando na água?

— Eu recolhi numa caneca para dentadura.

— Caneca para dentadura?

— Depois, eu a pus num dos meus antigos potes de larvas.

— Potes de larvas?

Não havia sentido em repetir tudo. Eu sabia.

— Você sabe o que é isso?

— Não.

— Pense um pouco.

— Estou pensando.

Minha cabeça estava vazia. Era assim que os homens falavam uns com os outros? Senti que estava próximo demais de Sanderson, literalmente, não havia espaço suficiente entre nós para que eu me

O TOM AUSENTE DE AZUL

sentisse confortável. Tive a mesma sensação de confinamento de quando me sentava na fila da frente do cinema. Era perto demais da ação, íntimo demais. Causava uma sensação de náusea. Eu desejava a segurança dos bancos de trás.

— É a porra de outro homem. É o que é.

— Porra?

— Porra, Eddie. Porra.

— Tem certeza?

Da minha parte, eu não tinha certeza de nada. Até onde eu sabia, porra era só um palavrão.

— Absoluta.

— Há quanto tempo você guarda isso? — Era essa a pergunta certa? Eu não fazia ideia.

A resposta foi lançada como um foguete.

— Desde que você entrou nas nossas vidas. Desde que foi para o jantar. Desde que levou flores para a minha mulher. Desde que eu a segui até a sua casa. Desde que eu a vi entrar com uma chave própria.

Depois disso, tudo e nada se encaixou. Era difícil me nortear. Eu estava do lado errado de alguma coisa. A tarefa de fazer novos amigos não tinha parecido possível até que conheci Sanderson, e eu ousara pensar que ele sentiu o mesmo, que tínhamos visto a possibilidade um no outro. Será que eu entendera tudo errado? Será que nada era como eu imaginava? Ele era um ciumento confesso, mas não me ocorrera que eu pudesse fazer parte de suas suspeitas infundadas. Sentei-me à margem do rio, com o sangue martelando na cabeça.

Enquanto isso, Sanderson estava longe, fazendo o que mais amava — arremessando sua mosca seca na água. Depois de seu desempenho teatral, ele simplesmente pegou o pote que o afrontara, colocou-o de volta na bolsa de pesca, levantou-se devagar e caminhou até o rio como se nada tivesse acontecido. Tentei me lembrar de como era antes de Sanderson, antes de tudo isso. Cheguei a fazer um jogo comigo mesmo: imaginar que nunca o conhecera, que ele era apenas um personagem de romance. Mas era inútil. Eu o observava agora, mergulhado até o peito na água, movendo sua linha de seda verde-oliva para a frente e para trás, o laço cortando o ar. Se ele tropeçar agora, pensei, não vou mover um dedo sequer para salvá-lo.

40

Foi o tipo de evento que muda o rumo de uma amizade, uma única ocorrência da qual, quando olhamos para trás, tudo mais parece decorrer. Sanderson pediu desculpas mais tarde, mas sem entusiasmo e falando para baixo, para o chão. Ele disse que estava ficando abatido por causa de ciúme, a ideia de que Carrie estivesse *pulando a cerca*.

— Você pode criar algo do nada, acho.

Parecia vulnerável, um homem tratado com trágica injustiça, mas ao mesmo tempo hostil, ainda capaz de desferir um soco. E sim: ele estava perfeitamente ciente da própria hipocrisia, comentou, levantando os olhos do chão agora para me olhar no rosto — por isso não havia necessidade de que eu mencionasse esse fato.

— Não ia mencionar — comentei, aborrecendo-me com a injustiça de ter de me defender. — Embora me ocorra que você possa estar tendo algum tipo de crise. Talvez você devesse... — Procurava a frase "consultar alguém". Mas as muralhas estavam a postos novamente.

— Crise? Crise? Fico com meu velho amigo Tchekhov nessa, Eddie. Qualquer idiota pode enfrentar uma crise. É a vida cotidiana que desgasta a gente.

Eu havia pensado em contar a Carrie sobre tudo isso, mas algo me fez hesitar: talvez a possibilidade de que, em vez de ficar ofendida em meu benefício (como eu teria esperado), ela pudesse encontrar algum modo estranho de desculpar o comportamento de Sanderson. O risco não valia a pena. E, de qualquer forma, estávamos nos dando muito bem. As notícias sobre Alfie continuavam sendo positivas, e de repente parecia existir mais luz que escuridão na vida dela. Havia um novo brilho em seus olhos, e eu não queria que eles fossem turvados por uma insignificância. Carrie criara o hábito de aparecer para um drinque e uma conversa à tardinha depois de meditar. Eu havia ajustado minha iluminação fria para algo mais suave e quente, e peguei algumas almofadas da garagem. Era muito melhor agora, que tudo estava às claras — não tudo exatamente, é claro — e suas visitas completavam o meu dia de forma perfeita. Comecei a sentir uma separação entre o trabalho e tudo o mais que o dia tinha a ofe-recer, e isso era bastante novo. As conversas com Carrie se tornaram fáceis, naturais e enriquecedoras, tanto que comecei a pensar em nossos momentos como algo de certa forma essencial e significa-tivo, não apenas intervalos roubados entre outros modos de vida. Talvez devêssemos ter contado a Sanderson sobre a garagem, mas o momento certo nunca parecia chegar.

Carrie e eu estávamos conversando num final de tarde sobre nossas respectivas ocupações e como elas nos moldaram como pessoas.

— Às vezes, penso que os tradutores estão afastados da vida — disse eu, servindo-nos de outra taça de bom vinho francês. — Há algo de temporário neles. Eles sabem que não são os originadores. Não são os principais empreendedores. E isso pode se infiltrar em

O TOM AUSENTE DE AZUL

suas vidas. O que os torna indivíduos bastante reservados. É difícil generalizar, é claro.

— Quantos tradutores você conhece?

— Para ser honesto, pouquíssimos — respondi, rindo de mim mesmo.

— Era o que eu suspeitava — disse ela, juntando as mãos com um prazer evidente.

— Mas, na minha imaginação, a maioria são homens de meia-idade vestindo velhos sobretudos e ainda morando com as mães. Se passasse por eles nas ruas, você nem notaria.

A conversa começara quando eu disse que era bastante difícil falar sobre tradução — em geral, não se sabia como descrevê-la ou explicá-la. Carrie disse que sentia algo parecido com a pintura. Ela não gostava de tentar descrever o que fazia e como fazia, preferindo que o processo permanecesse misterioso, mesmo para si.

— Sempre acho que isso faz a arte parecer fraudulenta — disse ela — e o artista, um charlatão. O importante é pintar.

Era importante para o pintor, é claro, mas, quanto às outras pessoas, perguntei. Não era algo importante ajudar pessoas como eu a apreciar e compreender a arte?

— Não tenho certeza. Acho que é mais importante que se olhe. Que se olhe e sinta. Não que lhe digam o que pensar. Uma obra de arte deve estar aberta às emoções. Há muita bobagem pretensiosa sendo dita sobre a pintura, muitas vezes pelos próprios pintores. Eles falam sobre *significado*, porque todo mundo sempre quer saber o que alguma coisa *significa*. Mas, na realidade, o que se faz são marcas na tela, e não se sabe o que elas significam. De certa forma, elas não significam nada, mas algo sai delas. É uma atividade insondável.

— A tradução é uma atividade misteriosa também — disse eu, saboreando a conversa, querendo diminuir-lhe o ritmo e fazê-la durar por horas. — Você dá por si procurando metáforas, como se a tradução não pudesse ser apenas ela mesma e nada mais. O que talvez seja estranho, pois ela não precisa servir nenhum propósito, a não ser o próprio.

— E isso é tão ruim assim? Nós todos não usamos metáforas para descrever o que fazemos?

— É, acho que sim. Não é que as metáforas sejam ruins, não foi isso que quis dizer. Mas elas sempre estão *no lugar* da própria coisa. E, assim, quase sempre se fala de tradução tendo como referência outra coisa. As pessoas, as que traduzem, digo, estão sempre a comparando com outras coisas. Por exemplo, elas podem dizer que é como tirar uma coisa viva da terra natal e transportá-la para outra. Ou desmanchar uma casa, tijolo por tijolo, e reconstruí-la em outro lugar; ela é reconhecível como a mesma casa, mas é estranha e nova em aspectos importantes. Talvez com uma decoração diferente. Outros já compararam a tradução a uma apresentação musical ou teatral, com o tradutor como regente ou diretor do palco, trabalhando com a trilha ou o roteiro original, mas adaptando-o para um público diferente. Você entendeu. A gente sempre se descobre oferecendo mais uma metáfora para acrescentar às que já existem.

Eu havia falado demais? Era tão incomum que eu fizesse um relato sobre mim, que me aventurasse fora de minha cabeça.

— Continue — disse ela. — Estou interessada. Me conte: quando você está traduzindo, até certo ponto precisa tentar se tornar o escritor?

— Não tanto me tornar o escritor, mas encontrar a voz dele. A gente representa o romancista, vive indiretamente. Primeiro e acima de tudo, o tradutor é um leitor, o leitor mais atento que o livro jamais terá. E a sua tradução é a sua leitura do autor, sua interpretação da voz dele.

Tive impulso de andar pelo cômodo, para quebrar a intensidade. Levantei-me e andei até a mesa onde estava a garrafa de vinho. — Quero dizer, eu mesmo nunca poderia ser escritor. Para ser escritor, é preciso ter algo a dizer. O trabalho do tradutor é encontrar uma forma de dizer o que o escritor já disse.

Isso soava muito diferente de pintar e desenhar, comentou Carrie, em que se começa sempre com uma tela em branco. Ela inclinou a cabeça para um lado, e a luz do fim da tarde ressaltou-lhe um canto da bochecha.

— Na verdade, em certo sentido, o tradutor também começa com uma tela em branco, ou pelo menos uma folha de papel em branco. — Estendo a garrafa de vinho para a taça dela. — É verdade que sempre se tem algo para continuar, algo já criado: o trabalho original. Mas esse é apenas o ponto de partida. É preciso, então, criar outra coisa com isso.

Ela queria saber precisamente como eu procedia. Havia alguma regra, coisas que se devia ou não fazer? Ela tirou os sapatos e enfiou os pés finos debaixo do vestido de algodão.

— Bem, primeiro lemos e depois escrevemos. Exatamente o contrário do que o autor faz.

Então, talvez não fosse tão diferente de pintar, no fim das contas, disse ela. No sentido de que a pintura era uma forma intensa de ver: primeiro, você precisa olhar, e somente depois pode interpretar o que viu.

— Mas, com certeza, a tradução deve ser mais fixa do que isso — continuou ela. — Menos livre naquilo que se pode ou não dizer, certo?

— Sim e não.

A tradução não era, na verdade, uma coisa fixa, expliquei. Não havia equivalência direta entre os idiomas. Não era só que eles tinham estruturas e gramáticas diferentes: eles também tinham recortes diferentes, diferentes características. As pessoas às vezes descrevem o ato de traduzir como um processo mimético, mas isso é enganoso. Sempre houve novas descobertas, coisas que não se tinha no próprio idioma. E, com a tradução, o idioma era posto sob pressão. Era uma questão de ver o que ele suportaria.

— Não é apenas copiar o que se vê na página. É mais como reproduzir e recriar. Claro que é preciso dar uma ideia do original, e ela precisa ser a mais próxima possível, mas, para ficar próximo ao sentido do texto à nossa frente, às vezes é preciso se distanciar bastante dele. E é surpreendente aonde a busca da palavra ou frase certa pode levar.

—Você se preocupa de estar traindo o livro? Traindo o autor?

Eu nunca havia tido esse tipo de conversa com ninguém. Era raro que alguém se interessasse. E, ainda assim, eu tinha certeza de que era assim que devia ser.

Era algo em que se pensava, respondi, algo que sempre estava numa região remota da mente, mas que a gente tentava não permitir que atrapalhasse. Tradutores têm uma responsabilidade — com o autor, sim, mas também com os leitores. A forma como as palavras foram organizadas na página, as cadências, os ritmos: tudo isso estava em risco. Nas mãos do tradutor, um livro podia se tornar algo completamente diferente, algo bem inferior ao original. Mas, se isso acontecia, era preciso simplesmente aceitar. E também o fato de que erros seriam cometidos — era a natureza do trabalho e era impossível não cometê-los, por mais que se tentasse evitá-los.

O TOM AUSENTE DE AZUL   277

— Talvez essa seja uma boa forma de encarar a vida: aceitar nossos erros — disse ela.

— Sabe, é estranho. A palavra francesa para erro é *erreur*, como *error* em inglês, mas, quando é um erro contra o idioma, dizemos *faute*; como o inglês *fault*, falha. Em outras palavras, errar no idioma carrega nuances de pecado e culpa em nosso país.

—Você sempre morou sozinho?

Tão súbita, essa mudança de assunto. Só por morar sozinho, era possível atrair pena.

— Me esqueci como é morar sozinha — continuou ela. — O mais perto que chego disso é a meditação. É um estado abençoado.

Então, não era pena.

— Meu pai sempre sustentou que um homem devia primeiro aprender a viver sozinho — disse eu. — Enquanto não o fizesse, ele estaria à deriva no mundo.

— O que ele queria dizer com isso?

— Boa pergunta — respondi e ri. — Não tenho a menor ideia. Às vezes, acho que deve ter sido difícil para ele morar com a minha mãe. Mas imagino que ele tivesse a intenção de dizer outra coisa, algo que tenha a ver com o eu profundo, *le moi profond*, como ele chamava. O qual sempre se vive sozinho.

Quando Carrie se levantava e se preparava para ir embora, perguntei sobre Sanderson.

— Harry e eu nos afastamos um pouco mais a cada dia. É a impressão que dá. Ele está muito retraído. Não é saudável. — A expressão dela estava em algum ponto entre o arrependimento e a reprovação, ainda insegura de si. Ela deslizou os pés nos sapatos, ajustou o vestido e prendeu uma echarpe em volta dos ombros.

Seus movimentos eram como uma série de pinceladas elegantes.
— Estou muito preocupada com ele. Ele tem se comportado de forma estranha. Como se não tivesse mais jeito. Tenho pensado em ir encontrar o diretor da faculdade para conversar. Explicar que ele não vai bem.

— Não faça isso — disse eu. As palavras saíram mais ásperas e urgentes do que eu pretendia. — Não faça isso — repeti de modo mais tranquilo. — Acho que pode ser melhor deixar as coisas seguirem o próprio rumo.

41

Acordei com um som estranho, um estrondo surdo martelando que penetrava os ritmos do meu sonho. Desci a escada cambaleando, tonto de sono, piscando os olhos contra a luz. Carrie estava à minha porta, um pálido fantasma. Atrás dela, as árvores negras eram vultos enormes como montanhas. Ela se sacudiu como um pequeno animal encharcado. Os olhos dela brilhavam no rosto, vítreos e diáfanos — o que os franceses chamam de *chatoyant*. Meu primeiro pensamento foi: a meditação podia ser assim tão urgente? O segundo: por que ela não usou a chave? O seguinte: usando meus pijamas de flanela de algodão e chinelos de vovô, eu devo parecer um caso perdido para ela.

Não tinha a ver com meditação. Ela ficara acordada a noite inteira. Sanderson estava bebendo, com um temperamento sombrio e hostil. Ficava indo e voltando no quarto, disse ela, uma fera enjaulada, censurando o mundo. Meu Deus!, exclamei, ele a tinha ameaçado, machucado? Não, não, nada assim. Era algo pior, muito pior.

Nada poderia ser pior, pensei.

— Harry foi suspenso — disse ela. — Da universidade.

— Suspenso? Por quê?

— Investigações em andamento.

— Investigações? — Lá estava eu, repetindo tudo, de novo.

— Houve queixas. *Comportamento impróprio*, foi disso que chamaram. Com uma aluna.

Fiz chá, disse o que podia. Sente-se. Me dê seu casaco. Tente não se preocupar. As palavras não vinham com facilidade agora. Elas se ligavam de um modo desajeitado. Não estava habituado a mulheres, ao jeito delas. Os cabelos de Carrie estavam úmidos e se prendiam à nuca. Eu conseguia ver o sangue bombeando em sua garganta. Emoções são coisas muito desorganizadas. O comportamento humano é caótico, imperfeito, confuso. Minha casa, que quase não tinha mobília, parecia amontoada.

42

Havia pelo menos três versões dos eventos. Duas delas eu ouvi em primeira mão. A versão de Sanderson me deu a impressão de ser incontinente e, por fim, patética. Era cheia de espaçadores supérfluos como "de algum modo" ou "meio", todos num isolamento prontamente compreensível, mas que, acumulados, eram condenadores. E, apesar de prolixa, ela transmitia uma impressão de preâmbulo, algo para se retirar do caminho antes que a coisa propriamente dita pudesse ser encarada. Quando ouvi o relato, mal tinha me recuperado da questão com o pote de larvas e a suposta prova irrefutável que ele continha. Isso teve o efeito de me pôr entre diferentes campos magnéticos: piedade e raiva. Raiva por ter sido falsamente — ridiculamente — acusado por um homem que eu considerava meu amigo. Piedade porque Sanderson parecia inclinado à autodestruição. A piedade é pior que a raiva porque faz a gente perder o chão. Em circunstâncias diferentes, eu poderia ter achado impossível me apiedar de um homem assim, mas percebi que seu comportamento no fundo guardava algo de cortar o coração. Como um ator numa peça trágica, ele havia parado de se ver; não podia mais se salvar nem ser salvo.

282 JENNIE ERDAL

O relato de Sanderson era mais ou menos assim:

Ele avalia a aluna à sua frente. *Avalia*, ele gosta dessa palavra, talvez por causa de sua inclinação interna para a palavra valia. Ela diz que está tendo problemas com o trabalho. Platão? Ele não precisa perguntar. Ele sabe muito bem que é Platão. É, Platão, diz ela. *O julgamento de Sócrates*. Ah, Sócrates, diz ele. Ele quer ser do jeito que era quando começou a lecionar. Meio seguro e ligeiramente distante. Ela é americana, como tantos alunos da universidade são hoje em dia. Sua voz é o mais puro sotaque do meio-oeste, vogais simples estendidas como limusines brancas. Ele pensa que ela pode ser uma herdeira, filha de um magnata do petróleo. Ela tem as mãos macias e delicadas de uma mulher que nunca lavou louça na vida. Ele as olha agora, dedos finos dobrados uns nos outros. Seus próprios dedos parecem estacas de críquete maltratadas. Ele se sente exausto, precisa beber, sente a pele arrepiar. Atingiu a idade em que sabe que não é mais jovem, e os outros também sabem disso. O que posso fazer por você, srta. Suzello? Os professores usam principalmente o primeiro nome agora, mas o nome dela é Chelsea, ele de algum modo acha que não consegue lidar com Chelsea. De qualquer forma, prefere o estilo antigo. O estilo antigo já era — ele sabe disso. Agora, o objetivo é a camaradagem, todo mundo em pé de igualdade, sem diferença — exceto na questão insignificante do aprendizado. Qual é o problema? Ele pergunta. Podia ser um médico perguntando sobre sintomas. Seus próprios sintomas — a dor das pústulas supurantes, sua necessidade de beber e de um cigarro, talvez até uma boa foda nostálgica — atravancam o caminho. Mas quando foi a última, sem contar sua imaginação? Ele não consegue se lembrar. Às vezes, ele pensa em Alice, com suas curvas suaves e sua pele reluzente. Ridículo, é claro. Como tantas outras coisas, Alice pertence ao passado. Seus pensamentos têm muito pouco a ver com as memórias reais dela. Eles foram apenas meio que um devaneio agradável, um pequeno prazer que ele dirige e controla. As imagens são sempre um pouco abstratas no início, mas, muito antes que ele as escolha, elas se tornam mais precisas. Ele não faz nada para mantê-las a distância. Para começar, é suficiente pensar nela sentada tranquilamente na beirada da cama, sorrindo para ele, não num flerte, mas com uma pose que ele sabe que contém o indício da possibilidade de sexo. Ele adora essa imagem e a invoca repetidas vezes. Depois de um tempo, quando a conhece intimamente, ele começa a lhe dar vida para que Alice se mova, de um jeito agitado como nos quadros separados de um filme. Pode fazê-la cruzar e descruzar as pernas de modo que a saia suba e desça na parte de cima de suas coxas. Pode fazê-la tirar a roupa, numa sequência particular, que apenas ele controla. A parte de tirar a roupa é lenta e recatada à sua maneira, nada impetuoso ou sórdido. Ele consegue sentir o calor do corpo dela, levemente úmido, e ouvir os pequenos arquejos curtos que afirmam seu desejo. Tudo isso se baseia na certeza, embora ele saiba que ela é ilusória, de que Alice o acolhe, deseja, está pronta para ele, precisa dele. Como já desejou uma vez. Às vezes, as imagens se tornam mais imperiosas, mais urgentes, como uma história à espera de ser contada. Ele se entrega livremente à sua elaboração. Não sente culpa; em vez disso, teme que, se tentar interromper as imagens, não as consiga invocar novamente. Nada disso, ele lembra a si mesmo, tem a ver com a srta. Suzello. Que está olhando para ele agora. Com expectativa. À espera de sabedoria. Ele acaba de dar uma aula sobre o imperativo categórico. A maior parte da filosofia, do tipo que ele ensina, é abstrata. Mas não o imperativo categórico

— um conceito que oferece princípios racionais de ação e à luz do qual nossas esperanças e nossos desejos egoístas podem ser examinados e avaliados. O imperativo categórico fornece razões predominantes para que nos comportemos de forma moral. De fato. E a certeza daquilo que se *deve* fazer é a essência da moralidade. Ele sabe tudo isso. Li o que Platão escreveu sobre Sócrates, diz a srta. Suzello, mas mesmo assim não faço ideia por que Sócrates optou, tipo assim, por não se salvar. Ela ergue as pálpebras pesadas para revelar olhos negros como carvão e incomensuravelmente profundos. Por que alguém ia, tipo, *fazer* uma coisa dessas? Optar por *morrer* quando podia, tipo, *viver*? As frases dela têm a inflexão ascendente de qualquer jovem. O que, normalmente, o irrita mais do que tudo, mas na srta. Suzello ele acha charmoso. Ele pensa que podia lhe dizer que um verdadeiro filósofo se alegra diante da morte, e nenhum mais do que Sócrates, que sabia que a essência da filosofia era aprender como morrer. Mas a srta. Suzello é tão absurdamente jovem e vital que falar de morte soaria ridículo. Seu caderno está aberto, esperando que a iluminação instantânea inunde suas folhas. Sua blusa branca de algodão também está aberta, no pescoço. Há cinco botões, ele observa, o último escondido abaixo de sua linha de cintura. Seu corpo parece delgado e firme como o de um rapaz, exceto pela leve ascensão e queda em seu peito. Seus lábios são bem definidos, sem batom, só um leve brilho. Sua juventude, sua agilidade, seu otimismo — tudo isso dilacera o coração dele. Ela ainda o está encarando, ansiosa por respostas. Ele sabe que é um jogo, meio como uma dança palaciana, na qual cada um deve fazer os passos certos. Por um momento, ele considera lhe perguntar sobre a vida dela, se ela é feliz. Você é *feliz*?, pergunta ele, surpreendendo a si mesmo. Na sua vida, quer dizer. Meu *trabalho*, diz ela, com outra inflexão ascendente.

O TOM AUSENTE DE AZUL

Ele sente um abismo se abrir entre ele e o mundo. Você está bem, dr. Sanderson?, pergunta ela. Depois do que parece ser uma passagem de tempo interminável — durante a qual, ele percebe, ao que parece pela primeira vez, que cada momento da vida passa, vai embora e nunca mais volta —, ele se ouve dizer não, não, não, a esta altura ele chegou a um ponto crítico em que já é tarde demais para fazer alguma coisa, e o ponto em questão era o colo da srta. Suzello, no qual ele conseguiu de algum modo enterrar o rosto e começar a chorar. Mesmo agora, ele tem a ilusão de que mergulhou o rosto em suas próprias mãos. Só depois ele percebe, por trás de uma névoa de lágrimas, onde se enfiou. Ele não é um homem dado a chorar, e, se alguém tivesse perguntado antes, ele teria dito talvez que esquecera como se chorava, se é que de fato um dia soube. Mas as lágrimas, quando elas vêm, fluem abundantemente. Sua lembrança era a de que a jovem americana não o empurrou — isso se tornou importante depois —, mas, se foi porque estava congelada de horror ou paralisada de nojo (duas possibilidades que ele mais tarde reconheceu), nunca ficou claro. Enquanto limpa as lágrimas salgadas na saia dela, percebe um pequeno furo no material, espalhando-se em todas as direções como os pontos cardeais de uma bússola. Essa foi a última vez naquele dia em que a normalidade sobreveio. O resto é caótico e lembra um sonho.

"Você não poderia ter se contido?", perguntei quando finalmente ele terminara de falar. Não havia a intenção de censurar. Estava pensando na vez, há muito tempo, em que fiquei fora de mim naquela aula de filosofia. Estava curioso por saber se as ações dele eram ou não determinadas por sua vontade. Ou se elas lhe pareceram fora de seu domínio — um sinal de sua ligação frágil com o mundo. Mas ele não respondeu. Montaigne pensava que o fato fundamental sobre a condição humana era que as pessoas são falíveis. Rousseau o acusou de ser dissimulado, com base no fato de que, embora Montaigne se retratasse com defeitos, ele se atribuía apenas defeitos adoráveis. Ninguém poderia ter acusado Sanderson de ter apenas defeitos adoráveis. No entanto, ele estava longe de ser o que os franceses chamam de *une véritable ordure*.

A versão da aluna americana, que rapidamente rodou a universidade, foi mais sucinta. Sua lembrança era que o dr. Sanderson, comportando-se de forma estranha e com forte cheiro de álcool, havia de repente caído sobre ela, chorando e gemendo. Quando ela lhe perguntou o que havia acontecido, ele disse (ela alegava lembrar perfeitamente e escreveu as palavras exatas numa declaração): "Minha esposa não quer mais fazer sexo comigo. Ela não suporta que eu a toque. Ela pensa em empurrar o carrinho de compras enquanto estamos transando. Enquanto isso, eu corrijo trabalhos para ganhar a vida. Os trabalhos são um saco e a vida, uma boceta." Na declaração que forneceu à diretoria da universidade, ela também alegou que o dr. Sanderson tocava os genitais com frequência na presença dela. (Mais tarde, quando solicitaram a Sanderson que comentasse sobre esse ponto específico, ele foi provocador: "Os genitais, como você os chama, foram feitos para balançar livremente na temperatura ambiente. Achei que pessoas inteligentes como você soubessem disso. Eles não foram feitos para ficar aprisionados em calças de poliéster. Precisam de ajuste constante.")

Foi a versão estranha de Carrie dos eventos, porém, que ouvi primeiro. Depois de me contar sobre a suspensão, ela disse que tudo havia sido um terrível mal-entendido. O comportamento impróprio,

O TOM AUSENTE DE AZUL

assim alegado, era uma ficção. Uma aluna estava tendo dificuldades com seu trabalho e fora pedir ajuda a Harry, que não estava em boas condições de saúde naquele dia: estava deprimido, sua pele estava pior do que nunca, e o semestre não havia começado bem.

— Além disso, Alice tinha acabado de lhe dar o fora — disse ela. — Não que ele tenha citado isso quando me contou, mas eu calculei pelas datas. — Ela pausava entre as frases, como se estivesse reunindo forças. — A aluna estava vendo que ele não estava bem. Ela estava preocupada com ele, perguntou como ele estava se sentindo... — Quando ela pausou de novo, senti meu couro cabelo se contrair (o incômodo dela era contagioso). — Nesse momento, a gentileza dela desmontou o Harry.

— O que isso significa? *Ser desmontado?*

— Não sei realmente o que significa. Mas não consigo pensar em outra coisa para descrever.

Ela disse que Harry se acostumara a esperar o pior das pessoas, inclusive dela — era uma espécie de proteção — mas, quando essa jovem americana se aproximou dele e demonstrou compaixão, ele perdeu o controle e chorou em seus braços.

O relato de Carrie tinha uma curiosa atração, mas não convencia. Sanderson a enfeitiçara. Embora a racionalização dos eventos fosse leal de um jeito admirável, havia algo desesperado nela, como o que um advogado de defesa alega em juízo, pedindo que o bom caráter fosse levado em consideração como redução da pena.

— Essa garota, ela o *desvirilizou*, entende? Foi como ele descreveu. — E agora, por algum motivo, a moça havia decidido apresentar uma queixa. E as autoridades da universidade decidiram levá-la a sério. — Eles não têm escolha, é claro. Têm medo de ser processados, entende? Os americanos sempre envolvem advogados. — Mas isso não significava que havia *substância* nas acusações, disse ela. — Foi um ato de desatino e autoindulgência, talvez, mas foi inteiramente inocente. — Pessoas inteligentes às vezes faziam coisas estúpidas, com certeza, eu conseguia entender isso. Harry não era exceção. — Ele é só... — ela hesitou — ternamente desesperançado.

Parecia provável que essa fosse a maneira que as pessoas falavam quando o casamento ia mal. Era o que eu achava. Nos momentos turbulentos, os laços se estreitavam, ameaçando toda a capacidade de julgamento e a compostura. Por que outro motivo uma mulher inteligente abandonaria sua tranquilidade de espírito e protestaria a inocência do marido dessa maneira? Esses pensamentos pareceram traiçoeiros. Eu estava me tornando uma testemunha suspeita.

43

Aconteceu que o corpo docente sênior da universidade — os "guardiões da decência pública", como Sanderson os chamava — dera-lhe apenas uma hora para limpar a mesa: isso na presença vigilante deles. A diretora de Recursos Humanos, "uma criatura que parecia um camundongo com pequenos dentes pontudos", apresentou-se. Sanderson repetira o título dela com desdém maldisfarçado. "Diretora de Recursos Humanos, hein? Fique por aqui, e talvez você seja promovida a diretora de Restos Humanos. Essa seria uma boa promoção para você." O camundongo foi impassível, impermeável à ironia. "Entendi", disse ela, antes de continuar explicando que essa era uma suspensão preventiva, até a investigação das alegações. Ela prosseguiu lendo em voz alta um texto impresso numa folha de papel A4. Seus movimentos faciais não continham relação óbvia com as palavras. De acordo com o procedimento disciplinar da universidade, a suspensão estaria sujeita a uma apreciação em trinta dias. Enquanto isso, Sanderson deveria se abster de ingressar nas instalações da universidade e não deveria ter contato com nenhum empregado, aluno, cliente ou fornecedor da instituição. *Cliente ou fornecedor*, gritara Sanderson, sem acreditar. Você está maluca? Agora ele era considerado um perigo para clientes e fornecedores?, perguntou. Se o caso era esse, ele realmente esperava que os clientes e fornecedores tivessem sido alertados. Só para o caso de ele mexer com as retroescavadeiras ou com os copos descartáveis. Entendi, dissera a mulher-camundongo de novo.

"Recursos Humanos, veja só", disse ele, franzindo as sobrancelhas para mim. Estávamos sentados na escuridão do quarto de despejo. Na morsa em sua mesa havia uma mosca semipronta, um belo espécime com um corpo listrado e asas em cores exóticas. O ar estava carregado de odores de uísque e tabaco, além de algo adstringente que mais tarde identifiquei como vaselina. Sanderson estava de peito nu, sua pele escarlate e cheia de bolhas — o resultado, explicou ele de modo casual, de um tratamento longo demais com radiação ultravioleta no hospital. "O nome lhe conta o que você precisa saber. Em qualquer outro contexto, 'recursos' se refeririam a *propriedade* ou *posses*, algo a ser explorado a qualquer custo. É por isso eles colocaram 'humanos' no final: para permitir que você saiba que eles querem dizer pessoas."

A mulher do RH, explicava ele, servindo-se de outra dose de uísque, foi acompanhada por "seu grupinho de auxiliares", que haviam olhado para ele friamente, já o julgando. Ele ouviu por acaso uma conversa sussurrada sobre *problemas de atitude*. "Eu podia ter sido uma prova numa investigação criminal, algo para ser colocado num saco plástico e exibido num tribunal."

Saco plástico?, quase perguntei. Por que não um pote? Era a contrariedade de Sanderson me contagiando.

Como oficiais de justiça devidamente autorizados, eles haviam começado a apreender seus pertences sistematicamente. *Por que todo mundo não se acalma, porra*, Sanderson gritara. Sem nenhum efeito, porque eles trataram de remover seu computador, junto com grandes volumes de azeite de oliva, sacos de polietileno, elásticos e uma bacia plástica.

Sanderson disse que eles estavam perdendo tempo, que eram apenas apetrechos para pés rachados — não para alguma orgia animalesca. Mas eles olharam para o professor como se temessem se contaminar.

Revirei tudo isso na minha cabeça. No canto da boca de Sanderson, havia baba coagulada, um sinal deplorável de seu declínio. Dirigi meu olhar de onde ele estava para a mosca resplandecente e virei para ele novamente. *Um homem que passa seu tempo atando moscas não pode ser um homem ruim.* Não era a primeira vez que esse pensamento havia se infiltrado em minha cabeça.

— Você acha que há alguma coisa incriminadora no seu computador?

— Eddie, esses idiotas poderiam encontrar algo incriminador na *República* de Platão, se quisessem.

Durante alguns minutos, ele fez um discurso bombástico contra seus colegas, não mais seus colegas agora, policiais morais sem inteligência alguma. "Filósofos? Estão mais para um monte de idiotas!" Cada explosão tinha a marca incisiva do desdém e da beligerância. Ele falava furiosamente contra o mundo. E, ainda assim, era fácil ver que os limites do mundo de Sanderson estavam encolhendo. Entre explosões, ele ficava calado, mas somente pelo tempo que leva para uma criança que grita ganhar fôlego para um novo berro. Em certa época, a universidade fora um lugar de discernimento e imaginação, disse ele, mas agora era uma colônia de formigas, uma forma de vida, sim, mas não inteligente no sentido normal da palavra, apenas um monte de criaturas, comendo e defecando, empurrando as coisas com a barriga para perpetuar o formigueiro. A filosofia havia, um dia, se relacionado a como a vida devia ser vivida, esclarecendo algo maior do que ela mesma. Agora, ela se tornara desconectada da humanidade. Seu olhar era o de um louco. O que quer que mantenha o equilíbrio de uma pessoa tinha ido embora. Ele olhava fixamente o vazio como um profeta do apocalipse que medita sobre um mundo que se desviou do caminho. Tudo parecia teatral demais para o cenário comum de um quarto de despejo na Cidade Nova de Edimburgo. Com seu peito avermelhado nu e o rosto ameaçador, ele poderia ter passado por Anthony Quinn interpretando Crazy Horse em *O intrépido General Custer*. A qualquer momento, começaria a golpear com porrete e a tirar o escalpo de tudo em sua volta.

Quando se acalmou, ele admitiu que o que ele chamou de "material questionável" seria quase certamente encontrado em seu computador. Na internet, ele havia buscado, entre outras coisas, "fluidos corporais de mulheres", "detector de esperma" e "secreções femininas".

— Mas por quê? — No momento em que perguntei, senti-me alarmado pela perspectiva de que ele me contasse.

— Eu precisava verificar o fluido viscoso. O da banheira. Eu pensei que sabia o que era, mas precisava ter certeza.

Navegando na web, ele encontrou um produto que era exatamente o que precisava. Era chamado Matecheck, uma invenção americana que estava disponível por encomenda via correio. Ele não queria arriscar "algo duvidoso" chegando no correio em casa, de modo que rastreara o único varejista na capital, uma farmácia 24 horas em uma das ruas da Royal Mile.

— Fui lá numa noite, sob a cobertura da escuridão. Achei que estaria deserto, mas é mais cheio que um *pub*. Toda vida humana estava lá: viciados, prostitutas, insones, todas as criaturas da noite.

O TOM AUSENTE DE AZUL   **293**

— Esse Matecheck... — disse eu: — Como funciona?

Isso é sinistro, pensei.

—Ah, você não ia acreditar! É como vodu, um truque de mágico. Você pega um pedaço mínimo de cartão, parecido com papel de tornassol, e ele detecta a enzima encontrada no sêmen. Ao que parece, essa enzima fica lá um tempão, então o teste continua funcionando muito depois de qualquer encontro sexual. É essa a beleza da coisa! Há traços invisíveis na roupa íntima de uma mulher, ou na parte de trás da saia, seja o que for que ela use depois do sexo.

— Mesmo depois que é lavado?

—Você é esperto, Eddie, tenho de admitir. Não é só um rostinho bonito. Não é de admirar que tenha sido meu principal suspeito. — E me ofereceu um sorriso torto, que parecia dizer que estava tudo no passado e agora éramos amigos novamente. — Infelizmente, essa foi a dificuldade exata que encontrei. — Ele pausou, como que para invocar a dificuldade, sem falar na terrível decepção que ela continha. De acordo com as instruções, que ele estudara com grande cuidado, se o papel ficasse roxo cinco minutos mais tarde, era um resultado positivo. Na mosca. O problema eram as letras miúdas, que afirmavam que, depois que a amostra foi lavada ou lavada a seco, a detecção não era garantida. — Completamente inútil! — disse ele. — Essa coisa tinha ficado mergulhada na banheira por sabe Deus quanto tempo antes de eu pegá-la. Mas o suficiente para afogar até a última porcaria de enzima, com certeza. — A essa altura, porém, ele estava "meio que numa missão" e, sem querer desperdiçar os outros nove testes do kit, ele passara o pente fino na gaveta de lingeries da esposa, procurando roupas incriminadoras. — É claro que elas estavam todas *limpas* — disse Sanderson, ligando à palavra uma entonação repugnante. Nenhum maldito roxo. Nenhuma cor. Ele se sentia traído, decepcionado. Ele gastara uma fortuna no kit de detecção e nem sequer havia prova de que ele funcionava. — Então, testei nas próprias calças — disse ele. — Essas que estou usando. — Ele bateu com as palmas das mãos no veludo desgastado. — Elas não são lavadas há anos.

— E o que aconteceu? — Tudo era muito incômodo.

— Ficou roxo imediatamente! Nem levou os cinco minutos inteiros.

Havia uma rudeza estupenda em tudo aquilo e também um desespero agudo, porém a mais vaga ideia de que algo importava no nível humano. O ar estava cheio disso, era impossível não respirar e ficar infectado. Senti-me como um mordomo, vendo as roupas íntimas sujas, e saí de lá maculado de certa forma, como se houvesse algo imundo sob minhas unhas.

44

Não sou uma dessas pessoas que dão grande importância à sincronicidade dos eventos. As coisas ou acontecem juntas ou acontecem separadas. Mais tarde, no entanto, eu passaria a crer que, se não fosse a coincidência de certas coisas, a catástrofe resultante poderia ter sido evitada. Quando olho para trás, tudo, cada detalhe, parece adquirir uma importância enorme.

O livro de Sanderson, *Felicidade: um guia filosófico* estava para ser publicado no meio de novembro. "Um acontecimento sem importância, Eddie", disse Sanderson com segurança um dia ou dois antes da publicação. "Você certamente está envolvido em algo que vale a pena, enquanto não há dúvidas de que meu livro só vai pôr as pessoas para dormir." Na melhor das hipóteses, disse Sanderson, pode ser que ele, depois de alguns anos, receba uma curta resenha em algum periódico de filosofia obscuro. Mas o mais provável é que fique juntando poeira numa prateleira de biblioteca universitária em algum lugar.

Sanderson estava redondamente enganado em suas previsões. Alguns dias depois que o livro saiu, cientistas da Universidade da Califórnia disseram ter descoberto um "gene da felicidade", e, de repente, todos os canais de notícias dos dois lados do Atlântico estavam falando nisso, como se a felicidade fosse um fenômeno completamente novo. Poderia ser verdade que a felicidade era herdada? Era questão de ancestrais, em vez de circunstâncias externas? Era possível que tudo fosse predeterminado? Os responsáveis por definir a agenda de notícias internacional rapidamente decidiram que felicidade era a notícia *mais importante*, e os editores de toda parte estavam ansiosos para encontrar formas diferentes de apresentar a história.

Como o estado de espírito de Sanderson o impedia de saber o que estava acontecendo no mundo, o convite para aparecer na televisão no horário do café da manhã tomou-o de completa surpresa. Ele foi contatado de uma hora para outra, disse, "por algum jovem pesquisador inteligente", ansioso para ter "uma perspectiva filosófica" numa discussão sobre a surpreendente nova descoberta do gene da felicidade. E foi assim que acabou se sentando num estúdio em Edimburgo e sendo entrevistado no *Bom-dia, Grã-Bretanha* por um casal jovial sentado num sofá em tons pastel em Londres. O apresentador de boa aparência tinha um sorriso vazio e segurava um exemplar do livro de Sanderson para as câmeras.

— Pois bem, dr. Sanderson. A felicidade ainda é um terreno reservado ao estudo filosófico? — perguntou a apresentadora, cuja alegria era tão intensa que chegava a ser suspeita. — Ou apenas se resume a se os seus pais foram ou não felizes?

Sanderson dava a impressão de ter acabado de acordar de um longo sono que o desconectara do mundo. Seus olhos estavam cheios d'água e mostravam ansiedade, e, por seu rosto, havia feridas como crateras, que a maquiadora não conseguiu esconder por completo.

O TOM AUSENTE DE AZUL

297

Ele pareceu surpreso com a pergunta e girou a cabeça, como que para achar o lugar de onde vinha a voz.

— Bem, depende, é claro, do que se quer dizer com felicidade — disse ele. — As pessoas falam de felicidade de forma vaga, mas, na verdade, ela não existe. — Ele soava titubeante, inseguro.

— Não existe? — Foi a resposta do homem sorridente. — E, mesmo assim o senhor escreveu um livro inteirinho sobre ela, não foi, dr. Sanderson? — Ele sorriu, exibindo uma arcada perfeita de dentes brancos.

— Ah, sim, mas não foi exatamente uma escolha. Não foi uma questão de livre-arbítrio, compreende? E, a propósito, uma das coisas que levaria uma vida a ser caracterizada, embora inutilmente, como infeliz, é quando suas escolhas são limitadas pela intervenção de outras pessoas.

— É... bem... voltando ao nosso assunto nessa manhã, o que é essa coisa chamada felicidade, na opinião do senhor? Filosoficamente falando, quer dizer. — O homem sorridente parecia satisfeito consigo mesmo de um jeito inexplicável.

Sanderson falava com a autossuspeita de alguém que espera que a vida o maltrate. Aristóteles, dizia ele, havia ensinado que a vida ideal era a vida de *eudaimonia* como o mais alto bem humano e tratava de estudar formas nas quais ela podia ser obtida. Isso nada tinha a ver com o que foi chamado comumente de *felicidade*, que era essencialmente um estado subjetivo, uma avaliação pessoal da qualidade da vida de alguém, com mais frequência relacionada a prazer sensorial e gratificação instantânea.

— Ah, mas — interrompeu a alegre apresentadora, olhando suas notas — é melhor ser um porco satisfeito ou Sócrates insatisfeito?

— Tinha o olhar de uma mulher que não está familiarizada nem com Sócrates nem com porcos.

— Ah, essa é velha. — respondeu Sanderson. — O porco feliz ou o Sócrates infeliz. Bem, se estivermos brincando disso, é muito melhor ser um Sócrates feliz, eu diria. O problema é que ninguém jamais propôs uma forma razoável de medir a felicidade, palavra com a qual as pessoas, em geral, querem dizer *prazer*, é claro. Não se pode quantificar o prazer de assistir futebol ou ler poesia. Não há hierarquia. Não dá para pesar. As pessoas gostam de coisas diferentes. Algumas gostam de sair para pescar. Outras se sentam em silêncio e ficam olhando para uma parede. É simples assim. Não dá para criar um índice.

— Ah, mas com certeza é *possível*. — Era o rapaz sorridente de novo, dessa vez com um brilho nos olhos que dizia "te peguei". — Os governos estão a caminho de fazer exatamente isso. De acordo com a secretária de Interior, nosso governo está criando um Índice de Felicidade *neste exato momento*.

— Mas esse é o tipo de coisa maluca que os governos *fazem* — retrucou Sanderson. — Eles já nos dizem o que comer, onde não fumar, o quanto se pode beber. Os governos futuros provavelmente vão nos dizer como amar, como nos comportar quando estamos amando, o que fazer quando ele terminar.

A mulher alegre começou a parecer um pouco nervosa. — Bem, o que o senhor diria a Liev Tolstói — disse, com entusiasmo exagerado —, que achava que todas as famílias felizes eram iguais, mas que cada família infeliz era infeliz à sua maneira? Não era Liev Tolstói, como o senhor, também um pouco filósofo?

Sanderson bufou e disse que Tolstói estava apenas sendo espirituoso. As famílias felizes não eram na verdade todas parecidas.

O TOM AUSENTE DE AZUL

Cada família feliz, se é que isso existia, tivera sorte suficiente de encontrar o próprio caminho em meio aos empecilhos à felicidade, pelo terrível pântano que era a família. As famílias infelizes geralmente eram assim por motivos quase idênticos, todos eles relacionados aos sacrifícios de fazer parte de uma família.

Nesse ponto, os dois apresentadores, ainda sorrindo, agradeceram ao dr. Sanderson em uníssono e terminaram a entrevista de modo abrupto.

Assisti à entrevista na televisão com uma mistura de admiração e receio, enquanto Sanderson se recusava a dizer o que se esperava dele. Mas eu desejava que ele se saísse bem, e a sensação predominante era de um estranho tipo de orgulho. Lá estava um homem à beira do abismo, cuja pele estava descascando do corpo, que fora suspenso do emprego, que suspeitava da mulher de forma paranoica e que se tornara repulsivo para si mesmo. Que um homem desses tenha conseguido cumprir suas obrigações nessas circunstâncias era algo notável. Você se saiu bem, comentei com ele depois. Ah, é só ser conivente com uma farsa sem sentido, foi a resposta. "Quando publicamos um livro, mexemos com forças malignas. Aquela moça não enxergava um palmo adiante do nariz."

As forças malignas se multiplicaram. À entrevista, logo se seguiu um artigo no *The New York Times*, enviado para publicação pelo correspondente do jornal em Londres, que ficou muito impressionado com Sanderson e com o que descreveu como "sua preocupação inocente com a verdade" e "seu estilo de uma transparência invulgar". O artigo do *The New York Times* repercutiu imediatamente — quem era esse britânico que ousava se pronunciar sobre felicidade? Era sacerdote ou profeta?

Em pouco tempo, Sanderson foi inundado de convites para participar nas maiores redes de televisão dos Estados Unidos, e isso, por sua vez, aumentou o interesse por ele em seu próprio país. Ele continuou evitando os artifícios que agradam ao público, mas isso teve o efeito contrário ao que se esperava, aumentando sua popularidade. Quanto mais ele alertava contra a felicidade, mais pessoas queriam ouvi-lo denunciá-la. No espaço de uma semana, ele se tornou o foco de um frenesi da mídia. Enquanto isso, os políticos americanos assumiam os microfones para lembrar aos seus vizinhos do outro lado do Atlântico que a busca da felicidade era um dos direitos inalienáveis delineados por Jefferson e pelos pais fundadores na Declaração de Independência. Pode ser verdade, disse Sanderson, mas a busca da felicidade só se traduziu na busca por bens de consumo, e homens e mulheres com certeza não morreram pelo direito à cobiça sem limites. E, na realidade, a felicidade não era a questão. Era uma história muito mais complicada.

A fama de Sanderson atingiu novos píncaros quando ele apareceu no programa de atualidades mais importante da BBC, com um link de satélite para um senador americano em Washington. A entrevistadora, relativamente jovem e dona de um elegante pescoço de cisne, tinha um olhar de permanente surpresa. Seu cabelo balançava para a frente e para trás como uma cortina, e ela observava Sanderson com espanto, de olhos arregalados, como se dissesse: "Veja! Um filósofo! Vamos ver que truques ele sabe." A câmera focalizou o rosto de Sanderson. Ele tinha o começo de uma barba, penugens, como um pêssego. Evidentemente, sua pele não podia mais tolerar a lâmina. A entrevistadora começou sugerindo ao senador que o debate saísse da genética e fosse para a questão mais ampla, sobre se a busca da felicidade era, de fato, uma ambição sensata. O senador estava na defensiva, mas se empenhou para parecer razoável, empregando uma série de "arrans" e "certos", como se estivesse sendo paciente com uma criancinha. Em seguida, lançou-se numa conversa de uma informalidade afetada, uma série de "pras", "dondes" e "dumas". O direito de buscar a felicidade, disse ele, estava incorporado no documento fundador dos Estados Unidos. Como a vida e a liberdade, ela era parte do ideal americano. E assim permaneceria. Simples assim.

Nesse ponto, Sanderson argumentou que seria muito difícil encontrar a felicidade, da forma como ela é comumente entendida, onde as pessoas a buscam. A felicidade sempre seria um efeito colateral surgido da sorte, não algo que pudesse ser projetado ou calculado. E, mais importante, não apenas era inútil buscar a felicidade, mas, na melhor das hipóteses, seria moralmente dúbio; na pior, completamente imoral. Isso porque a busca da felicidade própria quase sempre envolvia dano a outras pessoas. Logicamente, para sermos felizes, precisaríamos acabar com o que quer que nos fizesse infelizes — pobreza, por exemplo, ou frustração sexual, para mencionar apenas duas coisas. Se esses fossem os obstáculos específicos para nossa felicidade, não era preciso muita imaginação para pensar na variedade de males que poderiam ser causados para remover os obstáculos ou o número de pessoas que poderiam se fornicar no processo — bem *literalmente* se fornicar, acrescentou ele com um sorriso amarelo.

O senador, claramente afetado por essa agressão a um direito inalienável, agora mudava o argumento na direção da religião, buscando as palavras mais do que testadas que lhe tirariam de apuros:

os pais fundadores acreditavam que o direito de buscar a felicidade era um presente de Deus, e até hoje essa era uma crença fortemente arraigada nos Estados Unidos.

— É verdade — disse Sanderson, entrando no ritmo — que os americanos têm um apetite natural para a crença. — Fiquei surpreso pela forma que ele enfatizava o artigo indefinido: um apetite natural. — Eles acreditam na verdade literal de muitas coisas que são descartadas sumariamente no meu país. O escrutínio crítico não é altamente desenvolvido lá, milhões de americanos acreditam, por exemplo, que, em algum momento, foram abduzidos por alienígenas. E, no meu país, temos um primeiro-ministro cujas péssimas decisões são, assim ele *crê*, sancionadas pelo Todo-poderoso. A crença não é sempre *uma* coisa positiva ou *uma* coisa razoável.

O senador interrompeu Sanderson para lembrá-lo de que a ideia cristã de felicidade estava muito relacionada com o amor ao próximo. Não era simplesmente questão de estar "em busca do que se pode conseguir", o que era uma acusação deprimente do comportamento humano. Os americanos acreditavam sinceramente que uma dieta diária de Deus e boas obras os levariam, por fim, à felicidade *eterna*, conforme prometida por Jesus Cristo.

— Na verdade, a ideia cristã de felicidade, como a entendo, é muito preocupada com a própria alma. Ela envolve uma busca pessoal de um estado de graça, o que quer que se queira dizer com isso. Isso pode envolver boas obras ou, no passado, podia envolver algumas Cruzadas. Atualmente, o mais provável é que seja um grupo de esquisitões de Jesus balançando os braços no ar e tocando tamborins, embora pudesse significar, é claro, uma vida monástica reservada, rezando pelas almas alheias. Qualquer que seja o caso, geralmente envolve sofrimento. Quanto mais você sofrer, melhor.

Que era só uma das coisas estranhas com a religião, disse ele. Afinal, por que alguém buscaria a dor se o prazer comum se oferecia? Mas essa era outra questão. Qualquer que fosse a forma que as pessoas interpretassem o plano divino, ele seria apenas outra forma de construto humano. E isso, certamente, não o tornava válido, ou mesmo sensato. As pessoas acreditavam nas coisas não porque elas fossem verdadeiras, mas porque acreditar fazia com que elas se sentissem melhor. Pense no mantra fracassado e perturbador de Tony Blair: "A coisa certa a fazer." Como se essa convicção tivesse feito alguma coisa para reduzir as consequências catastróficas para o mundo, continuou Sanderson. E, quanto à crença na vida após a morte e na felicidade eterna, isso era algo que fora provado como determinado pela cultura. — Por exemplo, quando os chineses têm experiências de quase morte e relatam o que "viram", isso inclui estar frente a frente com cada pequena criatura cuja vida foi sacrificada para que eles vivessem, junto com a imagem de um juiz medindo a retribuição deles por essa má conduta. Enquanto, na nossa sociedade, e sem dúvida na sua também, em geral há relatos de uma luz branca e braços que se estendem, acolhendo-nos ao "lar", invariavelmente para os braços de Jesus.

Ele continuou por um bom tempo, dando passos arriscados agora, sem titubear. A derrota do senador era visível. Cada ferida havia sido minúscula, mas o efeito geral foi mortal. Era surpreendente para mim que não houvesse desdém no jeito de Sanderson, nem arrogância. Ele ainda parecia vulnerável, desconfortável sob as luzes do estúdio, mas sua postura dava a impressão de uma perplexidade de quem se diverte, como se não houvesse argumentação a ser respondida.

Ao longo de uma ou duas semanas, sua estrela continuou subindo e ele se tornou uma celebridade improvável. Foi aclamado na imprensa e nas ondas do rádio como alguém que parecia ter tido uma vida difícil, no entanto permanecia com uma visão de mundo bastante gentil e sensata. Seu livro, que, por qualquer previsão conhecida, deveria ter definhado na obscuridade, foi alçado às listas de mais vendidos, em parte por causa da ferocidade de seus críticos. "Saiu-se melhor que *Luxúria*", disse o editor de Sanderson quando ligou, seu tom com algo entre a empolgação e a incredulidade. Enquanto isso, a universidade foi inundada com tantas perguntas da imprensa que precisou publicar uma declaração informando que o dr. Sanderson era um acadêmico de primeira linha, reconhecido com justiça pela Faculdade de Filosofia por sua pesquisa pioneira. Uma vez que estava de licença, porém, até novo aviso, a assessoria de imprensa não estava em condição de organizar nenhuma entrevista.

— Irônico — comentei, falando sobre a suspensão e o momento em que ocorrera.

— A ironia é o humor dos derrotados — disse ele. — É por isso que somos tão bons nisso.

45

Na última sexta-feira de novembro, Alice promoveu uma exposição fechada das obras mais recentes de Carrie em sua galeria. Eu já tinha, é claro, comparecido a exposições antes, mas havia algo novo e emocionante em ser convidado para uma exposição fechada. Também me senti um pouco nervoso. A arte era misteriosa, e eu não tinha certeza sobre como falar com inteligência sobre ela. Passei um tempo maior do que o habitual me aprontando, considerando cuidadosamente o que vestir, decidindo-me, ao final, a favor de uma camisa de seda cinza sem gravata.

A atmosfera era de celebração, como numa festa, repleta de saudações calorosas e risadas altas. Tudo dava a impressão de ser um pouco exagerado, e, no entanto, real. Alice, radiante num vestido transparente vermelho, saudou-me como a um velho amigo. Caminhei para ela com obediência, e, em seguida, ela me apresentou ao marido Charles, um homem bonito de mãos macias agradáveis, unhas brilhantes e jeito sofisticado. De imediato, vivi uma espécie de pânico provocado por estar ciente dos detalhes do caso de Sanderson com a esposa desse homem. Especialmente já que Charles e Alice me pareciam anfitriões perfeitos, o casal perfeito na verdade — bonitos, charmosos e enaltecendo perfeitamente um ao outro, não apenas pela aparência física, como pelo modo de agir e o modo como se tratavam. Charles era gentilmente solícito com Alice, curvando-se para ouvir o que ela estava dizendo, tocando-a repetidamente e sendo refinado de um jeito antigo. Eles davam a impressão de combinar com tamanha intensidade que eu achava impossível crer que não eram, de fato, amantes. As aparências enganam, concluí, e não há explicação para a preferência sexual. Surpreendeu-me também o quanto Charles parecia realçar os encantos de Alice. Quando nos conhecemos no apartamento de Sanderson, e mais tarde quando fui à galeria, ela havia me parecido teatral e afetada; contudo, com o marido, ela parecia uma pessoa de verdade, que se tornara completa e dotada de certo propósito. Ainda tinha presença de palco — nessa ocasião, o grande espaço da mostra era seu teatro —, mas sua atuação parecia mais natural, como se tivesse deixado de ser atriz e, em vez disso, entrado de vez na personagem.

Pinturas — essas pinturas, pelo menos — pareciam ser, ao mesmo tempo, menos ambíguas e mais ambíguas do que a palavra escrita. Eu me movia devagar de uma para a outra, pensando em toda a energia e na emoção que haviam sido usadas para criá-las. A exposição levava o título *Deslocamento*, e estava claro, mesmo para o olho não treinado, que as doze peças eram todas ligadas por um tema. Cada uma das grandes telas mostrava uma figura, sempre nas margens, nunca no centro. A figura tinha uma presença forte, mas era — como Alice indicara — o tipo de presença que implica uma ausência: invariavelmente, a visão por trás, levemente contornada, o rosto virado, olhando para fora da borda da pintura, como que pronto para deixar o mundo. O imenso espaço em volta da figura era estranhamente poderoso. Era também — essa era apenas a minha impressão — um pouco ameaçador. As cores no centro eram claras, ficando mais escuras nas bordas. Para mim, não havia dúvida de que a tristeza da artista vazara na tela, espalhando-se em toda a sua extensão, usando o quadro como instrumento. Em duas ou três das pinturas, havia outra figura, uma imagem menor, tremeluzente, ondulante, que eu presumi ser uma versão da própria Carrie — um anjo da guarda pairando em segundo plano. Não, disse Carrie algum tempo depois, quando comentei sobre essa segunda figura. Era provavelmente algum tipo de espírito benigno, explicou, mas tão supérfluo e inútil quanto uma sombra. Então, por que estava ali?, perguntei. Quem sabe?, respondeu ela. As coisas borbulham sob a superfície e às vezes fervem e vêm à tona, esparramando-se sobre a tela. Pintar era apenas uma forma de se conectar com o mundo, estar viva nele, e de certo modo manter o mundo a distância. Algo fez o caminho de dentro para fora, e essa coisa podia vir devagar de uma região remota ou da região mais acessível da mente, disse ela. Parecia se originar da mesma semente, mas, a cada vez, a germinação era ligeiramente distinta. Ela achava que devia ser algum tipo de interação entre a pintura e a vida, mas era malcompreendida, não havia certeza ali.

— É como a sua tradução: na melhor das hipóteses, provisória.

— É, mas por que você é tão pessimista quanto a isso, tão dura consigo mesma?

— Não sou, não — respondeu ela de imediato, como se tivesse havido um engano terrível. Fixou o olhar em mim. — Isso é como *você* vê, não como eu vejo. E você está projetando em mim o que vê.

*

Olhei em volta da galeria, para a aglomeração de pessoas. Um pouco antes do Natal era uma boa época para fazer uma exposição, dissera Alice. As pessoas estavam otimistas e com vontade de fazer compras. E, com toda certeza, várias das pinturas já estavam sinalizadas como vendidas. Mais tarde, quando perguntei a Carrie se tinha sentimentos contraditórios quanto a se desfazer delas, ela pensou por um instante antes de responder. Depois, disse: "Acho que é um pouco como deixar um filho sair para o mundo. Uma mistura de alegria e angústia."

Embora o mundo da arte, como o acadêmico, tivesse a reputação de ser atormentado pela inveja, não consegui ver indícios naqueles reunidos na galeria. Deviam ser umas cem pessoas, todas elas aparentemente envolvidas em conversa animada. O ambiente parecia vivo com alegria e cordialidade genuínas. Imaginei essas pessoas voltando para suas casas, um quarto ou um apartamento em algum lugar, fechando a porta atrás de si e tratando de suas outras vidas, inventando e reinventando a si mesmas com facilidade. Observando e ouvindo, senti a inclinação oposta e dolorosamente familiar que me separava da multidão. Essa velha sensação fixou residência na minha boca, onde se tornou um gosto amargo, inalterado pelo vinho e pelos canapés que circulavam em pequenas bandejas de prata. Era algo que tinha acontecido antes, principalmente quando ficou gravado em mim que eu sempre estava fora dos limites da história de outra pessoa e que ninguém estava dentro da minha. Desse pensamento, foi apenas um pulo para me imaginar num dos imensos quadros de Carrie, outra figura triste e solitária matando o tempo na borda da tela.

De repente, Sanderson estava ao meu lado, piscando os olhos na luz forte. Suas roupas estavam amarrotadas e sujas — o uniforme de uma vida sem esperanças. Ele poderia se juntar facilmente ao mendigo na caixa de papelão do lado de fora de seu próprio prédio. Com a aparência desleixada, feridas abertas, barba cheia de falhas e unhas sujas, Sanderson fazia o marido de Alice parecer um deus grego. As luzes da galeria lhe davam um aspecto doentio, o que acentuava o resto de sua aparência mórbida — olhos vermelhos, lesões na pele, dentes sujos, roupas escurecidas pelo suor nas axilas. Ele fungou e disse: "Bem-vindo ao mundo da arte, Eddie", e eu senti um pouco de seu mau hálito. Horrendo. Será que sua putrefação interna estava agora vazando pelos poros e pela cavidade oral? Carrie mencionara o cheiro da depressão, mas com certeza ela não podia ser responsabilizada por esse estágio avançado de ranço. Emanações gasosas de um embrulho que apodrecia. Como ele havia chegado a esse ponto? Tinha de ser algo recente; caso contrário, como alguém teria sobrevivido a se relacionar com ele?

Fora a sensação familiar de deslocamento, eu estava relutante em deixar a galeria e sua atmosfera de festa. Isso se devia a eu ter detectado outra sensação — um leve indício de escape do meu eu de todos os dias, de todas as coisas que me cercavam e me fixavam no mesmíssimo lugar. Do lado de fora, Sanderson estava na entrada, tentando acender o cachimbo. "Quer fazer uma boquinha, Eddie", balbuciou entre baforadas. "Devemos esperar a ilustre artista?" Quando Carrie saiu, com o rosto corado com a agitação da noite, sorriu para nós e, de braços dados, nos segurou com firmeza enquanto meio andava, meio dançava ao longo da calçada. Seus cabelos estavam enfiados numa boina vermelha, e uma echarpe de seda lhe envolvia o pescoço. Por um momento, pensei nela como Jeanne Moreau em *Uma mulher para dois*, cativando os dois homens com seu vigor e sua impulsividade. E, então, lembrei que no filme de Truffaut isso não durou nem terminou bem.

46

Na manhã seguinte, a última de novembro, voltei ao rio com Sanderson. A temporada das trutas estava, para todos os efeitos práticos, terminada, mas ainda havia outros salmonídeos a serem pescados. Durante os meses de inverno era mais fácil pegá-los com uma ninfa, disse ele, afundando-a bem na água, onde eles mais se alimentavam. Mesmo assim, ele continuaria com sua mosca seca. "Usar ninfas é para os fracotes", bufou, unindo uma ninfa pesada à minha linha líder. Fingi não saber o significado de fracote, e, quando ele me explicou, eu lhe disse que não havia um equivalente em francês. "Deve ser uma coisa britânica", disse e sorriu, infantilmente satisfeito consigo.

Era um dia claro, muito frio e promissor, mas o humor de Sanderson era sombrio. Ele explicou que, no caminho para pegar o carro, havia esbarrado na rua com a secretária do departamento. Ela era uma mulher bem-intencionada, disse, com uma empatia natural, provavelmente por ter sofrido muito. "O marido dela é um bebum horrível que bebe a maior parte do dinheiro que devia ir para as crianças, e, ainda assim, de algum modo, ela consegue que isso não a abata." Ela lhe perguntara como ele estava e tinha dito como lamentava que as coisas fossem difíceis para ele. "Até aí tudo bem", disse Sanderson, "mas, então, ela me aconselhou que poderia ser útil entrar em contato com meus sentimentos". Só o fato de que ela era uma boa pessoa, disse ele, havia impedido que lhe arrebentasse os miolos. Mesmo agora, enquanto recontava a conversa, imaginava-se pressionando-a contra uma parede, olhando-a diretamente nos olhos e dizendo: "Entrar em contato com os meus sentimentos? E o que faz você pensar que consigo evitar estar em contato com eles? Pelamordedeus, você sabe o que eu daria para conseguir NÃO ESTAR EM CONTATO com os meus sentimentos?" A última da mulher bem-intencionada tinha sido que ele não devia se culpar. (*Ah, é mesmo? Não diga! E por que não?*) Ele forçara um sorriso e acenara um até logo.

Enquanto caminhávamos na trilha até o rio, eu disse o que planejara dizer.

— Carrie me contou sobre Alfie. Na noite passada, na galeria. Deve ser difícil de suportar. — As palavras ficaram suspensas sem força no ar úmido.

— Hum, uma furada — disse Sanderson —, uma furada. — Mas, em vez de discorrer sobre a furada, ele iniciou um ataque geral contra a tolice de se ter filhos. Todo aquele medo, ele disse, toda aquela preocupação. Um filho ficava no centro da vida da mãe de um jeito exagerado. E os pais, em geral, *se envolviam* demais com os filhos. — Era melhor na era eduardiana, quando os pais, os homens com certeza, eram distanciados de seus filhos e, ainda assim, respeitados.

Eu não sabia o que pensar disso. Era medo? Era antipatia genuína? Soava como um coração gelado. O que me fazia pensar em Rousseau — um tartufo que ousou pontificar sobre a sensibilidade e a bondade natural do homem, mesmo tendo entregado os cinco filhos que teve com a amante ao *Enfants-Trouvés*, um hospital para crianças enjeitadas em Paris. Da mesma forma que sempre me perturbou pensar em Hume, um homem genuinamente bom, tendo uma ligação com Rousseau, eu não queria crer que Sanderson pudesse compartilhar a insensibilidade de Rousseau. Em vez disso, agarrei-me a algo que Carrie me contara durante nossa longa conversa: "O cinismo de Harry é uma farsa. Ele o impede de enlouquecer. É como ele lida com as coisas. Uma forma de aliviar a insatisfação consigo mesmo."

— No caso do garoto — continuou Sanderson, evitando o nome de Alfie —, o problema começou imediatamente. Sempre me ressenti que falassem comigo *por intermédio* dele, que era o que minha esposa fazia no começo. — Ele não conseguia suportar todo aquele ritual de fala de bebê. E a fala de bebê nunca desaparece por completo, disse ele. Ela só toma uma forma diferente. — Os filhos causam o caos na vida dos adultos, e os adultos aguentam isso. É um dos grandes mistérios do mundo.

— Mas é assim que a vida continua — comentei, sem entusiasmo. — Todos nós fomos crianças um dia.

— E esse é um dos piores argumentos em favor das crianças, a ideia de criar versões em miniatura de si. Não estou falando dos perigos de reproduzir uma infância ruim, não ruim no nível de um orfanato romeno, mas na ideia de ver todas as mágoas normais da sua própria infância aumentadas e intensificadas por meio da prole... bem, é uma ideia grotesca. — O que era de fato grotesco, pensei, era a disposição de ânimo de Sanderson, sua atitude. A cada dia parecia haver mais declínio, menos autodomínio. — No calendário chinês, até onde sei, sou um coelho — disse ele, no que aparentava, mas acabou não sendo, uma súbita mudança de assunto.

— Que é, evidentemente, o signo mais feliz do Zodíaco, mas, desde que descobri isso quando jovem, fiquei aterrorizado de produzir outros coelhinhos e todas as suas pilhas de merda.

Enquanto preparávamos nossas varas de pesca, mudei a conversa para o que esperava ser um terreno mais seguro: o livro de Sanderson e seu novo status de celebridade. Era uma verdadeira conquista, afirmei. Certamente, ele devia estar muito satisfeito com a forma como tudo aconteceu. "Com certeza, eu estou satisfeito por você." Ele zombou e fez os gestos de modéstia de sempre, mas, de repente, a objeção parecia ter ficado presa em sua garganta, e por alguns breves momentos pensei ter detectado prazer e até mesmo orgulho, raras frestas de cor na espantosa negatividade. Sua carranca sumiu, e, enquanto dava baforadas no cachimbo, Sanderson parecia ser um homem bastante tranquilo consigo e com seu destino. Entretanto, do mesmo modo súbito, ele mudou de humor e não queria nada daquilo. Os filósofos em geral eram uns impostores. "Sei bem disso, tenho sido um a vida inteira." Ao seu comentário se seguiu a risada que era sua marca registrada: um disparo de arma de fogo. E os filósofos certamente não eram isentos de preconceito, continuou, como às vezes se pensava. Na verdade, eram infestados por ele. Eram, geralmente, um bando de molengas chorões, sentados em escritórios com aquecimento, enclausurados fora do mundo externo, refinando suas pequenas rivalidades e ilusões de grandeza, respirando ar limpo, sem nenhuma doença que tenha recebido seu nome.

— Há o mal dos eruditos, não se esqueça — lembrei-lhe, quando chegou ao fim de seu discurso. Mas Sanderson não estava disposto a que implicassem com ele. — É exatamente isso, Eddie — disse, tranquilo agora. — Não somos mais eruditos. Não mais.

Quanto a aparecer na televisão, continuou, era uma dupla maldição: inspirava o ódio nos outros, ao mesmo tempo que aprofundava o ódio que sentia por si mesmo. "As pessoas ficam intimidadas por um filósofo. Elas presumem que seu cérebro é energizado com circuitos rápidos e que você lida com a verdade." Mas isso estava tão distante da realidade que era risível. A verdade costumava ser transmitida por oráculos e sibilas, era envolta em mistério e imbuída de autoridade. Antes disso, no mundo primitivo, a verdade era equivalente aos sentimentos mais fortes das pessoas. E, agora, algo similar estava acontecendo outra vez. A verdade tinha sido despedaçada em fragmentos de teorias que competiam entre si, cada uma alegando validade igual, geralmente por nenhuma razão, a não ser que eram aceitas com convicção. Ela não tinha, de fato, nenhum valor independente, apartada daqueles que acreditavam nela. "A verdade tem uma cor cinza opaca, obscura demais para iluminar algo."

— Você está dizendo que nunca podemos dizer que algo é verdadeiro?

— Podemos. E fazemos isso. Mas a verdade é um conceito relativo, Eddie, que depende invariavelmente da língua em que é expressa. As palavras não têm significado isoladas. E não há garantia de que a língua na qual formulemos a verdade corresponda ao mundo em que vivemos. A verdade não corresponde a algo que exista no *mundo exterior*. — Ele apontou sua vara de pesca para o céu, flexionando-a levemente, como que para indicar o local do *mundo exterior*.

— Às vezes penso que os romances contêm a verdade, não algo que se pudesse, talvez, comprovar com a filosofia. — Interessava a ele o que eu dizia? Como a secretária do departamento, eu tinha boas intenções, mas Sanderson parecia ter dificuldade em suportar isso.

O TOM AUSENTE DE AZUL

— A verdade dos romances, como a verdade da vida, é, na melhor das hipóteses, provisória — rebateu ele. — Dizer que uma coisa é verdade num romance pode não ser mais que dizer que a emoção que ela evoca produz uma reação no leitor. Não se relaciona a algo no mundo fora da narrativa. — Seu tom era absolutamente neutro, sem trair nenhum sentimento. Ele tinha largado a vara e agora mexia nos bolsos procurando o cachimbo e o tabaco. — Sabe, os russos têm uma palavra, *vera*, que é uma certa crença de que uma coisa é verdadeira, de que podemos dirigir nossa conduta de acordo com ela e pô-la em prática. Nós não temos isso.

Próximo ao fim da tarde, arrumamos nossas coisas e voltamos para o carro. Eu ainda não sabia, mas não pescaríamos mais juntos. Quando voltamos a Edimburgo, o sol fraco do inverno se ocultava por trás dos prédios de apartamentos residenciais, irradiando pálidos dedos de luz na estrada. As pessoas entravam e saíam das lojas, andavam de mãos dadas nas ruas, empurravam carrinhos de bebês. Outras vidas continuavam iguais.

— Vamos beber alguma coisa rápido, para marcar o fim da temporada de pesca — disse ele. Como ele ocupava seus fins de semana, perguntei, enquanto tomamos nossos assentos no bar, quando não havia pesca?

— Sempre há moscas a serem atadas — respondeu cansado, olhando para as mãos embaixo como se elas não fossem suas, mas de alguma criatura alienígena estranha. — Não há limite para as moscas que se pode atar. — Com o indicador, Sanderson seguiu a curva da borda do copo. Houve algum contato da universidade?, perguntei. Não, não houve, rosnou ele, e os trinta dias estavam quase no fim. — Não se esqueça — disse ele, com os olhos ganhando brilho — de que vai levar mais de trinta dias para percorrer o comprimento e a largura dos egos deles. — Ele ainda não desistiu, pensei, ainda há certa centelha, ainda existe diversão, ainda que seja do tipo um-último-cigarro-antes-da-guilhotina. Havia uma boa novidade, acrescentou. Ele tinha ouvido um rumor de que sua acusadora, a srta. Suzello, não faria uma queixa criminal separada, que ela ficaria satisfeita com um inquérito interno. — O que é uma melhora, acho. Mas apenas no tanto que a caça às bruxas de Salém foram uma melhora em relação à Inquisição Espanhola. — Ele sorria enquanto falava, mas era um tipo de sorriso como o de Norman Bates em *Psicose*, o sorriso de um maníaco. — Mas, para ser honesto, acho que não me importo mais. Em ser suspenso, digo. A princípio eu pensei que fosse... bem... o meu fim, o fim de tudo. Eu estava olhando da beira, para o abismo. — Agora ele parecia mais o velho cego Gloucester, convencido de que fora levado à beira do precipício e estava prestes a morrer, e então descobriu que se tratava apenas de um pequeno degrau. — Eles me fizeram foi um favor. Eu havia me tornado um participante externo nos meus próprios assuntos, apenas em parte eu mesmo; no grosso, era um estranho. Eu devia sair enquanto posso, enquanto me resta a alma. O que quer que seja isso. — Ficamos sentados em silêncio por um instante. Sanderson brincava com um descanso de copo, girando-o sem parar, como se procurasse a chave de um mistério. Ele não parecia de todo presente em sua própria vida. — Sabe, Eddie, às vezes me pergunto como a vida poderia ter sido diferente. — Ele soava bastante prático agora. — Você faz isso de vez em quando? Às vezes, eu me pego pensando: e se tivesse crescido numa casa cheia de livros?

— Bem, eu cresci com livros. Passei toda a minha infância numa livraria. E meu pai sempre defendeu que trabalhar com livros era como viver na luz. Mas isso não resolve tudo.

— Não, mas suspeito que a literatura possa resolver mais coisas que a filosofia. A filosofia é boa em fazer perguntas, mas a literatura nos aproxima das respostas. Ela pode até salvar vidas, de uma forma que a filosofia nunca pôde.

— Como assim, *salvar vidas?*

— Ah, é só maneira de dizer. Estava pensando sobre coisas que ajudam e coisas que prejudicam, e a conexão entre elas, o que Henry James chama de a *alegria e a agonia*. Não se consegue isso com a filosofia, só nos romances. Talvez ainda mais na poesia. Há um lugar profundo dentro de nós com o qual a poesia pode se conectar.

Ele fechou os olhos por um momento. Sobre suas pálpebras estava depositado algo translúcido, de cor roxa-leitosa. O problema era, continuou Sanderson, com os olhos abertos agora, que, quando se chega à idade dele, é impossível deixar de olhar para trás. E, no caso dele, era um passado cheio de oportunidades perdidas, caminhos não trilhados.

Mas isso podia se aplicar a quase todo mundo, comentei.

— Com certeza se aplica a mim.

Sem dúvida, a forma de lidar com isso era tentar moldar o passado removendo seus espinhos. E contei a ele sobre meu amigo Antoine, que tinha moldado sua história de tal maneira que ela poderia ser uma escultura belamente lapidada.

— Parece ajudá-lo a viver com a trilha de destroços que deixou para trás — afirmei.

— É tarde demais para isso, no meu caso. Você olha para trás por um momento, e tudo está terminado. E o que soma sua vida? Coisíssima nenhuma.

— Você é muito severo consigo mesmo — disse eu, sabendo que o que dissesse não faria diferença.

— Você se engana, Eddie. Nós só podemos nos amar se, aos olhos dos outros, somos dignos de amor.

— E quanto a Carrie? Qualquer um percebe que ela ama você. — Eu havia percorrido um longo caminho. Esse tipo de comentário, na minha existência anterior, teria sido pessoal demais, perto demais de dizer o indizível. Eu poderia ter dito ainda mais, se Sanderson não tivesse recomeçado a falar, dessa vez titubeante, procurando as palavras, depois as atropelando. Justamente quando uma frase parecia estar se formando, ela embrulhava suas coisas e levantava acampamento, deixando para trás traços mínimos de que havia estado lá.

Por fim, ele disse, de modo tranquilo e sem firmeza:

— Amor e pena não são a mesma coisa. — Eu conseguia entender isso, não é? — Carrie tem pena de mim. E a pena é um golpe fatal. — Ele assentiu com a cabeça, concordando consigo. Mantive-o em meu olhar, assimilando o caos de sua aparência e tentando conciliá-lo com as filas de gavetas etiquetadas com tanta organização no quarto de despejo e com suas moscas confeccionadas com esmero. Depois, como se lesse minha mente: — Quer dizer, olha só para mim! — Wittgenstein acreditava que o corpo humano era o melhor retrato da alma de um homem, disse ele. — Que retrato! Que alma! E a isso se seguiu outra torrente de frases desesperadas e ofensas autoinfligidas. Ele tinha esquecido a arte de viver, a arte de pensar: era uma lesma percorrendo o caminho no nível do solo, depositando muco. Disse, em seguida, que eu não devia levá-lo muito a sério ("eu me empolgo"), antes de desviar bruscamente o assunto para o problema do livre-arbítrio, parecendo retomar o ponto onde havia parado na primeira vez em que fomos pescar.

— Durante nossas vidas achamos que temos *livre-arbítrio*. — Ele estendeu essa palavra a um comprimento de cortar o coração. — Mas isso é posto em dúvida pela forma como os padrões se repetem interminavelmente. Não estou sugerindo que tudo é predeterminado, mas, na verdade, muito pouco tem a natureza do inesperado. A ideia de que o está acontecendo a nós é único... bem, isso é só uma cilada. E uma cilada na qual todos caímos.

Eu estava bastante confuso, porém pensei quase pela primeira vez que nos compreendíamos. Isso apesar do abismo colossal entre a minha vidinha organizada e a turbulência caótica dele.

— Isso é uma coisa tão ruim? — perguntei. — Afinal, Hume compreendeu trezentos anos atrás que não havia livre-arbítrio. Essa liberdade era uma ilusão. Que o livre-arbítrio exigiria uma mente. Não apenas uma coleção de impressões, percepções mentais.

— Ah, o mantra do cético — disse ele, conseguindo exibir um sorriso que implicava seu oposto. — O livre-arbítrio não é mais que a nossa ignorância de causa e efeito, e causa e efeito são uma ilusão; portanto, o livre-arbítrio é uma ilusão. Aí está. É simples, na verdade.

Às vezes ele era a imagem de um mago brincalhão, mas perturbador. Em outras ocasiões, como agora, ele ficava pensativo e cheio de tristeza. Ele usava a tristeza como uma droga, surpreendendo-se com seu próprio vício.

Talvez o problema tivesse a ver com rever o passado, sugeri. Eu sabia muito bem que era impossível não rever o passado, é claro, comentei, embora não houvesse sentido nisso. Apenas encontrávamos uma série interminável de antecedentes para eventos atuais, e. em pouco tempo, eles também entrariam na fila e se tornariam antecedentes eles mesmos.

— Bem, qualquer que seja a forma que olhemos para isso, não temos a liberdade que pensamos — suspirou ele. — O que dizemos que faremos para nós mesmos já foi em grande parte decidido. Só se transforma em forma narrativa para manter a ilusão de que estamos no comando.

Para dizer a verdade, continuou Sanderson, ele estava farto. Farto da universidade, farto de lecionar, farto de tudo. Ele estava sofrendo do que os russos chamam de *toska* — nada a ver com a ópera de Puccini, disse. Era T-O-S-K-A, com a segunda sílaba tônica — toscá.

— Não existe uma única palavra em inglês que expresse todos os diferentes aspectos de toska — disse ele. — Acho que o francês chega mais perto com *malaise* e *ennui*. Mas *toska* é mais do que isso. É uma espécie de angústia arrebatadora, uma nostalgia de algo apenas ligeiramente compreendido, sem nenhuma causa específica, pelo menos nenhuma que se possa identificar. Um desejo por algo que não se tem, bem como por aquilo que se teve e que acabou. E o tempo inteiro, a sensação de que a história que se desenrola é, na verdade, sobre outra coisa, como uma parábola, só que não se tem ideia do que possa ser.

Pela maior parte da vida ele tivera a sensação de querer encontrar a solução para algo sem saber exatamente o quê. Algumas vezes, pensou estar chegando perto, mas, no momento que a coisa, o que quer que fosse, parecia ao seu alcance, desaparecia, virava a esquina. Era uma sensação que perpassava seus sonhos e também sua vida quando acordado. Aleatoriedade era em grande parte o que determinava o futuro. Junto com o acaso e o absurdo: "Eles são primos próximos." Justo quando você pensava que tinha as coisas sob controle, eles apareciam à espreita nos arbustos.

— É muito difícil ir além da própria história. A gente apenas continua fazendo a mesma coisa, dia após dia. Por que fazemos isso?

O TOM AUSENTE DE AZUL

Porque é a coisa a fazer. — Ele olhava para mim, como se esperasse contestação. A gente chega a um ponto na vida, continuou, e percebe que é impossível mudar. — Preciso fazer alguma coisa enquanto ainda há tempo.

E então, de repente, ele precisava ir embora, minha nossa veja que horas são!, ele ia se atrasar. Não pensei em perguntar para o quê.

47

O toque do telefone era como o despedaçar de um vidro. Quebrava a noite em duas, e suas bordas irregulares ficavam protuberantes, à espera de me ferir. A névoa no meu cérebro me informou que devia ser a sra. Bannerman para me dizer que não podia ir naquele dia. A faxineira se tornara uma explicação conveniente para tudo. Mas nunca era a faxineira.

— Harry não voltou. Estou preocupada. — Carrie parecia perturbada. Ela não controlava a própria voz.

— Quando o viu pela última vez?

— Ontem de manhã, no café da manhã.

— E ele estava bem?

— Sim. Acho que sim. Tinha uma consulta no hospital. Tratamento com ultravioleta. Liguei para o hospital. Ele não apareceu.

— E desde então nada?

— Não. Eu pensei que ele podia ter ido ao *pub*, ficado lá o dia todo. Estou esperando desde então.

— Dê um pouco de tempo. Tenho certeza de que há uma explicação simples.

O TOM AUSENTE DE AZUL

Era o meio da noite, mas decidi descer. Eu não conseguiria mais dormir. Num capricho, abri a porta, meio esperando que Sanderson estivesse no degrau de entrada ou à espreita nos arbustos. Mas havia apenas uma névoa gelada, girando em espiral à luz da lâmpada.

O silêncio era palpável, como se a cidade inteira tivesse prendido a respiração. Tremi e fui para dentro, imaginando Carrie completamente sozinha, desejando que seu Harry retornasse.

Naquele dia, uma terça-feira, eu mal consegui me concentrar no trabalho. Meu cérebro estava aturdido pela falta de sono, e eu ficava pensando em Carrie, sentada ao lado do telefone, aguardando notícias. Mantenha a rotina, pensei. E, então, subi Salisbury Crags, imaginando David Hume fazer a mesma coisa quando estava preocupado. Depois, li as notas do dia anterior, como de costume, digitei-as no computador, fiz ajustes e burilei o texto enquanto prosseguia. Mas minha cabeça continuava se voltando para Sanderson.

A sra. Bannerman estava mexendo no andar de baixo. Era sempre difícil me concentrar quando ela estava na casa. Em seu devido tempo, como que em resposta, ela aparecia na porta do meu escritório. "Vou só dar uma aspirada rápida no seu tapete, o senhor nem vai notar que estou aqui." Ela sempre dizia isso. Passava o aspirador nas estantes, quase sem encostar. Ela não via muito sentido em livros — disse-me isso no começo. A gente pode encontrar tudo de que precisa saber apenas vivendo, disse ela. O livro de Sanderson estava na mesa — impecável em sua sobrecapa e completamente livre de poeira. A sra. Bannerman passou o aspirador nele assim mesmo, torcendo os lábios para as letras em negrito do título. "Arram. Como se a gente tivesse sido posto no mundo para ser *feliz*!", disse ela. "Ele devia tentar trabalhar para ganhar a vida."

A sra. Bannerman não tinha o dom da clareza, mas raramente havia dúvida em suas opiniões. Concordei educadamente e fugi da casa. Iria à biblioteca mais cedo do que o normal. Era uma quebra na minha rotina, mas o que importava? Quando cheguei ao final da Calton Hill, contudo, dei por mim fazendo a curva na direção do apartamento dos Sanderson, depois de todas as ruas com nomes da realeza — rua George, rua Hanover, rua Frederick, rua Queen.

Carrie me deixou entrar e imediatamente me abraçou, não como uma mulher abraça, mas forte demais, como uma criança amedrontada. Ah, Eddie, disse ela. Eu temia que ela tivesse descoberto algo terrível. Alguma notícia?, perguntei. Não, nada. Ela estava pálida, e sua voz, trêmula. Eu nunca soube o que fazer quando mulheres choravam. Não tinha aprendido com a minha mãe, e não sabia agora. E, ainda assim, eu tinha o ímpeto de confortá-la. Poderia haver todos os tipos de explicações, mencionei, não necessariamente agourentas. Ela verificou se ele tinha levado o carro? Ele não estava no lugar de sempre, respondeu, mas isso não significava nada. Bebemos café, e mais café, tentando tirar o pior da cabeça. Ela se sentou à mesa da cozinha, dobrando e desdobrando um pequeno pedaço de papel. Poderia haver muitas explicações, repeti. As pessoas às vezes saíam de suas próprias vidas, por exemplo. Era uma condição psicológica conhecida. *La fugue dissociative*, como chamavam em francês. "Acontece de repente, quando alguém não consegue encarar a própria vida e foge dela, reaparecendo uma ou duas semanas depois, talvez um mês ou dois, às vezes por mais tempo." Como eu sabia disso?, perguntou ela. Havia acontecido comigo? Não, não, balancei a cabeça. Eu tinha visto isso num livro sobre a Primeira Guerra Mundial. As pessoas testemunhavam coisas tão horrendas que, às vezes, escapavam das próprias vidas. Era um tipo de sumiço, só que não

O TOM AUSENTE DE AZUL

no sentido normal. Na época, ninguém havia compreendido isso. Na verdade, eles a chamavam de doença dos fingidos, descartando-a como covardia. Alguns até foram mortos por isso. Mas que coisa horrível, ela queria saber, Harry poderia ter testemunhado? As veias se estufaram no rosto. Ah, não precisava ser algo que se testemunhe, disse eu, arrependendo-me de ter seguido por esse caminho. Poderia haver outros gatilhos, acrescentei. Todo o tipo de coisa, eu tinha certeza disso.

— E você acha que uma dessas coisas pode ter acontecido a Harry?

— Não sei. — Era cruel lhe dar esperança. Mais tarde, quando era hora de ir embora, eu disse: — Se ele não procurá-la em breve, talvez você deva ligar para a polícia.

48

Quando voltei para casa no início da noite, tive dois choques. O primeiro foi encontrar meu computador desligado. Quando fugi da sra. Bannerman e do aspirador de pó, deixara o computador no modo de espera — tinha certeza absoluta disso. Mas agora não havia a luz verde tranquilizadora, e o cabo estava desligado da tomada. Telefonei para a sra. Bannerman, sabendo que de nada adiantaria. Só queria saber por que a senhora desligou meu computador, perguntei, não querendo soar muito severo. É um relacionamento complicado, esse, entre quem faz a limpeza e quem recebe o serviço. Ela *sempre* se certificava de desligar as luzes ao sair, disse ela. Assim ela foi criada. "O senhor ficaria surpreso com o tanto de dinheiro que isso poupa", disse, com a voz esganiçada. Passei horas tentando fazer o computador iniciar, porém nada funcionou. Tinha cópias da maioria dos ensaios, mas havia três no computador, nos quais havia trabalhado recentemente, nenhum deles com *backup*.

O segundo choque chegou com o correio e estava no capacho, escondido entre toda a correspondência comercial que precede o Natal. Era um envelope A4, com meu nome e endereço em caneta

O TOM AUSENTE DE AZUL

preta, e dentro havia uma folha datilografada com um postal contendo uma ilustração presa com um clipe na parte de cima. A imagem era um *close-up* de uma mosca de rabo comprido e escura com a legenda: *Thunder and Lightning* — *receita tradicional escocesa de isca para salmão*. No verso, Sanderson havia escrito:

Caro Eddie,

Faça a gentileza de entregar a carta anexa à universidade.

Cordialmente,

Harry

A Quem Interessar Possa*

Toda carta de demissão devia ter uma epígrafe, não acham? A minha está abaixo. Entendam como quiserem. Sintam-se à vontade para adotá-la como parte da missão da Universidade.

SÓCRATES: Ilustrarei o que pretendo dizer, Teodoro, com a pilhéria que se diz que a espirituosa criada da Trácia fez sobre Tales, quando ele caiu num poço enquanto contemplava as estrelas. Ela disse que ele estava tão ansioso para saber o que acontecia no céu que não conseguiu ver o que acontecia a seus pés. Esse é um gracejo igualmente aplicável a todos os filósofos. Pois o filósofo desconhece inteiramente seu vizinho ao lado; o filósofo ignora não só o que o vizinho está fazendo, mas mal pode afirmar se o vizinho é homem ou animal; o filósofo está em busca da essência do homem e ocupado em descobrir o que é apropriado a tal natureza para que aja e sofra de forma diferente de qualquer outra. Percebe o que digo, Teodoro?

Platão, *Teeteto*

Como Pascal, se eu houvesse tido mais tempo, teria escrito uma carta mais curta. Mas, quando se trata de pedidos de demissão, a brevidade não é tudo. Meu comunicado chegará por meio da rota turística porque estou restrito pelas condições de minha suspensão, uma das quais me proíbe de entrar em contato com qualquer membro da universidade. Esta será, portanto, entregue aos senhores por um terceiro — um tipo da Velha Aliança, um homem que tenho a felicidade de contar como meu amigo, e alguém suficientemente familiarizado com David Hume a ponto de não se intimidar por aquelas sentinelas gêmeas, a retidão moral e a soberba, que guardam o portão dos seus egos para proteger a mediocridade abissal dos senhores.

Uma palavra de passagem sobre minha suspensão. Qual foi exatamente meu crime? Um juiz sóbrio poderia dizer que meu único crime foi chorar sem o devido cuidado e atenção. Longe de ser um delito capital. A não ser que me punam pelo *lacrimae rerum*. E, se for esse o caso, o que dizer do velho Heráclito, nosso próprio "filósofo que chora"? Ele foi reverenciado por sua sabedoria e sensibilidade, ainda que nos tempos pré-socráticos. Talvez, hoje em dia, ele também tivesse seu computador confiscado. Infelizmente, ao que parece, por sua linha de investigação fui acusado de algum tipo de terrível perturbação, atestado por uma moça histérica e pela descoberta de apetrechos questionáveis (azeite de oliva, elásticos e sacos plásticos, pelamordedeus!), que agora, sem dúvida, alimentam a imaginação sensacionalista de meus ex-colegas. Bem, apenas para que fique registrado, eu não pus um dedo inchado e supurante naquela moça americana. Essa não é uma negação clintoniana (embora talvez a srta. Suzello seja uma prima em primeiro grau da srta. Lewinsky, e elas compartilhem uma imaginação febril).

O TOM AUSENTE DE AZUL

A ideia de fumar e não tragar e tudo o mais. Para evitar dúvidas, sempre traguei quando havia a menor possibilidade, só que não com a srta. Suzello. Nessa ocasião, meu único delito foi chorar. O que evidentemente alarmou a srta. Suzello. É irônico, na verdade. Minha querida esposa sempre se ressentiu do fato de que (em geral) eu não chorava. Isso é uma coisa que as mulheres fazem, creio — reclamar da falta de choro de seus homens. "Por que é ruim não chorar?", eu às vezes protestava. "Talvez *você* é que chore demais. Chorar demais também não é ruim?" Agora, que chorei, vejam só aonde isso me levou — suspenso de meus deveres e meu destino nas mãos de uma assembleia de almas sem salvação. Como gostaria de ser um escritor como Tchekhov, para transformar essa banalidade mortal em algo que valesse a pena registrar.

A maior ilusão, porém, é pensarmos que somos indispensáveis, que, se desaparecêssemos amanhã, faria alguma diferença. Mas, se aprendi algo nesta vida, é que (como meu querido e velho pai dizia), no fim, todo mundo vai feder do mesmo jeito. Saio, portanto, sem ilusão e sem arrependimento.

E não se preocupem, eu tenho um plano. Decidi, afinal, fazer algo útil com a minha vida. De agora em diante, meu cérebro será usado para resolver os problemas de sifões tipos S e P. Minha missão será maniqueísta: interromper inundações e fazer a água fluir novamente. Meu local de trabalho não será um escritório aquecido demais, mas debaixo de pias, em porões e sótãos. Há muito tempo tenho a ambição de ser encanador, e é difícil pensar num trabalho mais útil. Ninguém precisa de verdade de um filósofo, mas todos nós precisamos de um encanador em algum ponto de nossas vidas. E esse momento é invariavelmente um desafio: quando os canos estouram, quando as cisternas transbordam, quando os drenos entopem — todos símbolos curiosamente poderosos de uma vida conturbada, la condition humaine. E, assim, caros colegas, sempre que não conseguirem achar seus registros ou suas privadas entupirem, espero que pensem em mim.

Finalmente, para aqueles do meu departamento que se apegam contraditoriamente à fé em Deus (eles saberão quem são), permitam-me deixá-los com as palavras de Woody Allen: "Como é possível crer quando não se consegue nem mesmo um encanador num domingo?"

Harry Sanderson [assinado]

*Adoro essa expressão, e vocês? A Quem Interessar Possa. Soa tão apropriado e formal, como se tudo estivesse sendo feito de acordo com as regras, com reserva impecável. E a quem é muito diplomático — não individualiza ninguém — e o possa é tão indeciso, convidando à reação: Eu? Não, isso não ME interessa. E, antes, há "interessar"; se existe uma palavra ambígua, é essa, que permite a possibilidade de que o conteúdo seguinte seja apenas de interesse, sem lhe dizer respeito.

49

Em tempos de apreensão, o próprio tempo parece andar mais devagar. A espera era um tormento, no seu hora-após-hora. Mas, logo, tão subitamente quanto Sanderson havia desaparecido, um corpo correspondendo à sua descrição foi descoberto. A procura da polícia se concentrara nos locais de pesca favoritos no sul de Edimburgo, mas foi no rio Tay, oitenta quilômetros ao norte da cidade, que eles o encontraram boiando. Meu Deus, disse Carrie. Eu disse o mesmo. Meu Deus. Não conseguíamos passar dessa repetição sem sentido.

Durante os dias e noites seguintes, nada importou muito. Carrie se descrevia como um monte de partes desconexas. Se ela se movesse rápido demais, todas se separariam e acabariam numa pilha caótica. Seu cérebro dava as ordens, e, ao que parecia, somente muito mais tarde seu corpo as obedecia. O corpo e a mente não se entendiam, disse ela, que prosseguia devagar, dormia o mínimo, e fazia o possível para evitar que o corpo desmontasse. Pensamentos incompletos surgiam na sua cabeça, e, quando ela tentava mantê-los, eles vinham abaixo de repente, como as imagens de um caleidoscópio em constante mudança. Durante esse tempo, Carrie passou horas na garagem, meditando como uma louca, como se sua vida dependesse disso. Cerca de uma semana se passou. Então, certa manhã, algo se aclarou, e o conteúdo de sua mente se afrouxou. Não foi por querer; apenas aconteceu, disse ela. Em seguida, houve uma espécie de serenidade, depois da qual ela sentia ser capaz de realizar tarefas simples. Mas, cada vez que Harry lhe entrava na mente, ele estava morto, deitado num carrinho de necrotério. Por mais que tentasse, ela não conseguia tirar a imagem da cabeça, nem melhorá-la.

Eu estava com Carrie quando lhe contaram. Eles não usaram essas palavras, é claro. Não falaram: "Seu marido está morto." Em vez disso, disseram algo bastante formal e tão distante do significado real quanto a situação permitia. Apoiaram seus quepes de policiais sob os braços, e seus rostos sombrios disseram duas coisas: que quem encontraram provavelmente era Sanderson e que ele não voltaria.

A polícia é diferente de um país para o outro; essa é a minha impressão. Na França, um policial é um tipo superior de bandido — um criminoso de uniforme. Em Edimburgo, eles são mais gentis, ainda não foram dessensibilizados pelo que viram ou fizeram.

A cozinha parecia pequena demais para conter dois uniformes. A policial abordou Carrie e perguntou se havia algum lugar em que todos pudessem sentar, mas Carrie já não respondia mais coisa com coisa. Em vez disso, andou para longe dos uniformes e ficou parada de costas para o forno quente, com as mãos viradas para dentro, segurando as grades, como que para usar o que quer que a conectasse ao mundo. O bule na boca do fogão estava começando a ferver, zombando das circunstâncias com a agitação de seu chiado. Algo estava acontecendo no cômodo: ele parecia mais escuro; o ar, mais espesso. Os policiais alisavam a borda de seus quepes.

O TOM AUSENTE DE AZUL 333

— Sra. Sanderson. — O policial limpou a garganta. Então, seria ele quem daria a notícia. Os homens supostamente eram os dotados de gravidade, mais adequados para momentos solenes. A policial feminina estaria lá para confortar, tradicionalmente o talento de uma mulher. Apesar de todo o processo que obscureceu as diferenças de gênero nos últimos cinquenta anos, não havia dúvida de que os papéis convencionais estavam firmes e fortes aqui na Escócia urbana. — Às 14h30 do dia de hoje, um corpo foi descoberto na margem norte do rio Tay — começou o policial, lendo de seu caderno.

Notei a voz passiva. Se o agente da descoberta é retirado, a intenção era atenuar a dor? Se a ação verbal se tornasse passiva, em vez de ativa, isso aliviaria o terrível baque? Eram os tempos verbais um elemento do treinamento da polícia? Haveria um subjuntivo, para lidar com o que, nesse estágio, era apenas possível em vez de real?

— O corpo mostrava sinais de estar imerso em água. Temos razão para crer que o falecido é seu marido.

Havia algo fascinante na forma como as pessoas transmitiam o que queriam dizer, ou escondiam; a forma de expressar os fatos em frases mínimas ou encobertas em expressões prolixas. Mais tarde, Carrie me diria que *o falecido* e *razão para crer* eram típicos dos programas policiais de televisão. Eles não tinham nada que ser ditos em sua cozinha, fingindo serem capazes de carregar a enormidade da mensagem que transmitiam.

A chaleira continuava apitando. Enquanto o tempo parecia diminuir o ritmo, eu observava algumas gotículas de água se condensando atrás nos ladrilhos, correndo pelas ranhuras entre as fileiras de azulejos. A argamassa entre os azulejos estava bem cinza agora. Teria um dia sido branca? A argamassa se acinzentando entre os azulejos: essa observação prosaica marcou o último momento de normalidade daquele dia. Tudo o mais, em menor ou maior grau, indicava a dor que viria.

50

Houve muitas perguntas, e cada uma delas deixava um rastro de confusão próprio. Por que ele havia ido para o norte, por que foi o rio Tay, lugar em que, até onde Carrie sabia, ele nunca havia pescado? Sua vara favorita com anéis de bronze e linha vermelho-vivo também fora recuperada. Tudo apontava para uma viagem planejada de pesca. Havia até uma de suas belas moscas para salmão amarradas — embora, no começo de dezembro, uma mosca para salmão não fizesse sentido algum. Talvez ele tenha escorregado, comentei, pensando se o bastão de apoio tinha sido encontrado junto com a vara. Mas por que ele não contou a ninguém — isso ela perguntou uma vez atrás da outra —, por que não deixou um bilhete? Talvez a carta de demissão tenha sido um bilhete, disse eu. Nenhum de nós mencionou suicídio, mas ele estava em segundo plano, ocasionalmente deslizando para o primeiro quando Carrie dizia coisas como: "Não achava que ele fosse do tipo que faria isso." E, numa ironia que o próprio Sanderson poderia ter apreciado, o ensaio que eu traduzia durante aqueles dias terríveis era "Sobre o suicídio" de Hume, no qual ele sustenta que "nenhum homem jamais se desfez de sua vida enquanto valia a pena mantê-la". Podemos até pensar nisso, ele escreve, como "nosso dever com nós mesmos" — *notre devoir envers nous-même*, uma vez que a felicidade e o bem-estar não podem mais ser alcançados. Pensei em mencionar isso para Carrie como forma de conforto, mas decidi não fazê-lo. Com o tempo, ela começou a questionar o sentido de tentar compreender o que havia acontecido exatamente, ou por quê. Descobrir a sequência precisa de eventos não tornaria as coisas mais suportáveis, disse Carrie. Ela pensava que, ao colocar os eventos numa ordem escolhida, apenas formalizamos o horror do que havia acontecido. Você está certa, disse eu, desesperado para concordar com ela, talvez fosse um erro tentar ver a situação com clareza demais. Sim, respondeu Carrie, as pessoas pareciam sofrer mais quando compreendiam as coisas muito bem. Se olharmos a vida de soslaio, podemos ser poupados de parte de sua dureza. "A realidade mata, a obliquidade salva." Era essa a ideia a que ela se agarrava, e tudo que se seguiu foi, de certa forma, um extrato disso.

Um carro de polícia sem identificação nos buscou — "Achei que vocês não iam gostar de entrar numa viatura oficial", disse um dos policiais com leveza — e nos levou por oitenta quilômetros, até Dundee. A bochecha de Carrie ficou pressionada contra a janela do carro durante todo o caminho. Mais tarde, ela me contaria que tinha se concentrado em manter os pensamentos sombrios distantes pensando nos nomes de tudo o que via pela janela, como alguém que está aprendendo um idioma. Ao longo da orla marítima, havia um trem fazendo a grande curva da ponte que atravessa o rio. Era um trem comprido, que traçava um arco quase perfeito enquanto se preparava para parar na estação. O rio que havia levado Sanderson brilhava, benigno, à luz do sol, enquanto se misturava ao mar.

O TOM AUSENTE DE AZUL

O necrotério era parte de um hospital, um monumento ao planejamento moderno no noroeste da cidade. O imenso complexo foi escavado numa inclinação leve, uma grande Legolândia que dava vista para o vale no coração de Perthshire. Os acessos eram todos de paralelepípedo e concreto, nada que acalmasse a alma ou aliviasse os olhos.

Enquanto nos aproximávamos da entrada, havia um grupo organizado do lado de fora das portas, não um comitê de boas-vindas, mas um pelotão de fumantes, segregados por seu hábito. Eles estavam em várias posições, uma confraria improvável — homens idosos, *skinheads*, amputados em cadeiras de rodas, grávidas —, inalando profundamente, formando desenhos no chão com guimbas e fósforos usados.

Anexa à entrada principal, havia uma construção parecida com uma varanda alta feita de vidro e aço. As portas automáticas se abriam com intervalo de poucos segundos, mas o ar lá dentro era quente e rançoso. Depois da varanda, via-se uma área grande não muito diferente do saguão de um aeroporto — e tão cheia quanto. Metade das pessoas estava indo a algum lugar, a outra metade estava sentada em volta, sem ter para onde ir. Havia lojas de vestuário, floriculturas e cafés. No lado de fora da banca de jornal, um cartaz dizia: CORPO ENCONTRADO NO TAY. Tentei me concentrar no ambiente em volta. Notei que não havia curvas, somente linhas retas e colunas em forma de cruzes que dividiam a imensa amplidão em naves centrais e transeptos. Eu imaginava se os arquitetos haviam tido a intenção de sugerir uma igreja, para ajudar a aliviar os dramas particulares que se desenrolavam ali.

Quando viramos no final de um corredor, tão solitário e deserto como um palco vazio, começamos a longa caminhada, os dois policiais um pouco à frente, virando-se para ver Carrie a cada poucos passos, abrindo e segurando cada par de portas de incêndio que interrompia o corredor em intervalos regulares. Prosseguimos em silêncio. O único som era das botas com cadarços de Carrie no piso de linóleo cinzento. Não falar parecia a única defesa possível contra o que estava acontecendo.

Cada um de nós era restrito pelo protocolo da ocasião, embora, no meu caso, não tivesse ideia do que ele poderia envolver. Para os policiais, imaginei que devia ser parte do trabalho, tanto quanto organizar o trânsito ou lidar com roubos a residências. Para mim, era um dever absurdo, uma consequência de estar ligado a um homem que aparentemente havia se afogado num rio. Mas era também um tipo estranho de privilégio estar com Carrie numa hora dessas. O policial que deu a notícia lhe perguntou o nome de alguém que pudesse fazer uma identificação formal do corpo. Em certas circunstâncias, explicou ele, uma segunda pessoa era solicitada pelo procurador para realizar esse dever. "Precisa ser alguém que tinha conhecimento do falecido", disse ele com precisão, como se estivesse recitando um livro de regras. Que expressão estranha, disse-me Carrie depois, como se você pudesse ter conhecimento de uma pessoa da mesma forma que podia ter de um fato. Ela levara alguns momentos para perceber que o policial queria dizer alguém que *conhecesse* Harry. E, depois, ela disse: "Ah, Eddie. Seria melhor que fosse Edgar", acenando para mim. "Edgar?", repetiu o policial. Seu caderno e sua caneta estavam prontos. "E Edgar tinha conhecimento do dr. Sanderson?"

Fomos a uma porta assinalada Área de Recepção. Cada policial ficou de um lado da porta e acenou para que entrássemos. A área era do tamanho de uma sala de espera de dentista, sem janela, com

O TOM AUSENTE DE AZUL

várias poltronas baixas arrumadas em torno de uma mesa de centro de vidro com pernas tubulares. O teto era baixo, e, no canto, havia uma porta com as letras WC numa imitação de ouro. O lugar lembrava dolorosamente o meu quarto na unidade psiquiátrica há tantos anos. Parecia que a ausência de beleza era requisito nesses lugares.

Todos nos sentamos, como se tivesse havido um acordo prévio. Sentia que havia bondade no ar, que os policiais seriam gentis, tanto quanto a situação permitia. Só de olhar para eles dava para dizer que tinham estado ali muitas vezes. Depois, Carrie disse que o pensamento de que sua dor não era nova, que ela já fora vivida e sofrida antes, tornou tudo ainda mais difícil de suportar. Devia ter sido um conforto, continuou ela, mas, por alguma razão, ela queria que essa experiência fosse exclusiva, que fosse dela e de mais ninguém.

"Sra. Sanderson", começou o policial. "Sabemos como isso deve ser difícil para a senhora." Minha garganta se contraiu. "Precisamos de uma identificação positiva do corpo que encontramos, e esperamos que a senhora e o sr. Logan possam nos fornecer a identificação positiva de que precisamos." As bochechas do policial estavam fundas, como se ele tivesse chupado uma fruta amarga. "Em alguns momentos, pedirei que os senhores fiquem de pé ao lado da janela, de onde poderão ver o corpo." Ele acenou com a cabeça para a extremidade da sala onde havia um painel de vidro, estranho chamá-lo de janela, cortado na parede na altura dos olhos. Tinha cerca de um metro de comprimento e formato de losango com uma cortina grossa por trás do vidro. Do outro lado, haveria um atendente que removeria o lençol do corpo quando Carrie estivesse pronta. Não havia tempo para que todas as palavras adquirissem significado. Isso é terrível demais, pensei, não pode estar acontecendo. "Está pronta, sra. Sanderson? Leve o tempo que precisar."

Ficamos alinhados na frente do vidro, um policial de cada lado de Carrie. Eu conseguia ver nossos reflexos absurdos no vidro. A mão grande do policial se estendeu a frente e pressionou um botão na parede. Houve um zunido baixo, e a cortina começou a se abrir.

Há um momento em que se imagina que outros resultados são possíveis. Esse foi meu pensamento quando a cortina se abriu. É apenas um breve instante, mas tem grande importância e pode parecer uma eternidade. A gente sente o inevitável; no entanto, tenta resistir a ele com todas as forças.

Através do vidro, num carrinho de ferro, Sanderson jazia morto. Não havia dúvidas de que estava morto. Mesmo que não nos tivessem contado, saberíamos. Seu corpo estava visivelmente inchado, sua pele mais escura na morte do que em vida, como se ele tivesse absorvido a lama negra do rio. A pele em seu peito parecia fria e macerada, como um pato preparado para ir para o forno, e as costas das mãos estavam pálidas e inchadas. Os lugares onde sua pele estava rasgada por feridas tinham a aparência de ferimentos de bala. Contudo, o horror era estranhamente passageiro — como era possível? —, e dei por mim absorvendo os detalhes como se mais tarde eu pudesse ser testado quanto a eles. Narinas de largura desigual, unhas dos dedos descascadas, olhos como o do Quasímodo, um mais afundado do que o outro. Quanto ao que achava que devia *sentir*, não houve quase nada. O tanto que experimentava de tristeza, eu o fazia apenas indiretamente, por intermédio de Carrie. Mais agudamente quando ela estendeu a mão de modo instintivo para tocar o marido morto e descobriu que o vidro não permitiria. Depois, ela reclamaria que o cabelo dele estava muito liso, que alguém deve tê-lo enchido de óleo e penteado do jeito errado. Por que eles tinham de fazer isso?

— Reconhece o corpo, sra. Sanderson?

— É o Harry — disse ela, apertando a língua entre os dentes.

— A senhora tem certeza?

— Tenho, sim.

Com que rapidez o extraordinário é absorvido e assimilado, e que violência ele provoca ao se tornar comum: Sanderson, deitado num carrinho, esperando para ser jogado de volta no frigorífico. As pessoas falam sobre dignidade na morte. O que quer que isso significasse, não era estar deitado numa placa sob um lençol vinho.

No momento imediatamente posterior, tudo ficou nublado para Carrie, assim ela relatou mais tarde. Houve atividade frenética: telefonemas, visitas, os aspectos práticos exaustivos da morte, todo o choque e a descrença. Mas a atividade parecia estar em outro lugar, fora de alcance. Ela se sentia como uma inválida, ou uma criança, jovem demais, doente demais para tomar decisões. Enquanto isso, tudo estava coberto numa espécie de névoa sépia pela qual ela prosseguia com dificuldade, aos tropeços, derrubada pela densidade pura de tudo. Ela gostaria de um pouco de chá? Estava bem-aquecida? Que tal uma caminhada? Nenhuma resposta era obrigatória. As perguntas expressavam meramente as necessidades daqueles que as perguntavam.

Depois que esses dias iniciais passaram, Carrie disse que não poderia reconstituí-los. Quantos tinham sido? Dois ou três, nove ou dez — ela não fazia ideia. As pessoas subscreviam com energia ao imperativo: A Vida Tem de Continuar. Mas era uma vida estranha, vista por trás da névoa. Suas irmãs chegaram com os maridos, aparentando falta de jeito e piedade. Entregaram flores envoltas em celofane e trocaram olhares de horror. E foram embora. A mãe apareceu brevemente e falou sobre o poder da oração. Outros vinham e iam embora e prometiam voltar. Falavam para preencher o silêncio, tagarelando porque não conseguiam evitar, carregando a atmosfera com aquela piedade especial e profunda, com traços de culpa, reservada para o luto de outra pessoa. O telefone tocava sem parar, mas Carrie não atendia. Os vizinhos apareceram com panelas de sopa e bolos grandes. Tanta comida, disse Carrie. Outras visitas se preocupavam com pequenas tarefas práticas, fazer café, dobrar guardanapos, tirar migalhas da torradeira, limpar superfícies já perfeitamente limpas. O que quer que estivessem sentindo foi transformado em vigor e boas obras. Comecei a me perguntar se era somente quando alguém estava morto que as coisas eram limpas assim. A própria Carrie mal notava tudo aquilo. Quando falou sobre esses dias, depois de terminados, ela disse que mal registrara as pessoas boas e gentis. Ela notara seus rostos através de vidro fosco, ouvira suas vozes a distância e desejara que Harry estivesse em casa, e não num carrinho no necrotério.

Enquanto isso, nos raros momentos que não eram tomados pela morte de Sanderson, eu contemplava o desastre dos ensaios perdidos.

51

Dois dias depois da visita ao necrotério, Carrie apareceu na minha casa. Não para meditar, mas para gemer. Naquele dia, ela encontrara pedaços de papel amassados na lixeira no quarto de despejo — cartas semicomeçadas para Alfie, principalmente, e duas para ela, apenas no início, uma a tratando de "Meu próprio e querido amor" e contendo um único verso de um poema de Douglas Dunn: "Volte-se para os vivos, ame-os e aguente firme"; a outra com palavras todas riscadas "Procurei o amor em todos os lugares errados". "Mas esta é a mais pungente", disse ela, passando para mim uma página enrugada coberta de caligrafia grossa: "Querido Alfie, eu devia ter lhe ensinado a pescar ou a atar moscas. Teria sido bom passar tudo isso para a frente, do jeito que meu pai fez comigo. Mas não fiz isso. E me arrependo disso agora. Talvez ainda haja tempo. Com..."

Depois de descobrir as cartas, ela havia telefonado para o hospital e pedido para falar com o necrotério. Ela precisava ver Harry de novo. "Com quem deseja falar, senhora?" — A operadora telefônica tinha sido bem-treinada. Com a pessoa responsável, respondeu Carrie. "Não há nenhum responsável, senhora." Era isso um regime igualitário ou uma anarquia? Carrie disse à operadora

que qualquer um servia. "Vou passar para a secretária, senhora."
A operadora soava satisfeita consigo. Talvez todo o dia dela consistisse em pequenos triunfos e desastres, disse Carrie. Depois de se identificar para a secretária, Carrie perguntou quando ela poderia enterrar seu marido. Essa era uma questão para o procurador, não para o hospital, disse a secretária. O corpo poderia ser liberado para enterro somente quando o procurador se convencesse de que todos os procedimentos corretos tinham sido realizados. Mas o que isso significava exatamente?, perguntara Carrie. A secretária lhe disse que o patologista precisava enviar um laudo da autópsia estabelecendo a causa da morte por escrito para o procurador. A polícia não tinha explicado tudo isso? Carrie não conseguia se lembrar do que a polícia tinha ou não explicado. Patologista? Procurador? Tudo fazia parte da névoa.

— Não compreendo os procedimentos — disse ela, pensando como era injusto ser forçada a se sentir patética.

— O procurador exige que todas as mortes não esclarecidas lhe sejam relatadas, incluindo mortes em circunstâncias suspeitas.

A secretária falava devagar e com calma, como um hipnotizador que leva o paciente a um estado inconsciente. Circunstâncias suspeitas? O que isso significava? Carrie estava se esforçando para ir além do *fato* da morte de Harry, terrível o bastaste sem ter que lidar com circunstâncias. Tentando manter a calma, ela disse à secretária que gostaria de ver o marido novamente, ela não o via fazia três dias, não suportava pensar nele deitado debaixo do lençol vinho, guardado numa gaveta, era tão bárbaro, e ela queria ficar com ele, não apenas olhar para ele através de um vidro, como se estivesse fitando um tanque de peixes. Tudo saíra mais estridente do que pretendia, mas ela não conseguiu evitar.

O TOM AUSENTE DE AZUL

345

— Compreendo perfeitamente, sra. Sanderson. — A voz estava suspensa em algum lugar entre o constrangimento e a empatia. — Se a senhora deseja ver o corpo, terá de contatar a polícia. Não estamos em posição de autorizar.

Nesse ponto, Carrie gritara ao telefone:

— Não quero ver *o corpo*. Quero ver meu marido. Meu Deus!

Algumas horas mais tarde, um policial se identificando como sargento Wallace telefonou para confirmar que a direção do hospital havia agido corretamente. Ela não esperava outra coisa. Seria melhor, sugeriu ele, se ele fosse à casa dela com a policial Andrews e explicasse todos os procedimentos novamente.

— Não preciso que venha aqui — disse Carrie. — Só quero ver meu marido de novo.

— Aconselhamos que isso não seja feito nestas circunstâncias.

— Que circunstâncias?

— Em seguida a uma autópsia. As circunstâncias posteriores a ela. A experiência nos diz que, em geral, é melhor para a família do falecido lembrar o ente querido como ele era em vida, em circunstâncias mais felizes.

Quando Carrie despejou tudo isso, em meio a lágrimas, disse-me que não suportava ouvir falar em *ente querido*, e que, somando tudo, havia *circunstâncias* demais. Ela odiava estar à mercê delas e do sargento Wallace. Na vida real, pensava Carrie, bem distinta dessa paródia grotesca em que estava envolvida, Wallace seria alguém de uma chatice tão inacreditável que ela quase com certeza se sentiria doente mesmo com exposição moderada a ele. Mas, da forma como as coisas estavam, ela precisava se apegar a cada palavra dele, de tal modo faminta por informações, que mesmo migalhas serviam. Você não perdeu o vigor, comentei, arriscando um sorriso. E dei-lhe um abraço sem jeito.

— Só quero vê-lo, Eddie. Não através de um vidro. Quero tocá-lo. Eles agendaram para amanhã. Você vai comigo de novo?

Chegamos ao hospital pela segunda vez e começamos a longa jornada até o necrotério. Desta vez, passamos pela porta sinalizada Área de Recepção e paramos do lado de fora de uma porta mais adiante no corredor. Havia uma lâmpada feita de âmbar grosso acima da porta e um aviso: NÃO ENTRE SE A LUZ ESTIVER ACESA. A luz não estava acesa, mas o sargento Wallace deu três batidas enérgicas e pôs a orelha na porta como se esperasse que uma mensagem codificada fosse batida em resposta. Depois de instantes, a porta foi aberta por um homem afável vestido num jaleco e com botas impermeáveis da mesma cor. Um homem que gosta de seu trabalho, pensei. Fomos guiados até um pequeno recinto e recebemos jalecos e galochas plásticas para colocar sobre nossos sapatos. Tudo era bastante surreal. Em nossa vestimenta extravagante, passamos por outra porta que levava a uma sala grande, aquela que tínhamos visto por trás do vidro dias antes. Cheirava a produtos químicos e refrigeração. "Digam-me quando estiverem prontos", disse o homem gentil. Ele estava parado ao lado do carrinho, preparando-se para virar o lençol vinho. "Levem o tempo de que precisarem." Depois de alguns instantes, Carrie fez um sinal com a cabeça para indicar que a coberta podia ser removida. Em sua dor, ela estava bela. Não disse nada, nadinha. Estava extremamente calma. Quando chegou a hora de ir embora, curvou-se e beijou a testa de Sanderson.

Depois disso, voltamos para minha casa. Carrie passou quase uma hora na garagem e, quando ressurgiu, parecia que um peso havia

O TOM AUSENTE DE AZUL

sido retirado de suas costas. Tomando uma taça de vinho, ela disse que, quando beijou a testa de Harry, fria e dura como granito, percebeu por que um cadáver é chamado de restos mortais. Ela sempre achara que era uma descrição estranha, levemente de mau gosto, sugerindo sobras num prato de jantar ou resíduos no chão de uma fábrica. Mas, num instante, ela vira, perfeitamente, que os restos eram apenas isso. O que *restava* depois que a vida tinha ido embora — os resquícios de uma vida. Tudo neles indicava intervenção externa. "Você percebeu?" — as roupas dele tinham sido removidas, ele estava de barba feita, sem muita competência, e seu cabelo estava penteado todo errado. Estava nas mãos de estranhos. Harry, o Harry que vivia e respirava, tinha ido embora, estava além do alcance. Toda a vida e toda a energia o haviam abandonado. Ele também estava além do amor, disse ela, além da razão, além do riso, além da dor, além de qualquer sentimento.

— Ele está completa e absolutamente morto — sussurrou ela —, não só morto hoje, mas no dia seguinte e todos os dias depois disso, e por todos os dias possíveis. — Como se poderia descrever a realidade disso?

— Talvez não possa — disse eu.

— É aí que precisamos de suas metáforas — disse ela, soando repentinamente exausta. — Para traduzir a realidade da morte.

Preparei uma comida simples e conversamos até as primeiras horas da noite. Disse-lhe que pensava ser, na verdade, uma coisa boa, uma coisa saudável, estar diante do aspecto físico da morte.

— De modo geral, nós nos distanciamos disso. O que é uma pena.

O que eu queria dizer?, perguntou ela. Achei que era cedo demais para dizer mais sobre o assunto, mas ela me pressionou.

— Bem, só acho que somos propensos a tornar a morte algo remoto, a encobri-la e escondê-la, a silenciar sobre o assunto. Em todas as outras épocas, a morte era algo mais imediato. Ela era trazida para a sala de estar. Isso não acontece mais.

— Não tenho certeza de que conseguiria lidar com a morte na sala de estar — disse ela, olhando em volta do cômodo onde estávamos, como se esperasse ver um cadáver surgir.

— É maneira de falar. Quis dizer que agora estamos divorciados da natureza inevitável das coisas. E a morte, em alto grau, faz parte dessa natureza. Ao contrário de Hamlet, na sepultura, nós não seguramos uma caveira nas mãos. Não sentimos o cheiro dos nossos mortos ou acendemos o fogo que os queima.

— Mas você ia querer fazer isso?

— Provavelmente, não. Mas há um preço a ser pago por não se fazer isso.

— E que preço é esse?

— A incapacidade de lidar com a morte como parte da vida. Quando a viúva do neandertal se sentava ao lado do cadáver do marido que apodrecia, mais cedo ou mais tarde o nariz dela lhe diria que ela teria que fazer algo. Provavelmente o quanto antes. Ela teria que cavar um buraco e jogá-lo lá dentro. Ou empurrá-lo de um despenhadeiro. Ou deixá-lo na colina para os pássaros bicarem.

Carrie parecia levemente horrorizada. O que você está dizendo?, perguntou ela.

— Só que acho que você está lidando com essa coisa terrível da melhor maneira possível — respondi. — Vi os cadáveres dos meus pais e, de uma forma curiosa, acredito que isso me ajudou. É importante testemunhar.

52

Depois que minha mãe morreu, foi estirada numa mesa de cavaletes no *chambre d'amis*, o quarto de hóspedes, que, na verdade, nunca fora usado para o propósito do seu nome. Não houvera amigos, e nenhum hóspede jamais fora para ficar. Enquanto estive ao lado da minha mãe, deitada em seu caixão simples, era como se o quarto de hóspedes tivesse finalmente encontrado sua razão. Naquela tardinha, ao cair da noite, eu deixei o apartamento e vaguei sem destino em volta do *quartier latin*. Retornando à casa várias horas mais tarde, vi que a livraria estava iluminada. Do lado oposto da rua, observei meu pai andando como uma sentinela para cima e para baixo da loja, pausando vez por outra para percorrer as lombadas dos livros com as mãos. O simples gesto parecia conter tudo o que meu pai normalmente mantinha oculto. Tomei isso como um sinal de que, apesar das esperanças perdidas, ele não era um homem prostrado. Nem um homem que jamais deixara de amar a esposa. Nesses poucos momentos, observando-o enquadrado pela janela, fui tomado de ternura por ele.

Na maior parte da minha infância, minha mãe fora envolta num casulo de mal-estar difícil de romper. No entanto, as crianças aceitam o amor onde quer que o encontrem (foi nisso que passei a acreditar), e consegui encontrar o amor também em minha mãe, apesar da diluição homeopática. Com o tempo, ela gradualmente desistiu de falar. Não dependia mais de palavras, transcendera-as. Eu ficava maravilhado com seu silêncio, sua reserva. Quando soube da doença da minha mãe, eu a observava com cuidado em busca de sinais de declínio. Do lado de fora do quarto dela, ouvia o som de sua respiração, e, quando saía para a escola de manhã, passei a pôr seu lenço azul na mochila — minha forma infantil de mantê-la segura. Se cuidasse do lenço e o mantivesse limpo, o destino seria enganado, e ela permaneceria viva. Por muitos anos, minha mãe sofreu com uma imaginação catastrofista, a maldição que a obrigava a ficar em vigilância perpétua. Anos depois, porém, uma calma parecia ter se instalado nela. Ao mesmo tempo, parte da luz de seus olhos a deixou, e ela se encolhia em si. Não ia mais à livraria. A maior parte do tempo, ficava sentada sozinha, sem falar, com os membros imóveis, a cabeça inclinada de modo estranho, como se seu corpo pudesse se virar somente no eixo daquilo que a afligia. Devemos fazer o que pudermos, disse meu pai, para ajudá-la a se recuperar.

No ano seguinte, nos primeiros dias da primavera, ele preparou para ela um pequeno jardim no quintal que ficava nos fundos da livraria. Primeiro, encomendou a entrega de terra preta fértil. Depois, levou sementes e estacas de galhos e vários vasos grandes de cerâmica. Com enorme paciência, falando com ela o tempo inteiro, ele lhe mostrou como semear e plantar as jovens plantas nos recipientes. Dia após dia, ele fazia isso, e, aos poucos, ela parecia ser confortada, como uma criança, pela repetição. Em pouco tempo, minha mãe começou a semear e plantar as jovens flores no solo. O jardim se tornou seu domínio. Ele dava a impressão de subordinar o medo da minha mãe e protegê-la de seus piores efeitos. Ela não se tornou sadia novamente, mas era possível acreditar que um tipo de satisfação estava surgindo. Não *bonheur* ou *joie*, mas *contentement*.

Com o tempo, minha mãe adquiriu mais vasos e caixas de sementes. Cultivava ervas aromáticas e rosas perfumadas, trepadeiras e plantas rasteiras. Por fim, o quintal resplandecia de cores e estava repleto de perfumes adocicados, cada planta parecia ser uma agente de prazer para ela. Os fregueses da livraria faziam questão de visitá-la e elogiar seu sucesso. Quando eu voltava da escola, sempre a encontrava no jardim, e não apenas sentada, como fizera em seu quarto, mas ocupada com algum afazer. Quando eu falava com ela, às vezes ela se encolhia como uma ave amedrontada, tornando-se menor, tentando não ser vista. Eu gostava de pensar que isso se devia menos a ela estar amedrontada do que abstraída em seu próprio mundo. Às vezes, ela olhava para mim, como se tentasse lembrar se me conhecia, e, caso me conhecesse, onde cargas d'água teria sido. Conheço você?, perguntava. *Je vous connais?* O que me fazia ter esperança de que talvez ela estivesse protegida do tipo de sofrimento que surge do conhecimento do mundo. Em outras ocasiões, quando tinha ciência da minha presença, sorria, e eu sabia que ela havia me reconhecido e estava satisfeita em me ver. Veio ver meu jardim, *mon bébé*? Ela nunca dizia meu nome nessa época, sempre *mon bébé*. O que me fazia pensar nos bebês que ela perdeu e nas plantas que adotou, e se eles estariam ligados. À medida que ela se voltava cada vez mais para si, o mundo da horticultura se tornava seu domínio. As plantas e as flores eram o que importava.

Um dia, não muito antes de morrer, ela sussurrou para mim:

— Às vezes, eu consigo me sentir morrendo, sabe? Tenho de tentar me impedir antes que seja tarde demais. Depois que se começa a morrer, pode ser difícil parar.

Sua voz era aguda e fraca, e sua cabeça balançava de um lado para outro como uma dessas bonecas penduradas na janela dos carros. Ela esticava as mãos, com as palmas para cima, como se estivesse cedendo à ação de forças misteriosas.

— As suas plantas morrem? — perguntei a ela, num impulso, não querendo dizer nada com isso, apenas para ter algo a dizer. Sim, elas morriam, respondeu ela, mas elas não podiam evitar. Era o amor que as matava. O *amor?*, repeti. Essa é a minha mãe, disse a mim mesmo. Num sentido profundo, éramos estranhos um para o outro.

— Sabe guardar segredo, *mon bébé?* — Enquanto fazia um sinal para que eu chegasse mais perto, ela me contou que as plantas sabiam guardar segredo. Inclinei-me o bastante para sentir sua respiração em minha bochecha. — *L'amour, c'est pas ce qu'on croit* — disse ela, o amor não é o que parece. — Outras coisas, que não são o amor, residem próximas. Um leve deslocamento para o lado pode destruir tudo.

53

No período trágico que se seguiu à morte de Sanderson, Carrie apareceu quase todos os dias na minha casa, passando cerca de uma hora a cada vez na garagem. A porta que ligava a garagem à casa não era mais mantida trancada, ou mesmo fechada. Carrie ia e vinha livremente. O segredo da meditação, disse ela, era conhecer a escuridão, aceitá-la, e, com ela, a luz. Esse tempo entre nós parecia ter valor especial, seu próprio ritmo. Permaneça no momento, pensei. Não o deixe passar. Mais de uma vez durante esse período, refleti sobre como Sanderson tivera sorte em compartilhar sua vida com Carrie, sem merecer. E como era desleal pensar desse jeito.

Para Carrie, a morte obscurecia e esclarecia tudo. "Quando se pensa a respeito", disse ela certa noite, sentada à mesa da cozinha, colando flores do funeral num álbum, "amor e morte são as principais preocupações da vida da maioria das pessoas. Não importa como se veja isso, esse é um dos fatos da vida". Ela percorria regularmente o mesmo caminho, revivendo determinadas cenas e conversas, sem chegar a lugar algum. Era completamente possível que o amor e a morte fossem coisas separadas, é claro, disse ela, que tivessem um conhecimento superficial um do outro durante certo tempo de vida normal. Mas era mais comum que eles se misturassem, que um esbarrasse no outro. "Um pouco como espigas de milho ao vento." O pior era quando elas colidiam, disse ela, e nos cercavam, sem deixar tempo para preparação, nenhum jeito de escapar. Foi assim que ela se sentiu quando lhe contaram que Harry havia morrido.

Eu tentava não falar sobre Sanderson. Não havia necessidade. Mesmo na morte, ele estava sempre presente.

54

Enquanto isso, havia a tarefa desanimadora de retraduzir os ensaios perdidos. Eu levara meu computador para o Departamento de Manutenção da universidade, mas eles nada puderam fazer. O disco rígido, disseram eles, havia sofrido um "ataque cardíaco", não sabiam dizer por quê. O conselho que me deram foi que eu enviasse meu computador de volta à França. Era possível que o fornecedor tivesse um componente para "dar partida" no disco. Mas eles não estavam esperançosos.

Comprei um novo laptop.

Era um tanto irônico o fato de que um dos ensaios perdidos era intitulado "O estoico", no qual Hume expressava a visão rigorosa de que a felicidade só era possível por meio do trabalho honesto e árduo. No segundo dos ensaios perdidos, "Da dignidade da natureza humana", Hume defendia que as pessoas tinham inclinação para a moralidade quando mantinham uma visão otimista, e não pessimista, da natureza humana. Mas foi o terceiro, "Da delicadeza do gosto e da paixão", que parecia se aplicar de forma mais reveladora à situação imediata. De acordo com Hume, era a delicadeza da paixão que tornava as pessoas sensíveis às alegrias e tristezas da vida, enquanto a delicadeza do gosto as tornava sensíveis à arte.

Enquanto retrabalhava neles, achei perturbador que a tradução não fosse mais fácil ou rápida do que da primeira vez. Reconstituí o que podia das minhas notas, mas era uma tarefa lenta e dolorosa. Durante o período, visitei o cemitério mais do que o usual, esperando tranquilizar uma mente inquieta. Mas o cemitério havia se tornado um lugar de encontro de gays, e, mais de uma vez, no portão do mausoléu de Hume, acabei recebendo propostas indecorosas.

55

O problema do Natal se aproximava. Carrie dizia que se sentia oprimida pela data. Ela tentava ignorá-la o quanto podia, evitando a iluminação da época e a música de Papai Noel, toda aquela alegria festiva forçada. Era apenas um tempo pelo qual se devia passar, comentou.

Passamos parte do dia de Natal juntos, mas não foi nada de mais. Na manhã, ela visitara Alfie na unidade psiquiátrica, onde fora surpreendida por uma missa de Natal especial. A desolação ocasionada pelo que ela chamava de *toda essa bobagem de Jesus* a acompanhou o dia inteiro. Era algo que ela normalmente teria mudado os hábitos para evitar, mas se tratava de um hospital no Natal, e as opções eram, como é compreensível, limitadas. Havia poucos presentes na missa, só alguns membros das famílias e uns poucos funcionários e pacientes, incluindo Alfie, que ganhara "permissão para sair" no dia de Natal. Embora preferível a uma cela trancada, Carrie disse, com amargura, que era muito questionável. Ainda assim, a falta de congregação deu ao capelão a oportunidade de dizer: "Onde dois ou mais estiverem reunidos em Meu nome, Eu estarei entre vós." Carrie riu enquanto me contava isso, mas era uma risada vazia. Servi-lhe uma taça de vinho, esperando animá-la. O capelão tinha todos os defeitos comuns à sua profissão, disse, mas era um homem decente o bastante, e ela lhe deu nota máxima por tentar e levantou sua taça de modo teatral: "A mensagem do Natal é de esperança", proclamou, sua voz estudada, com modulações esquisitas, para imitar o clérigo. Acho que ele estava apenas fazendo seu trabalho, comentei, esperando colocar de lado o assunto. Mas Carrie ainda não havia terminado. Durante o sermão, o capelão havia interpretado tudo — cada coisa boa, cada coisa ruim, *cada coisa* — como um sinal do plano de Deus. "Ele estava vendo sinais por toda a parte", disse ela, "do mesmo modo que os internos do hospital psiquiátrico". E, mesmo assim, estava livre para sair do prédio depois, enquanto os internos tinham que retornar aos seus quartos para receber tratamento. O que também a perturbava era o fato de que a religião florescia em meio ao medo, e uma unidade psiquiátrica era um ambiente onde o medo era endêmico. Não só o medo louco dos pacientes — todos os invasores do espaço e as mensagens messiânicas —, mas o medo desalentador de suas famílias, disse ela. Pensei, então, no medo de minha mãe e em seus próprios esforços tresloucados para agradar a Deus. As pessoas se voltam para a religião em momentos de aflição, disse Carrie. Elas se agarravam a qualquer coisa no desespero por respostas. "E o que acontece? Elas recebem papinha." O que era *papinha*?, perguntei. "Ah, você sabe, comida de bebê. Mingauzinho, coisas fáceis de engolir." Uma das coisas que mais a atraía em Harry, disse subitamente, como se trocasse de marcha, era sua *descrença*. "Nada, não importa quanta angústia ou aflição, nada nunca abalara isso."

Sem dúvida, Sanderson estava por toda parte, como se tivesse retornado dos mortos. Todas as conversas voltavam a ele. Às vezes, eu conseguia ver seu corpo inchado flutuando diante dos meus olhos, o que me fazia pensar na história terrível de Ionesco sobre um cadáver inchado que cresce continuamente no quarto ao lado até que preenche todo o espaço.

56

Perto do fim de janeiro, quando Edimburgo estava sob o rigor do inverno, Carrie me disse que precisava fugir. O inverno na cidade era uma época cinzenta demais. O que ela desejava ardentemente era cor. Eu iria com ela? Ela ainda não se sentia capaz de ir só. Ela me mostraria sua ilha, saindo da costa oeste, o lugar que chamava de lar. Fevereiro era um mês mais ameno, repleto da promessa da primavera, os dias estariam começando a se estender, e eu poderia sentir o manto do inverno se levantando, comentou. Mas e quanto ao trabalho?, perguntei, desprezando meu autocontrole — havia apenas algumas semanas restantes para mim, expliquei. Às vezes, quando queremos dizer sim, dizemos não. Que mal faria lhe contar a verdade: que eu estava entusiasmado por ter sido convidado? Se eu perdesse a oportunidade, seria por minha única e exclusiva culpa.

Mas não perdi a oportunidade. Podiam ser férias de *trabalho*, disse ela, que levaria suas pinturas, eu levaria meus livros.

Alguns dias mais tarde, ela me fez outra visita, dessa vez corada e de bom humor. Os médicos haviam dito que Alfie estava melhorando sem sombra de dúvida, que ele estava bem o bastante para passar algum tempo fora da unidade, desde que sob supervisão. Ela

O TOM AUSENTE DE AZUL

361

adoraria levá-lo para a ilha, afirmou. Era um lugar tão seguro, nada ameaçador para ele como a cidade. Tudo bem? Eu ia me incomodar? Dessa vez, não hesitei.

Levava quase um dia para chegar à ilha de Carrie — várias horas de estrada; uma longa travessia de balsa; em seguida, uma curta travessia de balsa; depois, cerca de mais uma hora por estradas estreitas, com o mar cintilante visível e cercando-nos por todos os lados. Cobrimos a última parte da viagem numa trilha difícil. A última vez que eu viajara nesse carro, tinha sido com Sanderson a caminho do rio. Ele ainda cheirava a tabaco de cachimbo. Ninguém disse nada, mas eu tinha certeza de que cada um de nós carregava a lembrança dele. Alfie se sentou no banco de trás e não disse muito, olhando pela janela, de vez em quando traçando desenhos no vidro com os dedos. Eu ficara nervoso com a ideia de conhecê-lo, mas me afeiçoei a ele imediatamente. Tinha imaginado que fosse reprimido e quieto, embotado pela medicação de que precisava para se manter sob controle. Mas ele estava alerta, aberto para o mundo, intensamente vivo e interessado em tudo. Ele movia o rosto sem parar e, ainda assim, era inescrutável, um delicioso mistério esperando para ser desvendado. Parecia não haver aspereza alguma em Alfie, e ele tinha uma aparência de elfo — diminuto, uma cabeleira ruiva, olhos verde-claros e uma espécie de charme mágico. "Ele mudou com a doença", contou-me Carrie, antes de começarmos a viagem, "mas muitas coisas nele não mudaram. Ele ainda é sensível e afetuoso. E não perdeu nada de sua humanidade".

Quando chegamos à casa de campo, a escuridão já se instalara. Nessa parte do mundo, a noite era tão negra quanto pode ser, mais negra do que qualquer coisa que eu já tivesse conhecido. Abrimos a porta da frente, e o sino no batente soou, um som delicado como o sino de uma vaca.

Acordei na manhã seguinte com o cheiro de café. O que significava outro ser humano. É claro. A sensação de não estar sozinho se espalhou por mim como uma droga. Antes do café da manhã, saí. A luz começava a surgir no leste, mas já se fazia presente nos reflexos da água do mar — mais vivo que no dia anterior, suas ondas agora com bordas brancas. A água estava a apenas alguns metros do chalé. Eu podia ouvi-la surgindo e se aproximando da areia. Conforme a luz se intensificava, era possível identificar duas ou três ilhas a pouca distância e, além delas, distante, o contorno marcado por entalhes do continente, onde embarcáramos na primeira balsa. Enquanto eu respirava o ar mais puro que já tinha respirado, Carrie apareceu ao meu lado com uma caneca de café.

— O que você acha? — perguntou, segurando meu braço. — Não é maravilhoso?

— É de tirar o fôlego.

— De tirar e de dar fôlego, os dois ao mesmo tempo. — Sua aparência era radiante. A luz em seu rosto era sublime, transmitida de outro planeta.

O chalé pertencia ao avô dela. Era uma velha *blackhouse* — a morada típica das Ilhas Ocidentais até o início do século XX, explicou. As famílias viviam em *blackhouses* com os animais que criavam — animais de um lado, pessoas do outro, com o piso num declive, de modo que todos os excrementos, líquidos e sólidos, permaneciam na extremidade mais baixa.

— Você está dormindo na extremidade mais baixa — disse ela, rindo e jogando a cabeça para trás, como fizera em seu estúdio na primeira vez que conversamos.

O TOM AUSENTE DE AZUL

Ela me contou que, no tempo de seu avô, não havia janelas nem chaminé no chalé. Mesmo assim, um fogo de turfa queimara constantemente no meio do cômodo, com a fogueira subindo naturalmente pela palha.

— Deve ter sido uma vida difícil — disse eu, mal conseguindo imaginar como o que ela descrevia era desagradável. Talvez sim, disse ela, mas tenho a impressão de que também era uma vida boa, porque as blackhouses se baseavam na prudência da vida holística. A turfa e a urina animal agiam como um antídoto natural para males pulmonares e outras doenças.

— Quando as chaminés foram instaladas e os animais, removidos, tudo em nome da civilização, houve surtos de tuberculose e coisas assim — disse ela.

O povo local também havia começado a perder suas habilidades e seu conhecimento, "do mesmo jeito que os bosquímanos do Kalahari quando todos os 'benfeitores modernizadores' apareceram".

Mesmo com janelas e sem animais, o chalé era bastante apertado. Havia apenas dois ambientes: o "ambiente dos animais" — o pequeno espaço onde eu trabalhava e dormia — e o "ambiente de tudo", para cozinhar, comer e sentar ao lado do fogo. No ambiente de tudo, havia também um nicho localizado no alto da parede grossa externa — era a cama de Carrie, e, embora ele parecesse estreito demais, era lá que seus dois avós dormiam. Adjacente à casa, havia uma casinha de madeira, fixada no chão por quatro grandes estacas e com janelas nos dois lados dando para o norte e o leste. Meu estúdio na ilha, disse Carrie. Era ali que ela trabalhava na primeira parte do dia. As noites eram dedicadas a Alfie — "dessa forma ele pode ficar sozinho se quiser, sem sentir que precisa se juntar a mim o tempo inteiro", comentou. O estúdio também tinha uma cama nas vigas. Fora a cama de Alfie quando criança, e ele parecia genuinamente satisfeito por reencontrá-la.

Durante os primeiros dias, fiquei assombrado pela simples variação das condições atmosféricas. Eu nunca havia experimentado tanta mudança, certamente não numa sucessão tão rápida, nem de uma forma que me fazia sentir parte do imenso movimento impulsivo dos elementos. Em Paris, era possível viver sem notar o clima, fora o calor sufocante do metrô durante o verão. Aqui, nada durava muito, exceto talvez o vento. Aprendi a olhar o vasto céu do oeste para ver o que estava se aproximando. Às vezes, a chuva batia nas janelas como mãos cheias de arroz, mas as nuvens de repente se encolhiam outra vez e revelavam um sol imenso. Mesmo sem sol, havia uma característica radiante na luz, como havia com a cor do mar — às vezes azul, outras de um verde luminoso. As ilhas a distância pareciam misteriosamente ir e vir, surgindo tímidas pela névoa ou emergindo dramaticamente do mar, num minuto enquadradas na forte luz clara, no seguinte desaparecendo por trás de um véu de chuva fina.

A maior parte do tempo ficávamos calados, sentados em silêncio, que só era quebrado pelo grito das aves marinhas mergulhando. "Vivendo aqui, a gente consegue se ouvir", disse Carrie, e eu sabia o que ela queria dizer. Alfie passava os dias coletando coisas da praia, às vezes as organizando na areia em colagens impressionantes. Quando vinha a maré, ele ficava parado observando sua criação ser levada de volta para o mar. Você não se importa?, perguntei a ele. Não, respondeu, ele achava empolgante. Quanto a mim, eu passava muito tempo olhando as pedras e as ondas, tentando fixar na memória, como uma pintura, o espírito desse lugar especial.

O TOM AUSENTE DE AZUL

Certo dia, enquanto saíamos para uma caminhada, nós três fomos apanhados por uma tempestade. O céu escureceu de repente, e o vento sugava a areia bruscamente para cima. Não se preocupe, disse Carrie, é só uma rajada de vento. *Rajada?* A forma que pronunciei essa palavra fez Alfie rir, e eles começaram a correr na frente, mãe e filho de braços dados, seguidos por mim, fingindo estar ofendido. Corremos por todo o caminho até o chalé, tentando vencer a chuva, que nos apanhou na reta final, ventando horizontalmente, correndo nos nossos rostos, penetrando as mangas das nossas roupas. Quando chegamos, estávamos fazendo algazarra e gritando com os elementos enquanto passávamos amontoados pela porta, ensopados de chuva e de risos.

Pela manhã, Carrie pintava na casinha como se estivesse possuída. Não por demônios, mas por bons espíritos das Hébridas. Enquanto isso, na sala dos animais, eu me sentava em frente ao computador ao lado da janela, observando-a. Ela estava de costas para mim, flexionando-se e se contorcendo na mesma posição que, imagino, havia cativado Sanderson tantos anos antes na Signet Library. Observar Carrie pintar parecia me ajudar no trabalho. Minha rotina fora quase abandonada, e havia muitas distrações; mesmo assim, os ensaios iam de vento em popa. Eu chegava a ter a sensação de que nunca tinha trabalhado tão bem. Cada vez que a via trabalhar em seu cavalete, isso me trazia bons pensamentos, e eu sentia uma satisfação profunda — *joie*, até. Ocorreu-me, então, que, como tradutor, ou como artista, era possível levar uma vida tranquila e honrosa. Não havia trapaça envolvida, nenhuma desonestidade. Ninguém era prejudicado no processo. Sua integridade estava resumida nas palavras ou nas pinceladas.

JENNIE ERDAL

Era estranho estar no refúgio de Carrie, nas Hébridas com Alfie e sem Sanderson — era tudo tão diferente e novo; e, no entanto, parecia certo. Era ainda mais estranho fazer parte de uma casa, ajudar com tarefas domésticas, acender o fogo, descartar o lixo, cozinhar o jantar — em resumo, estar com outras pessoas da forma mais integral do que já estivera antes. Sentia-me surpreso por me descobrir estar à altura das dificuldades — mesmo uma trilha de pasta de dente presa na pia não me incomodou. Carrie e eu tínhamos nos tornado um casal, de certa forma. Um casal de mentirinha, pelo menos, nem que fosse apenas por causa de uma ausência. Tudo isso eu sabia e compreendia. Refletia se ela, que estava habituada a ausências, também sentia um pouco disso. Teria Sanderson se tornado apenas outra pessoa ausente em sua vida? Outra figura atenuada em suas pinturas?

Às tardes, andávamos na praia, pegando destroços de madeira, examinando conchas, olhando piscinas naturais feitas de pedra, todos os meus sentidos sendo atacados de um modo maravilhoso. Com o vento e o movimento das ondas, às vezes eu me sentia caindo tonto para trás, deleitando-me com a sensação. Certo dia, enchi a mão de conchas pequeninas, brilhantes e delicadas como porcelana, todas fechadas em si e, ainda assim, translúcidas. Feche os olhos e segure-as nas mãos, pedi, colocando o tesouro cuidadosamente nas mãos estendidas de Carrie, querendo lhe dar algo, querendo lhe dar tudo. "Búzios!", disse ela. "Sorte e prosperidade!" Até aquele momento, eu não havia percebido que era possível ficar tão animado com tudo isso. Eu era um estrangeiro na ilha, mas a ilha me abraçava, me puxava, de um modo atávico, como se estivesse armazenada em algum lugar nos meus genes. Acima de tudo, senti uma ligação comum com outro ser humano, outra forma de vida. Ou melhor, uma *religação* com coisas que eu havia esquecido ou nunca havia conhecido. Ou, talvez com coisas que já existiam em mim, passadas por meu pai, que fizera parte desse lugar. Como pude pensar que apenas as cidades ofereciam possibilidade de vida? "O resto do mundo não dá muita importância a essa ilha", disse Carrie, numa de nossas caminhadas. Mas isso não importava: era o lar para ela. Nenhum outro lugar lhe transmitia um sentimento tão intenso. "Quando estou aqui, é como se fôssemos um só." O lugar foi incorporado nela como um filho, disse, e estaria para sempre com ela. Quando se está a beira-mar, completou, tudo, inclusive a própria vida, era lavado e se renovava duas vezes por dia. "Até o sol e o vento se tornam parte da gente."

A loja mais próxima, que tinha apenas provisões básicas, ficava a mais de um quilômetro e meio de distância, e nos revezávamos para apanhar mantimentos. A princípio, fui pelo caminho principal, o caminho que tomara de carro. Mas Carrie me mostrou um atalho, não exatamente uma trilha, só um leve corte na *machair*, a grama macia da duna, destruída pela umidade e pelo vento.

— Isso se chama *linha do desejo* — disse ela.

— Ah, outro empréstimo de *la belle France* — impliquei, acrescentando com falsa arrogância que, quando o assunto era desejo, os franceses eram os especialistas.

— E *chemin du désir* soa muito melhor, não acha?

Foi na loja que ouvi, pela primeira vez, o gaélico falado — tão adorável e musical que me senti transportado por ele. De volta à casa nas antigas cocheiras, encontrei o Pai-nosso em gaélico enquadrado na parede. Pai nosso, que estás no céu; santificado seja vosso nome — *Ar n-athair a tha air nèamh: gu naomhaic-hear d'ainm.* As palavras pareciam duras para um idioma tão suave.

À noite, Alfie dispunha os achados do dia de sua dedicada busca por tesouros na praia. Ao observá-lo organizando conchas e pedrinhas e pedaços de madeira à deriva em grupos elaborados, reconheci parte de mim mesmo mais jovem nele. Quando crescemos, por um tempo esquecemos quem fomos um dia, mas o que quer que tenha força na infância nunca desaparece por completo. Pode ficar no subterrâneo por um tempo, mas está sempre lá, à espera. Enquanto isso, Carrie e eu conversávamos até altas horas da noite, especialmente sobre o trabalho dela e o meu. Parecíamos gostar de encontrar semelhanças entre nós. Era melhor, de certa forma, "surpreender" uma tradução, afirmei, como se eu nunca a tivesse visto, como se ela estivesse sendo escrita pela primeira vez. E ela disse que isso era algo que ela também tentava fazer com a pintura, principalmente lá na ilha. "Tento captar a energia do lugar, sem fixá-la. Isso vem mais tarde. A própria tinta reage de formas diferentes, vazando e se descolorindo na tela, e fazemos uso disso até que chega um ponto em que sabemos que está tudo se encaixando." Enquanto dizia isso, Carrie mantinha o rosto voltado para a luz, e pensei, naquele momento, que, por conhecê-la, eu talvez pudesse me tornar uma pessoa melhor, e que, se isso acontecesse, seria por causa dela.

Em outras ocasiões, eu lhe contava sobre meus autores favoritos, surpreendendo-a certa vez ao dizer que um bom romance era como um pequeno milagre. Ela me lançou um olhar confuso, como se para verificar se eu falava sério. *Milagre?*, perguntou. Apenas no sentido figurado, respondi, na forma que a ficção nos permite viver vidas diferentes das nossas.

— Desde que seja bem-escrito, a gente é levado, aguardando que tudo se revele, mesmo sabendo de antemão o que vai acontecer. — E, vez por outra, completei, surge de um romance algo que poderia ser chamado de verdade; não havia outro nome para isso. — E isso é um tanto paradoxal, já que a ficção é criada, cheia de mentiras. — A melhor escrita tinha ritmos particulares, uma música particular, disse eu, e isso era, muitas vezes, a coisa mais difícil de transmitir na tradução. — Frequentemente, é possível sentir a tristeza nos ritmos, mas, de algum modo, não é deprimente. Na verdade, é animador de um jeito curioso.

Por um instante, Carrie não disse nada, e eu me perguntava se ela sentia, como eu, que algo igual se aplicava a nós três, ali e agora, uma corrente de tristeza, sim, mas uma ideia de que todo mundo se recupera novamente. Como se lesse meus pensamentos, ela se dirigiu para a casinha onde Alfie estava ocupado organizando a coleta da praia.

—Tenho uma fantasia recorrente de que este lugar pode fazê-lo ficar bem. Não curá-lo, é claro, isso sim seria um milagre. Ele jamais ficará completamente curado. Mas este é um ambiente de cura.

Durante aquelas semanas mágicas, essa ideia se enraizou em nós e cresceu até virar uma convicção sólida. Por coincidência, um dos ensaios que eu estava traduzindo na época era "Dos milagres", no qual Hume argumenta poderosamente que o nível de indício necessário para acreditar em milagres é muito alto apenas porque eles são contra as leis da natureza. *Um homem sábio harmoniza suas crenças de acordo com os indícios.* Apesar disso, meu indício estava disposto diante de mim. Da minha janela, eu observava às vezes mãe e filho andando na praia, o sol dançando em seus rostos, o vento em seus cabelos. De vez em quando, Carrie jogava a cabeça para trás de prazer, ou cutucava e empurrava Alfie como se implicasse com ele sobre algo que apenas os dois podiam saber. Eu saboreava esses momentos, desejando que pudesse fazê-los diminuir de ritmo e durar por horas. Tinha a sensação de que amar uma criança certamente devia ser uma das melhores expressões do amor. Lembrei-me de que Sanderson me contara da ponta de ciúme que sentiu, mas, para mim, não houve nenhum traço disso — só uma ternura que eu não sabia ser possível até então. Também tinha uma espécie de queimação no peito, um desejo de fazer parte de tudo aquilo. Não conseguia evitar de me perguntar se podia fazer parte da vida deles, se Carrie e eu juntos poderíamos dar a Alfie o que ele precisava para progredir. E, se, por sua vez, isso poderia me tornar completo. Meu coração se sentiu pleno com o pensamento, mas eu não disse as palavras em voz alta, porque elas ainda não podiam ser ditas. O futuro foi deixado de lado. Tudo era o momento.

Embora o chalé fosse pequeno, respeitávamos o espaço de cada um. O que provavelmente tinha a ver com nossas existências em lugares semelhantes a celas — Carrie em seu estúdio, eu na minha mesa, Alfie no quarto do hospital. Nós ficamos bem sozinhos, e, para mim, a distância entre nós, como todo o resto, se tornou refinada.

Havia uma objetividade radiante em Alfie.

—Você acha que eu sou maluco? — perguntou-me um dia. Ele estava sentado na areia, atirando pedrinhas numa piscina formada pelas rochas. Às vezes, ele parecia contundente e fragmentado, como cacos de vidro envoltos cuidadosamente em jornal.

— Importa o que eu penso, Alfie?

— Importa para mim.

— Bem — parei, tateando pelo caminho até a sinceridade, mas com medo de onde ela me levaria —, eu já fui maluco. Tinha a sua idade, mais ou menos, na verdade. Passei um tempo numa unidade psiquiátrica, parecida com a sua, acho.

—Você ouvia vozes?

O TOM AUSENTE DE AZUL

— Eu achava que ouvia. Mas era só a minha voz. Isso também foi assustador.

Certa noite, enquanto sentávamos, à luz de velas, próximos ao fogo, Carrie me contou que não sabia o que esperar de sua pintura durante esse tempo na ilha. Ela havia pensado que a mudança de cenário — a clareza da terra e do mar, sem mencionar a luz —, tudo isso a levaria numa nova direção. Mas, na essência, havia muito pouco de diferente. Isso a surpreendeu. Tudo tinha mudado, mas nada tinha mudado, afirmou. Sua voz cadenciada me inundava. De uma forma ou de outra, afirmou, sua pintura ainda era toda sobre a perda.

— Os quatro homens que amei na vida se foram.

Eu fiquei brevemente assustado por ela ter chegado a amar quatro homens — e, por um momento louco, pensei que devia ser um deles e tive de me segurar para não dizer "Não se preocupe, estou aqui! Eu não fui embora!". Mas, então, ela começou a listá-los:

— Meu pai. O pai do meu filho. Meu filho. E agora meu marido.

Ela pausava entre cada um dos amores, dando-lhes peso igual.

— Dois deles mortos — suspirou —, e os dois que estão vivos não estão realmente presentes no mundo.

Na lareira, sobre o fogo, uma vela estalou e se apagou.

— Eu discordo — falei. — Alfie está excepcionalmente presente no mundo.

57

O que se desenvolveu entre nós era tão natural e benigno que, a princípio, eu não sabia como chamá-lo. Podia ser amor? Meu pai me dissera uma vez que o amor podia parecer muito com outras coisas. Afora isso, talvez por causa do comportamento do meu amigo Antoine, eu tinha esperado que o amor fosse anárquico, caótico. Mas aquilo era suave e terno — algo sereno e novo, como uma planta delicada que desabrocha. Eu não queria pensar muito sobre o assunto, por medo de estragar as coisas, afugentá-las. Enquanto isso, eu o encarava como uma validação de algo que havia muito tempo queria acreditar: que podia existir, entre um homem e uma mulher, algo bonito e terno, desacompanhado de necessidades e presunções, o tipo de encontro que podia, entretanto, ir além da experiência comum. É muito difícil ir além de sua própria história — essa foi uma das últimas coisas que Sanderson me dissera. Seja lá o que for que ele tenha pretendido dizer com isso, eu tinha a sensação de que minha história estava apenas começando.

Continuei traduzindo, escrevendo linha por linha, como belas equações. David Hume era minha companhia constante, e, através de Hume, eu chegava mais perto do meu pai. Em paralelo aos ensaios de Hume, havia um ensaio na minha cabeça — uma obra em progresso, embora apenas começada, com inflexões artificiais e orações malformadas, um ensaio que, não obstante, tomava forma e tinha a possibilidade de reconfigurar o mundo e consertar minha relação com ele.

No espelho em que me barbeava, vi meu pai olhando de volta para mim. O que você acha de mim agora?, perguntei. O espelho estava úmido e embaçado, então parecia mais uma fotografia em sépia em processo de revelação. Meu pai havia assumido riscos na vida, mas aonde isso o levara?

A coisa sem nome começou a crescer, preenchendo todo o espaço disponível. O que quer que estivesse acontecendo era completa e incontrolavelmente autêntico. Houve momentos em que pensei ser impossível conter aquilo, que eu estava em perigo de submergir e me sufocar. Durante os dias seguintes, e por muito tempo depois, pensei que minha vida tinha começado apenas com ela. Tentei me concentrar na impossibilidade do que estava acontecendo. Mas a felicidade continuava se infiltrando. Não a felicidade no sentido que Sanderson descartara, mas um tipo de alegria tranquila. E cada raiar do dia trazia consigo uma nova promessa.

Enquanto isso Sanderson estava vivo em sua ausência. Em todos os lugares, eu via seu cabelo alisado para trás, sua pele enrugada. Mesmo as pernas dos caranguejos peludos, que vinham à tona na praia, lembravam-me dos tufos de fios crespos que brotavam de suas orelhas. Os mortos se movem inquietos, tanto quanto os vivos.

*

O último dia inteiro na ilha chegou. Foi tranquilo e límpido, a maresia dos dias anteriores tinha ido embora, o sol se deitava na água como um ouro que fora abatido. A chuva lavara toda a poeira do ar, deixando uma claridade de tirar o fôlego, com uma cobertura grossa de gelo esmaltado por todo o caminho da orla. Mesmo as ilhas distantes pareciam recém-impressas na luz vítrea do norte. Mais adiante, em torno da península, as ondas batiam na face do rochedo. E, em toda parte, o céu alcançava as rochas, preenchendo as lacunas com dedos longos e azuis. Lutei para subir o caminho íngreme até que cheguei ao cume. Queria levar tudo dentro de mim — o enorme céu e sua presença dominante; o imenso mar, a razão de tudo aqui. Eu nunca tivera dias tão mágicos. Como era estranho que esse lugar remoto tivesse me permitido sentir parte do mundo. Tudo contribuíra para isso — mesmo o frio que eu podia sentir em meus ossos.

Da minha posição elevada, o chalé abaixo na orla parecia uma casa de bonecas. Eu conseguia ver Carrie se movendo do lado de fora, uma versão liliputiana de si mesma, num filme mudo. Era amor o que eu sentia? Eu vinha esperando o amor a minha vida toda, então acreditei que sim. Era o tom ausente de azul, uma ideia que se expandia além de seus limites. Levaria apenas um momento para não me apaixonar, pensei, tomando o momento brevemente em minha mão, antes que ele deslizasse pelos meus dedos frios e se afundasse na areia branca.

58

De volta ao quinto *arrondissement*, era difícil compreender que aqui era o lar. Tudo foi lançado numa luz nada familiar. Uma viagem curta com destino a Paris, e agora o táxi estava se movendo lentamente pelas castanheiras e plátanos. Tentei me submeter à metafísica da familiaridade — os amplos bulevares, os *bouquinistes*, os chiques sem um tostão, as *ruelles* enquanto nos aproximávamos —, mas meu retrovisor estava cheio de areia branca e Carrie e vento em seus cabelos. Na escada antiga que levava ao meu apartamento, pensei num daqueles besouros xilófagos que podemos ouvir nas vigas do telhado. Não se tomava ciência completa dele até que caía morto no chão à frente.

Aguardando por mim no corredor havia um pacote — os dados perdidos do meu computador avariado. Firmei a mão antes de introduzir o disquete no novo laptop e, devagar, comecei a ler as velhas traduções dos ensaios perdidos. Eram tão diferentes das novas versões que poderiam ter sido feitas por outro tradutor. Que, em certo sentido, era o caso. Mais tarde, eu empreenderia uma comparação detalhada, definiria o que fazer — com os ensaios e com tudo

JENNIE ERDAL

o mais. Enquanto isso, eu arrumava meu apartamento, colocando de volta todas as coisas da forma que eram antes de um estranho as tocar.

Agradecimentos

Gostaria de agradecer ao acadêmico francês Gilles Robel, que, desde o começo, apoiou a ideia central deste romance com entusiasmo e conselhos práticos. Ele é o tradutor da vida real dos ensaios de David Hume (Presses Universitaires de France, 2001), mas não há semelhança, real ou pretendida, entre ele e meu narrador fictício. Devo gratidão a Andrée Erdal e Hazel Duncan por corrigirem meu francês, ao dr. Douglas Fowlie pela consultoria em questões psiquiátricas e a Nick Erdal por transmitir sua perícia em pesca e atado. Agradeço também à minha maravilhosa agente, Jenny Brown, ao meu inspirado editor, Richard Beswick e, é claro, ao homem lá em casa.

Impresso no Brasil pelo
Sistema Cameron da Divisão Gráfica da
DISTRIBUIDORA RECORD DE SERVIÇOS DE IMPRENSA S.A.
Rua Argentina 171 – Rio de Janeiro, RJ – 20921-380 – Tel.: 2585-2000